Wolfgang Burger
Tödliche Geliebte

PIPER

Zu diesem Buch

Als Kripochef Alexander Gerlach die Dachwohnung in der Heidelberger Altstadt betritt, bemerkt er sofort den starken Geruch von Benzin und Rauch. Der Bewohner, ein junger Physiker, der sich beruflich mit hoch radioaktiven Materialien beschäftigte, wurde erschossen. Der Täter scheint Feuer gelegt zu haben, doch bevor es sich ausbreiten konnte, wurde der Brand im Keim erstickt. Wie passt das zusammen? Und was hat es mit der scheuen Freundin des Toten auf sich, die plötzlich wie vom Erdboden verschluckt ist? Als Gerlach beginnt, nach ihr zu suchen, scheint er in ein Wespennest zu stechen. Offenbar ist nicht nur die Polizei hinter ihr her …

Wolfgang Burger, geboren 1952 im Südschwarzwald, ist promovierter Ingenieur und hat viele Jahre in leitenden Positionen am Karlsruher Institut für Technologie KIT gearbeitet. Seit 1995 ist er schriftstellerisch tätig und lebt heute in Karlsruhe und Regensburg. Seine Gerlach-Krimis wurden bereits zweimal für den Friedrich-Glauser-Preis nominiert und stehen regelmäßig auf der SPIEGEL-Bestsellerliste.

Wolfgang BURGER

TÖDLICHE GELIEBTE

Ein Fall für Alexander Gerlach

PIPER

Mehr über unsere Autoren und Bücher:
www.piper.de

Von Wolfgang Burger liegen im Piper Verlag vor:
Alexander-Gerlach-Reihe:
Band 1: Heidelberger Requiem
Band 2: Heidelberger Lügen
Band 3: Heidelberger Wut
Band 4: Schwarzes Fieber
Band 5: Echo einer Nacht
Band 6: Eiskaltes Schweigen
Band 7: Der fünfte Mörder
Band 8: Die falsche Frau
Band 9: Das vergessene Mädchen
Band 10: Die dunkle Villa
Band 11: Tödliche Geliebte
Band 12: Drei Tage im Mai
Band 13: Schlaf, Engelchen, schlaf
Band 14: Die linke Hand des Bösen
Band 15: Wen der Tod betrügt
Band 16: Wenn Rache nicht genügt
Band 17: Der sanfte Hauch des Todes

FSC
www.fsc.org
MIX
Papier aus verantwortungsvollen Quellen
FSC® C083411

Ungekürzte Taschenbuchausgabe
ISBN 978-3-492-30801-4
1. Auflage Februar 2016
2. Auflage März 2021

Umschlaggestaltung: FAVORITBUERO, München
Umschlagabbildung: coka/Shutterstock.com (Stuhl)
Satz: Eberl & Kœsel Studio GmbH, Krugzell
Gesetzt aus der Stone Serif
Druck und Bindung: CPI books GmbH, Leck
Printed in the EU

Für Evi

1

Was, um Himmels willen, tat ich hier? Hatte ich den ersten schönen Frühlingsabend des Jahres nicht genießen wollen? Meinem winterträgen Körper endlich wieder ein wenig Bewegung und frische Luft verschaffen? Mich später für meine Charakterstärke vielleicht mit einem Bierchen im letzten Abendlicht auf einer gemütlichen Terrasse belohnen?

Stattdessen stand ich vor der schäbigen Tür einer tristen Dachgeschosswohnung und telefonierte nach der Feuerwehr, obwohl es nicht einmal brannte.

Als frostklarer Montagmorgen mit blitzsauberem Himmel hatte der zehnte März begonnen. Im Büro hatten mich weder schlechte Nachrichten noch neue verzwickte Fälle erwartet. Keine unangenehmen Termine trübten meinen Tagesablauf, und die Leitende Oberstaatsanwältin Frau Dr. Steinbeißer hatte mich bei unserer nachmittäglichen Routinebesprechung sogar gelobt. Die Frühlingssonne hörte nicht auf zu strahlen, warm und wärmer war es im Lauf des Tages geworden, und so hatte ich mich schon um halb fünf verkrümelt, um den ersten milden Abend des Jahres für private Zwecke zu nutzen.

Auf den Straßen herrschte auch um diese Uhrzeit noch farbenfrohes Treiben, mutige junge Damen zeigten wieder Bein, und die Vögel in den noch blattlosen Bäumen zwitscherten, tschilpten und sangen ihre Lebensfreude heraus. Noch am Schreibtisch hatte ich beschlossen, dass die Zeit der Faulheit nun definitiv zu Ende sei. Heute würde ich endlich beginnen, meinen Winterspeck zu bekämpfen.

»Herr Gerlach!«, hörte ich eine aufgeregte Frauenstimme von der anderen Straßenseite rufen, wenige Schritte bevor ich das Haus erreichte, in dem ich mit meinen Töchtern zusammen lebte. »Wie gut, dass ich Sie treffe!«

Mein erster Impuls war, mich taub zu stellen. Die Stimme

der Frau klang nicht, als hätte sie Erfreuliches zu erzählen. Aber dann blieb ich doch stehen und wandte mich um. Schließlich war man ein deutscher Beamter.

Die Ruferin kam eilig über die Straße gehumpelt. Sie war frühlingsbunt gekleidet, schon weit über sechzig, hatte aber noch beneidenswert volles, lockiges Haar. Ihr von der Anstrengung und vielleicht auch Aufregung gerötetes Gesicht war noch fast faltenfrei, stellte ich fest, als sie näher kam.

»Verzeihen Sie«, keuchte sie und streckte mir ihre schmale, kühle Rechte entgegen. »Verzeihen Sie, dass ich Sie so einfach auf der Straße überfalle. Aber bevor ich die Polizei anrufe, habe ich gedacht, und wo Sie ja praktischerweise mein Nachbar sind, da darf ich vielleicht ausnahmsweise …«

»Worum geht es denn?«, fragte ich nicht übermäßig freundlich.

Sie atmete tief durch.

»In unserem Haus«, sagte sie dann mit fester Stimme und sah mir gerade in die Augen. »Es riecht so komisch.«

Sie deutete auf ein erst kürzlich restauriertes, vierstöckiges Gebäude, schräg gegenüber von dem Haus, in dem unsere großzügige Vierzimmeraltbauwohnung lag. Ich sah auf die Uhr. Viertel vor fünf. Ein paar Minuten konnte ich meinen Bewegungsdrang wohl noch zügeln.

»Wonach riecht es denn?«, fragte ich in distanziertem Ton.

»Nach Benzin.«

»Das ist natürlich nicht so gut, Frau …?«

Sie lächelte unsicher. »Kennen Sie mich denn nicht?«

Mein Personengedächtnis war immer schon miserabel gewesen, und mit zunehmendem Alter wurde es nicht besser. »Doch. Ich meine fast … Wir haben uns mal beim Bäcker getroffen, richtig?«

Ihr Lächeln wurde nachsichtig. »Schon mehr als einmal, Herr Gerlach. Aber macht ja nichts …« Entschlossen streckte sie mir ein zweites Mal ihre bunt beringte Rechte entgegen. »Bernadette Hitzleben, Erdgeschoss rechts.«

»Kommt der Geruch aus dem Keller?«, fragte ich, während wir im Kurgasttempo die ruhige und schmale Kleinschmidtstraße überquerten.

»Im Gegenteil. Aus einer der Dachwohnungen.«

»Und seit wann?«

Wir mussten um eine kleine, sorgfältig abgesperrte Baustelle herumgehen, wo ein tiefes Loch gähnte. Vermutlich war wieder einmal eine Wasserleitung undicht und musste geflickt werden.

»Vorgestern, am Samstag, habe ich es zum ersten Mal bemerkt. Anfangs habe ich gedacht, irgendwer hat was verschüttet, und der Geruch verliert sich wieder. Aber es hört nicht auf. Es muss ziemlich viel Benzin sein. Und Benzin in einer Wohnung, das ist doch gefährlich, oder was sagen Sie?«

Auf einem sauber gefegten Plattenweg durchquerten wir ein Vorgärtchen, wo würdige alte Rosenbüsche Knospen trieben, Krokusse lila blühten und frühe Narzissen stolz die Köpfe reckten. Frau Hitzleben schloss mit nervösen Bewegungen die schön geschnitzte Haustür auf. Der Benzingeruch war sofort wahrzunehmen. Sie lächelte mich entschuldigend an, ein schönes Lächeln, durch das ein klein wenig Traurigkeit und Resignation schimmerte. »Ganz oben, leider, unterm Dach. Die rechte Tür. Sie sind mir nicht böse, wenn ich nicht mit hinaufgehe? Mein Bein ist die letzten Tage wieder so schlimm. Wie gut, dass es jetzt endlich wärmer wird.«

Während ich die Treppen hinaufstieg, blieb sie unten stehen, um die Ergebnisse meiner polizeilichen Ermittlungen abzuwarten. Als die letzten Stufen hinter mir lagen und ich im Dämmerlicht vor den beiden Dachgeschosswohnungen stand, war ich so außer Atem, dass ich für einen Moment die Augen schließen musste. Es wurde wirklich Zeit, etwas für meinen Kreislauf zu tun. Von den beiden Holztüren blätterte an vielen Stellen schon die hellgraue Farbe. Die Verglasung bestand aus billigem Milchglas. Vermutlich hatte man in der Wohnungsnot nach dem Krieg – wie in vielen Häusern – eilig und billig das Dachgeschoss ausgebaut. Immerhin gab es Sicherheitsschlösser. Rechts, hatte sie gesagt.

»Und?«, kam es erwartungsvoll von unten.

Sicherheitshalber schnüffelte ich auch an der anderen Tür, aber die Quelle des Geruchs war eindeutig rechts. Und es war tatsächlich Benzin, was durch die Ritzen stank. Eine Menge Benzin, wenn es nach Tagen immer noch so durchdringend roch. Von innen hörte ich leise Musik. Vielleicht ein Radio. Und da war noch etwas anderes in der Luft. Ein Geruch, der mir als Chef der Kriminalpolizei leider nur zu bekannt war. Es stank nach Verwesung.

Ich klopfte – keine Reaktion.

Ich klopfte kräftiger – nichts.

Erst sacht, dann stärker drückte ich gegen die Tür. Sie gab nicht nach. Den Klingelknopf zu drücken wollte ich nicht riskieren. Die Benzindämpfe könnten sich entzünden, und dann würde ich möglicherweise ziemlich lange nicht mehr joggen gehen.

»Sie hatten recht«, rief ich nach unten. »Ich rufe die Feuerwehr.«

Zwanzig Minuten später war die graue Tür offen, und zwei Feuerwehrmänner in voller Montur betraten mit zögernden Schritten den dunklen, schmalen Flur der Wohnung. Der vordere hatte Ähnlichkeit mit Bud Spencer in seinen besten Jahren, der hintere war kleiner und schmaler und wurde von seinem schwergewichtigen Kollegen Guido genannt. Die Musik war jetzt viel lauter. Bob Dylan plärrte aus billigen Lautsprechern: »The answer, my friend, ist blowin' in the wind.«

»Das stinkt ja vielleicht!«, brummte Bud Spencer, der einen schweren Feuerlöscher mit sich führte, und blieb im nächsten Moment so abrupt stehen, dass Guido auf ihn auflief. Für eine lange Schrecksekunde standen die beiden reglos da. Ich konnte nichts sehen, da die Männer mir die Sicht versperrten. Über uns gurrte eine schläfrige Taube. Bud Spencer ließ die Schultern sinken, stellte den Feuerlöscher behutsam ab und sah über die breite Schulter.

»Ich fürchte, Herr Gerlach«, sagte er heiser, »das fällt eher in Ihr Ressort.«

2

Die beiden traten zur Seite, soweit der enge Flur es erlaubte, und nun sah auch ich die Bescherung: Wenige Schritte von der Tür entfernt lag ein Mensch am Boden. Die Füße zeigten in meine Richtung. Nach der Schuhgröße zu schließen, war es ein Mann. Ein ziemlich junger Mann. Dick war er, stellte ich fest, als ich näher trat. Um nicht zu sagen, fett. Der runde Kopf mit hellblonder Wuschelfrisur lag in einer Blutlache. Die Nase war ein blutiger Brei. Der weiche Mund stand blöde offen. Die hellen Augen starrten ins Nichts.

Guido begann plötzlich zu keuchen, stieß mich unsanft zur Seite und riss eine Tür auf, links von mir, hinter der er wohl das Bad vermutete. Die Tür knallte zu, und Augenblicke später hörte ich eindeutige Geräusche. Bud Spencer grinste mitleidig.

Der Tote lag mit den Füßen im Flur und mit dem Kopf in einem Zimmer. Dieses Zimmer hatte schräge Wände und schien der Wohn- und Arbeitsraum zu sein.

»Ich mach mal die Fenster auf«, sagte Bud Spencer. »Ich darf doch?«

Offenbar hatte er schon hie und da mit der Kripo zu tun gehabt und kannte die Spielregeln: Am Tatort nicht unnötig herumtrampeln, nichts verändern, nichts anfassen, was nicht unbedingt angefasst werden muss. Der übliche Griff zur Halsschlagader erübrigte sich hier: Dieser junge Mann war so tot, wie ein Mensch nur tot sein konnte.

Mit dem Rücken zur Wand quetschte sich der Feuerwehrmann an der Leiche vorbei und vermied dabei sorgfältig, in die Blutlache zu treten. Dann verschwand er aus meinem Sichtfeld. Ich hörte, wie er zwei Fenster öffnete. Eines davon klemmte ein wenig und knarrte empört. Dann entstand Durchzug, und Sekunden später konnte man wieder fast normal atmen.

»Licht?«, fragte ich, als er wieder erschien. »Darf man jetzt Licht machen?«

Er reckte fachmännisch die Nase in die Luft und nickte. Guido würgte immer noch im Bad. Ich drückte den Schalter. Es wurde hell. Ansonsten geschah nichts. Ich entspannte mich und trat näher an den Toten heran. Das Blut im Gesicht und auf dem schäbigen Teppich war schwarz und schon komplett eingetrocknet. Er musste bereits seit mehreren Tagen tot sein. Die Würgegeräusche im Bad schienen schwächer zu werden.

Das Geschoss hatte den Toten mitten im Gesicht getroffen, dabei die Nase zerschmettert und war vermutlich am Hinterkopf wieder ausgetreten.

»Gucken Sie mal!« Bud Spencer deutete auf die Füße des Toten, die in Puma-Sportschuhen steckten, deren alarmrote Schnürsenkel nicht gebunden waren. »Der Killer hat versucht, den armen Kerl auch noch anzuzünden!«

Er hatte recht: Die Beine der hellgrünen Jogginghose waren angekokelt, teilweise schon komplett verbrannt. An diesen Stellen war die Haut schwarz und aufgeplatzt. Rechts, unter einer altertümlichen Garderobe, an der eine Outdoorjacke und ein zerknittertes schwarzes Cordjackett baumelten, lag eine blaue Dose mit Schraubdeckel und eindeutiger Aufschrift: Waschbenzin. Darum herum hatte sich eine große Pfütze gebildet. Vermutlich hatte der Täter in der Hektik den Deckel nicht richtig zugeschraubt.

Im Bad schien die Lage sich nun endgültig zum Guten gewendet zu haben. Ich hörte den nervenschwachen Guido noch ein wenig husten und rascheln. Dann ertönte ein Klappergeräusch, und schließlich öffnete sich die Tür. Guido war so weiß im Gesicht wie die Kacheln an den Wänden des Badezimmers in seinem Rücken.

»So ein Mist!«, schimpfte er und zog erschöpft die Nase hoch. »Und dann kein Wasser! Ist mir echt so peinlich.«

Angestrengt vermied er es, nach unten zu sehen. Ich verließ mit ihm zusammen die Wohnung, um Verstärkung anzufordern.

»Schicken Sie auch gleich die Spurensicherung«, wies ich den Kollegen an, der in der Notrufzentrale der Polizeidirektion das Telefon abnahm. »Außerdem brauchen wir einen Brandsachverständigen.«

»Er hat gelöscht«, sagte Bud Spencer, als ich das Handy wieder einsteckte, und deutete auf eine babyblaue Wolldecke, die nicht weit von der Benzindose zusammengeknüllt am Boden lag. »Erst knallt er den Kerl ab und zündet ihn an und dann löscht er gleich wieder. Der hat anscheinend nicht gewusst, was er will.«

Nach einem Einbruch sah es hier jedenfalls nicht aus. Das Türschloss war unbeschädigt, die Wohnung wirkte nicht durchwühlt.

Hier handelte es sich um Mord.

»Vielleicht sind sie zu zweit gewesen?«, überlegte Guido. »Der eine hat gesagt: Komm, zünden wir den Typ an, vielleicht hat er Spuren verwischen wollen, aber der andere ist dagegen gewesen? Ein Glück, übrigens. Bei so einem Altbau ist ein Dachstuhlbrand eine Katastrophe. Alles Holz um uns herum.«

Bud Spencer mochte recht haben: Hier hatte jemand nicht gewusst, was er wollte. Der Täter hatte vielleicht in Panik gehandelt. Andererseits sah das Ganze nach einer regelrechten Hinrichtung aus. Das Opfer hatte dem Täter die Tür geöffnet und in den Lauf einer Waffe geblickt, war zwei, drei Schritte rückwärtsgegangen und …

»Wie kann einer bloß ohne Wasser leben?«, fragte Guido, immer noch fassungslos, dessen Gesicht inzwischen wieder ein wenig Farbe angenommen hatte. »Keine Klospülung, keine Dusche, also echt …«

Wenn man die Wohnung betrat, kam gleich links das Badezimmer. Daran schloss sich die Küche an, deren Tür offen stand. Die Musik, die immer noch lief, kam aus einem kleinen, würfelförmigen Radio, das im Wohn- und Arbeitszimmer auf einer umgestülpten roten Plastikkiste stand. Im Moment spielten die Eagles »Hotel California«. Den Blickfang des lange nicht aufgeräumten und selten abgestaubten Raums bildete ein bequem aussehendes, rotes Sofa. Unter einem der beiden Gaubenfenster stand ein mit Papierkram und einem breiten Computermonitor hoffnungslos überladener Schreibtisch aus Pressspan und davor ein überraschend hochwertiger, lederbezogener Schreibtischsessel. An der gegenüberliegenden Wand ein großer Flachbildfernseher. Alles machte den Eindruck, als hätte der Tote allein hier gelebt und wenig Wert auf Stil und Wohnlichkeit gelegt.

Rechts, gegenüber der Küche, lag das Schlafzimmer. Hier stand in der Ecke unter einer Schrägwand ein breites, zerwühltes Bett. Darauf lagen zwei Kopfkissen einträchtig nebeneinander. Am Fußende hockten drei freundlich grinsende Teddybären unterschiedlicher Größe, die zur selben Familie zu gehören schienen. Vater, Mutter, Kind. Zwischen den Kissen saß sehr aufrecht und ernst eine kleine, schon ziemlich lädierte Puppe, etwa dreißig Zentimeter groß, die eine ländlich bunte Tracht trug. Sie saß da, als stünde ihr ein Ehrenplatz zu. Auf dem Kopf trug sie eine weiße Haube, deren Ränder liebevoll mit farbig besticktem Band verziert waren. Auch die Bluse war bunt und hatte weite Ärmel.

Über einem alten und staubigen Sessel lagen achtlos hingeworfen einige Kleidungsstücke. Ein paar Jeans sah ich, bunte Boxershorts in Größe XL, daneben ein Nichts aus schwarzem Stoff. Ein Stringtanga, der gewiss nicht an den Körper des Toten passte.

»Was ist denn hier los?«, fragte eine raue Männerstimme mit leicht angelsächsischem Akzent von draußen.

Ich verließ eilig das Schlafzimmer, um den neugierigen Frager daran zu hindern, die Wohnung zu betreten. In der Wohnungstür erschien ein schlaksiger Kerl mit langem, ratlosem Pferdegesicht, fast zwei Meter groß und mindestens so sehr außer Atem, wie ich es nach dem Aufstieg gewesen war. Seine Miene changierte zwischen Neugierde und Besorgnis.

»Sie sind …?«, fragte ich freundlich.

»Andrew Weber«, stellte er sich vor und fuhr mit der flachen Hand über seine hohe Stirn. »Ich wohne da.« Er deutete auf die gegenüberliegende graue Tür. »Was ist mit Andi? Und was riecht hier so …«

»Ihr Nachbar ist tot. Es tut mir leid.«

Die schlimme Nachricht ließ den schnaufenden Riesen seltsam unberührt. Der junge Mann trug einen olivgrünen, schon arg verschlissenen Parka, an dessen Ärmel ein rotes Ahornblatt auf weißem Grund prangte. Auf seiner kräftigen Nase saß eine runde Nickelbrille.

»Tot?«, fragte er begriffsstutzig. »Aber wieso … Darf ich?«

»Es ist kein schöner Anblick«, sagte ich warnend und zu spät, denn er war schon halb an mir vorbei. »Er wurde erschossen.«

Andrew Weber warf einen langen Blick in den Flur seines Nachbarn. Schauderte, nickte schließlich, als hätte er so etwas seit Langem erwartet.

»Wie heißt Ihr Nachbar?«

Weder am Klingelknopf noch an der Tür befand sich ein Namensschild.

Er nickte noch einmal mit leerem Blick. Fuhr sich wieder über die verschwitzte Stirn. Über sein Gesicht irrlichterten die verschiedensten Gefühle.

»Andi … aber … wer tut denn so was?«

»Andi – und wie weiter?«

Er schluckte krampfhaft, kam allmählich wieder zu sich, sah mir ins Gesicht. »Dierksen. Andreas Dierksen.«

Im Gegensatz zu Guido war er durch den Schreck nicht blass geworden, sondern krebsrot. Mit fahrigen Bewegungen riss er sich den schweren Parka vom Leib und warf ihn achtlos vor seine Wohnungstür. Sein blassgelbes und viel zu weites T-Shirt hätte er schon vor Tagen in die Waschmaschine stopfen sollen. An den langen Beinen labberte eine verwaschene Jeans, die ihm nur wegen des straff gezogenen schwarzen Ledergürtels nicht auf die Knöchel rutschte. An den Füßen trug er Springerstiefel.

»Haben Sie Herrn Dierksen gut gekannt?«

Unten wurde es laut. Die Haustür fiel ins Schloss. Eilige Schritte kamen die Treppe herauf. Eine Frau lachte kieksend. Die Verstärkung rückte an. Andrew Weber nickte zum dritten Mal, sah irritiert übers hölzerne Treppengeländer nach unten.

»Können wir uns irgendwo setzen und in Ruhe unterhalten?«, fragte ich den schwitzenden und dadurch nicht besser riechenden Zwei-Meter-Mann.

»Setzen?«, fragte er verständnislos zurück.

»In Ihre Wohnung vielleicht? Ich würde gerne mehr über Ihren Nachbarn erfahren.«

»In meine Wohnung, nein, das geht gar nicht.« Erschrocken, fast panisch schüttelte er den Kopf. »Ich bin nicht gerade ein Star im Putzen, und ... ich ... nein, Wohnung, das geht nicht.«

»Sie dürfen sich gerne bei mir reinsetzen«, rief Frau Hitzleben drei Stockwerke tiefer, der ich den ganzen Schlamassel verdankte und die offenbar trotz ihres Alters noch über ein vorzügliches Gehör verfügte.

»Sie kommen aus Kanada?«, fragte ich meinen Begleiter, als wir die Treppen hinabstiegen. In der Wohnung unterhalb der des Toten schienen Renovierungsarbeiten im Gang zu sein. Neben der Tür waren Säcke voller Gips oder Zement gestapelt. Kartons mit Fliesen standen daneben. An der Wand lehnten grüne Platten. Der Boden vor der Tür war mit einer feinen weißen Staubschicht überpudert, in der eine Vielzahl von Schuhabdrücken zu erkennen war. Vielleicht, mit etwas Glück, auch die des Mörders.

Zwei sportliche Kollegen kamen uns eilig entgegen, gefolgt von einer blonden Kollegin vom Kriminaldauerdienst. Die drei nickten mir zu, während sie vorbeihasteten. »Abend, Herr Kriminaloberrat«, rief die Frau fröhlich über die Schulter. »Immer noch im Dienst?«

»Spusi ist unterwegs«, ergänzte einer ihrer Kollegen, der immer zwei Stufen auf einmal nahm. »Der Brandmensch kommt später.«

»Calgary«, beantwortete Andrew Weber meine schon halb vergessene Frage. »Ich mache hier an der weltberühmten Ruprecht-Karls-Universität meinen Ph. D.«

»Sie sprechen sehr gut Deutsch.«

Er gluckste wie ein verschämter Teenager. »Mein Vater. Er stammt aus Dortmund.«

Mein Handy trillerte. Sarah, las ich auf dem Display, eine meiner Töchter. Ich drückte das Gespräch weg. Im Erdgeschoss hielt uns Frau Hitzleben schon die Tür zu ihrer nach Blumen und Kardamom duftenden Wohnung auf, und kurze Zeit später saßen wir auf schweren, lederbezogenen Stühlen um einen weiß lackierten Tisch mit geschwungenen Beinen herum. Frau Hitzleben schien Antiquitäten zu lieben.

»Darf ich dabeibleiben?«, fragte sie mit glänzenden Augen.

Ich nickte. So konnte sie ihr Wissen über den toten Herrn Dierksen auch gleich beisteuern. Eine kostbar aussehende Kaminuhr tickte lebhaft auf einem in Farbe und Stil zum Tisch passenden Vertiko. Sonst war es still.

»Jetzt erzählen Sie einfach mal.« Ich lehnte mich bequem zurück, um eine etwas entspanntere Atmosphäre zu schaffen. »Wer ist Herr Dierksen? Wo kommt er her? Was arbeitet er?«

»Nun.« Andrew Weber räusperte sich und sah mit konzentrierter Miene an mir vorbei an die Wand. »Andi arbeitet in Karlsruhe an einem Forschungsinstitut. Den Namen habe ich vergessen. Sie machen da etwas mit solchen ... radioaktiven Sachen. Darauf ist Andi ziemlich stolz gewesen. Das hat mich gewundert, weil ich dachte, dass diese Atomsachen in Deutschland nicht so beliebt sind. Das Institut ist in diesem Dings ... einem Forschungszentrum. Was genau er dort treibt, hat er mir mal zu erklären versucht, aber ich habe es nicht begriffen. Andi war Chemiker. Mein Fach ist die Volkswirtschaft.«

Ein betretenes Achselzucken beendete seinen Vortrag.

»Er war also Wissenschaftler? War er promoviert?«

Weber kratzte sich im Gesicht. »Nein, Andi war auch noch nicht fertig mit seiner Doktorarbeit. Aber in vier Wochen hätte er Abgabetermin bei seinem Prof gehabt.«

»Er hat nicht allein in seiner Wohnung gelebt«, bemerkte ich und dachte an die zwei Kopfkissen, die Puppe, die Teddybären, den Stringtanga.

»Doch«, sagte Frau Hitzleben.

»Nein«, widersprach der angehende Volkswirt. »Andi hatte seit einiger Zeit eine Freundin.«

Frau Hitzleben sah ihn ungläubig an. »Die kleine Rothaarige etwa?«

»Rothaarig ist sie, ja. Sie hat da oben aber nicht so richtig gewohnt. Mal war sie da, mal war sie nicht da. Oft ist sie über Nacht geblieben. Und die Wände in diesem Haus sind leider ziemlich dünn.« Der junge Mann errötete bis an die Haarwurzeln. »Und manchmal war es ganz schön laut nebenan.«

»Haben die beiden sich gestritten?«

»Das auch. Vor allem in der letzten Woche. Tina – so heißt sie – kann ganz schön energisch werden, wenn ihr etwas nicht passt. Von Andi habe ich nicht so viel gehört. Meistens haben sie sich aber rasch wieder versöhnt. Und dann hat bei mir wieder mal das Geschirr im Schrank geklirrt.« Er zog ein Gesicht, als hätte er sich auf die Zunge gebissen.

»Ich hab sie nur zwei- oder dreimal gesehen«, sagte Frau Hitzleben nachdenklich. »Sie ist ein bisschen scheu, war mein Eindruck. Wie ein Geist ist sie immer an mir vorbeigehuscht. Hat einem nicht ins Gesicht gesehen und kaum gegrüßt. Und eine Sonnenbrille hat sie immer aufgehabt, sogar wenn es geregnet hat. Arg jung ist sie mir vorgekommen. Ein bisschen zu jung für den Herrn Dierksen. Sie musste ja zu einem von Ihnen da oben gehören, habe ich mir gedacht, sonst leben ja nur alte Leute im Haus. Ich dachte aber eigentlich, sie will zu Ihnen, Herr Weber.«

Der Angesprochene gluckste geschmeichelt und errötete schon wieder. »Schön wär's. Tina ist nicht gerade hässlich.«

»Hat Herr Dierksen sie Ihnen nicht vorgestellt?«, fragte ich.

Weber schüttelte wieder einmal den großen Kopf. »So eng waren wir auch wieder nicht. Ich habe nur mehrfach gehört, dass Andi sie Tina nannte. Wir haben hin und wieder ein bisschen gesprochen, wenn wir uns auf der Treppe trafen. Er hat mir erzählt, was er arbeitet, und umgekehrt. Mehr war da nicht. Ich habe mal vorgeschlagen, wir sollten zusammen einen trinken gehen. Andi fand das eine gute Idee, aber es ist dann irgendwie nichts daraus geworden. Wir fanden es lustig, dass wir ähnliche Vornamen haben, Andreas und Andrew. Hatten, wollte ich sagen.«

Er presste die Lippen fest zusammen. Vielleicht wurde ihm erst in dieser Sekunde wirklich bewusst, dass er nie wieder mit Andreas Dierksen auf der Treppe ein Schwätzchen halten würde.

»Herr Dierksen hat ja sonst eigentlich nie Besuch gehabt«, überlegte Frau Hitzleben mit krauser Stirn. »Jedenfalls kann ich mich nicht …«

Mein Handy legte erneut los. Wieder war es Sarah. Wieder drückte ich den roten Knopf.

»Drum habe ich doch auch gedacht, die kleine Rothaarige gehört zu Ihnen, Herr Weber.«

»Wie alt ist sie?«, fragte ich.

»So, wie sie aussieht …« Sie sah mich ratlos an, die Stirn immer noch kraus. »Noch keine achtzehn.«

Andrew Weber hob die knochigen Schultern und zog eine

unglückliche Grimasse. Aus irgendeinem Grund konnte er mir nicht in die Augen sehen.

Ich fragte, woher Dierksen stammte. Ob es Geschwister gab. Ob seine Eltern noch lebten.

»Mir hat er mal erzählt, er sei in Leer aufgewachsen«, berichtete Frau Hitzleben. »In Ostfriesland oben. Seine Eltern haben da einen großen Bauernhof. Von einer Schwester ist auch die Rede gewesen. Die ist verheiratet und hat fünf Kinder. Oder waren es sechs? Viele, jedenfalls.«

Andrew Weber wusste zu diesem Punkt nichts zu berichten.

Ein kurzes Brummen meines Handys meldete eine neue SMS. Ich versuchte, meinen beiden Gesprächspartnern noch mehr Informationen zu entlocken, sah aber bald ein, dass es zwecklos war.

»Wie er eingezogen ist«, erinnerte sich Frau Hitzleben noch, »normalerweise macht man doch eine Runde durchs Haus und stellt sich vor. Aber der Herr Dierksen … Eines Tages, vor knapp drei Jahren, ist ein weißer Lieferwagen vorgefahren, er hat sein bisschen Zeug die Treppen hochgeschleppt, ganz allein, keiner hat ihm geholfen. Und dann ist er da gewesen. Wenn man ihn getroffen hat, hat er Guten Tag gesagt, und das war alles. Ich habe ein paarmal versucht, mit ihm ins Gespräch zu kommen, aber – wie soll ich sagen? Es war schwierig.«

»Das stimmt.« Andrew Weber faltete die großen Hände auf dem Tisch. »Um Andi war so eine unsichtbare Wand. Sobald es persönlich wurde, war da so etwas … wie eine gläserne Wand, ja.«

Ich erhob mich und bedankte mich bei der Gastgeberin. Weber sprang ebenfalls auf und schien erleichtert zu sein, dass es vorbei war.

»In der Wohnung oben gibt es kein Wasser«, sagte ich zu dem schlaksigen Kanadier, als wir wieder im Treppenhaus standen.

»Die Wasserleitung.« Er fuhr sich mit beiden Händen durchs widerborstige Haar. »Die Handwerker, die in der Wohnung darunter arbeiten, haben ein Rohr angebohrt. Sollte eigentlich längst erledigt sein. Ich weiß auch nicht …«

»Wie überlebt man zwei Wochen ohne fließendes Wasser?«

»Andi hat einen Schlüssel zur Wohnung darunter bekommen. Zu der Wohnung, die renoviert wird. Das Bad dort ist schon fertig. Und das darf … also, durfte er … benutzen.«

Wir verabschiedeten uns, und es ließ sich nicht vermeiden, dass ich seine klebrige Hand drückte. Als ich in die kühle Abendluft hinaustrat, nahm ich das Handy zur Hand.

»Ruf an!!!«, hatte meine Älteste geschrieben. Meine Töchter waren eineiige Zwillinge, sechzehn Jahre alt. Aber Sarah war eine halbe Stunde vor Louise zur Welt gekommen. »Omaalarm!!!!!!«

Den Rückruf ersparte ich mir, da ich ja nur die Straße überqueren musste, um mir von meiner Tochter persönlich erklären zu lassen, was das merkwürdige Wort bedeutete. Meine Eltern hatten ihren Wohnsitz in den Süden Portugals an die Algarve verlegt, nachdem Vater das Pensionsalter erreicht hatte. Das war nun schon einige Jahre her, und seither hatten wir uns nur selten gesehen. Mutter flog nicht gern, und ich auch nicht. So beschränkte sich der Kontakt auf gelegentliche Telefonate und bunte Karten zu Geburtstagen und hohen Feiertagen. In den vergangenen Monaten hatten sich die Anrufe meiner Mutter allerdings gehäuft. Ich hatte gespürt, dass ihr etwas auf der Seele lag. Sie weigerte sich jedoch zäh, den Grund ihrer ungewohnten Anhänglichkeit zu nennen. Hoffentlich war niemand krank geworden. Oder Schlimmeres. Ich beschleunigte meinen Schritt, und in meinem Magen machte sich ein mulmiges Gefühl breit.

Dabei hatte dieser Montag so friedlich begonnen …

3

Als ich meine Wohnung betrat, war ich ernstlich besorgt. Mutter hatte im Oktober ihren vierundsiebzigsten Geburtstag gefeiert, Vater war ein Jahr jünger. Was kann in diesem Alter nicht alles passieren? Krebs. Alzheimer. Parkinson … Natürlich war mir immer klar gewesen, dass Menschen nicht ewig leben. Auch meine Eltern nicht. Bisher waren die beiden aber zum Glück immer kerngesund gewesen. Oder hatten es mich zumindest nicht wissen lassen, wenn ihnen etwas fehlte. Schlechtes Gewissen nagte in meinen Eingeweiden. Meine Hände waren feucht, als ich den Schlüssel ins Schloss schob.

Meine gerstenblonden Töchter hatten mich schon gehört und kamen aus ihren Zimmern gesprungen. Sie waren schreckensbleich.

»Was ist mit Oma?«, fragte ich mit belegter Stimme und hängte meinen Trenchcoat an die Garderobe.

»Sie kommt!«, stieß Sarah hervor.

»Sie ist schon da!«, widersprach Louise. »Also, in Deutschland.«

»Und sie will bei uns wohnen!«

»Jetzt mal der Reihe nach«, sagte ich und spürte, wie eine schwere Last von meiner Seele rumpelte.

»Nix der Reihe nach«, sagte Louise giftig. »Oma sitzt in Frankfurt am Flughafen und will abgeholt werden.«

»Und sie will bei uns wohnen!«

»Was ist mit Opa?«

»Von dem hat sie nichts gesagt.«

Das Wort Omaalarm beschrieb die Situation ganz treffend, fand ich, als ich auf einen unserer Küchenstühle sank. Mein erster Impuls war, meine Mutter anzurufen. Aber das ging ja nicht, denn sie besaß kein Handy. Sie fand diese neumodischen Funkdinger gefährlich. So gefährlich, dass sie sich sogar weigerte, von einem Festnetzapparat ein Handy anzurufen, weil die bösen Strahlen angeblich auch durch kilometerlange Leitungen drangen, wie sie irgendwo aufgeschnappt hatte.

»Paps?«, fragte Sarah zaghaft.

Ich stemmte mich wieder hoch. »Dann müssen wir sie wohl abholen. Kommt ihr mit?«

»Aber sie wohnt nicht hier, ja? Hier ist überhaupt kein Platz!«

»Erst mal holen wir sie, und dann sehen wir weiter.«

»Sie kann nicht hier wohnen!«

»Zieht euch was über. Wir fahren.«

Sie wollten nicht nach Frankfurt. Sie wollten niemanden abholen. Und vor allem wollten sie keine Oma in der Wohnung haben. Sie wollten, dass alles so blieb, wie es war.

Zwanzig Minuten später waren wir auf der Autobahn.

Sarah saß neben mir auf dem Beifahrersitz und fummelte wie üblich an ihrem Handy herum, Louise saß hinten und hörte das, was meine Töchter Musik nannten. Erst jetzt wurde mir bewusst, dass es nicht die gewohnten Streitereien gegeben hatte über die Frage, wer vorne sitzen durfte. Die beiden hatten im Moment größere Sorgen.

»Wie sollen wir Oma überhaupt finden am Flughafen?«, fragte ich. »Hat sie dazu irgendwas gesagt?«

»Keine Ahnung«, antwortete Sarah missmutig. »Sie hat bloß gesagt, sie wartet da, und wir sollen kommen. Wieso?«

»Weil sich am Frankfurter Flughafen um diese Uhrzeit vermutlich ungefähr zehntausend Menschen aufhalten.«

Hoffentlich fand ich wenigstens einen Parkplatz.

Nun stopfte auch Sarah sich ihre MP3-Stöpsel in die Ohren, die Louise schon seit einer Weile drin hatte, und ab sofort hörte ich von den beiden nur noch das übliche hektische Gezischel. Irgendwann nahm ich neben mir eine Bewegung wahr. Augenblicke später kam sehr zaghaft von Sarah: »Paps?«

»Hm?«

»Wenn ich mal ...« Sie schluckte. »Also, wenn ich mal irgendwann einen Freund hab. So einen richtigen, du weißt schon ...«

»Was wäre dann?«

»Na ja ... Könnte der ... Würdest du vielleicht ...« Wieder Schlucken. Ich ahnte schon, was nun kommen würde. Und so kam es auch. Mit Anlauf: »Würdest du erlauben, dass er manchmal bei mir pennt? Also, echt bloß manchmal, ist ja klar.«

Natürlich hatte ich mit dieser Frage gerechnet. Natürlich wusste ich, dass die meisten Eltern das Thema heute locker sahen, ich lebte ja nicht hinter dem Mond. Einmal war es sogar bei einem Elternabend zur Sprache gekommen, und es war eine längere und kontroverse Diskussion entbrannt. Die Meinungen waren weit auseinandergegangen, von: »Haben wir doch damals auch schon gedurft« bis hin zum kategorischen »Nur über meine Leiche!«.

Auch meine Meinungen waren weit auseinandergegangen. Und sie gingen es noch.

»Paps?«

Meine Mädchen nahmen seit einiger Zeit die Pille. Sie waren aufgeklärt und nicht auf den Kopf gefallen. Und sie waren keine Kinder von Traurigkeit. Beide hatten längst ihre ersten sexuellen Erfahrungen gemacht. Bisher schien jedoch unter ihren wechselnden Freunden keiner gewesen zu sein, den sie für präsentabel hielten, denn die Geschichten waren immer weitgehend hinter meinem Rücken abgelaufen. Nur wenn es am Ende Tränen gab, hatte ich erfahren, dass da vorübergehend etwas gewesen war.

»Wie heißt er?«, fragte ich, während ich zum Überholen eines Lkw mit blauer Plane und russischem Kennzeichen ansetzte. »Ist er nett?«

Was für eine Frage! Natürlich fand sie ihn nett. Außerdem fand sie ihn noch süß und cute und cool.

»Ähm. Also. Stephan. Eigentlich. Aber alle nennen ihn Richy.«

»Wenn ich ihn kennengelernt habe, dann sage ich dir, ob er bei uns übernachten darf, okay?«

»Das ist aber voll peinlich, Paps!«

»Er muss ja keinen offiziellen Antrittsbesuch machen mit Schlips und Anzug. Du bringst deinen Stephan-Richy einfach mal mit und stellst ihn mir vor. Und wenn er sich nicht traut, dann vergisst du ihn am besten gleich wieder. Wie alt ist er?«

»Siebzehn. Er ist in der 10B.«

Meine Töchter waren erst sechzehn und in der 10A. Dann war der Junge wohl schon einmal sitzen geblieben, was meine Sympathie ihm gegenüber nicht unbedingt steigerte. Aber Sarahs Augen leuchteten jedes Mal auf, wenn sie seinen Namen nannte. Und es war ja hoffentlich nicht für die Ewigkeit.

»Seit wann seid ihr zusammen?«

»Seit Straßburg. Vorher auch schon ein bisschen. Aber da … Na ja, da hat's dann halt irgendwie gefunkt zwischen uns.«

Straßburg – das war diese unselige Klassenfahrt vor Weihnachten gewesen, in deren Verlauf ihre Mitschülerin Lea verschwand. Bei deren Suche hatte ich dann meine alte Schulfreundin Doro wiedergetroffen und entdeckt, dass ich der Vater ihres Sohnes war.

»Und wieso nennt ihr ihn Richy, wenn er Stephan heißt?«

»Das weiß keiner. War immer schon so.«

»Wir machen es so, wie ich gesagt habe: Wenn ich ihn kennengelernt habe, dann kriegst du meine Antwort.«

»Eine Nachricht für Frau Katrin Gerlach: Sie werden im Welcome Center im Bereich B erwartet«, schallte es zum dritten Mal in der vergangenen halben Stunde aus tausend Lautsprechern. Um uns herum wogten Menschenmassen hin und her. Erschöpfte Familien kamen schwer bepackt aus dem Urlaub. Verliebte Paare fielen sich jauchzend in die Arme. Optimistisch nach vorn schauende Geschäftsleute strebten nach Hause oder noch mal kurz ins Büro.

»Und du bist ganz sicher, dass sie gesagt hat, Flughafen Frankfurt? Nicht vielleicht Frankfurt-Hahn?«

»Paps!« Sarah rollte die Augen himmelwärts. »Ich bin doch nicht blöd.«

»Alexander!«, rief eine muntere Frauenstimme hinter mir. »Da seid ihr ja endlich, mein Gott!«

Ihr Gesicht war braun gebrannt von der Sonne Südportugals, das kräftige Haar war immer noch so haselnussbraun wie in meiner Kindheit, wenn auch vermutlich gefärbt. Vor mir stand kein kleines, verunsichertes und vom langen Flug übermüdetes altes Weiblein, sondern meine Mutter – so, wie sie immer gewesen war, nur mit einigen Falten mehr im Gesicht. Die Brille, die sie früher nur im äußersten Notfall benutzt hatte, schien sie jetzt ständig zu tragen. Außerdem sah ich mehr Schmuck an ihr als früher. Vielleicht hatte sie sich auch nur uns zu Ehren fein gemacht. Eine Kette aus großen bunten Holzkugeln baumelte über einem hellgrauen Kleid. Den sandfarbenen Frühlingsmantel darüber trug sie offen. Nur die Schuhe kamen mir bekannt vor.

In dieser Sekunde wurde mir zum ersten Mal bewusst, dass meine Mutter Ähnlichkeit mit Theresa hatte, meiner Geliebten. Nicht äußerlich. Weder die Haarfarbe stimmte noch die Statur. Theresa war kräftiger gebaut, weicher auch. Aber der Blick, dieser unerschütterlich selbstbewusste Blick, war derselbe.

»Mama!« Ich nahm sie in die Arme, und mein seit zwei Stunden vor sich hin köchelnder Ärger verwandelte sich innerhalb von Sekundenbruchteilen in Rührung. Sie drückte mich fest. Dann ließ sie mich los, umarmte auch die Mädchen, die die Omazärtlichkeiten willig, aber ohne Begeisterung über sich ergehen ließen. Ich packte die beiden Koffer meiner Mutter, deren Gewicht einen längeren Aufenthalt befürchten ließ, und wir machten uns auf den Weg zum Parkhaus. Es war ein weiter Weg, und es dauerte eine Weile, bis wir meinen Peugeot Kombi wiederfanden.

»Du fährst immer noch dieses alte Ding?«, lautete Mutters herzloser Kommentar.

»Ja, gell?«, fielen die Zwillinge plötzlich strahlend ein. »Wir finden auch, dass wir endlich mal ein richtiges Auto brauchen!«

Das Eis war gebrochen. Hurra. Nur ich war ein wenig verstimmt.

»Und?«, sagte ich, als wir auf die Autobahn einbogen. »Was ist?«

»Nicht vor den Kindern, Alexander!«

»Die hören nichts.« Hinten hatte man schon die Stöpsel in den Ohren und die Lautstärke mit Sicherheit wieder viel zu hoch gedreht.

»Es ist wegen Papa.«

»Habt ihr euch gestritten? Soll ich versuchen zu vermitteln?«

Meine Mutter seufzte. Sah aus dem Seitenfenster in die duftende Dunkelheit des ersten Frühlingsabends. »Er betrügt mich«, sagte sie schließlich so leise, als hätte sie Grund, sich deswegen zu schämen. »Er hat eine andere.«

Es gelang mir, ernst zu bleiben. »Papa ist dreiundsiebzig, richtig?«

»Alter schützt nicht vor Dummheiten. Das wirst du auch noch merken, wart's nur ab.«

»Ehrlich, Mama! Ich kenne doch Papa. Ich meine … Das kannst du dir wirklich nur einbilden.«

»Die Einbildung heißt Elvira und ist zwanzig Jahre jünger als ich. Ich habe sie zusammen gesehen. Arm in Arm. Sie ist gerade mal fünfzig. Blond wie Gift, Schuhe wie eine Hure. Ein Aufzug wie … nein, ich will es nicht beschreiben. Dein Vater hat den Verstand verloren.«

Das Autobahnkreuz Darmstadt kam näher. Ich drängelte mich nach rechts. Der Verkehr war dicht, aber flüssig. Im Osten erhob ein stolzer Vollmond das blasse Haupt, um zu sehen, was seine große Konkurrentin, die Sonne, den Tag über angerichtet hatte. Der Blinker tickte.

»Was genau hast du denn gesehen, Mama?«

»Zu viel.«

»Ein bisschen genauer, vielleicht?«

»Ich will nicht darüber sprechen.«

»Und jetzt?«

»Jetzt hast du mich am Hals.«

Ich beschloss, Vater gleich morgen früh anzurufen und – sollte Mutter recht haben, was ich immer noch nicht glauben konnte – ihm gründlich den ergrauten Kopf zu waschen. Mutter war, seit ich denken konnte, eine praktisch veranlagte Frau gewesen, die mit beiden Füßen auf dem Boden der Realitäten eines gesicherten Mittelschichtlebens stand. Andererseits konnte ich mir auch mit viel bösem Willen nicht vorstellen, dass mein alter Vater, vor seiner Pensionierung jahrzehntelang ein pflichtergebener und bis in die Knochen harmloser Finanzbeamter im höheren Dienst, plötzlich zum Don Juan mutiert sein sollte. Dass er ein Verhältnis mit einer über zwanzig Jahre jüngeren Frau hatte. Die Vorstellung war lachhaft. Einfach nur lachhaft.

»Wie lange willst du bleiben, Mama?«, fragte ich, nachdem ich meine Gedanken halbwegs sortiert hatte.

»Für immer«, lautete die ebenso klare wie beunruhigende Antwort. »Soll er glücklich werden mit seiner blonden Eroberung. Ich habe nichts mehr mit diesem Mann zu tun.«

4

Die Nacht über waren einige Menschen fleißig gewesen.

»Andreas Christian Dierksen«, begann die Erste Kriminalhauptkommissarin Klara Vangelis am Dienstagmorgen ihren Bericht. Es war Punkt neun Uhr, und im großen Besprechungszimmer der Heidelberger Polizeidirektion hatten sich mit mir achtzehn Personen versammelt. »Geboren 1986 in Leer, aufgewachsen auf dem Bauernhof seiner Eltern in der Nähe von Collinghorst. Das ist ein Dorf etwa zehn Kilometer südlich von Leer. Nach dem Abi Studium der Chemie in Hamburg. Masterabschluss im Mai 2011. Zwei Monate später war er schon Doktorand am Karlsruher Institut für Technologie, Institut für Aktinide.«

Klara Vangelis war meine ranghöchste und zuverlässigste Mitarbeiterin. Als Tochter griechischer Eltern war sie in Deutschland aufgewachsen. Nebenbei war sie eine begnadete Hobbyschneiderin, weshalb sie selbst im grauen Alltag des Polizeidienstes ständig in exzellent kopierter Designerkleidung herumlief. Früher war sie zudem noch Auto gefahren wie der Gottseibeiuns persönlich und hatte hin und wieder sogar kleine Rallyes gewonnen. Seit sie jedoch den Wagen ihres Vaters spektakulär zu Schrott gefahren, einen Zahnarzt geheiratet hatte und Mutter eines inzwischen fast einjährigen Sohnes war, war es an dieser Front ruhig geworden. Den Vater ihres kleinen Konstantin kannte ich kaum, und die Erziehung hatte meines Wissens im Wesentlichen die resolute Großmutter übernommen. Noch vor Ende ihrer Elternzeit war Vangelis mit auffallender Begeisterung an ihren Schreibtisch zurückgekehrt.

»Was machen die?«, wollte Sven Balke wissen. »Aktinide, was ist das?«

Balke war nicht weit von Andreas Dierksen zur Welt gekommen, in einem Dörfchen in der Nähe von Bremen und unweit von Worpswede, dem bekannten Malerdorf.

Vangelis zuckte die nadelstreifengeschmückten Schultern.

»Irgendwas mit Radioaktivität«, konnte ich beisteuern.

»Bisher weiß ich nur, dass dieses Institut auf dem Campus Nord des KIT in einem eigenen, besonders geschützten Bereich untergebracht ist«, fuhr Vangelis fort.

»Klingt spannend«, fand Balke. Seine weißblonden Haare waren raspelkurz geschnitten, an den Ohren glitzerte alles Mögliche, und den muskulösen Oberkörper umspannte heute ein dunkelblaues Poloshirt. Balke war der heimliche Schwarm mancher jungen Kollegin, teilte jedoch nun schon seit über einem Jahr mit Evalina Krauss Büro und Bett. Im Moment tippte er auf seinem übergroßen Smartphone herum. Schon hatte er gefunden, wonach er suchte: »Aufgabe des Instituts für Aktinide, kurz IfA, ist die Bereitstellung der wissenschaftlichen Grundlagen für den Schutz des europäischen Bürgers vor den mit der Handhabung und Lagerung hochradioaktiver Materialien verbundenen Gefahren.« Befriedigt legte er sein elektronisches Lexikon auf den Tisch. »Sie unterstehen direkt der Europäischen Kommission in Brüssel.«

»Hört sich ja richtig gefährlich an«, meinte Evalina Krauss, die rechts neben ihrem Liebsten saß und hin und wieder zu ihm hinauflächelte.

»Was haben wir sonst noch?«, fragte ich mit Blick auf die nachgemachte Bahnhofsuhr über der Tür.

»Er hat an einer Doktorarbeit geschrieben, deren Thema ich nicht annähernd verstanden habe«, fuhr Vangelis sachlich fort. »Die Eltern habe ich noch nicht kontaktiert. Ich habe die Kollegen in Leer gebeten, den alten Leuten die traurige Neuigkeit schonend beizubringen.«

Sie nahm eine Fernbedienung zur Hand, der Beamer an der Decke begann zu brummen. Evalina Krauss klappte eilig ihren Laptop auf und steckte das Kabel ein. An der Wand erschien ein Foto des blutverschmierten Kopfes von Andreas Dierksen. Anschließend ein zweites, das sein rundliches und nichtssagendes Gesicht in gereinigtem Zustand zeigte. Er war kein schöner Mann gewesen. Das Gesicht glatt rasiert, wirres blondes Haar, kleine blassblaue Augen, volle, zu Lebzeiten vermutlich oft ein wenig feuchte Lippen.

Ich sah den hünenhaften Chef der Spurensicherung auffordernd an, einen Schwaben namens Lemmle, der wie Vangelis den Rang eines Ersten Hauptkommissars bekleidete und eine Koryphäe in seinem Fach war. Lemmle packte mit seinen Pranken einige Papiere, die unordentlich vor ihm auf dem Tisch herumlagen.

»Todesursache ist eindeutig der Kopfschuss«, begann er schnaufend. »Das Geschoss haben wir gefunden. Es ist am Hinterkopf ausgetreten und hat in der Wand gesteckt. Anhand der Schusslinie lässt sich sagen, dass der Mörder ein bisschen kleiner gewesen sein muss als das Opfer. Aber nicht viel. Wenn wir annehmen, dass der Täter über den Lauf gezielt hat, müsste er zwischen eins siebzig und eins achtzig groß sein.«

»Wie groß war Dierksen?«, fragte ich.

»Fast eins neunzig. Gewicht hundertvierzehn Kilo. Der Schuss ist aus einer Entfernung von circa einem Meter abgefeuert worden. Die Patronenhülse haben wir nicht gefunden, Tatwaffe ist also wahrscheinlich ein Revolver.«

»Oder der Täter hat die Hülse aufgesammelt und eingesteckt«, warf Vangelis ein. »Hatten wir auch schon.«

Das nächste Bild zeigte die angekokelten Beine des Toten. An manchen Stellen war die verwaschene Jogginghose ganz weggeschmort, oberhalb der Knie war der Stoff – vermutlich Nylon oder etwas anderes wenig Hautfreundliches – unbeschädigt. Es folgten Großaufnahmen von schwärzlich verbrannter Haut und rohem Fleisch, die ich mir lieber nicht so genau ansah.

»Der Täter hat sich ganz unglaublich blöd angestellt«,

lautete Lemmles Kommentar. »Erstens hat er das meiste Benzin danebengeschüttet. Zweitens hat er höchstens ein Viertel von dem benutzt, was in der Dose gewesen ist.«

Und der Rest war größtenteils an der Stelle ausgelaufen, wo der unbegabte Brandstifter die Dose anschließend hingeworfen hatte.

»Und drittens hat er dann gleich wieder gelöscht. Viel dümmer kann man so was eigentlich nicht machen.«

»Klingt alles nicht, als hätten wir es mit einem Profi zu tun«, bemerkte ich.

Lemmle zog geräuschvoll die Nase hoch und hustete. »Außerdem hat er anscheinend was gesucht.«

An der Wand erschienen in rascher Folge Fotos von offensichtlich in großer Hast durchwühlten Schreibtischschubladen. Das Chaos auf der Arbeitsplatte hingegen musste nicht zwingend der Mörder verursacht haben.

»Ob er gefunden hat, wonach er gesucht hat …« Der Chef der Spurensicherung hob die fleischigen Schultern. »Den PC des Opfers nehmen meine Leute grad auseinander. Die Auswertung der Fingerspuren läuft auch noch. Unter anderem auf der Benzindose haben wir welche gesichert, die nicht vom Opfer sind.«

»Du hoffst im Ernst, der Täter hat Fingerabdrücke hinterlassen?«, fragte Balke verwundert.

»Wer zu blöd ist, eine Leiche anzuzünden, dem ist alles zuzutrauen.«

Ich dachte an Guidos Idee, es könnte sich um zwei Täter gehandelt haben, von denen der eine versucht hatte, Dierksens sterbliche Überreste in Brand zu stecken, während der andere wieder gelöscht hatte.

»Sonst noch was?«, fragte ich mit einem weiteren Blick auf die Uhr. Obwohl die Besprechung erst vor einer Viertelstunde begonnen hatte, wurde die Luft schon schlecht. Vor den Fenstern regnete es friedlich. Es roch nach frischem Kaffee und feuchter Wolle.

Lemmle blätterte und schniefte. »Ah, das hätt ich fast vergessen: Wir haben ein bisschen Kokain gefunden. Aber nur für den Hausgebrauch. Mehr hab ich im Moment nicht zu bieten.«

»Was ist mit seinem Handy?«, fragte Balke mit schmalen Augen.

»Koi Handy«, schwäbelte der Riese, nieste dreimal kräftig, maulte: »Scheißheuschnupfe!«, und schnäuzte sich lautstark. »Kaum scheint emol e' bissle d' Sonn, scho goht der Mischt wieder los!«

»Kein Handy?«, fragte Balke ungläubig. »Das gibt's nicht.«

Der Chef der Spurensicherung sortierte seine Papiere und Zettel neu und fuhr – nun wieder in Hochdeutsch – fort: »Wir haben jedenfalls keines gefunden. Und dann haben wir da noch die Decke, mit der der Täter den Brand gelöscht hat, bevor er sich vom Acker gemacht hat.«

Krauss drückte eine Taste, ein neues Bild: Die babyblaue Wolldecke hatte der Täter einfach in eine Ecke geworfen, nachdem sie ihren Zweck erfüllt hatte. Auf den ersten Blick sah sie aus wie neu.

»Mit einem überraschten Einbrecher haben wir es nach Lage der Dinge nicht zu tun«, sagte ich.

Lemmle neigte zustimmend das schwere Haupt. »Nach der Auffindesituation hat das Opfer dem Täter die Tür geöffnet, ist zwei, drei Schritte rückwärts, und peng ... Keine Spuren von einem Handgemenge oder gar einem Kampf. Er muss total überrascht gewesen sein.«

Ich sah in die Runde. »Was sagen die Nachbarn?«

»Nichts«, erwiderte Oberkommissarin Krauss bescheiden. »Der Nachbar auf dem gleichen Stockwerk, mit dem haben Sie ja gestern schon geredet. Die Wohnung darunter steht leer und wird renoviert, und die Leute in der Wohnung daneben sind in Urlaub.«

»Einen Schuss hört man durchs ganze Haus«, warf ich ein. »Nicht nur in den angrenzenden Wohnungen.«

»Keiner hat irgendwas gehört«, erwiderte Krauss so trotzig, als wäre die Schwerhörigkeit der Nachbarschaft ihre Schuld.

»Vor dem Haus reißt die Stadt die Straße auf«, wusste Balke. »Ich habe mit den Leuten von der Baufirma telefoniert. Am Freitag haben sie den ganzen Nachmittag ab etwa halb zwei mit Presslufthämmern gearbeitet. Möglich, dass der Lärm den Schuss übertönt hat.«

»Können wir den Tatzeitpunkt schon eingrenzen?«

»Mindestens achtundvierzig Stunden ist der schon tot gewesen, wie Sie ihn gefunden haben«, erwiderte Lemmle. »Am Samstag, vielleicht auch schon am Freitag. Genauer wissen wir es erst, wenn der Bericht von den Medizinmännern da ist.«

An der Wand war nun wieder Andreas Dierksens breites Gesicht zu sehen. Balke betrachtete es nachdenklich. Schließlich fragte er: »War der Typ vielleicht schwul?«

»Angeblich hat es eine kleine rothaarige Freundin gegeben«, erwiderte ich. »Tina. Mehr weiß ich nicht.«

Krauss nickte eifrig. »Von der hab ich auch gehört. Mehrere Leute im Haus haben sie gesehen. Arg jung soll sie sein, diese Freundin, und schmal und ziemlich schüchtern.«

Die ersten Verdächtigen in einem Mordfall sind immer die Personen im unmittelbaren Umfeld des Opfers. Und in über neunzig Prozent aller Fälle liegt man damit richtig.

»Diese Freundin finden wir bestimmt über seine Mails, SMS oder Telefonkontakte«, meinte Balke, der wieder einmal sein geliebtes Smartphone in der Hand hielt. »Dierksen hat ein Facebookprofil, sehe ich hier. Moment, da taucht das Mädel aber gar nicht auf. Komisch. Normalerweise stellen diese Typen doch schon nach dem ersten Fummeln Fotos von ihrer neuen Flamme ins Netz.«

Vangelis berichtete, dass Dierksen kein Festnetztelefon hatte und dass der Papierkram aus seinem Schreibtisch im Lauf des Tages gesichtet und ausgewertet würde.

»Wir nennen die Sonderkommission ›Kleinschmidtstraße‹«, erklärte ich mit Blick in die Runde. »Frau Vangelis übertrage ich hiermit die Leitung. Bei Bedarf wird die Soko aufgestockt. Aber fürs Erste sollte das Team groß genug sein.«

»Geht's Ihnen nicht gut?«, fragte Sönnchen, meine unersetzliche Sekretärin, als ich mit einigen Papieren in der Hand das Vorzimmer betrat. »Macht Ihnen der neue Fall Sorgen?«

Ich blieb stehen und sah sie verwirrt an. »Wie kommen Sie darauf?«

»Weil Sie gucken, wie Sie immer gucken, wenn Sie Sorgen haben.«

Seufzend sank ich auf den Stuhl, der seitlich neben ihrem Schreibtisch stand. Der gestrige Abend war lang gewesen, voller Unruhe, Möbelrücken, Kofferschleppen, halblautem Teenagergenöle und stummem Augenrollen.

»Wieder mal Ihre Töchter?«

»Im Gegenteil. Meine Eltern.«

Sie sah mich betroffen an. »Es ist doch hoffentlich niemand krank?«

»Schon wieder im Gegenteil.« Ich nahm die Brille ab und rieb mir die müden Augen.

»Leben Ihre Eltern nicht in Portugal? Irgendwo am Meer, wo jeden Tag die Sonne scheint? Ich hab sie immer so beneidet und allen Ernstes überlegt, ob ich es nicht genauso machen soll, wenn ich mal in Rente gehe.«

»Sie gehen aber auf keinen Fall vor mir, Sönnchen!«

Sie kicherte geschmeichelt. »Das sehen wir ja dann. Jetzt sagen Sie schon – was ist los?«

Ich seufzte noch einmal und erzählte. Von den Anrufen meiner Mutter in den vergangenen Wochen, für die es angeblich nie einen konkreten Anlass gab. Von ihrer überraschenden Ankunft gestern Abend. Vom stummen Aufstand der Zwillinge, als Louise ihr Zimmer räumen und zu Sarah ziehen musste. Von Sarahs stillen Tränen, weil an irgendwelchen Übernachtungsbesuch nun vorläufig nicht zu denken war. Von der aufsässigen Stimmung, die während des späten Abendessens geherrscht hatte. Und schließlich erzählte ich Sönnchen auch von der Geliebten meines alten Vaters. »Sie könnte seine Tochter sein, Herrgott noch mal!«

»Dann hätten Sie eine Schwester. Und Ihr alter Herr ist tatsächlich schon über siebzig?«

»Am neunten Januar ist er dreiundsiebzig geworden«, schnaubte ich und fragte mich plötzlich, weshalb mich das Verhalten meines Vaters eigentlich so empörte. Mit der Erfindung der Monogamie war die Untreue in die Welt gekommen. Schon im Trojanischen Krieg waren Menschen gestorben, weil ein Mann einem anderen die Frau ausgespannt hatte. Ich selbst war in meiner Ehe zumindest in Gedanken untreu gewesen. Ob Vera, meine vor nun schon fast vier Jahren überraschend verstorbene Frau, immer dem Pfad der Tugend gefolgt war, wollte ich nicht wissen. Es hatte da einmal einen kolossal sportlichen Lehrerkollegen gegeben, von dem sie öfter erzählte. Und irgendwann hatte sie plötzlich nichts mehr von ihm erzählt. Mir hatte nur ein wenig Mut und Entschlossenheit gefehlt, und ich wäre erst vor wenigen Monaten Theresa untreu geworden. Mit einer Kollegin, einer Zielfahnderin vom Bundeskriminalamt, mit der ich für einige Wochen das Büro und die Sorgen wegen eines drohenden Terroranschlags geteilt hatte.

Worüber regte ich mich also auf?

Dafür, dass auch mein Vater sexuelle Bedürfnisse hatte, war ich der lebende Beweis. Und hatte nicht zum Beispiel Picasso selbst im hohen Alter noch eifrig seine Bettgenossinnen gewechselt?

»Und jetzt?«, fragte Sönnchen, die mich interessiert beim Nachdenken beobachtete.

Ich setzte meine Brille wieder auf die Nase. »Jetzt rufe ich ihn an und rücke ihm den Kopf zurecht. Und dann muss ich meiner Mutter beibringen, dass sie zu ihm zurückfliegen soll.«

Der zweite Teil würde der schwierigere werden.

»Soll ich mich mal umhören, ob ich irgendwo ein nettes möbliertes Zimmer finde? Oder eine kleine Wohnung?«

»So weit sind wir noch nicht«, erwiderte ich grimmig entschlossen. »Aber wenn gar nichts anderes geht, dann komme ich auf Ihren Vorschlag zurück. Wenn meine Mutter bei uns bleibt, dann gibt's früher oder später Mord und Totschlag.«

»So schlimm?«

»Heute Morgen ist sie um sechs aufgestanden und hat angefangen, in der Küche Krach zu machen. Um halb sieben hat sie die Zwillinge aus den Betten gescheucht, damit sie rechtzeitig zur Schule kommen. Dann wollte sie sie zwingen, ordentlich zu frühstücken, damit sie nicht verhungern, und hat für jede zwei Brote geschmiert, von denen ein Bauarbeiter einen Tag lang leben kann.«

»Sie stehen ja regelrecht unter Schock, Herr Gerlach!«, meinte Sönnchen mitfühlend. »Wie wär's mit einem ordentlichen Cappuccino, bevor Sie in Portugal anrufen?«

»Das ist ein extrem guter Vorschlag, Sönnchen.«

Meine Sekretärin hieß mit bürgerlichem Namen Sonja Walldorf, bestand jedoch darauf, auch von mir Sönnchen genannt zu werden, da sie schon als Kind auf diesen Namen gehört hatte.

Seufzend erhob ich mich. Ich war heute spät zur Arbeit gekommen, gerade noch rechtzeitig zur großen Besprechung, da meine Mutter beim Frühstück einen kaum zu befriedigenden Gesprächsbedarf an den Tag gelegt hatte.

»Anschließend möchte ich eine Viertelstunde lang von niemandem gestört werden, damit ich diesem Hallodri den Verstand wieder einrenken kann.«

»Seien Sie gnädig, Herr Gerlach«, mahnte Sönnchen und machte sich an der Kaffeemaschine zu schaffen. »Er ist schließlich auch nur ein Mensch.«

»Er ist mein Vater. Und vor allem ist er der Mann meiner Mutter!«

5

»Dass dieser Typ kein Handy gehabt haben soll, glaube ich einfach nicht«, meinte Sven Balke eine Stunde später. Ich hatte ihn zusammen mit Klara Vangelis zu mir gebeten, um im kleinen Kreis unsere nächsten Schritte zu besprechen. »Dieser Dierksen war ein digital Native. Ich habe mir seinen PC angesehen. Das ist eine nagelneue Hochleistungs-Gamer-Maschine mit High-End-Grafikkarte. Der hat wahrscheinlich sogar mehr als ein Handy gehabt.«

Vangelis strich sich eine ihrer pechschwarzen Locken hinters Ohr und blätterte in ihrem kleinen ledergebundenen Notizbuch. »Die Auswertung des Papierkrams aus Dierksens Schreibtisch wird noch mindestens bis in den Abend dauern. Er war leider nicht gerade ein Ordnungsfanatiker.«

Außer kleinen Perlen an den Ohrläppchen und einem für meinen Geschmack etwas zu klobigen Ehering trug sie keinen Schmuck. An den Beinen dunkelgraue Strümpfe, an den Füßen halbhohe schwarze Pumps, die sie etwas größer machten, als sie in Wirklichkeit war. Ohne Schuhe maß die Erste Kriminalhauptkommissarin höchstens eins fünfundsechzig, was man jedoch rasch vergaß, wenn man ihr gegenübersaß. »Soweit wir es bisher beurteilen können, hat er den PC praktisch nur zum Spielen benutzt.«

»Einen Internetanschluss wird er aber doch wohl gehabt haben?«

Vangelis nickte. »Auch WLAN. Aber auf dem PC sind keine Mails zu finden und kaum Dokumente. Er scheint ziemlich neu zu sein.«

»Sieht aus, als hätte er die teure Kiste wirklich nur zum Zocken benutzt«, fügte Balke hinzu. »Die spannenden Dinge finden wir auf seinem Handy.«

»Dierksens Portemonnaie lag auch auf dem Schreibtisch. Darin waren über dreihundert Euro und zwei Kreditkarten«, berichtete Vangelis weiter. »Beides hat der Täter nicht angerührt.«

Um Geld war es also nicht gegangen. Ich wandte mich meinem Laptop zu und sah die Termine des Tages durch. »In zwanzig Minuten bin ich zum Rapport bei der Staatsanwaltschaft. Die wollen natürlich wissen, was los ist. Das wird eine halbe Stunde dauern, schätze ich. Anschließend würde ich gerne nach Karlsruhe fahren und mit Dierksens Chef und Kollegen reden. Es ist nicht auszuschließen, dass der Mord etwas mit seinem Beruf zu tun hat.«

»Da wäre ich gerne dabei.« Balke war plötzlich hellwach.

Ich sah Vangelis an. Die schien eher erleichtert zu sein. »Ich habe hier vorläufig genug zu tun.«

»Wie sieht es mit den Fußabdrücken auf dem Treppenabsatz aus?«, fragte ich.

»Die Kollegen sind dran. Heute Abend kann ich Ihnen mehr dazu sagen.«

Während der Autobahnfahrt in Richtung Süden tippte Balke die meiste Zeit auf seinem Smartphone herum. Hin und wieder brummte er befriedigt, als hätte er eine Bestätigung für etwas gefunden, das er bereits vermutet hatte. Manchmal las er mir Dinge vor, die er für interessant hielt.

»Aktinide beziehungsweise Actinoide ist eine Gruppenbezeichnung bestimmter ähnlicher Elemente. Zugerechnet werden ihr das Actinium und die vierzehn im Periodensystem folgenden Elemente.« Er ließ das allwissende Telefon sinken und sah nach vorn, wo schon wieder Bremslichter aufleuchteten. »Dazu zählen so unsympathische Stoffe wie Plutonium und Americium und Californium und Einsteinium und noch anderes Zeug, von dem ich noch nie im Leben gehört habe.«

»Du lieber Himmel!« Ich schaltete die Warnblinkanlage ein und trat auf die Bremse. »Da kriegt man ja Lust umzukehren!«

Der morgendliche Regen hatte inzwischen aufgehört, aber der Himmel war immer noch bedeckt. Hin und wieder konnte man die Sonne erahnen, die jedoch nicht wärmte. Vor unserer Abfahrt hatte Balke unser Kommen bei der Chefsekretärin des Instituts angekündigt. Worum es ging, hatte er auf meine Weisung hin verschwiegen.

Ich dachte an meinen Vater. Gleich nach dem Gespräch mit Sönnchen hatte ich versucht, ihn anzurufen. Aber er hatte einfach nicht abgenommen. Entweder hatte er die Heidelberger Nummer gesehen und sich taub gestellt, oder er war gar nicht zu Hause gewesen. Hatte die Nacht bei seiner … alles in mir sperrte sich dagegen, das Wort »Geliebte« auch nur zu denken. Solche neumodischen Einrichtungen wie Anrufbeantworter hatten meine Eltern nie für nötig befunden.

Um mich ein wenig aufzuheitern, hatte ich daraufhin Theresa angerufen. Ihren Mann, der zugleich mein Vorgesetzter war, hatte ich kurz zuvor auf dem Flur getroffen. Deshalb wusste ich, dass sie allein zu Hause war. Ich hätte Theresa auch sonst anrufen können, da der Leitende Polizeidirektor Dr. Egon Liebekind schon von Beginn an von unserer Beziehung gewusst und diese aus gewissen Gründen sogar gebilligt hatte. Aber es war mir immer noch lieber, wenn sie allein war.

Leider war Theresas Laune auch nicht besser gewesen als meine. Sie war seit Wochen auf der Suche nach einer Idee für ihr drittes Buch, und es wollte ihr partout nichts einfallen. So hatte sich unser Telefonat auf den Austausch einiger lahmer Nettigkeiten beschränkt, und wir hatten uns gegenseitig versichert, wie sehr wir uns auf unser abendliches Zusammensein freuten.

Wieso eigentlich, fragte ich mich wieder, empörte mich das Verhalten meines Vaters so? Hörte die Liebe mit Erreichen des Pensionsalters auf? Hatten nur Menschen unter fünfundsechzig das Recht, den Kopf zu verlieren und sich selig lächelnd vor der Welt zum Narren zu machen? Und wer war ich, den alten Mann zu verurteilen, der sich früher eher selten etwas gegönnt hatte? Die einzige Freude, die er sich in seinem Leben erlaubt hatte, war sein altes Motorrad gewesen. Eine Zündapp, Baujahr dreiundfünfzig, die er aus der halb verfallenen Scheune irgendeines Erbonkels gerettet und gehegt und umsorgt hatte wie ein ewig krankes Baby. Gefahren war er kaum damit. Wenn, dann um damit knatternd und stinkend um den Block zu kurven und auszuprobieren, ob die letzte Reparatur erfolgreich gewesen war.

»Bei normalen Universitätsinstituten gibt's eine Liste aller Mitarbeiter.« Balke riss mich aus meinen Grübeleien. »Mit Telefonnummern und Mailadressen und oft sogar Fotos. Auf den Internetseiten dieses IfA werden gerade mal die Namen der Profs und des Institutsleiters genannt. Kein einziges Foto, nicht mal von den Gebäuden. Würde mich nicht wundern, wenn die da in Wirklichkeit militärische Sachen machen.«

Professor Dr. mult. August Ihringer hatte nichts Militärisches an sich. Er entpuppte sich als gemütlicher kleiner Mann in den Sechzigern mit Vollglatze und strammem Bäuchlein. Außerdem wirkte er kerngesund auf mich, und nichts ließ vermuten, er könnte tagtäglich mit lebensgefährlichen Substanzen zu tun haben.

Ihringer empfing uns in seinem Büro, das ungefähr fünfmal so groß war wie mein eigenes. Die moderne Einrichtung war in Nussbraun, Chrom und Weiß gehalten und entsprach eindeutig nicht den sparsamen Richtlinien des öffentlichen Dienstes. Der Raum war sehr hell, da die komplette Westwand aus schwach getöntem Glas bestand.

Die Fahrt bis zum Haupttor des großen Forschungsgeländes mitten im Hardtwald war nach dem kleinen Stau vor Bruchsal störungsfrei verlaufen. Zu Professor Ihringers Büro vorzudringen erwies sich dagegen als ungefähr so umständlich, wie ich mir der Weg zu einer Privataudienz beim amerikanischen Präsidenten vorstellte. Am Haupttor hatten wir unsere Personal- und Dienstausweise vorlegen müssen. Dann waren wir einen knappen Kilometer in das weitläufige Gelände hineingefahren – auf einer fast schnurgeraden Straße, die links und rechts von hohen Kiefern und langen, mehrstöckigen Institutsgebäuden aus den Fünfzigern gesäumt war. Sogar eine kleine Reaktorkuppel sahen wir, unter der vermutlich längst keine Atome mehr gespalten wurden.

Obwohl ich vor Jahren nicht weit von hier gewohnt hatte, wusste ich kaum mehr, als dass auf diesem Gelände Anfang der Sechzigerjahre einer der ersten Atomreaktoren Deutschlands in Betrieb gegangen war. Den Ort hatte damals Konrad Adenauer persönlich ausgewählt, mit der nicht von der Hand zu weisenden Begründung, Karlsruhe liege weit genug von den Russen entfernt.

Unsere Fahrt fand vor dem wehrhaften und fahnengeschmückten Tor des Instituts für Aktinide ihr Ende. Den Dienstwagen mussten wir außerhalb des Hochsicherheitsbereichs stehen lassen. Wieder hatten wir Ausweise zeigen müssen. Balke musste zu seinem Schrecken das Handy in einem Schließfach deponieren, da es mit einer Kamera ausgestattet war. Ich dagegen durfte mein Steinzeitgerätchen – nach einem mitfühlenden Blick des Sicherheitsbeamten – wieder einstecken.

Ein Herr in blauer Uniform telefonierte gewichtig, und schließlich eskortierte uns ein zweiter Mann in der gleichen Uniform – mit einer Miene, als würde er uns bei der ersten falschen Bewegung ohne Vorwarnung über den Haufen schießen – zum Sekretariat von Professor Ihringer.

»Kaffee?«, fragte der Professor mit sonnigem Lächeln.

»Gerne«, sagte ich.

Balke brummte etwas, das nach Zustimmung klang, und sah sich mit finsterer Miene um. Vermutlich dachte auch er an unsere kärglichen Büros in Heidelberg, die todsicher gegen sämtliche Vorschriften zur Massentierhaltung verstießen. Der Institutsleiter öffnete die breite Tür zu seinem Vorzimmer, das etwa zehnmal so groß war wie mein eigenes und in dem gleich zwei junge und äußerst sehenswerte Damen ihren Dienst verrichteten, und gab die Bestellung weiter. Wir setzten uns um einen wuchtigen Glastisch herum, auf dem bunte Prospekte mit der Aufschrift »With IfA to the Future« verstreut lagen.

»Dürfen Sie gerne einstecken«, sagte Ihringer zuvorkommend. »Dafür haben wir sie ja schließlich drucken lassen, nicht wahr? Unsere Forschungsthemen sind leider derzeit in der Gesellschaft nicht allzu hoch angesehen. Deshalb versuchen wir, uns mehr zu öffnen und um Vertrauen zu werben. Auf diese lästigen Sicherheitssachen können wir aber leider Gottes nicht verzichten. Ich muss Sie wegen der Umstände um Entschuldigung bitten.«

Unser Gastgeber sprach, als stammte er aus dem Süden Badens, hätte jedoch sein Leben lang Hochdeutsch trainiert. Er steckte in einem hellbraunen Cordanzug, der hinten und vorne Falten warf. Die Farbe seiner Krawatte war eine scheußliche Mischung aus Pink und Gelb, und sein Rasierwasser kaufte er mit Sicherheit im Ein-Euro-Shop. Vermutlich war er notorischer Junggeselle und überdies farbenblind.

»Ihre Webseiten sehen nicht nach Öffnung und Vertrauen aus«, warf Balke mürrisch ein. »Das klingt alles noch sehr geheimnisumwittert.«

Er mochte den Professor nicht. Er mochte diesen Ort nicht, und vor allem mochte er nicht, woran hier geforscht wurde.

Ihringer lachte herzlich. »Daran arbeiten wir noch. In der Tat haben wir in der Vergangenheit gute Gründe gehabt, uns ein wenig … äh … bedeckt zu halten.«

»Heute haben Sie diese Gründe nicht mehr?«, fragte ich.

Seine Heiterkeit erlosch urplötzlich.

»Ein kompliziertes und komplexes Thema«, erwiderte er knapp. »Aber deshalb sind Sie ja vermutlich nicht hier.«

Der Kaffee wurde serviert, dazu ein Tellerchen mit Keksen, die mir bekannt vorkamen. Wenn wir in der Polizeidirektion nicht allzu wichtigen Besuch hatten, kam dieselbe Sorte auf den Tisch.

»Es geht um einen Ihrer Mitarbeiter«, begann ich, nachdem jeder an seiner Tasse genippt hatte.

»Dierksen.« Ihringer legte seine kleine, fette Hand auf einen dünnen Pappordner, der schon bereitgelegen hatte, als wir eintraten. »Er ist tot, habe ich vorhin erfahren. Ein Unfall, nehme ich an?«

»Leider nicht.« Ich klärte ihn in knappen Worten auf.

»Erschossen?«, wiederholte er das entscheidende Wort und erblasste, während gleichzeitig feine Schweißperlen auf seiner runden Stirn zu glitzern begannen. »Aber das ist ja ... entsetzlich ist das! Sie wollen sagen, Andreas wurde regelrecht ... ermordet?«

»Was können Sie uns über Herrn Dierksen sagen? Woran hat er hier gearbeitet? Und vor allem: Halten Sie es für denkbar, dass sein Tod mit seiner Tätigkeit am Institut in Zusammenhang steht?«

Ihringer sah irritiert an mir vorbei, murmelte Unverständliches, sammelte sich, atmete zwei-, dreimal tief durch. »Verzeihen Sie«, sagte er dann mit dünner Stimme. »Das trifft mich jetzt schon sehr. Ich weiß gar nicht, was ...«

Er brach ab. Schüttelte wieder und wieder den runden Kopf.

»Hatten Sie persönlich mit Herrn Dierksen zu tun?«

»Ja. Nein. Momentchen mal, bitte.« Der kleine Professor sprang auf, lief mit eiligen Schritten zu seinem Schreibtisch, der ungefähr doppelt so breit war wie mein eigener, auf dem jedoch ein mindestens ebenso großes Chaos herrschte, und nahm den Telefonhörer in die Hand.

»Elmar? Kannst du mal bitte kurz? ... Ja, sogar oberwichtig … Dann muss dein Besuch eben warten … Ja, auch wenn er extra aus Washington angereist ist, verdammich noch mal!«

Kurze Zeit später drückte ich die warme, kräftige Hand von Professor Elmar Vorholtz, Andreas Dierksens direktem Vorgesetzten und wissenschaftlichem Betreuer. Vorholtz war deutlich jünger als Ihringer, höchstens Mitte vierzig, sein Haar war noch voll, und ich konnte ein einziges graues Strähnchen darin entdecken. Das kantige Gesicht mit ausgeprägtem Kinn ließ Entschlusskraft und sportlichen Ehrgeiz vermuten. Auch er war betroffen, als er hörte, sein Mitarbeiter sei ermordet worden. Wir nahmen wieder Platz.

»Andreas Dierksen«, begann Vorholtz zögernd, nachdem er sich mit unsicheren Bewegungen ebenfalls einen Kaffee eingeschenkt hatte. »Ich kann eigentlich nur Gutes über ihn berichten.«

»Eigentlich?«

»Wissenschaftlich – erste Sahne. Andi hätte zweifellos mit summa cum promoviert. Menschlich … na ja, er war nicht gerade das, was man einen Teamplayer nennt.« Vorholtz schlürfte an seiner Tasse, ohne wirklich zu trinken. Verzog das Gesicht, als fände er den Kaffee schauderhaft. »In sein Zeugnis hätte ich geschrieben, sein Verhalten gegenüber Kollegen und Vorgesetzten sei jederzeit vorbildlich gewesen. Und wäre dabei nicht rot geworden. Aber dennoch …«

»Wann war er das letzte Mal hier?«

Professor Vorholtz sah mich mit ausdruckslosem Blick an. Überlegte, während sich sein Unterkiefer langsam hin- und herbewegte.

»Donnerstag«, sagte er schließlich. »Am Donnerstag habe ich ihn zuletzt gesehen. Für Freitag hatte er Homeoffice in den Kalender geschrieben. Diese Freiheit geben wir unseren Doktoranden, damit sie hin und wieder mal ein paar Stunden ungestört an ihrer Dissertation arbeiten können.«

»Und gestern?«

»Hätte er eigentlich hier sein sollen. Er hatte sogar nachmittags einen Termin bei mir, um einige Ergebnisse seiner experimentellen Arbeiten zu diskutieren, die mir spanisch vorkamen. Entweder, Andi hat da systematische Fehler gemacht, oder er hat etwas wirklich Aufregendes entdeckt. Oder – so läuft das in der Wissenschaft ja öfter, als der gemeine Mann denkt – er hat systematische Fehler gemacht *und* dabei etwas Aufregendes entdeckt. Er ist aber nicht aufgetaucht. Ich habe mir nichts weiter dabei gedacht. Andi war auch sonst nicht gerade ein Muster an Zuverlässigkeit. Ich dachte, er hat den Termin einfach verbummelt und ohne Absprache noch einen Homeoffice-Tag drangehängt. Oder er ist überraschend krank geworden. Er war mir schon die ganze Woche über ein wenig blass und schweigsam vorgekommen.«

»War er auch nervöser als sonst?«

»Sie meinen, es hätte ihm etwas auf der Seele gelegen? Möglich, ja. Ich dachte, er ist vielleicht ein wenig überarbeitet. So kurz vor Abgabe ihrer Arbeit geraten viele Kandidaten an den Rand ihrer Belastbarkeit. Oder er hat sich eine Grippe eingefangen. Die grassiert leider zurzeit hier bei uns.«

»Hatte er hier Kollegen, mit denen er enger zusammenarbeitete?«

Vorholtz nickte. Wieder bewegte sich der kantige Unterkiefer langsam hin und her, als könnte er dadurch das Gehirn beim Denken unterstützen. Im Gegensatz zu seinem Chef trug er einen eleganten, vielleicht sogar maßgeschneiderten Anzug, dazu ein sorgfältig gebügeltes Hemd und eine weißblau gepunktete Seidenkrawatte. Er duftete weltmännisch und war vermutlich vom Ehrgeiz beseelt, nach Ihringers bald zu erwartendem Ausscheiden dessen Job mitsamt luxuriösem Büro und dekorativem Sekretariat zu übernehmen.

»Klar hat Andi Kollegen gehabt. Forschung ist heute Teamwork. Die einsamen Genies wie Einstein und Schrödinger, die gibt es kaum noch.«

»Das stimmt aber so nicht ganz ...«, widersprach Ihringer, jetzt wieder behaglich lächelnd. Da prallten wohl gerade zwei Welten und Forschergenerationen aufeinander. Vorholtz sah nicht einmal auf.

»Mit diesen Kollegen würden wir gerne sprechen«, sagte ich und begann mich gleichzeitig zu fragen, weshalb er vor jeder seiner Antworten eine Denksekunde einlegen musste. Er nickte in seine Tasse.

»Das lässt sich einrichten, klar. Am ehesten kann Ihnen wohl Max was über Andi berichten. Max Indlkofer. Er stammt aus Oberbayern und war Andis Bürogenosse.«

Jetzt erst bemerkte ich, dass Balke Andreas Dierksens Vorgesetzten mit einer Miene musterte, als hätte er eine halb verweste Kanalratte vor sich.

»Wäre es möglich, mit dem Herrn ein ungestörtes Gespräch zu führen? Ich werde ihn nicht länger als unbedingt nötig von seiner Arbeit abhalten.«

»Klar ist das möglich«, erwiderte Vorholtz, endlich einmal ohne Zögern. »Ich muss nur erst gucken, wo Max steckt. Sie entschuldigen mich bitte kurz.« Er wechselte mit Ihringer einen Blick, der unserer kurzen Unterhaltung mit dem Wohlwollen eines satten Landpfarrers gelauscht hatte. Nun nickte er gütig, und der jüngere Kollege verschwand mit energischen Schritten im Vorzimmer, um zu telefonieren.

»Ich möchte meinen Besuch aus den Staaten nicht unnötig warten lassen«, sagte Vorholtz, als wir kurze Zeit später eilig einen schmucklosen, nicht enden wollenden Flur entlangliefen. »Es geht um ziemlich viel Geld bei diesem Gespräch.«

Der Bodenbelag des Flurs war aus glattem, grauem Kunststoff und glänzte wie eine Spiegelfläche.

»Was bedeutet ziemlich viel Geld für Sie?«, fragte ich.

»Neunstellig«, murmelte Vorholtz, während er um sich sah, als hätte er Sorge, verfolgt zu werden.

Ich musste einen Moment rechnen, bis ich sagen konnte: »Hundert Millionen?«

»Nehmen Sie es mal fünf. Wir planen seit Jahren ein neues Zyklotron und das nötige Mess-Equipment dazu. Brüssel hat uns ewig hingehalten. Aber nun haben seit Neuestem die Amis Interesse einzusteigen, und das hat auf einmal auch die Herrschaften in Brüssel aufgescheucht. Wenn alles hinhaut wie geplant, dann könnten wir die Anlage sogar noch ein, zwei Nummern größer bauen als ursprünglich geplant. Nicht gerade eine Konkurrenz zum CERN, aber wir könnten international doch wieder ziemlich weit vorne mitspielen.«

»Ist Deutschland nicht gerade dabei, sich von der Kernenergie zu verabschieden?«

Der smarte Professor verschluckte einen Seufzer. »Es geht hier nicht um Kernenergie, sondern um Grundlagenforschung«, erklärte er mir nachsichtig. »Wissen Sie denn, ob das mit der Energiewende am Ende klappen wird? Sind Sie sicher, dass es keine Art der Energiegewinnung gibt, von der wir heute noch nichts ahnen? Die nicht mit Strahlung und Endlagerungsproblemen daherkommt? Würden Sie das unterschreiben wollen?«

»Hm«, war das Einzige, was mir dazu einfiel.

»Forschung hört niemals auf«, dozierte Vorholtz und riss schwungvoll eine schwere Tür auf. »Oder erst mit dem Aussterben der Menschheit.«

6

»Der Andi befasst sich mit der Bestimmung der Sublimationsenthalpie von Fermium-Nukliden«, erklärte uns Max Indlkofer in bayerisch gefärbtem Hochdeutsch. »Falls Ihnen das nichts sagt – ich kann's Ihnen gern erklären.«

Wir verzichteten dankend, und er lachte verständnisvoll. Andreas Dierksens Kollege war ein klobiger Bauernsohn mit rundem, von struppigem Kraushaar umrahmtem Gesicht und lebhaften Augen. »Um was geht's denn überhaupt? Sie sind von der Polizei, richtig?«

Vermutlich hatte sein Vorgesetzter ihm bei dem Telefonat vorhin noch rasch Verhaltensmaßregeln gegeben – damit er nichts ausplauderte, was nicht für die Außenwelt dieses geheimniskrämerischen Instituts bestimmt war?

Ich eröffnete dem oberbayerischen Doktoranden die schlimme Nachricht. Seine Miene blieb für Sekunden wie eingefroren. Nur die Gesichtsfarbe veränderte sich langsam von einem gesunden Rot zu einer gelblichen Leichenblässe.

Unser Gespräch fand in einem lang gestreckten Laborraum statt, in dem eine Menge Gerätschaften herumstanden, deren Zweck sich mir nicht erschloss. Im Grunde sah es hier aus wie in jedem Chemielabor, das ich im Fernsehen gesehen hatte. Nichts ließ ahnen, dass man hier mit lebensgefährlichen Stoffen hantierte. Aber vielleicht tat man das in diesem Raum auch gar nicht. Sonst hätten vermutlich entsprechende Warnschilder an der Tür geklebt. Und wir hätten außerdem nicht hineingedurft. Ich beschloss, mir bis auf Weiteres keine Sorgen um meine Gesundheit zu machen. Die Menschen, die ich bisher am Institut für Aktinide getroffen hatte, machten alle keinen kränklichen Eindruck.

»Abgeknallt?«, echote Indlkofer tonlos, nachdem er sich vom ersten Schrecken erholt hatte. »An-di? Ab-ge-knallt?«

»Wären Sie so nett, uns ein bisschen was über ihn zu erzählen?«

Indlkofer schüttelte heftig den Kopf, als wollte er einen Albtraum verscheuchen. Die Tür in meinem Rücken öffnete sich leise, eine kleine Asiatin trat ein, lächelte verschreckt in die Runde und machte sich an einem hohen Glaskolben zu schaffen, in dem sich eine blassrosafarbene Flüssigkeit befand.

»Sie spricht kein Deutsch«, sagte Indlkofer mit gedämpfter Stimme und sammelte sich, bevor er weitersprach. »Ja, was soll man da sagen? Der Andi ist ein ... Ein schräger Typ ist er. Gewesen. Irgendwie. Voll der Computernerd. Und ein ziemlicher Einzelgänger. Irgendwann hat er mir mal erzählt, er hätte nie Freunde gehabt. Nie. In seiner ganzen Kindheit nicht, stellen Sie sich das mal vor! Aber okay, er war quasi Einzelkind – soweit ich weiß, gibt es eine Schwester, aber die ist fünfzehn Jahre älter als er – und ist auf einem abgelegenen Hof unter lauter Erwachsenen groß geworden ...«

»Immerhin hat er Ihnen überhaupt etwas von sich erzählt.«

»Es hat aber ganz schön lang gedauert, bis er das Maul aufgekriegt hat. Und es hat vorher ein paar Halbe Bier als Schmiermittel gebraucht. Auf der letzten Weihnachtsfeier ist das gewesen. Da ist er tatsächlich mal ein bisschen redselig geworden. Überhaupt ist er ... Jetzt fällt's mir erst auf: In letzter Zeit ist er anders gewesen, irgendwie. Offener. In den letzten Monaten. In der letzten Woche aber nicht. Da war er wieder so komisch.«

»Er soll seit einigen Monaten eine Freundin gehabt haben.«

Indlkofer sah mich an, als hätte ich behauptet, seinem Kollegen seien kurz vor seinem Ableben noch Flügel gewachsen.

»Eine Freun-din? Der An-di?«

»Angeblich heißt sie Tina.«

Sein Blick irrte ab. »Wissen Sie«, sagte er langsam. »Der Andi hat auf Frauen ungefähr so viel Anziehungskraft gehabt wie ... wie ein alter Hund mit Flöhen. Eigentlich hab ich sogar gedacht ... Na ja, dass er vielleicht andersrum ist, hab ich manchmal gedacht. Andererseits hat's mal das Gerücht gegeben, irgendwer hätte gesehen, wie Andi in einen Puff gegangen ist. Er hat nie Frauen angebaggert, nicht mal geflirtet hat er. Nie. Und jetzt soll er auf einmal eine Freundin gehabt haben?«

Indlkofer brach in ein hysterisches Lachen aus. Verstummte wieder. Fuhr sich mit der flachen Hand zweimal übers pausbäckige Gesicht, das inzwischen wieder ein wenig Farbe angenommen hatte.

»Eine Freundin! Ja, so ein Schlawiner!«

»Sie wird als klein und rothaarig beschrieben.«

»Und jetzt wollen Sie bestimmt wissen, ob ich die kenne. Nein. Nie gesehen, so eine Frau.«

»Also keine Kollegin?«

Indlkofer deutete ein resigniertes Kopfschütteln an. »Wissen Sie, wir sind ein großes Institut. Die Doktoranden wechseln regelmäßig. Ständig kommen Austauschwissenschaftler und verschwinden wieder. Aber eine kleine Rothaarige? Wie alt soll sie denn sein?«

»Jung. Wesentlich jünger als er.«

Diesmal fiel das Kopfschütteln energischer aus. »Die ist nicht von hier. Nein, bestimmt nicht.«

»Eine Studentin vielleicht?«

»Nein, auch nicht. Ich kann mich überhaupt nur an eine Rothaarige erinnern. Das war so eine Furie. Fast eins achtzig groß und furchtbar laut und mindestens so rund wie ich.«

Ich beugte mich vor und sah dem Doktoranden fest in die Augen, als ich leise fragte: »Können Sie sich vorstellen, dass sein Tod etwas mit seiner Arbeit hier am Institut zu tun hat?«

Wer konnte wissen, ob die Chinesin, die knapp zehn Schritte von uns entfernt mit Kinderhänden an ihren Apparaturen herumfingerte, nicht doch ein wenig Deutsch verstand?

Indlkofer dachte lange und mit gesenktem Blick nach. »Nein«, erwiderte er schließlich. »Was wir hier forschen, kann man zu nichts brauchen, wissen Sie? Hier geht's um pure Wissenschaft. Erkenntnisgewinn, der vielleicht in fünfzig Jahren zu irgendwelchen Erfindungen führt oder auch nie. Pure Wissenschaft ist halt kein Geld wert. Und erst recht keinen Mord.«

»Könnte es sein, dass er zufällig etwas entdeckt hat, was sich doch zu Geld machen lassen würde? Für militärische Zwecke, zum Beispiel?«

Wieder überlegte Indlkofer. Und wieder schüttelte er am Ende den Kopf.

»Gibt es jemanden, der auf demselben Gebiet wie er arbeitet?«, fragte Balke, der bisher geschwiegen hatte. »Einen Konkurrenten? Vielleicht nicht hier, sondern irgendwo anders, an einem anderen Institut irgendwo auf der Welt?«

Die Tür öffnete sich, ein älterer, hagerer Mann streckte mit fragendem Blick den Kopf herein. Indlkofer gab ihm ein unwirsches Zeichen, der Kopf verschwand, und die schwere Tür fiel mit einem satten Rums wieder ins Schloss.

»In Europa jedenfalls nicht. In den Staaten drüben schon eher. Am Fermilab, da arbeiten sie an Transuranen. Vielleicht auch am CERN. Was die Chinesen im Rohr haben, weiß man natürlich nie so genau.«

»Dierksen hat doch bestimmt ein Handy gehabt?«, lautete Balkes nächste Frage.

Jetzt strahlte Indlkofer wieder. »Wenn du dem Andi sein Smartphone wegnimmst, hab ich immer gesagt, dann zerfällt der zu Staub wie ein Vampir in der Sonne. Das Ding hat er wahrscheinlich sogar beim Schlafen in der Hand gehabt. Sein Samsung, das ist praktisch sein Leben.« Er schluckte erschrocken. »Gewesen, wollte ich sagen. Gewesen. Da ist alles drauf. Fotos, Videos, Dokumente. Bestimmt sogar seine Diss, also seine Doktorarbeit. Außerdem hat er noch ein iPad gehabt. Allerneuste Version natürlich. Beim Andi musste es immer die allerneuste Version sein. Hat er sich selber zu Weihnachten geschenkt. Aber das hat er nicht so viel benutzt wie sein Smartphone. Der Andi hat praktisch um sein Handy gekreist. Wie ein Planet um die Sonne.«

Die Chinesin lief mit lautlosen Schritten in Richtung Tür, nickte uns zu, lächelte ein letztes Mal verständnislos und war im nächsten Moment verschwunden.

»Hier am Institut hat er vermutlich einen eigenen PC gehabt?«, fragte ich.

»Logisch hat er den. Steht in meinem Büro drüben. Nicht das neueste Modell, aber für E-Mails und das Tippen einer Diss langt's allemal.«

»Sie haben im selben Büro gesessen?«

»Seit neun Monaten. Davor hat er es ziemlich lang für sich allein gehabt. Anfangs ist es ein bisschen schwierig gewesen mit ihm. Aber logisch, ein Ostfriese und ein Bayer, da gibt's schon mal Reibungsverluste. Auf dem PC werden Sie aber bestimmt nichts Privates finden. Wir haben hier aus Sicherheitsgründen außer auf ein paar Rechnern in der Bibliothek keinen Internetzugang. Die E-Mails gehen über einen Server, der ungefähr so gut gesichert ist wie das Rechenzentrum der Europäischen Zentralbank. Aber der Andi hat ja eh kaum Mails geschrieben. Bei dem ist alles über WhatsApp gelaufen.«

»Eine App für Handys«, erklärte Balke halblaut, als er meinen verständnislosen Blick bemerkte. »Benutzen die Kids heute, um sich auszutauschen. Simsen ist ja megaout. Und Mails sowieso.«

Ich hatte das Wort schon hin und wieder von meinen Töchtern gehört, mir jedoch nie Gedanken darüber gemacht, was es bedeuten könnte.

»Was ich mich frage«, sagte ich, als wir wieder auf dem Weg zur Autobahn waren. »Wieso hat Indlkofer uns nicht in seinem Büro empfangen, sondern in diesem Labor?«

Balke, der dieses Mal das Steuer übernommen hatte, schaltete hoch und trat das Gaspedal so hart durch, dass die Hinterräder unseres BMW aufjaulten. Er war wütend. Nein, er war stocksauer. »Und wieso hat Vorholtz so lange gebraucht, um ihm mitzuteilen, dass er Besuch kriegt? Und warum hat er dazu extra den Raum verlassen müssen? Und wieso war der Typ überhaupt die ganze Zeit so komisch angespannt? Da stinkt doch irgendwas ganz gewaltig, Chef!« Er stieg auf die Bremse, weil vor uns eine Ampel rot wurde. Der BMW schlingerte kurz. »Und dieser Großkotz Vorholtz gefällt mir sowieso nicht, mit seinem Jetset-Getue und seinem Millionengeschwafel.«

»Wir brauchen diese geheimnisvolle Freundin«, sagte ich, als die Ampel auf Grün schaltete und ich wieder in die Rückenlehne gepresst wurde. »Die ist vielleicht der Schlüssel.«

»Vor allem brauchen wir das Handy«, schimpfte Balke. »Ist bestimmt kein Zufall, dass das Teil verschwunden ist.«

Als wir Minuten später auf die Autobahn einbogen, wählte ich meine private Festnetznummer. Es tutete lange, bis abgenommen wurde. »Ja, hier bei Gerlach?«, meldete sich meine Mutter mit ungewohnt verzagter Stimme.

»Wollte nur mal hören, ob bei dir alles in Ordnung ist.«

»Hier ist alles in Ordnung. Rufst du vom Handy aus an?«

»Ja, Mama. Aber es ist bestimmt ganz ungefährlich für dich.«

»Aber für dich? Du hast diese Strahlen doch direkt am Kopf!«

»Was treibst du denn so?«

»Ich räume ein wenig auf.«

»Du … räumst auf?«

»Alexander, hier sieht es schrecklich aus. Diese Wohnung ist ja regelrecht verwahrlost!«

»Bisher habe ich mich darin ganz wohlgefühlt. Und ich möchte nicht, dass du dir Arbeit machst, Mama. Gönn dir ein bisschen Ruhe nach der langen Reise. Leg die Beine hoch, such dir was zu lesen oder geh spazieren. Heidelberg ist wunderschön …«

»Wie soll ich mir was zu lesen suchen, wenn ich die Beine hochlege?«

»Ich will jedenfalls nicht, dass du bei uns putzt.«

»Hier fehlt eine Frau, Alexander. Die Mädchen brauchen eine Mutter. Die verwildern ja regelrecht.«

»Das sehen die beiden bestimmt anders. Aber das sollten wir vielleicht nicht am Telefon …«

»Es klingelt an der Tür. Ich muss auflegen.«

Weg war sie. Seufzend steckte ich mein kameraloses Mobiltelefon ein.

»Stress zu Hause?«, fragte Balke mitfühlend.

Ich erzählte ihm, was am Vorabend über mich hereingebrochen war.

»Mein Beileid«, sagte er ernst. »Meine ist genauso. Wenn sie zwei Tage zu Besuch war, dann brauche ich anschließend vier Wochen, bis ich mich in meiner eigenen Bleibe wieder heimisch fühle.«

Ich überlegte, ob ich später noch einmal versuchen sollte, meinen Vater zu erreichen. Aber ich verspürte plötzlich nicht mehr die rechte Lust dazu. Was ging mich das Beziehungsdrama meiner alten Eltern überhaupt an? Waren sie nicht erwachsen genug, sich ohne fremde Hilfe wieder zusammenzuraufen? Andererseits, wenn es mir gelänge zu vermitteln, würde auch bei mir zu Hause wieder Frieden einkehren.

Im Radio lief schon wieder »Hotel California«. »On a dark desert highway, cool wind in my hair. Warm smell of colitas, rising up through the air …« Ich drehte es ein wenig lauter, summte mit und sah aus dem Seitenfenster. Die Wiesen schienen seit gestern viel grüner geworden zu sein. Die ersten Büsche trugen Knospen. »This could be heaven or this could be hell …«

»Wir haben ein brauchbares Phantombild der kleinen Tina«, berichtete Klara Vangelis nach dem Mittagessen aufgeräumt. »Verschiedene Nachbarn haben sie gut beschrieben. Vor allem Frau Hitzleben im Erdgeschoss hat ein vorzügliches Personengedächtnis.«

Das Bild, das sie mir vorlegte, zeigte ein etwas zu breites, von glattem, langem Haar umrahmtes Mädchengesicht mit dunklen, fast waagerechten Brauen, einer geraden Nase, schmalem Mündchen und traurig blickenden Kulleraugen.

»Du liebe Güte«, stieß ich hervor. »Sie ist ja fast noch ein Kind!«

»Bei der Augenpartie waren die Zeugen unsicher. Niemand hat sie je ohne ihre Sonnenbrille gesehen. Der Rest ist größtenteils schon bekannt: circa eins fünfundsechzig groß, schmal, scheu, flinke Bewegungen. Sie trägt gerne Jeans und dicke Pullover, selbst wenn es warm ist. Und immer Sneakers. Ihre Lieblingsfarbe ist Rot.«

»Dierksens Nachbar hat das Bild schon gesehen?«

»Er hat daran mitgearbeitet. Allerdings war mein Eindruck, dass er mehr auf ihre Brüste als in ihr Gesicht gesehen hat.«

»Und wie waren die?«

»Die Brüste? So, dass unter dem Pullover nicht viel zu sehen war.«

Eigentlich hatte ich Vangelis zu mir gebeten, um ihr von unseren Gesprächen in Karlsruhe zu berichten.

»Das Interessanteste daran ist wohl das, was wir nicht erfahren haben«, schloss ich. »Irgendwas stimmt da nicht, und man gibt sich viel Mühe, es vor uns geheim zu halten.«

Vangelis warf einen Blick in ihr Notizbüchlein. »Drei Dinge noch von der Spurensicherung: Dierksen hatte kurz vor seinem Tod Geschlechtsverkehr. Im Bad der Wohnung darunter haben wir rote Haare gefunden, die wahrscheinlich von seiner Freundin stammen. In der Wohnung ebenfalls. Allerdings nicht im Bett.«

Die beiden hatten es miteinander getrieben, und anschließend war sie duschen gegangen. Und dieser Umstand hatte ihr vielleicht das Leben gerettet.

»Und seltsamerweise auch nicht in der Dusche.«

»Vielleicht hat sie eine Duschhaube getragen?«

»Das erklärt nicht, weshalb wir im Bett keine roten Haare gefunden haben.«

»Man kann auch außerhalb des Betts Spaß haben.«

Vangelis blieb stoisch wie immer. »Es gibt eine einfachere Erklärung: Sie trägt eine Perücke.«

»Dann müssten andere Haare auf dem Kopfkissen sein.«

»So ist es. Dierksens Freundin ist in Wirklichkeit dunkelhaarig. Und keines der Haare, die die Spusi eingesammelt hat, ist länger als drei Zentimeter.«

Ich lehnte mich zurück, faltete die Hände im Genick, zog die Stirn in Falten. »Sie läuft mit einer Perücke herum, trägt sogar bei Regen eine Sonnenbrille, sieht niemandem ins Gesicht ...«

»Dritter und vorläufig letzter Punkt: An der Benzindose sind ihre Fingerabdrücke.«

»Das heißt aber nicht, dass sie den Brand gelegt hat.«

»Richtig. Dierksen hatte sie auch in der Hand. Aber ich denke nicht, dass er sich selbst angezündet hat, nachdem er sich eine Kugel in den Kopf geschossen hat.« Auch Klara Vangelis verfügte hin und wieder über Humor. Sie klappte ihr Notizbuch mit einem leisen Knall zu und sah mir ins Gesicht. »Ihre derzeitige Hypothese ist das Institut?«

Ich legte die Brille auf das erfreulich niedrige Aktenhäufchen, das Sönnchen während meiner Abwesenheit auf meinem Schreibtisch deponiert hatte. »Sein Professor hat angedeutet, Dierksen hätte möglicherweise etwas Aufregendes entdeckt.«

»Und wie passt die Freundin ins Bild?«

»Das weiß ich noch nicht.« Ich setzte mich gerade hin. »Lassen Sie ein zweites Phantombild machen, auf dem sie kurze, dunkle Haare hat, und schicken Sie es an Professor Ihringer. Lassen Sie die beiden Bilder außerdem in der weiteren Nachbarschaft des Tatorts herumzeigen. Nicht nur Leute im Haus werden das Mädchen gesehen haben.«

»Dierksen hat ein Auto besessen«, sagte Vangelis, als sie sich erhob. »Einen kleinen Honda. Der Schlüssel ist da, das Auto nicht.«

»Vielleicht ist seine Freundin jetzt damit unterwegs? Mit dem Zweitschlüssel?«

»Sie sieht nicht so aus, als wäre sie alt genug, um schon einen Führerschein zu haben. Ich habe den Wagen sicherheitshalber zur Fahndung ausgeschrieben. Zu Dierksens verschwundenem Handy haben wir inzwischen Buchungen auf den Kontoauszügen gefunden. Den Provider habe ich schon kontaktiert. Die Verbindungslisten sollten in den nächsten zwei Stunden kommen.«

Das sind die Mitarbeiter, die man als Vorgesetzter schätzt – die selbst denken, Entscheidungen treffen und auch gleich in die Tat umsetzen. Als Vangelis die Tür hinter sich schloss, summte mein Handy kurz. Ich nahm es zur Hand in der Erwartung, es sei eine Nachricht von Theresa gekommen. »Unbekannter Teilnehmer«, las ich stattdessen. »An ifa problem. Polonium verschwunden. Grosse aerger.«

Ich setzte die Brille wieder auf und wandte mich meinem Laptop zu. Einige Mausklicks später wusste ich, dass Polonium-210 zusammen mit Beryllium als Zünder für Atombomben eingesetzt wurde. Zudem war es als starker Alphastrahler ein gefährliches Gift. Jahrelang hatte sich zum Beispiel der Verdacht gehalten, Jassir Arafat sei damit ums Leben gebracht worden. Russische Finsterlinge hatten Polonium nachweislich eingesetzt, um lästige Regimegegner ins Jenseits zu befördern.

In meinen Notizen suchte ich die Nummer von Dierksens oberbayerischem Büronachbarn heraus. Max Indlkofer nahm nach dem ersten Tuten ab.

»Haben Sie mir gerade eine SMS geschrieben?«, fragte ich ohne Umschweife.

»Eine SMS? Nein, wieso?«

»Was haben Sie mit meiner Visitenkarte gemacht?«

Auf die Rückseite der dienstlichen Visitenkarte, die ich ihm beim Abschied überreicht hatte, hatte ich meine private Handynummer geschrieben, für den Fall, dass er plötzlich das Bedürfnis verspüren sollte, sich im Vertrauen und außerhalb des Instituts mit mir zu unterhalten.

»Die ... die liegt hier vor mir. Auf meinem Schreibtisch.«

»Haben Sie in der letzten Stunde Ihr Büro verlassen?«

»Sogar mehrfach. Grad erst war ich in der Kantine. Danach hab ich mir noch einen Kaffee geholt ...«

»Schließen Sie Ihr Büro ab, wenn Sie es verlassen?«

»Wenn ich länger weggehe, immer. Wenn ich mir bloß einen Kaffee hole, nicht. Aber fast jeder hier hat einen Schlüssel. Unsere Büros haben alle das gleiche Schloss. Bis auf die von den Profs und die Isotopenlabors, logischerweise.«

»Sind Sie sicher, dass die Asiatin, die vorhin im Labor war, kein Deutsch versteht?«

»Die? Na ja, wie soll man da sicher sein?«

Kluge Frage.

»Seit wann ist sie bei Ihnen?«

»Seit Januar. Anfang Januar. Was steht denn in der SMS?«

»Das möchte ich am Telefon nicht sagen. Wäre es möglich, dass wir uns noch mal in privatem Rahmen treffen? Ich komme gerne nach Karlsruhe.«

»Hat es mit Andi zu tun?«

»Wie gesagt, nicht am Telefon. Können wir uns heute noch treffen? Vielleicht am späten Nachmittag, wenn Sie Feierabend haben?«

»Ich wohne hinter Ettlingen im Albtal draußen. Das ist die verkehrte Richtung. Aber ich komm gern zu Ihnen. Null problemo. Bin ich halt mal wieder zwei Stunden in der Unibib. In zwanzig Minuten bin ich bei Ihnen.«

»Da bin ich aber gespannt.«

Am Vormittag hatten wir für die fünfzig Kilometer von Heidelberg bis zum Campus Nord des KIT fast eine Stunde gebraucht.

Indlkofer lachte optimistisch und legte auf.

7

Exakt vierundzwanzig Minuten nach Ende unseres Telefonats kam der akademische Mitarbeiter und Doktorand siegessicher in mein Büro gewatschelt. Er steckte in einer lustig quietschenden, laubfroschgrünen Lederkombi und trug einen wuchtigen, farblich exakt dazu passenden Integralhelm unter dem Arm. Aus seinen Augen leuchteten kindliche Neugierde und ein Rest Adrenalin von der rasenden Fahrt hierher. Mit einem letzten Quietschen setzte er sich auf einen der blau bezogenen Besucherstühle mir gegenüber.

Ich las ihm die kurze SMS vor. Er öffnete den Mund, schloss ihn wieder. Räusperte sich. Wandte den Blick ab. Zwinkerte.

Es stimmte also. Und er wusste Bescheid.

»Was sagen Sie?«, fragte ich.

»Das ... das ist leider richtig. Aber eigentlich darf das keiner wissen, bevor ... also, bevor die internen Untersuchungen abgeschlossen sind.«

»Um wie viel Polonium handelt es sich? Kann man eine Bombe damit bauen?«

Indlkofers sarkastisches Lachen ging unvermittelt in ein Husten über. »Mit Polonium kann man gar keine Bomben bauen. Wenn, dann höchstens einen Zünder. Aber selbst dafür langt es nicht. Es geht bloß um fünf Gramm, die zudem in flüssiger Lösung vorliegen. Aber so was darf halt einfach nicht passieren. So was geht gar nicht. Erst recht nicht in einem Laden wie unserem, wo alles doppelt und dreifach kontrolliert wird.«

»Wenn man es nicht für eine Atombombe brauchen kann, wozu stiehlt man es dann?«

»Man könnte es zum Beispiel für den Bau einer sogenannten schmutzigen Bombe hernehmen. Das ist keine Atombombe im eigentlichen Sinn, sondern ein klassischer Sprengsatz, der radioaktives Material in möglichst weitem

Umkreis verstreut. In einer Großstadt wäre so was eine Katastrophe. Und bauen könnten so ein Ding sogar die deppertsten Terroristen der Welt. Außerdem ist Polonium verdammt giftig.«

»Wie viele Menschen könnte man mit fünf Gramm töten?«

»Ja, also ... So ungefähr halb Deutschland.«

»Halb ... Wie bitte?«

Indlkofer hob bedauernd die breiten Schultern. »Das BfS, also das Bundesamt für Strahlenschutz, hat ausgerechnet, dass weniger als ein Zehnmillionstel Gramm ausreicht, um einen Menschen umzubringen. Den Rest können Sie sich leicht ausrechnen.«

Ich brauchte einige Sekunden, bis ich weitersprechen konnte.

»Und seit wann ist dieses ... Höllenzeug verschwunden?«

»Seit einer Woche. Knapp einer Woche. Vergangenen Mittwoch ist aufgefallen, dass was fehlt.«

Zwei Tage bevor Andreas Dierksens Gesicht zerschossen wurde.

»Hat man schon einen Verdacht, wer dahinterstecken könnte? Dierksen womöglich?«

Indlkofer zog eine leidende Grimasse. »Da reden Sie bitte lieber mit dem Vorholtz. Das wird mir jetzt zu heiß. Und sagen Sie ihm bloß nicht, dass ich Ihnen irgendwas verraten hab.«

»Dierksen?«, wiederholte ich drängend.

Aber anstelle einer Antwort hob er wieder die Schultern.

War dieses verschwundene Fläschchen der Grund, warum Dierksens Mörder den Schreibtisch seines Opfers durchwühlt hatte? Mir kam ein naheliegender Gedanke.

»Falls Dierksen dieses Teufelszeug mit nach Hause genommen hat, aus welchen irrsinnigen Gründen auch immer, dann müssten wir es doch leicht finden können, weil es radioaktiv ist.«

»Leider nicht. Polonium ist halt bloß ein starker Alphastrahler, und Alphastrahlen gehen nicht mal durch ein Blatt Papier. Mit einem Geigerzähler finden Sie das nur, wenn Sie ganz nah rangehen und das Behältnis nicht verschlossen ist. Schon durch ein dünnes Glas geht da absolut nichts durch. Drum ist es ja auch so verdammt tückisch: Eine Vergiftung mit Polonium ist praktisch nicht nachweisbar, wenn man nicht genau weiß, wonach man suchen muss. Und es ist kein schöner Tod. Sie werden von innen verstrahlt, die Leber und die Milz werden langsam zerstört, und von außen merkt man erst mal nur, dass es Ihnen schlecht geht. Sie könnten ein Fläschchen mit Polonium problemlos in Ihren Koffer packen und als Fluggepäck aufgeben. Solange der Pfropfen drauf ist, ist es eben bloß ein Dings mit ein bisschen Flüssigkeit drin. Die Giftwirkung ist millionenmal gefährlicher als die Strahlung.«

»Das heißt, wenn Dierksen nichts verschüttet hat, haben wir keine Chance.«

»Und so blöd wird er bestimmt nicht gewesen sein, das Zeug zu verschütten!«

Mir schwirrte immer noch der Kopf. Mit Gift, das ausreicht, um fünfzig Millionen Menschen zu töten, hat man es auch als Kripochef nicht alle Tage zu tun.

»Da wär noch was anderes«, sagte Indlkofer, nachdem wir uns einige Sekunden betreten angeschwiegen hatten. »Ist mir ein bisschen peinlich. Aber vielleicht ist es ja wichtig.« Er rutschte unbehaglich auf seinem Stuhl herum, legte den schweren Helm achtsam auf meinen Schreibtisch. Der Froschanzug quietschte wieder. Herber Ledergeruch stieg mir in die Nase. Endlich ging es weiter: »Sie haben doch gesagt, alles kann wichtig sein. Drum … Also, Sie müssen wissen, ich hab ein paar Semester in Berlin studiert. Und da … also, ich hab in einer ziemlich schrägen WG gewohnt, in Kreuzberg oben, und da hat's ein paar Leute gegeben, sag ich Ihnen, die durchgeknalltesten Typen sind da ein und aus gegangen. Typen, die's mit Drogen und anderen Sachen nicht so genau nehmen. Und …«

»Und?«, fragte ich ungeduldig, als es nicht mehr weiterging.

»Irgendwann im November ist das gewesen, da hat mich der Andi auf ein Bier eingeladen. Ist mir gleich komisch vorgekommen, weil er ist ja sonst nicht grad gesellig gewesen. Und geizig war er obendrein. Und auf einmal lädt der mich also auf ein Bier ein oder zwei. Okay, hab ich gedacht, wieso nicht? Wir also nach der Arbeit ins Vogelbräu, und mir ist natürlich klar gewesen, der will irgendwas von mir. Und nach der dritten oder vierten Halben ist er dann endlich damit rausgerückt. Ob ich wüsste, wo man einen geklauten oder gut gefälschten Perso herkriegen kann.«

»Für wen dieser Ausweis sein soll, hat er nicht verraten?«

»Er hat so getan, als wär's bloß ein Joke oder so. Einer von seinen schrägen Witzen. Aber mir ist gleich klar gewesen, da steckt mehr dahinter. Der Andi ist nämlich ein hundsmiserabler Schauspieler gewesen.«

»Haben Sie ihm helfen können?«

Indlkofer sah wieder auf. Inzwischen standen Schweißperlen auf seiner breiten Stirn. »Wär wahrscheinlich strafbar, wenn ich das gemacht hätte, oder?«

»In dem Moment, in dem Sie diesen Raum verlassen, werde ich vergessen, dass die Information von Ihnen stammt.«

»Also gut, okay. Ich hab ihm eine Handynummer gegeben. Von einem Kumpel in Berlin. Ich will ja keinen hinhängen. Der macht so Sachen auch nicht selber. Aber er kennt alle möglichen und unmöglichen Leute, wenn Sie verstehen, was ich meine.«

»Diese Nummer hätte ich gerne.«

»Sie müssen sie aber selber aufschreiben. Von mir haben Sie die nicht.«

Ich ergriff einen Kuli und sah ihn erwartungsvoll an.

Sören Grabowski hieß der Mann mit den guten Kontakten in schlechte Kreise.

»Wenn er nicht umgezogen ist, dann wohnt er in Charlottenburg, in der Kantstraße. Da ist viel Russenmafia unterwegs, in der Kantstraße. Und von den Russen kriegen Sie alles, wenn Sie nur genug Geld auf den Tisch legen.«

Kantstraße, notierte ich. »Etwas genauer, vielleicht?«

»In der Nähe vom Savignyplatz. Bin selber bloß ein einziges Mal da gewesen und da ... na ja, hab schon ein bisschen was getrunken gehabt. War eine wilde Zeit damals.«

Berlin war groß, es würde nicht einfach werden. Aber wenn der Name stimmte, dann war es einen Versuch wert.

Wir waren noch nicht am Ende, erkannte ich an Indlkofers Miene. Wieder druckste er eine Weile herum, bevor er mit dem Eigentlichen herausrückte:

»Der Andi ist in den letzten Monaten irgendwie anders gewesen. Nicht mehr so ... so egomäßig drauf wie früher. Früher hat's für den ja bloß seine Arbeit gegeben und seine Computerspiele. Jeden Morgen hat er mir erzählt, was er wieder Tolles erlebt hat in seiner Egoshooterwelt.«

»Was heißt, er war auf einmal anders?«

»Er hat auch mal gelacht. Einen Witz gemacht. Und bei der Arbeit hat er manchmal so in sich hineingegrinst, ohne dass er es gemerkt hat. Sonst ist der Andi ja humorlos gewesen wie ein Rhinozeros.«

Anfang November schien sich in Andreas Dierksens Leben etwas Entscheidendes verändert zu haben. Etwas, das vielleicht letztlich dazu geführt hatte, dass er jetzt nicht mehr lebte.

»Täten Sie mir die SMS noch mal vorlesen?«, bat Indlkofer.

Ich nahm mein Handy wieder zur Hand und tat ihm den Gefallen.

»Klingt, wie wenn's ein Ausländer geschrieben hätte.«

»Vielleicht soll ich auch nur genau das denken.«

Ich bedankte mich für seine Bereitschaft, nach Heidelberg zu rasen. Er klemmte seinen schweren Helm unter den Arm und quietschte in Richtung Tür.

»Was für eine Maschine fahren Sie denn?«, fragte ich, um ihm zum Abschied noch eine kleine Freude zu machen.

Erwartungsgemäß leuchteten seine Augen, als er sich umwandte. »Kawasaki Ninja! Hundertfuchzig KW hat die Ninja und geht satte dreihundert. Hab's grad vorhin wieder ausprobiert.«

Wie er so dastand und mich anstrahlte, fragte ich mich wieder einmal, ob Motorradfahren nicht doch dick machte. Mein subjektiver Eindruck war jedenfalls, dass auf den großen Maschinen Männer mit stolzem Leibesumfang eindeutig überrepräsentiert waren.

Als ich wieder allein war, bat ich Sönnchen, mich mit der Berliner Polizeidirektion 2 zu verbinden, die für Charlottenburg zuständig war. Das Herstellen der Verbindung dauerte nur wenige Sekunden, das Gespräch kaum länger. Der Name Sören Grabowski war in Berlin nicht unbekannt. Schon dreimal war er festgenommen worden, zweimal im Zusammenhang mit Hehlergeschäften, einmal wegen Drogenbesitz. Die Beweise hatten jedoch nie für eine Anklage ausgereicht.

Ich gab die Informationen an Klara Vangelis weiter. »Außerdem muss jemand mit einem Geigerzähler in Dierksens Wohnung und feststellen, ob da Radioaktivität zu messen ist. Vielleicht fragen Sie die Feuerwehr. Die müssten solche Geräte haben.«

Auch meine Mitarbeiterin hatte in der Zwischenzeit nicht auf der faulen Haut gelegen. »Ich habe Dierksens Handy-Verbindungslisten vor mir liegen. Seit Januar hat er ungefähr eine Million Mal ein Prepaidhandy angerufen. Den Vertrag dazu hat er selbst am neunzehnten November abgeschlossen.«

»Für seine schüchterne Freundin?«

»Antrag auf Handyortung ist raus«, sagte Vangelis und legte auf.

Inzwischen hatte mein eigenes Handy zu randalieren begonnen. Das Display zeigte eine Nummer an, die mir wohlbekannt war. Ich hatte kein gutes Gefühl, als ich das Gespräch annahm.

»Deine Töchter sind verschwunden!«, eröffnete mir meine Mutter. »Sie sind nach der Schule nicht heimgekommen. Ich sitze hier seit einer Stunde, und das Essen wird kalt, und niemand kommt. Denkst du, sie sind vielleicht entführt worden?«

»Entführt? Mama!«

»Guckst du denn kein Fernsehen?«

»Wahrscheinlich sind sie bei einer Freundin und machen Hausaufgaben.«

»Die beiden sind doch noch Kinder, Alexander! Du musst als Vater doch wissen, wo sie stecken!«

»Sie sind keine Kinder mehr. Sie sind fast siebzehn.« Hörte ich da meine Töchter aus mir sprechen? »Und wenn ich wissen will, wo sie sind, dann rufe ich sie an. Bisher sind sie aber jedes Mal von alleine wieder aufgetaucht.«

»Ruf sie bitte gleich an. Ich hätte keine ruhige Minute an deiner Stelle.«

»Mach ich. Was hast du denn Schönes gekocht?«

»Pfannkuchen mit Pilzsoße. Die hast du doch früher immer so gemocht, und eigentlich wollte ich auch fragen, was ich uns zum Abendessen kochen soll. Ich könnte einen schönen Kalbsbraten machen.«

»Louise und Sarah sind Halbvegetarier. Und du sollst überhaupt nichts kochen, Mama!«

»Was ist das denn, ein Halbvegetarier?«

»Normalerweise essen sie kein Fleisch. Manchmal aber schon.«

»Dann kriegen sie eben Kartoffeln und Salat. Du magst

aber noch Kalbsbraten? Oder bist du seit Neuestem auch Halbvegetarier?«

»Ich esse auch nicht mehr so viel Fleisch wie früher. Und außerdem …«

Außerdem war heute Dienstag. Und Dienstagabend war Theresaabend. Und ich würde den Teufel tun, mein Leben über den Haufen zu schmeißen, nur weil mein verfluchter Windhund von untreuem Vater … »Ich komme heute später. Ich treffe mich nach der Arbeit noch mit einem Freund.«

Es war nicht zu fassen! Kaum war meine Mutter wieder im Land, begann ich sie zu beschwindeln wie vor dreißig Jahren.

»Wieso bringst du deinen Freund nicht einfach mit? Vielleicht mag der ja einen guten Kalbsbraten?«

Oh, wie gut ich diesen Ton kannte! Mutter war verstimmt. Und es würde einige Zeit dauern, sie wieder zu besänftigen. Ich schlug vor, den Braten am Sonntag zu machen. Ich würde den Mädchen ins Gewissen reden, damit sie Oma zu Ehren eine Ausnahme machten.

»Wenn du meinst …«, kam es zögernd zurück.

»Ich koche auch. Du hilfst mir ein bisschen, und dann schmeckt der Braten bestimmt fast so gut, wie wenn du ihn selber gemacht hättest.«

»Du kochst?«

»Was denkst du denn, wovon wir leben, wenn du nicht da bist?«

»Ich dachte, ihr esst immer dieses Tiefkühlzeug. Ich habe in deinen Gefrierschrank geguckt. Ein Wunder, dass ihr nicht ausseht wie all diese … Amerikaner.«

Ich atmete einmal tief ein und wieder aus. »Mama, erstens gibt es auch schlanke Amerikaner. Und zweitens essen wir manchmal auch was Richtiges. Selbst gekocht mit ganz frischen Zutaten, manchmal sogar vom Wochenmarkt, und alles ganz wunderbar gesund.«

»Wir sind bei Silke«, sagte Sarah erwartungsgemäß. »Wir schreiben morgen Französisch, und dieses schwule Conditionnel ...«

»Was habe ich da gerade gehört?«

»Dieser blöde, kackdumme Scheißmist von Grammatik, wollt ich sagen. Ich blick das einfach nicht.«

»Das klingt schon viel besser. Warum seid ihr nicht zu Hause?«

»Weil wir zu Silke wollten und Franz lernen. Außerdem ist daheim Oma.«

»Sie macht sich Sorgen um euch.«

»Ihr Problem. Wär sie nicht da, müsst sie sich keine Sorgen machen.«

»Wir werden ... wir müssen ... Herrgott, wir werden es überleben! Mir macht das ganze Theater auch keinen Spaß, das kannst du mir glauben!«

»Ruf Opa an und sag ihm, er darf keine Freundin haben.«

»Woher ... weißt du ...?«

Verblüffte Stille.

»Ihr habt die Ohrstöpsel rausgenommen und gelauscht?«

»Wir haben nicht versprochen, dass wir während der ganzen Fahrt Mucke hören.«

Auch wieder wahr.

»Ich würde ja gern mit Opa reden. Aber er nimmt nicht ab.«

»Dann schreib ihm halt eine Mail.«

»Hat er nicht.«

»Liegt Portugal eigentlich auf dem Mond?«

Seufzend wählte ich wieder einmal die lange Nummer, die mit 00351 begann, und wieder wartete ich vergeblich darauf, dass am anderen Ende jemand den Hörer abnahm. Vermutlich war Vater inzwischen bei seiner blonden ... Freundin eingezogen.

8

»Steck sie in ein Hotel«, lautete Theresas pragmatischer Vorschlag. Sie hatte bis zu diesem Abend noch gar nichts von meinem überraschenden Familienzuwachs gewusst.

Wie meist trafen wir uns in unserem kleinen Liebesnest in der Ladenburger Straße, einer Zweizimmerwohnung, die wir nur für diesen Zweck angemietet hatten. Die Miete teilten wir uns. In letzter Zeit hatten wir überlegt, ob wir uns diesen Luxus noch weiter leisten sollten, nachdem Theresa mich ebenso gut zu Hause besuchen konnte. Aber erstens waren dort oft meine Töchter. Und zweitens seit Neuestem …

»Sie ist meine Mutter, Theresa! Ich kann sie doch nicht einfach vor die Tür setzen.«

Lächelnd küsste sie mich auf den Mund. »Sie ist nicht krank. Sie ist nur gekränkt.«

»Mit vollem Recht, finde ich.«

»Wenn ich meine Eltern besuche, wohne ich immer im Hotel. Sonst gibt es schon am ersten Abend Streit.«

»Wenn ich nur mit meinem Vater reden könnte …«

»Wenn du ihn nicht ans Telefon kriegst, warum bittest du nicht einfach deine portugiesischen Kollegen um Amtshilfe?«

»Soll ich ihn wegen Fremdgehens verhaften lassen, oder wie stellst du dir das vor?«

»Irgendeinen Vorwand wirst du schon finden. Wäre doch eine effiziente Methode, den alten Tunichtgut an die Strippe zu kriegen.«

Waren Frauen nicht eigentlich das mitfühlende Geschlecht? Waren sie nicht für die zwischenmenschliche Wärme zuständig?

»Du verstehst mich nicht«, stöhnte ich. »Du willst mich nicht verstehen.«

»Ich verstehe dich sogar sehr gut, Honey.« Sie zog mich an sich, küsste mich dieses Mal besonders zärtlich, strich mir übers Haar. »Morgen früh redest du mit deiner Mutter und machst ihr klar, dass sie auf Dauer nicht bei euch bleiben kann.«

»Das weiß sie auch so.«

»Gerade kommt mir eine Idee: Eine meiner Nachbarinnen ist seit zwei Jahren Witwe, hat ein Riesenhaus und langweilt sich zu Tode. Sie ist nett, sie ist kultiviert. Ich könnte mit ihr reden ...«

»Langsam, langsam! Irgendwann kriege ich diesen Seniorengigolo schon noch. Und jetzt ist Schluss mit Familienkram. Die nächsten zwei Stunden will ich nichts mehr davon hören.«

»So gefällst du mir schon viel besser.«

»Und nenn mich nie wieder Honey!«

»Wird nicht wieder vorkommen, Sweetheart.«

Lachend warf sie die honigblonde Lockenpracht zurück. Ihre warmen Hände waren auf meinem Rücken unterwegs.

»Haben wir noch Sekt da?«, fragte ich. Plötzlich hatte ich das dringende Bedürfnis, mich mit ihr zusammen zu betrinken.

Sekt war im Kühlschrank. Sogar zwei Flaschen. Am Ende wurde es ein schöner Abend voller Lust, Lachen und Zärtlichkeit. Es war gut, dass wir die Wohnung hatten, unsere geliebte Matratze am Boden, die der ganzen Situation etwas Verruchtes, Abenteuerliches, niemals Endgültiges gab. Und wie so oft fühlte ich mich, als lägen einige Urlaubstage hinter mir, als wir uns zum Abschied ein letztes Mal küssten.

»Wie läuft's mit deinem neuen Buch?«, fragte ich, als wir noch für eine Minute eng umschlungen auf dem Gehweg standen und unsere Gerüche aufsaugten. In der Ferne lachten Menschen. Obwohl der Abend kühl war, schienen manche Biergärten schon gut besucht zu sein. Durch Theresa fuhr ein Ruck. Sie stieß mich so heftig von sich, dass ich um ein Haar das Gleichgewicht verloren hätte.

»Das hätte wirklich nicht sein müssen! Nicht jetzt, nach diesem Abend!«

»Schlechtes Thema?«

»Ich kann schon nicht mehr schlafen.« Seufzend kippte sie wieder in meine Arme. »Ich kann mich nicht konzentrieren. Ich gehe mir selbst auf die Nerven. Ständig ist etwas, das mich ablenkt, und ... ach ...«

»Du hast eine Schreibblockade. Lass dir Zeit. Setz dich nicht unter Druck. Ideen kann man nicht erzwingen. Die kommen, wann es ihnen passt. Irgendwann kommt die Inspiration von selbst, du wirst sehen.«

»Schreibblockaden sind Unsinn. Bücher schreiben bedeutet harte Arbeit. Bücher schreiben bedeutet nur zu fünf Prozent Inspiration.« Sie klammerte sich an mich, als hätte sie plötzlich Angst, der Boden könnte unter ihr nachgeben. »Die restlichen fünfundneunzig Prozent sind Transpiration.«

Ein einsamer, schwarzer Mercedes-Kombi fuhr im Schritttempo an uns vorbei in der sinnlosen Hoffnung, hier so spät noch einen Parkplatz zu finden.

»Wie wär's mit einer Luftveränderung?«

»Du meinst, ich soll verreisen?«

Ich deutete auf das mehrstöckige Mietshaus, das wir eben verlassen hatten. Hinter den Rundbogenfenstern des Erdgeschosses befand sich ein kroatisches Restaurant, das um diese Uhrzeit kaum noch Gäste hatte. Es roch nach Gegrilltem, und mir wurde bewusst, dass ich hungrig war. Auch Sex verbrauchte Kalorien. Sex mit Theresa ersetzte einen Fünftausendmeterlauf und machte ganz entschieden mehr Spaß.

»Hier steht die meiste Zeit eine Wohnung leer. Du könntest dir den Küchentisch ans Fenster stellen. Ein Stuhl ist auch schon da. Wenn du ein Kissen mitbringst, kann man ganz passabel darauf sitzen. Es gibt kein Telefon, keinen Fernseher, kein Radio. Das Handy lässt du zu Hause, Platz und Strom für deinen Laptop ist in der kleinsten Hütte.«

»Vielleicht keine schlechte Idee.« Nachdenklich sah sie zum Himmel hinauf, wo heute sogar Sterne leuchteten. »Sieh mal, wir haben Vollmond!«

Am Mittwochmorgen erwachte ich um kurz nach sechs mit Kopfschmerzen. In der Küche war es still. Die Zwillinge waren am vergangenen Abend erst nach elf nach Hause gekommen, hatten wortkarg erklärt, sie hätten schon gegessen, und waren sofort in Sarahs Zimmer verschwunden. Ich selbst war eine Viertelstunde früher heimgekehrt und hatte meine Mutter im Wohnzimmer angetroffen, wo sie mit großem Ernst und noch größerer Empörung eine Fernsehsendung über Robbenjagd in Kanada verfolgte. Das Thema Kalbsbraten war nicht zur Sprache gekommen, und sie hatte mich für mein Fehlverhalten bestraft wie schon damals vor dreißig Jahren: Sie tat, als wäre nichts gewesen, und seufzte hin und wieder leise.

Ich hatte ihr versprochen, heute Abend pünktlich zu Hause zu sein und dafür zu sorgen, dass meine Töchter ebenfalls anwesend seien. Außerdem hatte ich vorgeschlagen, zusammen ein großes und halbwegs vegetarisches Omabegrüßungsmenü zu kochen und feierlich zu verzehren. Der Braten würde fürs Erste bleiben, wo er war: im Gefrierschrank. Nach einigem Gemurmel hatte Mutter sich schließlich für meine Idee erwärmen können. Dann war sie bald schlafen gegangen. Das ungewohnte mitteleuropäische Klima mache sie müde, erklärte sie.

Ich blieb noch eine halbe Stunde im Bett liegen in der Hoffnung, die Kopfschmerzen würden sich von allein verflüchtigen. In der Wohnung blieb es ruhig. Meiner Mutter würde doch hoffentlich nichts ...? Ich hatte keine Ahnung, wie es um ihren Blutdruck stand, wusste nur, dass sie morgens und abends irgendwelche Tabletten nehmen musste und ... Aber nein – um halb sieben hörte ich, wie sie im Nachbarzimmer aufstand, ein wenig herumrumpelte, zur Toilette ging und anschließend in der Küche ihr Tagwerk begann, um das niemand sie gebeten hatte.

»Guten Morgen, Mama«, sagte ich, als ich Minuten später im Morgenmantel die Küche betrat. »Was machst du da?«

»Ich backe für heute Abend eine Linzer Torte als Nachtisch. Linzer Torte magst du doch noch?«

Ich liebte Linzer Torte! Und ich hatte seit mindestens tausend Jahren keine mehr gegessen.

»Aber warum mitten in der Nacht? Du hast doch den ganzen Tag ...«

»Es ist zwanzig vor sieben!«

»Stehst du in Portugal auch so früh auf?«

»Da gehe ich normalerweise um sechs an den Strand und schwimme eine halbe Stunde. Wenn es nicht zu windig ist. Bei hohen Wellen ist es gefährlich. Dann gibt es Strömungen, und es ertrinken jedes Jahr Menschen, die sich nicht um die roten Fahnen scheren.«

»Beneidenswert.« Ich gähnte ausgiebig, dehnte meine müden Knochen, schaltete die Kaffeemaschine ein und setzte mich auf meinen Stuhl. »Und auf diesen Luxus verzichtest du freiwillig?«

Sie schwieg und wog Mehl ab.

»Mama, hör mal. Wenn ich mit Papa rede und er diese ... diese alberne Beziehung aufgibt ...«

»Wird er nicht. Will er nicht. Ich habe schon genug mit ihm geredet.«

»Vielleicht ist es was anderes, wenn ich ...?«

»Untersteh dich! Wenn der Herr hofft, dass ich reumütig angekrochen komme, dann kann er sich zu Tode hoffen. Hast du eine Küchenmaschine, mit der man Nüsse mahlen kann?«

»Ich glaube nicht.«

»Macht nichts. Dann reibe ich sie mit der Hand. Ich habe ja Zeit.«

Ich erhob mich, stellte meinen Morgenbecher in die Kaffeemaschine und drückte die Cappuccinotaste.

»Lass das«, wies Mutter mich zurecht. »Das kann ich doch für dich machen.«

»Mama, ich mache mir seit Ewigkeiten den Kaffee zum Frühstück selber. Dein Frühsport ist Schwimmen im Meer, meiner ist Kaffeekochen.«

»Aber jetzt bin ich da, und jetzt mache ich den Kaffee für dich. Du musst den ganzen Tag arbeiten, und da kann ich doch, wo ich euch schon zur Last falle … Was isst du denn zum Frühstück?«

»Nichts, normalerweise. Und du fällst uns nicht zur Last. Wir freuen uns, dass du uns mal besuchen kommst. Auch Louise und Sarah. Sie können es nur nicht so zeigen.«

»Aber du musst doch was frühstücken!« Fehlte nur noch, dass sie mich »Kind« nannte. »Weißt du nicht mehr: Morgens wie ein König, mittags wie ein Bürger, abends wie ein Bettler …«

Ich hielt es eher umgekehrt.

»Manchmal esse ich im Büro ein Croissant zum Kaffee.«

»Du trinkst im Büro noch einen Kaffee?«

»Warum nicht?«

Selbstverständlich kannte ich die Antwort schon: »Weil zu viel Kaffee nicht gesund ist. Kaufst du dir das Croissant auf dem Weg zur Arbeit?«

»Das bringt mir meine Sekretärin vom Bäcker mit.«

Mutter hörte abrupt auf, Nüsse zu raspeln, und wandte sich um mit einem Blick, als hätte ich ihr erzählt, alle Heidelberger verspeisten mit Zwiebeln und viel Knoblauch geschmorte Hunde zum Frühstück.

»Du hast eine Sekretärin?«

»Ich bin Chef der Kriminalpolizei. Schon vergessen?«

»Ja, nein, aber … und da hast du jetzt eine Sekretärin?

Dein Vater hat zeitlebens … Eine Abteilungssekretärin haben sie gehabt, einmal so ein blutjunges Ding mit diesen langen, ganz unpraktischen Fingernägeln …«

Schön zu sehen, wie ich in der Achtung meiner Mutter eine Blitzkarriere hinlegte. Durch die angelehnte Tür hörte ich vom Flur her leise Geräusche. Die Zwillinge schlichen ins Bad, wo sie unter normalen Umständen jetzt einen kolossalen Radau veranstaltet hätten.

»Wir haben in Portugal die gleiche«, verkündete Mutter mit abschätzigem Blick auf meine moderne Kaffeemaschine. »Dein Vater musste unbedingt so ein neumodisches Gerät haben, und da habe ich ihm letztes Jahr eine zum Geburtstag geschenkt. Ein großer Fehler, wie ich jetzt weiß.«

Der Kaffee wirkte. Die Kopfschmerzen wurden schwächer.

»Alex?«, sagte Mutter, als sie sich wieder ihren Haselnüssen zuwandte.

Aus dem Bad hörte ich Plätschern und Wispern. Noch niemals in ihrem Leben waren meine Töchter morgens so leise gewesen.

»Hm?«

»Hast du dich gestern wirklich mit einem Freund getroffen?«

Ich nahm einen großen Schluck aus meinem Becher, seufzte behaglich, erwiderte ganz nebenbei: »Ja, natürlich. Wieso?«

Es hätte mir nichts ausgemacht, ihr von Theresa zu erzählen, wäre sie nicht verheiratet gewesen. Und zwar ausgerechnet mit meinem Chef. Sollte sie dann auch noch erfahren, dass dieser Chef homosexuell war und deshalb überhaupt nichts dagegen einzuwenden hatte, dass seine Frau sich hin und wieder mit mir traf, dann … Dann wäre meine Mutter vielleicht so entsetzt über den Verfall der Sitten, dass sie schleunigst ihre Siebensachen packte und nach Portugal zurückkehrte. Sollte das etwa die Lösung meines neuesten Problems sein? Schocktherapie?

»Du bist nicht etwa in eine Wirtschaft gegangen, weil du keine Lust gehabt hast, dich mit deiner alten Mutter zusammen zu langweilen?«

»Wie kommst du denn auf so was?«

»Ich falle euch wirklich nicht zur Last?«

»Im Gegenteil, Mama! Wir freuen uns, dass du da bist. Die Mädchen freuen sich auch. Es ist nur alles ein bisschen ungewohnt für sie. Dass sie jetzt wieder in einem Zimmer schlafen müssen, zum Beispiel. Aber es ist ja auch nicht für immer, nicht wahr?«

Diese Kurve hatte ich elegant genommen, fand ich. Mutter nickte in Gedanken. Raspelte mit routinierten Bewegungen Haselnüsse. Sie trug einen sehr schönen, langen Morgenmantel, der neu zu sein schien. Die Hausschuhe dagegen meinte ich von früher zu kennen. Ihr braunes Haar war noch unordentlich. Es duftete nach ungewohnter Seife und frisch geriebenen Nüssen. Und plötzlich gefiel es mir, sie hier so zu sehen. Alte Gefühle tauchten wieder an die Oberfläche. Gleich würde sie fragen: »Hast du auch alle Hausaufgaben gemacht, Alex?« Und ich würde ganz locker antworten: »Klar, Mama.« Und natürlich würde auch das wieder gelogen sein.

Inzwischen war es zwanzig nach sieben. Vor den Fenstern war es hell geworden. Die Wohnungstür klappte leise.

»Was ist eigentlich mit den Mädchen?«, fragte Mutter. »Willst du die nicht allmählich mal wecken? Oder haben sie heute keine Schule?«

»Die sind gerade gegangen.«

Ihre Bewegungen stockten wieder. »Ohne Frühstück?«

»Sie kaufen sich was in der Schule. Sie werden nicht verhungern.«

»Sie sind so mager.«

»Sie sind nicht mager.« Ich erhob mich, um unter die Dusche zu gehen, und stellte den Becher in die Spüle. »Sie sind schlank.«

»Hast du gar keine Angst, dass sie mit Jungs rummachen und so?«

»Natürlich machen sie mit Jungs rum, was denkst du denn? Ich habe mich mit sechzehn doch auch schon für Mädchen interessiert, oder etwa nicht?«

»Das ist was anderes. Bei Jungs ist es was anderes.«

»Die Feuerwehr besitzt tatsächlich einen Geigerzähler«, berichtete Sven Balke bei der morgendlichen Fallbesprechung. »Aber der ist seit elf Jahren kaputt, und sie haben kein Geld für die Reparatur. Sie haben mich ans THW verwiesen, und die waren gestern Abend noch in Dierksens Wohnung.«

Dazu, meinen Vater anzurufen, hatte ich mich nicht durchringen können, nachdem ich an meinem Schreibtisch Platz genommen hatte. Obwohl ich es mir fest vorgenommen hatte. Vermutlich schlief er ohnehin noch, morgens um acht. Oder war im Meer schwimmen. Oder lag im Bett mit seiner Flamme. Außerdem schlug mir Aufregung am Morgen auf den Magen.

»Sie haben keine Radioaktivität feststellen können«, fuhr Balke fort. »Null. Nada.«

»Das heißt nicht, dass das Polonium nicht dort war.«

»Hat mir der Typ vom THW auch erklärt. Alphastrahler sind so tückisch, weil sie ganz harmlos tun. Sie haben die Wohnung auf den Kopf gestellt und nach harmlos aussehenden Fläschchen oder anderen Behältnissen gesucht, die Flüssigkeit enthalten könnten. Aber sie haben nichts gefunden.«

»Wegen der Freundin hat sich ein weiterer Zeuge gefunden.« Klara Vangelis sah heute ungewohnt müde aus. »Ein Mann im Haus gegenüber hat mehrfach beobachtet, wie sie mit Dierksens Honda weggefahren ist. Manchmal ist sie nach einer Stunde wieder zurück gewesen, manchmal hat der Honda erst am nächsten Morgen wieder dagestanden.«

»Ist der Wagen inzwischen aufgetaucht?«

»Die Suchmeldung habe ich gestern Vormittag an alle Reviere gegeben. Bisher keine Rückmeldung.«

»Unruhige Nacht gehabt?«, fragte ich mitfühlend.

»Konstantin hat Fieber«, murmelte sie und unterdrückte ein Gähnen. »Wieder mal eine Erkältung. Ich habe kaum geschlafen.« Sie riss die dunklen Augen auf, schüttelte den Kopf, dass die Locken tanzten, sah wieder in ihr Notizbuch. »Am Institut kennt das Mädchen definitiv niemand. Weder mit roten noch mit schwarzen Haaren. Vor zwei, drei Jahren soll es eine Studentin gegeben haben, die ihr ähnlich sah. Aber das dürfte wohl zu lange her sein.«

»Wie heißt diese Studentin?«

»Vivian Ulbricht. Ich lasse sie gerade überprüfen.« Vangelis blätterte um, entzifferte mit krauser Stirn ihre winzige Handschrift. »Der Zeuge, der sie mit dem Honda gesehen hat, leidet unter Schlafstörungen und sieht viel aus dem Fenster. Er sagt, die rothaarige Freundin sei meistens erst nach Mitternacht nach Hause gekommen. Manchmal in Dierksens Auto, meistens mit dem Rad.«

»Vielleicht jobbt sie in einer Kneipe?«, überlegte Balke.

Vangelis schrieb eine Notiz in ihr Büchlein. »Ich lasse die infrage kommenden Lokale abklappern.«

»Oder sie hat irgendwo eine eigene Wohnung«, spekulierte Balke mit Blick zur Decke. »Die zwei waren noch nicht lange zusammen. Da wird sie ihren Haushalt nicht gleich aufgelöst haben.«

»Wäre es dann nicht eher umgekehrt gewesen?«, warf ich ein. »Sie wäre am Abend zu Dierksen gekommen und nachts wieder weggefahren?«

War sie außerdem nicht zu jung, um schon eine eigene Wohnung zu haben? Lebte sie vielleicht sogar noch bei ihren Eltern?

Balke hatte sich von Vangelis' Gähnen anstecken lassen. Die Auswertung der Fingerabdrücke sei immer noch nicht abgeschlossen, berichtete sie.

»Spuren, die eindeutig vom Mörder stammen, hat die KT bisher nicht gefunden.«

Oder von der Mörderin.

In die Fußspuren im Gipsstaub auf dem Treppenabsatz eine Etage unter Dierksens Wohnung brauchten wir keine Hoffnungen zu setzen. »Mindestens fünf Abdrücke können wir keinen bekannten Personen zuordnen«, berichtete Vangelis, die allmählich etwas wacher zu werden schien.

»Vielleicht hilft es uns, den Mörder zu überführen, nachdem wir ihn gefasst haben.«

»Hier habe ich noch etwas notiert.« Vangelis kniff die Augen zusammen. »Aber ich kann es nicht ... Ich fürchte, ich brauche allmählich auch eine Brille.«

»Wie wär's mit einer größeren Handschrift?«, schlug Balke grinsend vor. »Ist billiger.«

»Vorholtz?«

»Gerlach, Kripo Heidelberg.«

»Ah, Herr Gerlach!« Der Professor klang angespannt, schaffte es aber dennoch, eine professionelle Freundlichkeit an den Tag zu legen. »Was kann ich für Sie tun?«

»Ich habe gestern eine merkwürdige SMS bekommen, die ich Ihnen gerne vorlesen würde.«

Nachdem Vorholtz den Text gehört hatte, schien er das Atmen vergessen zu haben. Erst nach Sekunden kam ein großer Seufzer. »Das ist richtig«, sagte er heiser. »Das stimmt leider.«

»Und warum weiß die Polizei nichts davon?«

»Weil das Polonium ja erst seit vorgestern fehlt. Und weil wir derzeit noch hoffen, dass nur ein EDV-Fehler vorliegt. Oder etwas im Tresor an der falschen Stelle steht. Zurzeit machen wir Inventur. Wir wollen vermeiden, dass in der Öffentlichkeit unnötige Aufregung oder gar Panik entsteht.«

Wie umsichtig! Von Indlkofer wusste ich, dass das Polonium seit einer Woche vermisst wurde. Offenbar hatte Vorholtz sich längst eine Strategie zurechtgelegt, um möglichst ungeschoren aus der Sache herauszukommen.

»Wer trägt in Ihrem Haus die Verantwortung für diese Dinge?«

»Eine meiner Mitarbeiterinnen. Sie ist eine sehr zuverlässige Kraft. Letztlich bin aber ich verantwortlich, als ihr Vorgesetzter. Und Sie verstehen sicher, dass wir keinen Wert darauf legen, wegen eines kleinen Buchungsfehlers oder einer lästigen Schlamperei eine Massenhysterie auszulösen. Es ist und bleibt nun mal ein sensibles Thema.«

»Eine lästige Schlamperei, die …«

»Die absolut nicht vorkommen dürfte, selbstverständlich. Das brauchen Sie mir nicht zu sagen.«

»Ich muss meine Karlsruher Kollegen informieren.«

»Herr Gerlach, ich bitte Sie …«

»Es gibt Gesetze über den Umgang mit radioaktiven Stoffen.«

»Gegen die häufiger verstoßen wird, als Sie ahnen.«

Vor den Fenstern war während des Telefonats die Sonne durchgebrochen. Der Wetterbericht hatte für die kommenden Tage eine allmähliche Rückkehr des Frühlings angekündigt.

Die Nummer meines früheren Karlsruher Kollegen Thomas Petzold hatte ich praktischerweise noch in meinem Handy gespeichert. Während meiner Zeit am Karlsruher Polizeipräsidium hatten wir einige Zeit das Büro geteilt. Seine Freude über meinen Anruf dauerte nur kurz.

»Scheiße, das gibt Stress!«, meinte er, nachdem er meinem kurzen Bericht gelauscht hatte. »Wie heißt der Typ noch mal?«

»Vorholtz.«

Petzold notierte sich die Dienstnummer des Professors. Dem standen nun ungemütliche Tage und vermutlich schweißtreibende Fernsehinterviews bevor.

»Ich habe meine Notiz inzwischen entziffern können«, erklärte Klara Vangelis, die noch während meines Telefonats mit der Karlsruher Polizeidirektion in der Tür aufgetaucht war. »Ich verstehe gar nicht, wie ich das vergessen konnte.«

»Kleine Kinder kosten Kraft und Nerven. Was ist es denn, was Sie vergessen haben?«

»Von Dierksens Konto sind seit Dezember jeden Monat fünfhundertdreißig Euro Miete abgegangen. Für eine Wohnung in der Rastatter Straße.«

9

»Ja, ja, die junge Frau habe ich gelegentlich hier gesehen«, sagte der ältere Herr aufgeregt nickend, der in der Wohnung links von der lebte, für die Andreas Dierksen seit drei Monaten Miete bezahlt hatte. Er hatte Segelohren, trug ein zerknittertes Hemd zu einer Tuchhose mit akkuraten Bügelfalten, beides in einem Braun, das mich an den Inhalt von Babywindeln denken ließ.

Wir hatten ihn zufällig vor dem Fahrstuhl getroffen. Neben mir standen Klara Vangelis und Sven Balke, der unbedingt hatte dabei sein wollen, wenn wir endlich mehr über Dierksens scheue Geliebte erfuhren.

Das Haus, in dem wir uns befanden, war eine Bausünde aus den Sechziger oder Siebzigerjahren des vergangenen Jahrhunderts. Eine verwinkelte und mit tristen grauen Platten verkleidete Menschenaufbewahrungseinrichtung, die hundert Wohneinheiten umfassen mochte. Die Wohnung, derentwegen wir zu dritt in den Heidelberger Süden gefahren waren, befand sich im dritten Obergeschoss des Gebäudekomplexes. An der Klingel stand kurz und knapp und unmissverständlich: »Tina«.

»Was wissen Sie über Ihre Nachbarin?«

»Nun, nichts, im Grunde. Wir haben nie miteinander gesprochen. Sie war auch – wie soll man sagen? – eher zurückhaltend. Sehr jung, außerdem. Ich dachte, sie spricht vielleicht kein Deutsch. Es wohnen ja viele Ausländer im Haus. Nicht dass ich etwas gegen Ausländer hätte, bitte nicht falsch verstehen. Ich habe sie nur drei- oder viermal hier im Flur getroffen. Immer abends, gegen acht, halb neun. Sie muss einer Arbeit nachgehen, wo man spät Feierabend macht. Sie hat immer getan, als sähe sie mich nicht, und nicht einmal gegrüßt.«

Das Gesicht meines Gesprächspartners war bedenklich

rot. Sein Atem ging schwer und roch deutlich nach Alkohol. Hinter seinem rechten Ohr klemmte ein großes Hörgerät.

»Haben Sie mal etwas gehört aus der Nachbarwohnung? Hat sie vielleicht Besuch gehabt?«

»Wie?«

Das Hörgerät schien nicht viel zu taugen. Ich wiederholte meine Frage lauter. »Musik? Gespräche? Geschrei?«

Er schüttelte den fast haarlosen Schädel. »Nein. Ich habe nichts gehört. Auch keinen Besuch, nein.«

»Wie war ihre Haarfarbe?« Balke zeigte dem alten Mann noch einmal beide Phantombilder von Tina. Er deutete auf das rechte.

»Rothaarig. Wieso hat sie verschiedene Haarfarben?«

Ich klärte ihn auf.

»Aber doch!«, sagte er daraufhin bedächtig nickend. »Sie hat doch einmal Besuch gehabt, jetzt fällt es mir wieder ein. Einmal ist ein Herr gekommen. Ich war auf dem Weg zu meinem Skatabend, der ist immer dienstags, und da ist er mir aus dem Lift entgegengekommen. Ein – wie soll ich sagen? – ein gepflegter Herr, ja. Teurer Anzug, blitzblanke Schuhe, noble Krawatte ...«

»War diese Krawatte zufällig weiß-blau gepunktet?«

»Nein. Ganz bunt ist die gewesen, die Krawatte. Handbemalte Seide, nehme ich an. Ich habe früher einmal eine ähnliche besessen. Hat mir meine Frau zum Fünfzigsten geschenkt. Vier Monate später hat sie mich dann sitzen lassen, wegen eines Italieners, eines Opernsängers, und ich habe das Ding in den Müll getan. Wie vieles andere auch.«

»Wie groß war er?«

»Der Herr? Nicht so groß wie Sie. Eins fünfundachtzig vielleicht. Alter? Um die fünfzig, würde ich sagen. Die Haare waren schon ein wenig angegraut. Ein Mann in den besten Jahren, hätte man zu meiner Zeit gesagt.«

Vorholtz war kleiner und jünger.

»Jedenfalls ist es dem Herrn gar nicht recht gewesen, dass

er mich getroffen hat. Wie der geguckt hat, regelrecht erschrocken. Im Januar muss das gewesen sein, ja genau, Ende Januar. Henri hatte an dem Abend Geburtstag, ich erinnere mich genau. Henri ist einer meiner Skatbrüder. Er hat dann auch gleich den Kopf weggedreht, der Herr. Dem war es sichtlich unangenehm, dass er mich getroffen hat. Dass er überhaupt jemanden getroffen hat.«

»Sie sind aber sicher, dass er zu Ihrer Nachbarin wollte?«

»Ich habe die Tür des Lifts blockiert und habe ihm nachgesehen. Ja, dort hat er geläutet.« Mit einer unbeholfenen Bewegung deutete er auf die Tür etwa in der Mitte des langen, schmucklosen und energiesparend beleuchteten Flurs.

Wie auf ein Stichwort hin gongte der Aufzug. Heraus trat ein schmächtiger Mann in hellgrauem Anzug und nicht ganz sauberen, schon etwas ausgelatschten Halbschuhen – der Hausmeister, den Balke vorhin telefonisch angefordert hatte, nachdem feststand, dass Tina nicht zu Hause war.

Wie viele kleine Männer hielt er sich sehr aufrecht. Der graue Anzug wirkte, als wäre er lange nicht mehr in der Reinigung gewesen. Das am Kragen offene Hemd war von gelblicher Farbe. Er reichte erst Vangelis, dann mir und schließlich Balke artig die Hand und stellte sich mit drei kleinen Verbeugungen als Fred Fritsch vor. »Wie ›frisch‹ mit ›t‹ in der Mitte.«

Sekunden später war die Tür zu Tinas Wohnung offen. Ein Geruch nach süßlichem Parfüm oder einem intensiven Raumduft strömte uns entgegen.

»Sie ist eine Nutte!«, fasste Balke unseren ersten Eindruck zusammen, nachdem er einen Blick in die Schublade des Nachttischs neben dem breiten Bett geworfen hatte. »Die ist abends um acht nicht von der Arbeit gekommen, sondern hat um die Zeit erst angefangen.«

In der Schublade lagen Kondome in den verschiedensten Farben, Formen und Geschmacksrichtungen. Das winzige Einzimmerapartment wirkte wie ein Hotelzimmer der mittleren Preisklasse, das – gereinigt und aufgeräumt – auf die nächsten Gäste wartete. Nichts lag herum, nichts stand an der falschen Stelle. Die Wände waren vor nicht allzu langer Zeit frisch gestrichen worden. Ein wenig roch man noch die Farbe. Das Zentrum des Raums bildete das breite Bett, über dessen Kopfende ein großer, stark nach vorn geneigter Spiegel in einem Goldrahmen hing. Auf dem mit nachtblauem Satin bezogenen Bett lagen zahllose kunterbunte Kissen herum, manche in Herzform, andere quadratisch. Dazwischen saßen Teddybären – ich zählte acht Stück – in den verschiedensten Größen, die alle zur selben Familie zu gehören schienen wie die drei, die ich in Dierksens Wohnung gesehen hatte.

Das Fenster, das ebenfalls einen frischen Anstrich hätte vertragen können, ging nach Süden. Die Rollläden waren heruntergelassen, und die Raumtemperatur war unangenehm hoch. Balke zog die Läden hoch, riss mit behandschuhter Hand die Tür zum winzigen Balkon auf und drehte die Heizung herunter. Klara Vangelis inspizierte inzwischen die Bettwäsche.

»Ein rotes Haar!« Triumphierend hob sie ihre Beute ins Licht. »Sie hat die Perücke sogar bei der Arbeit getragen.«

»Stelle ich mir ziemlich unpraktisch vor«, meinte Balke, »Perücke im Bett, ich meine, geht das überhaupt?«

Wir fanden auch vereinzelte dunkle Haare. Vielleicht hatte Tina die Perücke nach den ersten Zärtlichkeiten abgelegt. Auf dem bordeauxrot lackierten Tischchen, in dessen Schublade Balke den Kondomvorrat gefunden hatte, lag eine noch fast volle Packung Kosmetiktücher. Daneben standen zwei saubere hochstielige Weingläser mit der Öffnung nach unten auf einer farblich zum Bett passenden Papierserviette. An der Wand gegenüber ein grauer Schrank mit Spiegeltüren, in dem wir außer Handtüchern und Bettwäsche nur eine Jeans und diverse Garnituren Reizwäsche zum Wechseln fanden.

Weiter bestand die Möblierung aus zwei ebenfalls roten Sesselchen, die um ein rundes, blitzsauberes Tischchen gruppiert waren, und eine farblich dazu passende Bar mit Kühlfach, deren Inhalt Balke ein ehrfürchtiges »Wow!« entlockte. Er deutete auf eine Whiskyflasche. »Ich weiß zufällig, dass so eine Buddel einen knappen Hunni kostet. Nicht, dass ich mir so was leisten könnte …«

»Sie ist jung«, meinte Vangelis sachlich. »Und junge Huren sind teuer.«

»Nach allem, was wir bisher wissen, ist sie mehr als jung«, warf ich ein. »Ich fürchte, sie ist noch minderjährig.«

Viel mehr gab es nicht zu entdecken in der Wohnung. In der Küche standen einige gespülte Gläser neben einer Kaffeemaschine der mittleren Preisklasse und einer frisch angebrochenen und verlockend duftenden Packung Illy-Espresso. Im Schrank fanden wir etwas Geschirr und zwei, drei zusammengewürfelte Besteckgarnituren. Der Kühlschrank war ausgeschaltet und leer.

Balke kam rückwärts aus dem winzigen Bad. »Hier ist seit Tagen niemand gewesen«, sagte er. »Waschbecken, Klo, Dusche, alles staubtrocken.«

»Mama!«, rief ich entgeistert, als ich die Tür zu meinem Vorzimmer öffnete. »Was machst du denn hier?«

Mutter saß neben Sönnchens Schreibtisch und strahlte mich unternehmungslustig an. Zwischen den beiden Damen standen Kaffeetassen und Kuchenteller. Auch Sönnchen versprühte gute Laune. Man verstand sich, es war nicht zu übersehen.

»Ich dachte, ich bringe dir schon mal ein bisschen Torte vorbei«, erklärte Mutter mit blitzenden Augen. »Wo du doch nichts frühstückst und Linzer Torte so gern magst. Und so konnte ich auch gleich deine Frau Walldorf …«

»Sonja«, korrigierte meine Frau Walldorf liebenswürdig.

»Deine Sonja konnte ich so auch gleich kennenlernen.«

»Und jetzt habt ihr meinen Kuchen aufgegessen.«

»Ich habe noch mehr dabei«, beruhigte mich meine fürsorgliche Mutter. »Du kommst schon nicht zu kurz, Alexander.«

»Ihre Mutter ist so eine nette Frau, Herr Gerlach«, erklärte Sönnchen. »Und dieser Kuchen – ich glaub, ich hab überhaupt noch nie so eine gute Linzer Torte gegessen.«

»Wie gesagt, das Rezept schreibe ich dir nachher auf …«

»Und jetzt wollen Sie bestimmt auch einen Kaffee, gell?«

Ja, den konnte ich jetzt vertragen. Obwohl zu viel Kaffee bekanntlich ungesund ist.

»Er trinkt gerne Cappuccino«, klärte Mutter Sönnchen auf.

Minuten später saß ich allein an meinem Schreibtisch, gut versorgt mit Cappuccino und Linzer Torte. Ich hörte die beiden Kaffeetanten im Vorzimmer tratschen und lachen. Vermutlich gab Mutter gerade meine gesammelten Jugenddummheiten zum Besten.

Die Linzer Torte schmeckte wirklich ausgezeichnet. Obwohl sie eigentlich vor dem Verzehr einige Tage ruhen sollte. Ich musste mich ein wenig beeilen, wurde mir zwischen Kauen und Schlürfen klar. Auf meinem Schreibtisch stapelte sich nun doch schon wieder der verhasste Papierkram, und für elf Uhr hatte ich Professor Vorholtz zu mir bestellt. Nein, natürlich nicht bestellt, sondern höflich gebeten. Sein Problem fiel schließlich nicht in meinen Zuständigkeitsbereich, worüber ich alles andere als traurig war.

Noch bevor ich den Kuchen ganz vertilgt hatte, meldete sich mein Telefon. Eine Berliner Nummer stand auf dem Display.

»Krämer«, stellte sich eine Frau mit krächzender Stimme vor. »Es geht um einen Sören Grabowski.«

Der Mann, der Dierksen möglicherweise einen gefälschten Personalausweis besorgt hatte.

»Wir waren gestern am Spätnachmittag bei ihm und

haben ihn wegen diesem Andreas Dierksen befragt. Er ist daraufhin sofort aggressiv geworden, und wir mussten am Ende ein wenig ruppig werden. Ich habe in seiner Wohnung dann einige Tütchen Crystal sicherstellen können. So hatten wir Grund, den Herrn mit aufs Revier zu nehmen und ihm noch ein bisschen die Daumenschrauben anzulegen. Am Ende wurde er dann regelrecht gesprächig.«

Die Berliner schienen über beneidenswert effektive Methoden zu verfügen, auch harte Kerle weich zu klopfen. Grabowski hatte schließlich zugegeben, Dierksen zu kennen.

»Er war Anfang Dezember bei ihm und wollte einen Ausweis für eine junge Frau.«

»Und Ihr Kunde hat ihm einen verkauft.«

»Der Deal ist letztlich über einen Bekannten gelaufen, behauptet er. Das klang sogar glaubhaft, so gerne ich diesem Rotzlöffel die Sache angehängt hätte. Den Kumpel haben wir uns heute Morgen gegriffen und aufs Stühlchen gesetzt. Dierksen hat seinen Ausweis bekommen. Lautet auf den Namen Tina Eisenstein, das ist eine siebzehnjährige Schülerin aus Pankow. Auch ein übles Früchtchen, übrigens. Die dortigen Kollegen haben mir gesagt, man sieht sie häufig auf dem Drogenstrich. Ihren Ausweis hat sie später als gestohlen gemeldet. Machen die Junkies ja gerne mal. Bringt locker zwei-, dreihundert Euronen.«

»Und wie viel hat Dierksen dafür bezahlt?«

»Tausend, sagt der Verkäufer. Das halte ich für glaubhaft.«

Vorholtz trug auch heute die blau-weiß gepunktete Seidenkrawatte. Der Anzug schien ein anderer zu sein als gestern.

»Wie gesagt, ich habe leider nicht viel Zeit mitgebracht«, verkündete er, während er sich auf einen Besucherstuhl fallen ließ, die langen Beine von sich streckte und mit hochgezogenen Brauen mein karges Büro taxierte.

»Es wird auch nicht lange dauern«, erwiderte ich mit

Pokerface. »Und wenn das Thema nicht so heikel wäre, wäre ich selbstverständlich zu Ihnen gekommen.«

Er musterte mich mit kritischem Blick. Die Brauen sanken allmählich herab.

»Das Einzige, was mich an der Sache interessiert, ist, ob Andreas Dierksen damit in Verbindung zu bringen ist. Um den Rest werden sich meine Karlsruher Kollegen kümmern.«

»Die mich auch schon kontaktiert haben.« Vorholtz stieß einen Seufzer aus. »Ich weiß nicht, ob und wie Andi damit zu tun hatte«, fuhr er fort. »Im Moment ist jeder verdächtig. Jeder.«

»Was ist dieses Polonium wert? Wenn man jemanden finden würde, der es kaufen möchte?«

»Auch das entzieht sich meiner Kenntnis. Millionen. Viele Millionen, wenn es sich bei dem Interessenten um eine finanzkräftige Terroristengruppe handelt.« Der ehrgeizige Professor kämmte sich mit der gepflegten Rechten durchs geföhnte Haar. »Das Ganze ist eine entsetzlich peinliche Geschichte. Wir tun alles Menschenmögliche, damit so etwas nicht geschieht. Nicht geschehen kann. Überall gibt es doppelte und dreifache Kontrollen. Als vor Jahren jemand vom Reinigungspersonal kontaminierte Putzlappen als Andenken mit nach Hause genommen hat, haben wir die Prozesse noch einmal optimiert. Die Kontrollen noch einmal verschärft. Und nun das. Und ausgerechnet Polonium …«

»Wären andere Stoffe nicht mindestens genauso gefährlich?«

»Doch, natürlich. Aber seit der KBG diesen Russen in London damit vergiftet hat, hat das Wort Polonium einen gewissen Klang in der Öffentlichkeit.«

»Sie hätten den Vorfall umgehend Ihrer Aufsichtsbehörde melden müssen.«

Vorholtz sackte theatralisch in sich zusammen. »Klar hätte ich müssen. Aber ich dachte … Wir dachten, wir prüfen erst mal, ob das Material tatsächlich verschwunden ist.

Vor Monaten hatten wir einen ähnlichen Fall. Damals hat ein Doktorand eine Radiumprobe ins Isotopenlager zurückgebracht, die zuständige Dame hat den Barcode eingescannt und das Material eingecheckt, und dann ist dem Idioten in letzter Sekunde noch irgendein Geistesblitz gekommen, er hat das Radium wieder mitgenommen und die Nacht über noch ein paar Experimente gemacht. Anschließend hat er sich zusammen mit der Probe in seinem Büro eingeschlossen und sich schlafen gelegt. Und prompt hatten wir am nächsten Morgen Großalarm. Nur mit Ach und Krach konnten wir damals verhindern, dass etwas in die Nachrichten kam.«

»Und nun? Was geschieht jetzt weiter?«

»Ich habe sämtliche Labors zweimal durchsuchen lassen. Jede Schublade, jedes Schränkchen, jede Ecke, alles. Das Polonium ist definitiv verschwunden.«

»Wozu stiehlt jemand so etwas?«

»Mein erster Gedanke ist immer Erpressung. Ich dachte, bald kommt eine E-Mail: Hunderttausend Dollar, oder ihr seid morgen Abend der Aufmacher der Tagesschau.«

»So eine Mail ist aber nicht gekommen.«

Er schüttelte den Kopf. »Über Variante zwei haben wir schon gesprochen: den Verkauf. Man weiß, dass es einen regen Schwarzmarkt für radioaktive Materialien gibt. Die Terroristen dieser Welt lecken sich die Finger danach. Nichts eignet sich besser, um in der Öffentlichkeit Angst und Schrecken zu verbreiten. Die schlimmste Möglichkeit wäre natürlich, dass der Dieb tatsächlich etwas Böses damit anstellen will.«

»Polonium scheint die perfekte Mordwaffe zu sein.«

Vorholtz fuhr sich mit der flachen Hand über die Stirn, wischte sie achtlos am teuren Stoff seiner Anzughose ab und schwieg mit leerem Blick.

»Wer hat Zugang zu den gefährlichen Stoffen?«

»Also, erst mal müssen Sie überhaupt ins Gebäude kommen. Sie kennen ja nun unsere Sicherheitsvorkehrungen. Aus dem Isotopenlager was zu stehlen ist praktisch unmöglich. Da ist manche Bank schlechter gesichert. Sie müssten es irgendwie in das Labor schaffen, wo es steht, und einen Moment abpassen, in dem niemand darauf aufpasst. Unsere Leute werden regelmäßig belehrt. Überall hängen Plakate mit den Umgangsregeln. Die Anzahl der Schlüssel ist streng begrenzt und kontrolliert. Selbst unsere fest angestellten Mitarbeiter haben nur Zugang zu dem Labor, wo sie ihre eigenen Experimente machen. Generalschlüssel haben nur drei Personen. Ich bin eine davon. Wir haben uns nach langer Diskussion gegen ein elektronisches Zugangssystem mit Codekarten entschieden, weil sich so etwas heutzutage zu leicht austricksen lässt. Unsere Doppelbartschlüssel können Sie selbstverständlich nicht einfach bei Mister Minit kopieren lassen. Und selbst wenn Sie den passenden Schlüssel haben, dann müssen Sie an den Türen immer noch einen raum- und personenspezifischen Zugangscode eintippen und Ihre persönliche Identifikationsnummer. Wir haben lückenlose Protokolle, wer wann wie lange in welchem Labor war.«

»Das heißt, als Dieb kommt nur jemand aus dem Haus infrage.«

Vorholtz nickte und seufzte.

»Wer hat das Polonium zuletzt benutzt?«

»Eine Chinesin. Li Ying. Sie kommt aus den Staaten, vom Fermilab. Beste Referenzen. Mit Henry McCane, er war der Betreuer ihrer Master-Thesis, bin ich mehr oder weniger befreundet. Die Community ist ja überschaubar in unserem Forschungsfeld. Und Sie können mir glauben, wir gucken uns die Leute sehr genau an, die wir zu uns nehmen.«

»Kann es sein, dass ich diese Chinesin kenne?« Ich erzählte ihm von der kleinen Asiatin, die einige Zeit im Raum war, als ich zum ersten Mal mit Max Indlkofer sprach.

Vorholtz schüttelte den kantigen Kopf. »Li ist für eine Asiatin relativ groß. Und schüchtern ist sie überhaupt nicht. Ganz im Gegenteil: Für eine Asiatin ist sie eine ungewöhnlich selbstbewusste Frau.«

»Haben Sie irgendeine Idee, wie Andreas Dierksen in die Geschichte passen könnte?«

Der Professor sah mir müde in die Augen. »Im Augenblick halte ich leider alles für denkbar, Herr Gerlach. Alles. Ich hoffe immer noch, es gibt irgendeine harmlose Erklärung. Und ich hoffe außerdem, ich habe am Ende noch meinen Job.«

»Spinnen wir den Gedanken weiter – wie könnte Dierksen ...?«

»Das Einzige, was ich mir denken kann: Er hat das Zeug mitgehen lassen und versucht, es zu Geld zu machen. Man ist sich über den Preis nicht einig geworden, oder der Abnehmer hat gedacht, es ist billiger und überdies sicherer, den Verkäufer zu eliminieren.«

»In welcher Beziehung hat Dierksen zu der Chinesin gestanden?«

»Andi und Li? Ihre Büros liegen am selben Flur. Sie werden sich hin und wieder in der Teeküche getroffen haben. Natürlich habe ich darüber nachgedacht, nachdem Sie gestern bei uns waren. Ich habe vorsichtig rumgefragt. Sie waren wirklich nur Kollegen. Ob die beiden sich außerhalb der Arbeitszeit getroffen haben und was sie dann getrieben haben, kann ich natürlich nicht sagen. Andi war – sagen wir mal – nicht gerade ein Star im Flirten. Er hatte oft so ein hinterhältiges Grinsen, das auf Frauen bestimmt nicht besonders anziehend wirkt. Als würde er ständig an wer weiß was denken, Sie wissen, was ich meine.«

Ein Handy plärrte los. Ich erkannte Deep Purple, »Smoke on the Water«.

Vorholtz erschrak, als wäre neben ihm eine schmutzige Bombe hochgegangen, fummelte ein silbern glänzendes iPhone aus der Hosentasche, nahm es ans Ohr, erblasste. Dann ließ er das Handy wieder sinken.

»Li ist verschwunden«, sagte er tonlos und mit zutiefst hoffnungslosem Blick. »Sie ist heute Morgen nicht gekommen. Und zu Hause ist sie auch nicht.«

10

Vorholtz war nach dem alarmierenden Anruf hastig aufgebrochen, blasser und verstörter als zuvor.

Dafür platzte kurz darauf Balke unangekündigt in mein Büro. »Ich hab sie!«, jubelte er. »Tina, blutjung, verschmust und zärtlich, freut sich auf deinen Anruf.«

Er legte sein Smartphone behutsam vor mich hin. Die Internetseite bestand aus einem fast bildschirmfüllenden Foto und nur wenig Text. Die Hintergrundfarbe war Burgunderrot. Auf nachtblauem Damast räkelte sich eine blutjunge Rothaarige in Unterwäsche – fast noch ein Kind, mit kleinen Brüsten und schmalen Hüften. Die schnörkelige Überschrift lautete: »Sweet Tina – just sixteen!« Darunter stand in derselben Schrift, nur etwas kleiner, der Satz, den Balke eben zitiert hatte. Noch weiter unten sehr klein und sehr dezent eine Handynummer.

»Die Wandfarbe passt nicht«, stellte ich fest.

»Ist mir auch aufgefallen. In der Rastatter Straße war die Wand irgendwie beige, hier ist sie dunkelrot. Aber mit Photoshop ist so was natürlich Pillepalle. Sieht nobel aus, was?«

»Und Sie sind sicher, dass sie es ist?«

Balke nahm sein Handy wieder an sich. »Die Nummer ist die, die wir von Dierksens Telefonlisten kennen. Und sie sieht unserem Phantombild schon verdammt ähnlich, finden Sie nicht auch?«

Er hielt mir das Handy noch einmal vors Gesicht. Die Ähnlichkeit war nicht zu leugnen.

»Warum trägt sie sogar bei der Arbeit diese Perücke?«

Balke zuckte die muskulösen Schultern. »Manche Typen stehen vielleicht auf Rothaarige. Vielleicht will sie nicht erkannt werden. Denken Sie, sie ist wirklich erst sechzehn?«

»Wie eine erwachsene Frau sieht sie jedenfalls nicht aus«, erwiderte ich schlecht gelaunt. Sollte sie wirklich erst sechzehn sein, dann war sie so alt wie Sarah und Louise. Und ging schon auf den Strich.

Balke lehnte sich zurück und streckte entspannt die Beine von sich. »Die Domain läuft übrigens auf Dierksens Namen. Nehme an, er hat die Seite auch gestrickt.«

»Wie weit sind wir mit Tinas Handy?«

»Ist seit Freitagabend, neunzehn Uhr vier nicht mehr im Netz gewesen. Deshalb können wir es auch nicht orten.«

Tina – die mit größter Wahrscheinlichkeit nicht Tina hieß – war also nach Dierksens Tod abgetaucht.

»Vielleicht hat sie Dierksen doch erschossen?«, grübelte Balke. »Auch wenn der Eintrittswinkel des Projektils nicht passt. Vielleicht hat sie die Waffe über den Kopf gehalten?«

»Oder er hat sich zu ihr runtergebeugt? Aber was wäre ihr Motiv?«

Balke verzog den Mund. »Eifersucht? Geldstreitigkeiten? Dierksen bezahlt alles, und sie steckt den Gewinn ein?«

»Eifersucht? Sie meinen, er hatte sie betrogen?«

»Umgekehrt, dachte ich. Er war eifersüchtig auf ihre Freier, hat Stress gemacht ...«

Dierksen hatte das ganze Geschäft organisiert und finanziert. Wie konnte er da eifersüchtig sein?

Balke legte die Fingerspitzen beider Hände aneinander und sah zur Decke. »Money makes the world go round. Eine Nutte wie Tina kann für drei, vier Stunden locker fünfhundert verlangen. Rechnen wir – wenn es halbwegs läuft – zwanzig Termine im Monat, dann sind wir schon bei zehn Mille. Netto gleich brutto. Damit kommt man über die Runden.«

»Auf Dierksens Konto sind meines Wissens keine Zahlungen eingegangen. Da war sein Gehalt am Monatsende. Sonst nichts.«

»Sie hat bar kassiert und ihm seinen Anteil cash gegeben. No cards accepted.«

»Dann hätte er in den letzten Monaten weniger abgehoben. Hat er aber nicht. Sein Konto ist siebzehnhundert in den Miesen.«

Die Spurensicherung hatte in seiner Wohnung auch keine nennenswerten Bargeldbeträge gefunden. Was natürlich nicht bedeutete, dass dort keine gewesen waren. Vielleicht war das Geld überhaupt der Grund dafür, dass der Täter den Schreibtisch durchwühlt hatte? Oder sollte Dierksen ein zweites Konto gehabt haben, von dem wir noch nichts wussten? Bei einer Internetbank zum Beispiel?

Ich stützte die Ellbogen auf den Schreibtisch, den Kopf in die Hände. In mir rumorte schon seit Stunden eine lähmende Unzufriedenheit.

Balke wandte den Blick plötzlich ab. »Wieso hat eigentlich Dierksen alles organisiert? Sie hätte den Mietvertrag doch auch selbst unterschreiben können. Und sich ein Prepaidhandy besorgen.«

»Sie ist noch nicht volljährig. Anfangs hat sie ja nicht einmal einen Ausweis gehabt.«

»Außerdem war er in sie verknallt bis über die Ohren und wollte den guten Ritter spielen.«

»Wir müssen dringend seinen Schreibtisch im Institut durchsuchen. Das haben wir bisher noch nicht getan.«

»Noch dringender müssen wir sein Handy finden.« Balke sprang auf. »Dieser Bayer hat völlig recht: Da ist Dierksens komplettes Leben drauf. Haben wir das Handy, haben wir alles.«

»Vielleicht ja auch seine Dissertation. Vorholtz meint, Dierksen könnte irgendwas Sensationelles entdeckt haben. Womöglich ist diese Entdeckung so wichtig, dass manche Leute sehr viel Geld dafür bezahlen würden.«

Oder einen Mord in Kauf nehmen.

Balke setzte sich wieder und schlug mit beiden Händen auf die Oberschenkel, dass es knallte. »Ich war immer schon gegen Atomkraft.«

Er wollte sich wieder erheben, aber ich stoppte ihn mit

einer Geste, nahm den Hörer ab und drückte die Direktwahl zu Klara Vangelis.

»Hätten Sie kurz Zeit?«

Zwei Minuten später waren wir zu dritt.

»Manches spricht für Tina als Täterin«, fasste ich zusammen. »Die Frage bleibt aber: Warum? Warum sollte sie Dierksen erschießen? Er hat sie unterstützt, wo er nur konnte. Welches Motiv sollte sie haben, ausgerechnet ihn zu töten?«

»Kohle«, glaubte Balke nach wie vor. »Das ist immer noch das beste Motiv. Die beiden haben sich wegen der Verteilung der Beute in die Wolle gekriegt …«

Für kurze Zeit war es still. Ich hörte Sönnchen telefonieren und lachen. Erst am Ende verstand ich einige Worte: »Adieu, Frau Gerlach! Und danke für das tolle Rezept!«

»Zweite Frage: Wer ist sie?«, fuhr ich fort. »Wenn sie wirklich minderjährig ist – warum wird sie dann nirgends vermisst?«

»Sie ist zu Hause ausgebüxt«, schlug Balke vor.

Das hatte was. Vielleicht waren Tinas Eltern gegen ihre Beziehung mit einem älteren Mann gewesen. Doch warum wendeten sich die Leute dann nicht an die Polizei? Andererseits gab es mehr als genug Eltern auf dieser Welt, denen das Schicksal ihrer Kinder herzlich gleichgültig war.

»Und Dierksen, dieser Drecksack, weiß nichts Besseres, als sie auf den Strich zu schicken.« Balke sah mich an mit einer Miene, als könnte Andreas Dierksen froh sein, dass er schon tot war. »Die beiden Herzchen hätten doch von seinem Gehalt gemütlich leben können. Warum schickt er sie auf den Strich?«

»Drogen?«

In Dierksens Wohnung hatten die Kollegen Kokain gefunden, und Kokain war nicht billig.

Mein Telefon unterbrach unsere Grübeleien. Es war Sönnchen, die ein Gespräch an Frau Vangelis durchstellen wollte.

»Moin, moin«, dröhnte im nächsten Augenblick eine sonore Stimme in mein rechtes Ohr. »Ich spreche mit Kriminaloberrat Gerlach? Eigentlich wollte ich Ihre geschätzte Mitarbeiterin …«

»Die sitzt mir gegenüber und hört mit.« Ich drückte den Knopf, der den Lautsprecher einschaltete, und legte den Hörer auf den Schreibtisch.

»Ja, dann. Krause hier, Polizeidirektion Leer. Es geht um einen gewissen Andreas Dierksen.«

»Wir sind ganz Ohr.«

»Folgendes: Wir haben aus Ihrem Haus ein Ersuchen erhalten, die Eltern dieses Andreas Dierksen von seinem Ableben in Kenntnis zu setzen. Ich war selbst dabei. Zusammen mit einer jungen Kollegin. Frauen sind ja oft recht hilfreich bei diesen leidigen Geschichten, weil sie feinfühliger sind als unsereiner, nicht wahr? Die alten Herrschaften waren naturgemäß sehr erschüttert, als sie hören mussten, ihr Sohn sei tot. Ermordet auch noch. Aber erst heute habe ich erfahren, dass sie nicht nur traurig waren, weil ihr Sohn und Stammhalter tot war.«

Vangelis rollte die Augen. Balke gähnte. Der Ostfriese sprach so laut, dass der Lautsprecher gar nicht nötig gewesen wäre.

»Der alte Herr Dierksen hat mich eben angerufen und mir berichtet, sein Sohn habe in Aktien spekuliert. Will sagen, nicht wirklich in Aktien, sondern in Anleihen einer jungen Firma, die solche Solardingens herstellt, wie man sie bei Ihnen im Süden auf so vielen Dächern sieht.«

»Solarmodule?«

»Das ist das Wort, das ich gesucht habe, danke.«

»Klingt, als wäre es keine gute Kapitalanlage gewesen.«

»Es war das exakte Gegenteil.« Klara Vangelis sah auf die Uhr. Balke betrachtete mit kritischer Miene seine Fingernägel. »Der alte Herr Dierksen hat fast seine gesamten Ersparnisse verloren durch die Geldgeschäfte seines Sohnes.

Summa summarum hundertachtzigtausend. Der Sohn hat sich angeblich darüber hinaus verschuldet, um Geld für diese sagenhafte Investition aufzutreiben. Es ging um eine völlig neue Art solcher Module, eine revolutionäre Technologie, sozusagen. Die Firma sitzt übrigens in Freiburg. Inhaber der Firma und Erfinder dieser Wunderdinger ist ein ehemaliger Studienkollege des Sohnes.«

Vangelis blätterte in ihrem Büchlein. Balke sah aus dem Fenster, wo sich inzwischen wieder Wolken am Himmel breitgemacht hatten.

»Und nun ist das Geld also futsch«, sagte ich, weil im hohen Norden plötzlich Schweigen herrschte.

»So ist es. Im August vorigen Jahres war der große Crash. Anfangs hieß es noch, die Anleger würden zumindest einen Teil ihres Kapitals wiedersehen. Aber seit November war klar, dass dem nicht so ist. Die Firma ist insolvent, das Kapital aufgebraucht.«

»Andreas Dierksen war also selbst auch verschuldet. Wie hoch?«

»Fünfzigtausend, meint der Vater. Der alte Herr Dierksen berichtet, sein Sohn habe alle Eide geschworen, dass er ihm den Schaden ersetzen wird. Die ersten Fünftausend hat er im Februar tatsächlich überwiesen. Und er habe angekündigt, er könne von nun an jeden Monat eine gewisse Summe schicken.«

Damit war klar, wozu das viele Geld hätte dienen sollen, das Tina in ihrem breiten Bett verdiente.

»Was ist mit Drogen?«, nahm ich den Faden wieder auf, als Herr Krause aus Leer und ich uns verabschiedet hatten.

»Negativ«, erwiderte Vangelis knapp. »In den Haarwurzeln des Mädchens lassen sich keine Spuren von Drogenkonsum nachweisen. In denen von Dierksen schon.«

An der Tür wurde zaghaft geklopft. Oberkommissarin Evalina Krauss trat ein. »Ich muss Ihnen was erzählen«, sagte sie, ohne ihren Büro- und Lebensgefährten anzusehen. Sie nahm sich einen Stuhl und setzte sich nicht neben Balke, sondern neben Klara Vangelis. »Ich stör doch nicht?«

»Wir kommen sowieso nicht weiter. Vielleicht sind Sie ja unsere Rettung.«

»Ich bin den ganzen Vormittag mit den Phantombildern durch die Altstadt getingelt. Wir haben es unter uns aufgeteilt, mein Bereich ging von der Sofienstraße bis zur Universität.«

»Und Sie haben einen Treffer gelandet, sonst säßen Sie jetzt nicht hier.«

Krauss lächelte traurig und ein kleines bisschen stolz. »Alle haben den Kopf geschüttelt. Nie gesehen, nie gesehen, nie gesehen. Oder vielleicht doch, aber vor einer Ewigkeit. Aber dann bin ich in einer Bar in der Brunnengasse gewesen. Es war noch nichts los, aber der Chef war schon da. Ich zeig dem also meine Bilder, er schaut ganz widerwillig und auch ein bisschen herablassend hin, und dann hat er auf einmal ganz komisch geguckt, nur für einen winzigen Moment, und im nächsten schon wieder ganz normal.«

»Sie meinen, er hat sie erkannt?«

»Hat so getan, als würd ihn das alles überhaupt nicht interessieren, und ganz beiläufig gefragt, worum es denn überhaupt geht. Ich hab gesagt, dass wir das Mädchen als Zeugin suchen.«

»Aber Sie denken, er hat sie erkannt?«

»Ich bin sicher. Und er hat nicht gewirkt, als wär er besonders gut auf sie zu sprechen.«

Balke sah sie mit schmalen Augen von der Seite an. »Wie heißt diese Bar?«

»Midnight. Ist so ein stylisher Cocktailschuppen für Yuppies und solche, die sich dafür halten. Der Inhaber ist ein Anzugtyp um die dreißig, duftet wie ein ganzer Parfümladen, und heißen tut er Koslov.« Noch immer vermied Krauss es, Balke anzusehen.

»Ein Russe?«

»Jedenfalls kommt er aus dem Osten. Obwohl er recht ordentlich Deutsch spricht.«

»Wenn Herr Koslov ein Lokal betreibt, dann hat er ein Gewerbe angemeldet.« Ich griff zum Hörer.

»Das Midnight läuft auf den Namen seiner Frau. Sie heißt Sandra Moder«, verkündete ich nach einem kurzen Telefonat. »Er ist bei ihr als Geschäftsführer angestellt.«

»Ich hab den Namen schon mal ins System eingegeben«, fuhr Evalina Krauss fort. »Wir haben noch nie mit dem Kerl zu tun gehabt, aber ganz koscher ist der nicht. Ich spür das. Der ist mir zu glatt und zu arrogant.«

Balke sprang auf wie eine gespannte Feder. »Geht doch«, meinte er, plötzlich wieder hellwach. »Ich sehe Licht am Ende des Tunnels.«

Die beiden Frauen erhoben sich ebenfalls.

»Sie wissen ja«, sagte ich zweifelnd, »manchmal kommt das Licht am Ende des Tunnels auch von einer entgegenkommenden Lokomotive.«

Dann war ich wieder allein. Immer noch wühlte diese seltsame Nervosität in mir. Eine Unruhe, als wäre etwas nicht so, wie es sein sollte.

Nach kurzem Zögern und tiefem Durchatmen wählte ich wieder einmal die Telefonnummer im Süden Portugals. Wieder nahm mein Vater nicht ab. Ich ließ es endlos klingeln. Versuchte es Minuten später noch einmal mit demselben Ergebnis. Zugleich frustriert und erleichtert gab ich schließlich auf.

Im nächsten Moment klopfte es an der Tür. Sönnchen hatte offenbar an ihrem Apparat gesehen, dass ich zu Ende telefoniert hatte.

»Hier ist jemand für Sie, Herr Gerlach«, verkündete sie mit geheimnisvoller Miene und trat einen großen Schritt zur Seite, um den Besuch einzulassen.

Herein kam Rolf Runkel, ein Mitarbeiter, der im Dezember bei einer völlig sinnlosen Aktion schwer verletzt worden war, für die ich zu allem Elend die Verantwortung trug. Man hatte sein Leben mit knapper Not retten können. Als Nächstes hatte ich erfahren, dass er auch noch einen Tumor im Kopf hatte. Auch diese – schon länger geplante – Operation war schließlich gut verlaufen, und nun war er nach langer Rehabilitation also wieder da.

Ehrlich erfreut sprang ich auf und schüttelte kräftig seine klobige Bauernhand. Runkel stammte aus Ziegelhausen, einem Örtchen wenige Kilometer neckaraufwärts, hatte nie woanders gelebt und würde wohl auch seine letzten Dienstjahre bis zur Pensionierung in der Heidelberger Polizeidirektion verbringen.

»Schön, Sie zu sehen«, rief ich vielleicht ein wenig zu enthusiastisch. »Wie geht's, wie steht's?«

»Gut«, lautete die wenig überraschende Antwort. »Ganz gut, doch, ja.«

»Nehmen Sie Platz. Mögen Sie einen Kaffee?«

Das mit dem Kaffee ging in Ordnung. Ich orderte bei dieser Gelegenheit gleich noch einen Cappuccino für mich.

Anschließend plauderten wir ein wenig. Runkel erzählte von der zähen Langeweile in der riesigen Rehaklinik in Bad Soden.

»Und jetzt sind Sie wieder ganz gesund?«

»Und ich freu mich auf die Arbeit. Hätt ich nie für möglich gehalten, dass man den Sch… dass man das mal vermisst.«

»Dann also willkommen zurück im Team! Wir haben gerade mal wieder einen Fall am Hals, der uns mächtig Kopfzerbrechen macht.«

Ich berichtete ihm von Andreas Dierksen und der geheimnisvollen Tina und dem vermissten Polonium.

»Hab gedacht, das heißt Plutonium?«

»Es gibt das eine und das andere. Ich weiß nicht, was davon ekliger ist.«

»Ah so.«

Fitter war er geworden, das war deutlich zu sehen. Klüger nicht.

»Ich schlage vor, Sie machen zum Eingewöhnen erst mal Innendienst und unterstützen Frau Vangelis mit Ihrer Erfahrung. Auf die Straße möchte ich Sie nicht gleich wieder schicken.«

»Ich bin aber gern auf der Straße, Chef. Rumhocken hab ich zwei Monate lang dürfen. Ich bin mir für nichts zu schade, ehrlich, für nichts.«

11

Nachdem es anfangs ein wenig zäh gelaufen war, wurde unser Omabegrüßungsessen am Ende doch noch ganz gemütlich. Die Zwillinge hatten sich erst widerstrebend, dann jedoch mit zunehmendem Vergnügen um den ersten Gang gekümmert: gebratene Zucchinischeiben mit reichlich Knoblauch und einigen Spritzern Aceto Balsamico. Dazu gab es Weißbrot vom besten Bäcker der Weststadt. Ich selbst hatte den Hauptgang übernommen: Schweinemedaillons in Rahmsauce mit Pilzen zu Spätzle, die laut Aufdruck schmeckten wie von Großmutters zittriger Hand geschabt. Den krönenden Abschluss bildete die Linzer Torte, von der jede meiner Töchter gleich zwei Stücke vertilgte. Meine Mutter strahlte, und am Ende waren alle pappsatt und mit der Welt versöhnt.

»Hör mal, Mama«, begann ich, während die Mädchen den Tisch abräumten und das Geschirr – merkwürdigerweise völlig unaufgefordert – in die Spülmaschine räumten. »Wir müssen mal ein paar grundsätzliche Dinge besprechen.«

Mutter nippte genießerisch an ihrem Weinglas, das immer noch halb voll war, während ich meines schon zweimal nachgefüllt hatte.

»Sprich, mein Sohn«, sagte sie feierlich. »Ich geh euch doch auf die Nerven, stimmt's?«

»Aber nein. Wir müssen uns nur auf ein paar Spielregeln einigen. Sarah und Louise haben viel lernen müssen, weißt du, nachdem Vera tot war. War eine schlimme Zeit für die beiden, auf einmal ohne Mutter zu sein. Dann noch der Umzug nach Heidelberg, der ihnen gar nicht gepasst hat, die neue Umgebung, neue Lehrer, neue Freunde. Sie haben sozusagen von heute auf morgen erwachsen werden müssen.«

Als ich eine kurze Pause machte, um meine Kehle mit einem Schlückchen halbtrockenem Durbacher Riesling zu ölen, hörte ich wieder einmal leise Geräusche im Flur. Man lauschte. Sollte man ruhig.

»Und ob du es glaubst oder nicht: Die beiden kommen sehr gut klar. Sie sind nicht die größten Leuchten in der Schule, aber das war ich ja auch nicht. Sie machen ihre Hausaufgaben allein, ohne ständige Nachhilfe wie viele andere, und haben trotzdem passable Noten. Sie ernähren sich so, wie es ihnen passt, und werden dabei weder fett noch magersüchtig. Ich finde, dass hier alles bisher prima geklappt hat. Und so soll es auch bleiben, solange du bei uns bist.«

Dieses Mal war der Schluck etwas größer, den meine Mutter nahm. »Und das heißt jetzt?«

»Das heißt, dass wir uns gut vertragen werden, wenn du aufhörst, uns zu füttern und morgens schon beim Frühstück gute Ratschläge zu geben. Hier wohnen drei ziemlich erwachsene Menschen, die ihr Leben ziemlich erfolgreich meistern. Mit dir zusammen jetzt vier. Wir lassen uns alle unseren Freiraum und reden uns nicht gegenseitig rein, okay?«

Im Flur wurde gehüstelt. Auftritt zweier vor Stolz schier platzender Töchter. Sogar ein wenig gewachsen schienen sie zu sein beim heimlichen Zuhören.

»War voll nett, Oma«, erklärte Sarah strahlend. »Superschöner Abend, echt. Und: Voll cool, dass du da bist!«

»Find ich auch«, verkündete Louise. »Und, Paps, wir gehn dann noch ein bisschen ... du weißt schon.«

»Um elf seid ihr daheim?«

»Um elf?«, fragte Mutter mit Alarm in der Stimme und hielt sich im nächsten Augenblick die Hand vor den Mund.

»Um elf«, sagte ich fest und sah ihr dabei in die Augen. »Und ich muss übrigens auch noch mal weg.«

»Triffst du wieder deinen ... Freund?«

»Ich gehe in eine Bar. Allein. Was trinken. Und ob du es glaubst oder nicht – es ist sogar dienstlich.«

Als ich das Midnight um kurz nach zehn betrat, war ich der einzige Gast. Offenbar war der Name ernst gemeint, und der Betrieb ging hier erst richtig los, wenn brave Staatsdiener wie ich längst in ihren Betten lagen. Hinter dem polierten Tresen aus dunklem Holz verrichteten zwei sehr ansehnlich gebaute und etwas gelangweilt wirkende junge Damen ihren Dienst. Die eine war blond und erinnerte mich an Gwyneth Paltrow, die andere war dunkelbraun und um die Hüften herum eine Spur üppiger.

Ich setzte mich an das Ende des langen Tresens, von wo ich das effektvoll beleuchtete und in warmen Farben gehaltene Lokal im Auge behalten konnte, orderte bei der Dunklen ein Viertel Weißburgunder, bestellte es wieder ab und entschied mich stattdessen für eine Johannisbeerschorle. Anschließend stierte ich vor mich hin wie ein Mann, der in Ruhe gelassen werden will. Die beiden jungen Frauen unterhielten sich ungeniert über die Vorzüge und Nachteile ihrer neuesten Männerbekanntschaften. Vor wandhohen Spiegeln leuchteten Flaschen in allen Farben. Koslov, den Chef des Hauses, konnte ich nirgendwo entdecken.

Als mein Glas halb leer war, kam eine Gruppe Männer durch die Eingangstür gepoltert, die sich in einer slawisch klingenden Sprache unterhielten, von der ich kein Wort verstand. Einer der fünf lächelte den Mädels an der Bar zu. Sie lächelten strahlend zurück, wurden jedoch sofort wieder ernst, als er den Blick abwandte und sich zusammen mit den anderen an einen Tisch in der Ecke zwischen Wand und Fensterfront setzte. Die fünf Männer waren unterschiedlich alt, zwischen vierzig und siebzig vielleicht, steckten alle in teuren Anzügen, und das Gold an ihren Fingern konnte ich quer durch den großen Raum blitzen sehen.

Gwyneth stöckelte mit gekonntem Hüftschwung zu

ihrem Tisch, um die Bestellungen aufzunehmen. Nur einer bestellte etwas Alkoholisches, die anderen Wasser oder Cola. Offenbar war man nicht zum Vergnügen hier. Sekunden später trat durch eine Tür, die zu einem rückwärtigen Büro zu führen schien, ein Mann, auf den Evalina Krauss' Beschreibung passte. Auch er trug Anzug und Krawatte und setzte sich zu den anderen, von denen er mit Respekt begrüßt wurde. Die schweren Armbanduhren, die ich an diversen Handgelenken sah, schienen alle nicht aus dem Kaufhaus zu stammen.

Im CD-Spieler rotierte eine Scheibe von Zucchero. Draußen schien es inzwischen ein wenig zu nieseln, denn einer der Männer strich sich mehrfach mit der flachen Hand übers kurz geschnittene Haar, um es zu trocknen. Ich ärgerte mich, dass ich bei dem ernst und halblaut geführten Gespräch am Ecktisch nicht Mäuschen spielen konnte.

Die Männer sahen allesamt nicht aus, als wäre es ratsam, Streit mit ihnen zu suchen. Inzwischen kam auch der eine oder andere Gast, der nicht in Geschäften unterwegs war. Gwyneth servierte die Getränke am Ecktisch und wurde dafür mit derben Komplimenten und einem kräftigen Klaps auf den schmalen Po belohnt. Als sie ihr Tablett zur Bar balancierte, rollte sie die sommerhimmelblauen Augen. Ihre dunkelhaarige Kollegin grinste verständnisvoll.

Eine einsame Aschblonde in den Vierzigern hatte nicht weit von mir Platz genommen und konnte die Augen nicht von mir lassen. Ich bemühte mich, noch griesgrämiger dreinzuschauen als ohnehin schon. Die Musik wurde lauter, das Licht dunkler. Mein Glas leerte sich Millimeter um Millimeter. Ich hatte keine Lust, noch ein zweites zu bestellen, nippte inzwischen nur noch symbolisch. Schließlich, nach etwa zwanzig Minuten, erhoben sich die Anzugträger in der Ecke lautstark, man schlug sich mannhaft auf die Schultern, umarmte sich links und rechts, redete noch ein wenig an der Tür, während der Älteste dreimal kurz nacheinander auf seine goldene Armbanduhr sah, vermutlich eine Rolex. Am Ende wurde herzlich gelacht, der mit der goldenen Uhr deutete mit der flachen Hand eine scharfe Bewegung über die Kehle an, und dann fiel ein Wort, zwei Silben, die ich verstand: »Tina.«

Üblicherweise nahm ich für den kurzen Weg ins Büro entweder das Rad, oder ich ging einfach zu Fuß. Das Auto zu benutzen war nicht ratsam, weil mich die abendliche Parkplatzsuche meist mehr Zeit kostete, als der Fußweg gedauert hätte. An diesem Donnerstagmorgen stieg ich jedoch in meinen alten Peugeot. Ich fuhr jedoch nicht in Richtung Norden, wo sich – nur wenige Hundert Meter entfernt – die Polizeidirektion befand, sondern nach Süden, zur Rastatter Straße. Unterwegs telefonierte ich, verbotenerweise ohne Freisprechanlage, mit dem Hausmeister und kündigte meinen Besuch an.

Mit unseren Gedanken und Ideen ist es eine merkwürdige Sache. Wie ich Theresa erst vorgestern erklärt hatte: Sie gehen eigene, verschlungene Wege, reifen in der warmen, feuchten Dunkelheit unseres Hinterkopfs, machen einen kribbelig, weil man spürt, dass sie schon da sind, sich jedoch aus unbegreiflichen Gründen hartnäckig weigern, ans Licht unseres Bewusstseins zu kommen. Sie führen ihr Eigenleben, verfolgen eigene Ziele und Zwecke, und irgendwann – morgens unter der Dusche, an einer roten Ampel, beim Frisör oder beim Überholen auf der Autobahn – macht es im Kopf leise »pling«, und der so lange erbrütete Gedanke ist plötzlich da.

Bei mir war es in der vergangenen Nacht um kurz nach halb fünf so weit gewesen. Ich war aus unruhigem Schlaf aufgeschreckt und hatte urplötzlich gewusst, was mich gestern den Tag über so seltsam unruhig gemacht hatte. Ich hatte am Morgen etwas gesehen. Etwas sehr Kleines und Unauffälliges. Im Grunde war es nicht mehr als ein schwarzer Punkt gewesen. Aber mein Unterbewusstsein hatte sich das Bild eingeprägt und offenbar geraume Zeit gebraucht, um seine Schlüsse zu ziehen.

Fred Fritsch erwartete mich frierend, aber mit Wiedersehensfreude im Gesicht vor der Haustür. Schweigend fuhren wir mit dem muffig riechenden Lift nach oben, und wenige Augenblicke später stand ich zum zweiten Mal in Tinas Schlaf- und Arbeitszimmer. Der süßliche Geruch war schwächer geworden, obwohl nach wie vor alle Fenster geschlossen waren.

»Sehen Sie sich das bitte mal an, Herr Fritsch«, sagte ich zu meinem aufmerksamen Begleiter und deutete auf die weiße Plastikabdeckung eines Stromverteilers rechts oberhalb des Durchgangs zwischen dem kleinen Vorraum und Tinas Schlaf- und Arbeitszimmer.

»Da ist ein Loch!«, stellte er nach einigen Sekunden kritischen Hinaufstarrens fest. »Der Deckel hat ein Loch.«

»Ist das normal?«

»Aber nein!«

Er trug einen der kleinen Sessel zur Wand, stieg hinauf, musste sich ziemlich strecken, um in das Loch hineinsehen zu können, dessen Durchmesser nur wenige Millimeter betrug. »Da ist was dahinter. Glas. Eine Linse.«

Ich hatte das Handy schon am Ohr.

Keine Viertelstunde später kam Sven Balke hereingestürmt. Ich hatte ihn noch auf dem Weg zur Arbeit erreicht, den er wie üblich per Rennrad zurücklegte. Er war einfach links abgebogen und hatte kräftig in die Pedale getreten. Inzwischen hatten Fritsch und ich die Rollläden hochgezogen und noch zwei weitere gut versteckte Miniaturkameras entdeckt.

»Da und da und da.« Ich zeigte Balke die Stellen. Die zweite Kamera war im Rauchmelder direkt über dem Bett montiert, die dritte lugte aus einem anderen Stromverteiler über der Terrassentür. Alle drei Kameras waren auf das nachtblaue Bett hin ausgerichtet.

»Cool!«, lautete Balkes erster und ratloser Kommentar.

»Der Brandmelder ist leer«, erklärte Fritsch empört. »Irgendjemand hat die ganze Elektronik einfach rausgenommen und dafür seine Kamera eingebaut.«

Und durch das Loch, in dem normalerweise eine Leuchtdiode steckte, die hin und wieder kurz blinkte, lugte nun ein winziges Objektiv.

»Diese Dinger sind mit Sendern ausgestattet«, erklärte Balke, nachdem er auf den Sessel gestiegen war und mithilfe eines kleinen Schraubenziehers, den der Hausmeister aus der Innentasche seines Jacketts zauberte, den Deckel des Stromverteilers abgenommen hatte. »Vermute, sie werden entweder durch einen Bewegungsmelder oder durch einen Funkimpuls aktiviert. Im Stand-by-Modus verbrauchen sie praktisch keinen Strom. Und selbst wenn sie ununterbrochen senden, hält die Batterie wahrscheinlich mehrere Tage.« Er sah mich an. »So weit zur Technik. Aber wozu das Ganze?«

»Ich sehe zwei Möglichkeiten: Entweder wollte Dierksen sicherstellen, dass seiner kleinen Tina nichts zustößt.«

»Oder er hat sich an den Videos aufgegeilt.« Balke sprang vom Sessel und gab Fritsch seinen Schraubenzieher zurück. »Aber dazu hätte ja wohl eine Kamera genügt.«

»Oder, und das halte ich für die wahrscheinlichere Variante, es geht um Erpressung. Sie haben Videos von Tinas Kunden gedreht, um später Geld damit zu erpressen. Dierksen hatte Schulden bis über die Ohren. Und er hat vermutlich genug von Technik verstanden, um so was durchzuziehen.«

»Allzu viel muss man nicht können, um so ein Dingelchen mit Heißkleber in einen Plastikdeckel zu pappen«, meinte Balke. »Aber okay, die Inbetriebnahme, der Empfänger und so weiter ...«

»Wie weit reicht so ein Sender?«

»Im Freien hundert, zweihundert Meter. Innerhalb des Gebäudes weniger. Um uns herum ist Stahlbeton. Da sind zehn Meter schon viel.«

»Das heißt, der Empfänger muss irgendwo ganz in der Nähe stehen.«

»Oder er *war* in der Nähe.« Balke trat ans Fenster, sah hinunter auf den Parkplatz. »Er könnte da unten in einem Auto gesessen haben ...«

Drei Stockwerke unter uns befand sich das Ende der Rastatter Straße. Dort gab es eine Wendeschleife und einen kleinen Parkplatz, der auch um diese Uhrzeit fast komplett belegt war.

»Jemand, der den ganzen Abend im Auto sitzt, fällt früher oder später auf.«

»Vielleicht ein Lieferwagen?«, schlug Balke vor.

»Ein Wohnmobil?«, schaltete sich der eifrige Hausmeister ein.

Balke kratzte sich im Genick und nickte nachdenklich. »Doch, das hat was. Manche von Tinas Kunden haben vermutlich Geld. So wie dieser Typ mit der Seidenkrawatte, den der Nachbar gesehen hat. Solche Leute haben einiges zu verlieren. Juristisch sind sie zwar auf der sicheren Seite, da sie mit Sicherheit älter als sechzehn ist. Aber wer will schon, dass seine Frau erfährt, dass er seine Kohle bei einer jungen Nutte verjubelt?«

»Und einer der Freier hatte keine Lust zu bezahlen, sondern hat Dierksen erschossen.«

So fügte sich die ganze Geschichte allmählich zusammen. Fritsch, der mit großen Augen zugehört hatte, strahlte. Er trug denselben etwas heruntergekommenen hellgrauen Anzug wie am Vortag. Auch das Hemd schien dasselbe zu sein.

»Ist Ihnen in den vergangenen Wochen auf dem Parkplatz etwas aufgefallen?«, fragte ich ihn.

»Camper dürfen da unten gar nicht stehen«, erwiderte er eilfertig. »Ist laut Hausordnung ausdrücklich verboten. Anfang des Jahres hat mal eine Weile so ein alter VW-Bus unten gestanden. Da waren immer die Vorhänge zugezogen.«

»Von wann bis wann?«

Er sah mit gerunzelter Stirn zur Decke und schmatzte beim Nachdenken. »Im Januar? Zwei, drei Wochen? Irgendwann war er auf einmal wieder weg.«

Balke kaute auf der Backe. »Vielleicht war's ihm in dem Bulli auf Dauer zu unbequem? Vielleicht hat er keine Standheizung gehabt?«

»In letzter Zeit steht abends manchmal ein weißer Kleinwagen unten«, überlegte Fritsch mit Hilfssheriffmiene.

»Meines Wissens ist kein VW-Bus auf Dierksen zugelassen«, warf ich ein.

»Wir haben auch keine Sexvideos auf seinem PC gefunden«, sagte Balke, als wir zu dritt im Aufzug Richtung Erdgeschoss fuhren. »Das Handy. Wenn wir endlich dieses dreimal verfluchte Handy hätten, Himmel noch mal!«

Der Lift erreichte das Erdgeschoss und gongte verschämt. Wir traten in die kalte Morgenluft hinaus und verabschiedeten uns von Fritsch, dessen Augen immer noch glänzten vom Fahndungsfieber.

Vielleicht war der Täter hinter genau diesen Videos her gewesen, überlegte ich, während ich die Tür meines Peugeot aufschloss. Er hatte Dierksen erschossen, das belastende Material an sich genommen und sicherheitshalber auch noch das Handy. Um ganz sicherzugehen, hatte er anschließend versucht, den Erpresser in Brand zu setzen und damit dessen Wohnung.

Balke schwang sich auf sein filigranes Rennrad, das vermutlich mehr wert war als mein alter Kombi, winkte mir zu und war Sekunden später um die nächste Ecke verschwunden.

Aber wer hatte den Brand gelöscht, bevor er überhaupt richtig ausgebrochen war? Tina, die von unten aus der Dusche kam und die Bescherung entdeckte?

Evalina Krauss hatte sich um den smarten Geschäftsführer des Midnight gekümmert.

»Koslov heißt Evgenij mit Vornamen und stammt aus einer Kleinstadt in der Nähe von Bukarest«, berichtete sie mir nach dem Mittagessen. »Vor sechs Jahren ist er nach Deutschland gekommen und hat dann ziemlich bald geheiratet, diese Sandra Moder. Praktisch gleichzeitig haben sie die Bar aufgemacht. Läuft übrigens nicht besonders, sagen die Nachbarn. Hin und wieder hat es Beschwerden gegeben, wenn Gäste auf dem Heimweg Radau gemacht haben. Oder die Raucher vor der Tür zu laut gewesen sind. Aber sonst geht's da friedlich zu. Koslov fährt einen BMW Z4, seine Frau einen Mercedes SLK. So ein Wägelchen kostet um die fünfzigtausend, hab ich gelesen, in der Basisausstattung. In der Bar sieht man sie so gut wie nie.«

Die Oberkommissarin schüttelte den Kopf mit der praktischen aschblonden Kurzhaarfrisur, als müsste sie einen schlechten Gedanken vertreiben. »Koslov schmeißt den Laden anscheinend allein. Vielleicht macht sie dafür die Buchhaltung. Morgens um zehn lässt er die Putzfrauen rein. Um zwölf machen sie auf, obwohl da noch kein Mensch kommt.« Sie ließ ihren karierten Block sinken und sah mich traurig an. »Ich hab mit den Kollegen von der Sitte geredet. Sie sagen, Koslov hat Kontakte zu Rumänen, die im Rotlichtmilieu ihr Geld machen. Ihre Puffs stehen hauptsächlich im Raum Darmstadt, Frankfurt, Mannheim, in letzter Zeit auch weiter im Süden unten. Ob sie in Heidelberg auch was laufen haben, wissen wir nicht. Soweit man das in diesem Zusammenhang sagen kann, läuft das alles sauber und legal. Die einzelnen Betriebe werden offiziell von irgendwelchen Strohmännern geleitet. Das ist anscheinend alles sehr professionell organisiert. Das sind keine miesen Schlägertypen, sondern Geschäftsleute.«

Wie Koslovs fünf Freunde, die ich gestern Abend gesehen hatte.

»Diese Rumänen sind nicht von der Sorte, mit der wir uns vor zwanzig Jahren rumgeschlagen haben. Die halten sich an alle Gesetze und Vorschriften. Zahlen angeblich sogar Steuern.«

Ich überlegte. Was hatte die junge Tina mit diesen Rumänen zu schaffen? Gab es da überhaupt einen Zusammenhang, oder sollte Evalina Krauss sich getäuscht haben, als sie Koslov unsere Phantombilder zeigte? Hatten die Anzugträger im Midnight gestern Abend wirklich von ihr gesprochen, oder hatte ich »Tina« verstanden, weil ich »Tina« hatte verstehen wollen?

»Wir brauchen mehr Informationen«, entschied ich schließlich. »Ich denke, ich rede selbst mal ein paar Takte mit diesem sauberen Herrn Koslov.«

»Soll ich ihn vorladen?«, fragte Krauss mit Vorfreude im Gesicht.

Ich schüttelte den Kopf und hob die Hand. »Erst mal halten wir den Ball flach.«

12

Nachdem Krauss gegangen war, wählte ich zum ich weiß nicht mehr wievielten Mal die Nummer, unter der ich meinen Vater zu erreichen hoffte und inzwischen auch ein wenig fürchtete. Aber wieder wurde nicht abgenommen. Ob diese Frau ihn wirklich liebte? Oder ihm nur das Geld aus der Tasche zog dafür, dass sie ihm ein wenig das Leben versüßte? Dass er sich in ihren Armen noch einmal jung fühlen durfte?

Zu meiner Verblüffung rief mein Vater zurück, kaum dass ich aufgelegt hatte.

»Dacht ich mir doch, dass du das bist«, lautete seine fröhliche Begrüßung. »Heidelberg, das konntest ja nur du sein. Du hast es gestern schon mal probiert, stimmt's?«

Seine Stimme klang alt. Und trotzdem voller Leben und ungewohnter Energie.

»Vorgestern auch«, brummte ich.

»Hat sie dir gesagt, du sollst mich anrufen?«

»Sie hat's mir sogar ausdrücklich verboten.«

»Ja, dann ...?«

»Was machst du nur für Sachen, Papa?«, seufzte ich. »Das kannst du Mama doch nicht antun!«

Wie oft hatte ich in den vergangenen Tagen überlegt, wie ich dieses Gespräch beginnen würde? Hatte mir meine Argumente zurechtgelegt. Mir im Voraus seine Ausflüchte vorgestellt und wie ich souverän darauf reagieren würde. Um ihn von der Falschheit seines Tuns zu überzeugen, ohne ihn allzu sehr zu verärgern oder gar zu kränken. Und nun hatte ich so ungefähr das Dümmste gesagt, was ich hätte sagen können.

»Aha, das kann ich also nicht«, erwiderte mein Vater heiter. »Du findest, ich bin zu alt, um mich noch mal zu verlieben?«

»Dafür ist man wahrscheinlich nie zu alt.«

»Was denkst du dann? Dass Eltern kein Recht auf ein eigenes Leben haben? Auf ein bisschen Glück? Ein bisschen Aufregung in der Langeweile ihres elenden Rentnerdaseins?«

»Papa, bitte! Lass uns vernünftig reden. Und denk auch mal an Mama.«

»Ich rede sehr vernünftig. Ich fühle mich seit einem halben Jahr so vernünftig wie seit Jahrzehnten nicht mehr.«

Sprach da die Stimme eines Mannes, der dabei war, den Verstand zu verlieren? Oder die eines Kerls, der durch die Liebe plötzlich wieder jung geworden war?

»So lang kennst du diese Frau schon?«

»Seit fünf Monaten und drei Wochen lieben wir uns. Nächste Woche feiern wir unser erstes Jubiläum, Elvira und ich. Die Frau, wie du sie nennst, heißt nämlich Elvira. Und weil du Polizist bist, hier auch gleich noch die Personendaten: Einundfünfzig Jahre alt …«

»Zweiundzwanzig Jahre jünger als du.«

»Werd bloß nicht neidisch! Fast so groß wie ich. Üppig gebaut. Brüste, kann ich dir sagen …«

»Papa, bitte, so was will ich nicht hören.«

Jetzt wurde der alte Tunichtgut ernst. »Aber das Allerwichtigste, Alex: Elvira ist eine sehr, sehr warmherzige Frau. Sie hat kein leichtes Leben hinter sich und verdient ihr Geld als Etagenchefin in einem dieser riesigen Hotelkästen, die hier überall die Küste verschandeln. Das ist ein verdammt anstrengender Job mit völlig idiotischen Arbeitszeiten. Trotzdem habe ich noch nie, noch nie, Alex, einen so liebenswerten Menschen getroffen. Und ich sehe, verdammt noch mal, nicht ein, warum ich kein Anrecht auf ein bisschen Glück haben soll, bloß weil ich über siebzig bin.«

»Mama geht es nicht gut.«

»Das wundert mich aber. Der geht's doch immer gut. Die kriegt doch gar nicht mit, wie es den Menschen um sie herum geht.«

»Du übertreibst.«

»Warst du fünfzig Jahre mit ihr verheiratet oder ich?«

»Papa …«

»Kannst du dir vorstellen, wie es ist, wenn du morgens aufwachst und neben dir fühlst du nichts als Kälte? Soll ich dir sagen, wie lange ich mit deiner Mutter keinen Sex mehr hatte?«

»Bitte nicht.«

»Ich weiß ja nicht, wie es mit deinem Liebesleben aussieht, seit du Witwer bist …«

»Ich kann nicht klagen.«

»Es gibt also eine neue Frau in deinem Leben?«

»Lenk nicht ab!«

»Jedenfalls, seit ich Elvira kenne, weiß ich wieder, wie es sich anfühlt, wenn es morgens im Bett neben einem warm ist.«

»Und jetzt? Wie soll das jetzt weitergehen?«

»Jetzt muss ich bald los. Hab um zwei eine Verabredung zum Tennis.«

»Du spielst seit Neuestem Tennis? Du scheinst das Leben ja wirklich zu genießen.«

»Ich finde, es ist keine Schande, wenn man sein Leben genießt. Schließlich hat man nur eines. Und das Stückchen Leben, das mir noch bleibt, ist ganz schön kurz. Ich muss mich beeilen, wenn ich noch was draus machen will.«

Wir verabschiedeten uns mit dürren Worten. Ich wünschte ihm viel Spaß beim Tennis.

»Und weißt du was?«, sagte mein alter Herr am Ende mit plötzlicher Begeisterung in der Stimme. »Ich fahre mit meiner alten Zündapp zum Tennisplatz! Da staunst du, was? Seit ein paar Monaten fahre ich damit.«

»Bitte brich dir nichts.«

»Ich habe mir in dreiundsiebzig Jahren nichts gebrochen. Da werde ich nicht ausgerechnet heute damit anfangen.«

»Ich war noch mal in Dierksens Wohnung«, berichtete Sven Balke eine halbe Stunde später. »Da gibt's im Schlafzimmer tatsächlich eine kleine Bastelecke mit allerhand elektronischem Krimskrams. Scheint aber alles Computerzeug zu sein, soweit ich das beurteilen kann. Was ich aber noch gefunden habe: eine Heißklebepistole. Mit so einem Ding sind die Kameras befestigt worden.«

»Sein bayerischer Kollege könnte mehr wissen …«

»Mit dem habe ich schon telefoniert. Er sagt, Dierksen hätte schon ein bisschen was von Elektronik verstanden und hat ihm mal geholfen, das Handy zu reparieren. Das Display musste ausgetauscht werden, und dazu braucht man ein bisschen Geschick und vor allem das richtige Werkzeug. Die handwerklichen Fähigkeiten, die Kameras zu installieren und in Betrieb zu nehmen, hätte Dierksen wohl gehabt.«

»Dann müsste jetzt irgendwo in der Weststadt ein herrenloser VW-Bus herumstehen …«

Auch das hatte Balke schon abgeklärt. »Im Umkreis von zwei-, dreihundert Meter um seine Wohnung herum steht kein Bulli am Straßenrand.«

»In der Weststadt parkt man auch gerne mal weiter als zweihundert Meter von der eigenen Haustür entfernt«, wusste ich aus leidvoller Erfahrung. »Er könnte irgendwo einen Tiefgaragenplatz angemietet haben.«

»Auf seinen Namen ist aber nur dieser alte Honda Jazz zugelassen, Baujahr 2003.«

Mir kam ein Gedanke: »Er könnte in der Rastatter Straße noch eine zweite Wohnung angemietet haben!«

Balke hatte auch Dierksens Kontoauszüge überprüft. »Da ist nur die Miete für die Nuttenwohnung abgebucht worden. Hinweise auf ein zweites Konto haben wir auch nicht gefunden.«

Auf Tinas Namen existierte überhaupt kein Konto.

»Wäre mit dem falschen Perso auch schlecht gegangen.

Aber Klara hat das sicherheitshalber gecheckt. Die echte Tina Eisenstein hat ein Sparbuch bei der Berliner Sparkasse mit vierundsiebzig Euro drauf. Sonst gibt es da nichts.«

Mein Telefon begann zu trillern. Es war Fritsch, der Hausmeister aus der Rastatter Straße. Er klang aufgeregt.

Zum zweiten Mal an diesem Tag standen Balke und ich dem engagierten Hausmeister gegenüber. Dieses Mal hatte er uns in Begleitung einer üppigen Blonden vor der Haustür erwartet. Das mintfarbene T-Shirt der Frau spannte, dass man Angst vor einer plötzlichen Explosion haben musste.

»Mir ist nämlich eine Idee gekommen«, begann Fritsch aufgeregt, »der Mann, der die Kameras installiert hat, der könnte ja vielleicht auch im Haus wohnen, nicht wahr?«

Die Blonde nickte grimmig zu seinen Worten.

»Das haben wir uns auch schon überlegt, aber ...«

»Die meisten Mieter«, fiel mir der Hausmeister mit leuchtenden Augen ins Wort, »kommen für so was ja nicht infrage. Wohnen ja fast nur anständige Leute hier. Und es kann ja auch nur wer sein, der drunter, drüber oder daneben wohnt, wenn ich Sie richtig verstanden habe. Und dann habe ich kombiniert: Untendrunter, also direkt unter der Wohnung von der kleinen Rothaarigen, da wohnt rechts der Herr Meiers. Der ist schon über sechzig. Früher war er mal was Höheres im Gartenbauamt ...«

»Leute dieses Alters können wir wohl außer Acht lassen«, warf ich ein und fragte mich gleichzeitig, weshalb eigentlich. Wenn Männer sich mit dreiundsiebzig eine Geliebte zulegten, warum sollten sie dann nicht auch zu anderen Dummheiten fähig sein? »Genauso wie allein lebende Frauen.«

Die Blonde gab ein zustimmendes Knurren von sich.

»Sehen Sie, genau das hab ich mir auch überlegt. Dann bleiben eigentlich nur noch drei übrig: der Wagenknecht im Sechsten oben. Der ist Junggeselle und Lagerarbeiter bei der ABB und hockt abends immer allein daheim. Aber von Elektronik versteht der wahrscheinlich nichts. Dann gibt's den Schubrecht im Fünften. Was der treibt, weiß keiner so genau. Fährt zu ganz unregelmäßigen Zeiten weg, mit einem ziemlich großen und neuen Mercedes, und kommt zu genauso unregelmäßigen Zeiten wieder heim. Und dann ist da noch der Kowalski im Vierten. Dem tät ich so was am ehesten zutrauen. Man guckt in den Menschen ja nicht rein, aber irgendwie ist der Kowalski komisch. Und – das ist mir erst wieder eingefallen, wie ich vorhin die Frau Hansmann getroffen hab ...«, ein Zustimmung heischendes Lächeln in Richtung Walküre, »ich bin mal in seiner Wohnung gewesen, im November. Ein Problemchen mit seiner Heizung, die musste entlüftet werden, und da hab ich gesehen, dass der Kowalski so ein Fernrohr hat. So ein langes mit Stativ, Sie wissen schon ...«

»Sie wollen sagen, er ist ein Spanner?«

Wieder knurrte die Blonde.

Der Blick des Hausmeisters irrte aufgeregt herum, und beim Sprechen fuchtelte er ständig mit den Händen. »Früher hat er irgendwas mit Elektronik gemacht, hat er mir erzählt, und jetzt ist er schon eine halbe Ewigkeit arbeitslos. Aber Geld für sein teures Fernrohr und seine ganzen Computer, das hat er anscheinend ...«

Selbstzufrieden strahlte der kleine graue Mann mich an.

»Das ist ja alles schön und gut«, sagte ich zögernd. »Aber wir bräuchten natürlich so etwas wie einen Beweis. Etwas Handfestes.«

»Das können Sie kriegen«, sagte die Blonde kampfeslustig und mit kräftiger Altstimme, »was Handfestes.« Sie war schon jenseits der vierzig und warf mit einer wütenden Kopfbewegung die senfblonde Mähne zurück.

»Sie sind ...?«, fragte ich lächelnd.

»Eine Nachbarin von diesem ... Herrn Kowalski.«

»Und Sie mögen ihn nicht besonders.«

»Mögen?« Sie lachte kalt. »Das ist ein Arschloch der Extraklasse. Wie soll ich den mögen?«

»Vielleicht gehen wir mal rein?«, schlug ich vor, da mir allmählich kalt wurde. Die Sonne hatte sich an diesem Tag noch nicht blicken lassen, und von Norden her ging ein ungemütlicher Wind, der durch das zehn Stockwerke hohe Haus noch verstärkt wurde, in dessen ungeschütztem Eingang wir immer noch standen. Der vom Wetterbericht versprochene Frühling schien weiter auf sich warten zu lassen.

»Wie könnte er in die Wohnung gekommen sein?«, fragte ich, als wir zu viert auf den Lift warteten.

»Das kann ich Ihnen genau sagen, wie der in die Wohnung gekommen ist«, erwiderte die Blonde. »Der Dreckspatz hat nämlich ein Pickset!«

Der Hausmeister wurde schon wieder aufgeregt. »Mit so 'nem Ding knacken Sie jedes Sicherheitsschloss im Nullkommanichts. Im Fernsehen haben sie mal einen Wettbewerb gemacht. Der Schnellste hat sieben Sekunden gebraucht. Für ein richtiges Sicherheitsschloss! Sieben Sekunden!«

Der Lift kam. Wir zwängten uns hinein. Für vier Personen war es schon recht eng, obwohl er offiziell für acht zugelassen war.

»Woher wissen Sie das mit dem Pickset?«, fragte ich die Frau.

»Weil der Idiot mal in meiner Wohnung gewesen ist. Vorletzte Woche. Ich hab zurzeit Urlaub, war einkaufen, und er hat wohl gedacht, ich bin arbeiten, der Torfkopf. Und wie ich am späten Vormittag mit meinen Tüten heimkomme, steht der einfach so in meiner Wohnung! Mich hat fast der Schlag getroffen. Ich schließ die Tür auf, und da seh ich, die Schlafzimmertür ist halb offen, und dabei mach ich die immer zu, solange ich lüfte, die Heizkosten, Sie wissen schon. Und da steht dieser Spinner neben meinem Bett und glotzt mich an wie ein Nilpferd den großen Manitu.« Voller Empörung funkelte sie mich an. »Dieser Typ ist krank im Kopf. Einen kolossalen Dachschaden hat der.«

»Wie hat er reagiert, als Sie ihn überrascht haben?«

Der Lift hielt. Wir betraten den Flur, an dem Kowalskis Wohnung lag. Er sah genauso aus wie der ein Stockwerk tiefer. Allerdings war der Geruch ein anderer. Unten hatte der Duft fremder Gewürze in der Luft gehangen, hier roch es nach einem scharfen, bestimmt nicht gesunden Putzmittel.

»Reagiert?« Wieder lachte die Blonde. »Überhaupt nicht hat er reagiert, erst mal. Und kein vernünftiges Wort hat er rausgebracht, der Volltrottel. Ich hab ihn gefragt, was er in meinem Schlafzimmer macht und wie er überhaupt reingekommen ist, weil ich hatte ja abgeschlossen, das weiß ich genau. Ich dreh den Schlüssel immer zweimal rum, wenn ich weggehe, seit bei meiner Freundin mal eingebrochen worden ist. Und der? Rumgestottert hat er, als könnt er nicht bis drei zählen. Kann er wahrscheinlich auch nicht. Bisschen gucken, wie's bei mir aussieht, hat er gestottert, und solchen Blödsinn …«

Und nebenbei vermutlich eine seiner kleinen Videokameras montiert.

»Sie leben allein?«

»Und das ist auch gut so! Die Scheidung und die Jahre davor haben mich genug Nerven gekostet. Jetzt habe ich erst mal die Faxen dicke, was die Männer betrifft.«

»Haben Sie denn gar keine Angst gehabt?«

Sie streckte mir ihre Rechte hin und drückte kräftig zu. »Hab mich noch gar nicht vorgestellt, sorry, Monika Hansmann.« Dann schüttelte sie heiter den Kopf. »Angst? Vor dem Kowalski? Typen wie den fresse ich zum Frühstück!«

Wie sie mich dabei ansah, glaubte ich ihr aufs Wort.

»Wenn es Ihnen nichts ausmacht, würden wir uns gerne kurz in Ihrem Schlafzimmer umsehen.«

»Ist nicht nötig. Er hat bei mir tatsächlich auch so eine Kamera montiert. Im Rauchmelder, genau wie in der Wohnung unten. Ich hoffe bloß, er hat seine Videos nicht schon ins Internet gestellt. Sonst breche ich ihm sämtliche Knochen, dem Arschgesicht!«

»Dann reden wir doch gleich mal mit Ihrem neugierigen Nachbarn«, sagte ich.

»Verhaften Sie den jetzt?«, wollte die Blonde mit lüsternem Blick wissen. »Das würd ich gerne miterleben!«

»Erst mal wollen wir nur mit ihm reden. Und es ist vielleicht besser, wenn Sie nicht dabei sind.«

»Ich etwa auch nicht?«, fragte der Hausmeister entrüstet. »Wo ich Ihnen doch den Tipp gegeben habe ...?«

»Sie leider auch nicht, nein.«

Kowalski hieß mit Vornamen Leon, entnahm ich dem Schildchen am weißen und nicht besonders sauberen Klingelknopf. Balke drückte. Es gongte. Ansonsten geschah nichts. Er versuchte es noch zweimal erfolglos, trat dann einen Schritt zurück.

Ich wandte mich an den Hausmeister. »Ihr Generalschlüssel passt doch bestimmt auch zu dieser Wohnung?«

»Ich darf aber nicht rein, wenn er nicht da ist.«

»Außer bei Gefahr, natürlich.«

»Wenn's brennt oder so. Da haben Sie recht.«

Ich sah Balke an. »Haben Sie nicht auch den Eindruck, dass es hier brenzlig riecht?«

Balke reckte völlig ernst die Nase in die Luft. »Jetzt, wo Sie es sagen, Chef, stimmt, hier kokelt was.«

»Na also«, meinte die Blonde befriedigt. »Geht doch.«

»Warum haben Sie ihn nicht angezeigt?«, fragte ich sie, während der Hausmeister mit amtlicher Miene seinen großen Schlüsselbund zückte.

»Weil er so gejammert und geflennt hat. Dass ich bitte, bitte nicht die Polizei holen soll. Dass er es bestimmt nie wieder tun wird. Und dabei hat er seine Kamera ja schon montiert gehabt, diese Oberdrecksau. Dass er mir alles repariert, was in meinem Leben jemals kaputtgeht, wenn ich bloß nicht die Polypen hole. Ich habe ihm gesagt, ich will nichts von ihm repariert haben, und wenn bei mir irgendwas fehlt, die kleinste Kleinigkeit, dann reiße ich ihm die Ohren ab. Und noch ein paar andere Teile, die ihm ganz besonders wichtig sind.«

»Und hat etwas gefehlt?«

Sie rollte die großen, grünen Augen. »Ich könnt mir einbilden, ich hätte früher mehr Slips gehabt. Aber ich kauf die im Fünferpack und zähle sie natürlich nicht jeden Tag durch. Am Ende hat er mir dann auch irgendwie leidgetan, der Jammerlappen. Der Kowalski, wissen Sie, der ist einer von diesen Losern, die es nie zu irgendwas bringen. Alles, was so einer anfasst, wird todsicher zu Scheiße.«

Der Hausmeister hatte zwischenzeitlich vergeblich versucht, Leon Kowalskis Wohnungstür zu öffnen. »Er hat das Schloss ausgetauscht!«, stellte er erbittert fest. »So ein Schlingel!«

»Seien Sie ein bisschen vorsichtig«, sagte ich zu Frau Hansmann, als wir uns zum Abschied die Hände reichten. »Ihr Nachbar ist offenbar nicht ganz zurechnungsfähig.«

»Voll gaga ist der«, versetzte sie kalt. »Aber keine Sorge, ich mache seit fünf Jahren Kickboxen. Seit bei meiner Freundin eingebrochen worden ist. Typen wie den mache ich platt, sogar wenn sie zu dritt auflaufen.«

»Sie rufen mich bitte an, wenn er wieder auftaucht?«

»Wäre es arg schlimm, wenn er bei der Verhaftung ein blaues Auge hätte?«, fragte sie mit versonnenem Lächeln.

13

Als ich Leon Kowalski zum ersten Mal persönlich traf, am Freitagmorgen, hatte er kein blaues Auge, sondern eine blutende Wunde im Bauch.

Der knochige Mann saß zusammengesunken mit dem Rücken an den Rand des breiten Betts in Tinas Apartment gelehnt, die Beine gespreizt und weit von sich gestreckt. Der Schuss hatte ihn direkt von vorn getroffen und zurückgeworfen. Der schmale Kopf hing schräg herab, die Augen waren geschlossen. Aber er atmete. Das konnte ich erkennen, ohne ihn zu berühren.

Fritsch hatte mich angerufen, als ich noch zu Hause bei meinem Aufwachcappuccino saß und mit Mutter über ihre Pläne fürs Wochenende plauderte. Den Abend hatten wir zusammen verbracht, über alte Zeiten gesprochen, über vergessene Verwandte und die heutige Jugend. Sie hatte mir von Portugal erzählt, von der Küste im Westen von Albufeira, dem angenehmen Klima am Atlantik. Später waren die Zwillinge hinzugekommen und hatten fasziniert gelauscht, und am Ende war es richtig gemütlich geworden.

Heute Morgen hatte dann um fünf vor acht mein Handy losgelegt.

»Sie haben doch ... gesagt, ich ... soll mich melden«, hatte der Hausmeister mit verhaltener Stimme und merklich verstört gestammelt.

»Ist Kowalski aufgetaucht?«

»Den habe ich nicht gesehen«, flüsterte er. »Aber die Wohnung von der kleinen Rothaarigen, da steht die Tür offen. Einen Spalt. Obwohl Sie sie gestern abgeschlossen haben. Ich war ja dabei. Ich hab's ja gesehen, wie Sie abgeschlossen haben. Und jetzt steht sie auf einmal offen, die Tür.«

»Sieht man Spuren von einem Einbruch?«

»Nein, gar nicht. Nur, dass sie ein bisschen offen steht.«

»Wo sind Sie jetzt?«

»Im Treppenhaus. Habe gedacht, nicht, dass da womöglich noch einer drin ist und hört, wie ich telefoniere.«

»Das war sehr clever von Ihnen. Sieht man Licht in der Wohnung?«

»Hab ich nichts von gesehen. Was soll ich jetzt machen?«

»Bleiben Sie, wo Sie sind, und passen Sie auf, ob jemand herauskommt. Falls ja, auf keinen Fall aufhalten, nicht ansprechen, nur mir Bescheid geben. Am besten per SMS, okay? Ich bin in einer Viertelstunde bei Ihnen.«

Fritsch hatte die Situation richtig beschrieben. Die Tür zu Tinas Apartment stand einen Fingerbreit offen, als ich zwanzig Minuten später atemlos davor stand. Aus der Wohnung war nichts zu hören, und ob Licht brannte, war nicht zu erkennen. Vorsichtig schob ich die Tür auf. Immer noch nichts. Die Wohnung war dunkel. Balke hatte gestern die Rollläden wieder herabgelassen, fiel mir ein. Dann tauchte im breiter werdenden Lichtstreif, der vom Flur in die Wohnung fiel, ein Schuh auf, ein Männerschuh, ein Bein. Ich tastete nach dem Lichtschalter, drückte, und da saß er dann: Leon Kowalski.

»Mannomann!«, stammelte Fritsch, der sich brav hinter mir gehalten hatte. »Wieso haben Sie eigentlich keine Pistole?«

Weil die wie üblich in meinem Schreibtisch lag.

»Was wollte er hier?«, fragte Klara Vangelis eine halbe Stunde später mit schmalen Augen. Kowalski war zu diesem Zeitpunkt bereits auf dem Weg in die Klinik, nachdem ein Notarzt ihn verbunden und seinen Kreislauf mit irgendwelchen Infusionen stabilisiert hatte. Dass der Blutfleck vor dem Bett beeindruckend groß war, sah ich erst jetzt, als der Schwerverletzte nicht mehr dort saß.

»Nachsehen, was mit seinen Kameras ist, natürlich.« Balke deutete auf den Sessel, der wieder unter dem Stromverteiler stand. Der Deckel mit der angeklebten Kamera lag am Boden. »Ich habe gestern die Batterien rausgenommen.«

Wir standen in Tinas quadratischem Miniflur und warteten auf die Spurensicherung. In der Wohnung hing noch der beißende Geruch abgefeuerter Munition.

»Und dabei ist er wahrscheinlich von Tina überrascht worden«, überlegte ich halblaut. »Die sich hier verstecken wollte.«

Vangelis wiegte den Kopf. »Sie konnte sich ausrechnen, dass wir diese Wohnung schon entdeckt haben.«

»Und sie hat nicht lange gefackelt ...« Balke gähnte, dass ich meinte, seine Kiefer knacken zu hören. »Scheint eine echt gefährliche Braut zu sein.«

»Sie fangen am besten schon mal mit den Nachbarn an«, entschied ich, um das Rätselraten zu beenden. »Ich bleibe hier und warte auf die Kollegen.«

In Tinas Wohnung geschah in den folgenden Stunden das in solchen Fällen Übliche: Die Spurensicherer fotografierten den Tatort, drückten lange Klebestreifen auf den Teppichboden, der bei genauerem Hinsehen schon ziemlich abgenutzt war. Mit den Streifen wurden Faserspuren aufgenommen, Härchen oder Hautschuppen, hoffentlich auch vom Täter, die später von akribischen Menschen unter dem Mikroskop ausgewertet wurden. Alle möglichen Stellen wurden mit weichen Pinseln und Grafitpulver bearbeitet, um Fingerabdrücke sichtbar zu machen. Eine Kollegin war zurzeit im Klinikum, um Kowalskis Hände zu untersuchen, an denen sich möglicherweise Spuren vom Täter finden ließen. Oder von der Täterin.

»Geschoss am Rücken nicht ausgetreten«, hörte ich einen jungen Kollegen mit wolligem Vollbart halblaut in sein Handy sagen, das er als Diktiergerät benutzte. »Sieht nach einem kleineren Kaliber aus.« Er wandte sich mir zu. »Haben Sie Schmauchspuren an der Kleidung des Opfers gesehen?«

Ich hob die Schultern. In der Hektik hatte ich nicht darauf geachtet. Der Bärtige nickte zerstreut und ließ den Blick schweifen. »Schussentfernung zwei, maximal zweieinhalb Meter. Mehr ist geometrisch nicht möglich.«

Demnach hatte der Schütze ungefähr dort gestanden, wo ich jetzt war. Vermutlich war er – oder sie – hereingekommen, hatte Kowalski gesehen und sofort abgedrückt.

»Chef?« Neben mir stand plötzlich Balke mit seinem Smartphone in der Hand, das er als Notizbuch benutzte. »Die Nachbarin rechts hat nachts um kurz nach Mitternacht einen Knall gehört. Sie war noch wach um die Zeit, hat aber gedacht, es hat vielleicht jemand eine Sektflasche aufgemacht. Sonst war nichts zu hören, sagt sie. Kein Streit, kein Geschrei, kein Gerumpel …«

»Sonst hat niemand was gehört?«

»Der Nachbar links ist der schwerhörige Typ, den wir schon kennen. War eine echte Herausforderung, mit dem Mann zu reden. Gegenüber macht niemand auf.«

Damit hatten wir immerhin schon einen ersten Hinweis zur Tatzeit.

»Wenn es wirklich Tina war …«, grübelte Balke und ließ sein Handy sinken. »Betritt man seine eigene Wohnung mit der Waffe in der Hand?«

»Die Tür hat vielleicht schon offen gestanden, als sie kam. Sie hat Licht gesehen und Geräusche gehört.« Ich drückte von innen gegen die Wohnungstür. Das Schloss schnappte erst beim dritten Versuch ein, als ich ziemlich viel Kraft aufwandte. Balke sah mir dabei zu und nickte aufmerksam. Dennoch war das, was ich eben gesagt hatte, Unsinn. Erstens hatte Kowalski sich bestimmt jede Mühe gegeben, kein Geräusch zu machen. Außerdem wäre Tina wohl eher weggelaufen, wenn sie bemerkt hätte, dass jemand in ihrer Wohnung war. Wenn es etwas gab, das sie zurzeit nicht gebrauchen konnte, dann war es Aufsehen. Nie und nimmer hätte sie diese Wohnung betreten, wenn sie gewusst hätte, dass dort schon jemand war. Es sei denn – das war ein neuer

Aspekt –, sie hatte gewusst, wen sie dort treffen würde, und hatte mit dem Eindringling noch eine Rechnung offen. Vielleicht hatten sie und Dierksen mit Kowalski gemeinsame Sache gemacht?

»Wir wären dann so weit«, sagte Lemmle, der hünenhafte Chef der Spurensicherung. Sein Heuschnupfen schien heute sehr viel besser zu sein.

»Wie sieht es aus?«

Der massige Kollege drückte stöhnend sein Kreuz durch. »Da sind Pulverreste auf dem Teppich – nur einen Meter weg von der Stelle, wo das Opfer gelegen hat. Mit Fußspuren sieht's eher schlecht aus. Zu viel Getrampel von den Sanis. Wir haben den ganzen Bereich zwischen Tür und Opfer abgeklebt. Kann gut sein, wir finden später auf den Streifen was. Die Patronenhülse ist nicht zu finden. Das Ganze hier sieht ein bisschen aus wie bei diesem – wie hat er noch geheißen? Dickensen?«

»Dierksen.«

»Kaliber, Geschossenergie – könnte auch alles passen.«

Nachdem die Spurensicherer mit ihren Gerätschaften abgezogen waren, veranstalteten wir vor Tinas Tür eine erste improvisierte Lagebesprechung. Auch Klara Vangelis war inzwischen wieder aufgetaucht. Sie hatte an den Türen ein Stockwerk tiefer geklingelt. Aber außer der Frau in der Wohnung rechts von uns hatte niemand in der vergangenen Nacht etwas Auffälliges gehört oder gesehen.

»Mit dem Typ von schräg gegenüber habe ich inzwischen auch gesprochen«, sagte Balke. »Er ist zwar nicht da, aber die Nachbarin, die den Knall gehört hat, hat mir seine Handynummer gegeben. Der stopft sich nachts immer Oropax in die Ohren, weil das Pärchen über ihm sexuell ein bisschen hyperaktiv ist.«

»Und was ist mit der Wohnung genau gegenüber?«

»Da habe ich es auch noch mal versucht. Es macht niemand auf. Da hat auch gestern niemand aufgemacht.«

»Soll ich uns allen vielleicht mal einen Kaffee machen?«, schlug Fritsch vor, der sich die ganze Zeit in unserer Nähe herumdrückte und vermutlich Stoff für tausend aufregende Erzählungen sammelte. »Sie können doch bestimmt einen ordentlichen Kaffee vertragen auf den Schrecken.«

Dem mochte niemand widersprechen.

»Wer wohnt denn in der Wohnung gegenüber?«, fragte ich ihn.

»Eine arabische Familie mit zwei kleinen Kindern.«

»Die haben doch bestimmt auch Telefon.«

An der Klingel stand kein Name. Sicherheitshalber drückte auch ich noch einmal. Nichts geschah. Die Klingel schien nicht zu funktionieren.

Der Hausmeister hatte inzwischen sein Handy am Ohr – ein älteres Gerät, das noch mehr als einen Knopf hatte – und zwinkerte mir verschwörerisch zu. Aus der Wohnung drang auch kein Telefonklingeln. Dafür meinte ich, ein leises Wimmern zu hören. Hinter dieser Tür weinte ein Kind. Das Gesicht des Hausmeisters veränderte sich plötzlich.

»Herr Ammar? ... Ja, Fritsch hier. Ihre Frau macht die Tür nicht auf«, sagte er lebhaft. »Zwanzig Minuten? ... Das wäre super. ... Ja, die Polizei ist nämlich hier.«

Triumphierend steckte er sein Handy ein. »Die Frau ist zu Hause. Aber sie spricht kein Wort Deutsch. Außerdem darf sie nur mit Fremden reden, wenn ihr Mann dabei ist. Herr Ammar fährt Pakete aus, für die DPD. Sie haben ja mitgehört, er ist auf dem Weg hierher. Und ich gehe in der Zwischenzeit Kaffee kochen.«

Pierre Ammar war ein aufgeweckter, drahtiger Mann von vielleicht dreißig Jahren, stellte ich fest, als er fünf Minuten vor der vereinbarten Zeit aus dem Aufzug sprang. Er steckte in einem billigen blauen Jeansanzug, drückte jedem von uns kräftig die Hand und bat uns ausgesucht höflich in seine Zweizimmerwohnung. Auf seiner hohen, bronzefarbenen Stirn standen Schweißperlen.

Während der Wartezeit hatte der Hausmeister den Kaffee serviert, den wir im Stehen genossen. Er war so gut gewesen, dass Balke unbedingt wissen wollte, von welchem Hersteller die Bohnen stammten. Das Geheimnis sei jedoch nicht die Kaffeesorte, hatte Fritsch uns stolz erklärt, sondern eine uralte italienische Espressomaschine, die noch ganz ohne Elektronik und Computer funktionierte. »Der Rest ist Gefühl im Handgelenk.«

Frau Ammar trug ein blassgraues Kopftuch, das ihr Haar vollständig verbarg, einen dicken schwarzen Rollkragenpullover, obwohl es in der Wohnung sehr warm war, an den Beinen Jeans wie ihr Mann und außerdem ein leise quengelndes und sichtlich fieberndes Mädchen auf dem Arm. Das Kind mochte ein Jahr alt sein. Die Mutter hatte flinke, wache Augen und wirkte nicht wie die verschreckte Muslima, die ich erwartet hatte. Allerdings sprach sie wirklich kein Deutsch, sodass die Konversation über ihren Mann laufen musste.

Um die Familie nicht mehr als nötig zu beunruhigen, hatte ich Balke gebeten, draußen zu warten, und Klara Vangelis als Begleiterin mitgenommen.

»Die junge Frau von gegenüber ist tot, sagen Sie?«, fragte Ammar bestürzt und übersetzte die schlimme Nachricht hastig für seine Frau. Diese zeigte keine Reaktion, sondern betrachtete nur abwechselnd Vangelis und mich mit ihren dunklen Augen.

»Aber nein«, korrigierte Klara Vangelis sanft. »Es ist jemand angeschossen worden. Allerdings nicht die Frau, sondern ein Mann, der ein Stockwerk höher wohnt.«

»Wir haben bisher gar nicht gewusst, dass da drüben eine Frau wohnt.«

Pierre Ammar sprach im Gegensatz zu seiner schweigsamen Frau sehr gut Deutsch. Die Möblierung der Wohnung war ein lustiges Kunterbunt aus alten Teppichen, zierlich geschnitzten Stühlchen und Tischchen, Messinggeschirr und Billigware vom Möbelmarkt. Der Blick durch die Fenster ging auf die Bahngleise und die kahlen Felder westlich davon. Auf einem alten und für den kleinen Raum viel zu klobigen Sideboard lagen Bücher. Manche mit arabischen Schriftzeichen auf den Rücken, manche auch auf Deutsch. Joseph Roth, sah ich, Döblin, Heinrich Mann.

»Ich lese viel«, erklärte Ammar, dem mein Interesse nicht entgangen war. »In Damaskus habe ich Deutsch und Philosophie studiert. Ich wollte unbedingt Kant und Hegel und Marx im Original lesen.«

»Und jetzt fahren Sie in Heidelberg Pakete aus.«

»Lieber in Deutschland arm als in Syrien tot«, erwiderte er leise und mit gesenktem Blick. Dann sah er wieder auf. »Wer ist der Mann, auf den geschossen wurde?«

Ich klärte ihn in groben Zügen auf. Er übersetzte für seine aufmerksam lauschende Frau, die hin und wieder nickte, sonst jedoch keine Reaktion zeigte. Das Kind auf ihrem Arm war mit dem Daumen im Mund eingeschlafen und wimmerte manchmal. Einen Knall oder sonstige Unruhe hatten die beiden jungen Eltern in der vergangenen Nacht nicht gehört.

»Hier rumpelt es öfter mal irgendwo«, sagte Ammar. »Dieses Haus ist fast so hellhörig wie unseres in Damaskus. Das es vermutlich jetzt nicht mehr gibt.«

»Sie wissen nichts über die junge Frau von gegenüber?«, fragte ich, um allmählich zum Thema zu kommen. »Sie haben sie nie gesehen?«

Ammar senkte den Blick für einen winzigen Moment. Dann sah er mich fest an. »Nein, ich habe sie nie gesehen. Und Amina auch nicht. Wir interessieren uns nicht für das, was außerhalb unserer Wohnung vorgeht. Wir sind zufrieden, wenn wir unsere Ruhe haben und nachts ohne Kanonendonner und Maschinengewehrknattern schlafen können.«

Die großen Augen seiner Frau schienen noch eine Spur dunkler geworden zu sein. Irgendetwas stimmte hier nicht, wurde mir bewusst. Ammar kniff die Lippen zusammen. Amina guckte starr. Nach kurzem Zögern wandte ich mich an Klara Vangelis: »Würden Sie bitte draußen warten?«

Sie nickte in die Runde und verschwand, ohne eine Miene zu verziehen.

Ich griff mir einen leichten Stuhl mit Bast-Sitzfläche, setzte mich. Ammar und seine Frau nahmen nebeneinander auf einem kleinen Sofa Platz wie zwei wohlerzogene Schulkinder.

»Herr Ammar«, sagte ich leise, aber bestimmt. »Es interessiert mich nicht, wie Sie und Ihre Familie nach Deutschland gekommen sind. Es interessiert mich nicht, welche Papiere Sie haben und welche nicht. Ich bin hier, um ein schweres Verbrechen aufzuklären, und nicht, um Ihre Aufenthaltsgenehmigung zu kontrollieren.«

Ammar übersetzte murmelnd und mit schuldbewusst gesenktem Blick. Amina entspannte sich merklich.

»Richtig gewohnt hat sie ja nicht dort drüben«, sagte Ammar, nachdem er kurz an der Unterlippe genagt hatte. »Ich habe sie nur wenige Male gesehen. Meistens, wenn sie abends gekommen ist. Uns ist bald aufgefallen, dass sie in der Nacht immer wieder verschwindet.«

»Ihnen ist klar, was da drüben vor sich ging?«

Ammar lächelte verschämt und vermied es jetzt, seine Frau anzusehen. Seine Wimpern waren auffallend lang. Er war ein ungewöhnlich schöner Mann mit weichen Zügen und intelligenten Augen. Als die Frau eine geflüsterte Frage an ihn richtete, wehrte er sie mit einer zärtlichen Handbewegung ab.

»Gedacht habe ich mir natürlich manches. Amina weiß nichts davon. Und das ist auch gut so.«

»Haben Sie auch die Männer gesehen, die drüben zu … Besuch waren?«

Jetzt lächelte Ammar nicht mehr. »Manchmal. Die Herren sind aus gutem Haus, soweit ich das beurteilen kann. Ich vermute, es ist nicht billig, dort drüben zu Besuch zu sein.«

Amina Ammar legte ihre schmale, schmucklose Rechte auf seinen Unterarm, ging nah an sein Ohr und sprach – nun noch leiser als zuvor – auf ihn ein. Ihre Nägel waren weiß lackiert, die großen, dunklen Augen dezent kajalverschönert. Ihr Mann sah sie überrascht an, wusste für einen Moment nicht, wie er reagieren sollte. Dann wandte er sich wieder an mich.

»Amina sagt, sie hat viele der Männer gesehen.« Offenbar verstand seine Frau doch sehr viel mehr von unserer Unterhaltung, als er vermutet hatte. »Und sie … sie weiß auch, was mit der kleinen Rothaarigen los ist.«

Seine Frau lächelte mich still und ein klein wenig stolz an. Zur Verblüffung ihres Gatten war sie imstande, recht gute Beschreibungen von Tinas Kunden zu geben. Er kam abends gewöhnlich nicht vor neun Uhr nach Hause, oft noch später, da er lange arbeiten musste und nach seinem Zehnstundentag noch die Einkäufe erledigte.

Rasch war klar: Gegenüber verkehrte fast nur Stammkundschaft. Einige der Herren kamen wöchentlich, meist an festen Tagen, andere seltener. Und von einer Ausnahme abgesehen machten alle einen gut situierten Eindruck.

»Bei manchen hat Amina sogar Ringe an den Händen gesehen«, sagte Pierre Ammar, peinlich berührt von der Aufgeklärtheit seiner Frau. »Eheringe.«

»Wie weiter?«, wollte Balke wissen, als wir wieder zu dritt im Flur standen.

»Ich denke, jetzt sehen wir uns Kowalskis Videosammlung an.«

Er hatte schon das Handy am Ohr und telefonierte nach einem Schlüsseldienst. Leider hatten wir dieses Mal Pech.

Auch nach dem fünften Telefonat hatte er niemanden erreicht, der uns in absehbarer Zeit Leon Kowalskis Tür öffnen konnte.

»Zu dumm, dass wir sein Pickset nicht haben«, schimpfte Balke.

»Sie können mit so was umgehen?«

»Für den Hausgebrauch reicht es.«

Klara Vangelis zeigte plötzlich eine erleuchtete Miene, kramte in ihrer Handtasche und förderte einen kleinen Schlüsselbund zutage. »Hat mir ein Kollege vorhin in die Hand gedrückt. Stammt aus Kowalskis Hosentasche. Hatte ich völlig vergessen. Ich glaube, ich brauche mal ein paar Tage Urlaub.«

»Wenn diese Geschichte hier vorbei ist«, erwiderte ich. »Bis dahin ist absolute Urlaubssperre.«

14

In Leon Kowalskis vermüllter Junggesellenwohnung stank es nach verwesenden Speiseresten, billigem Deo und Männereinsamkeit. Ich beobachtete über Balkes Schulter, wie er mit flinken Fingern versuchte, einen der drei PCs, die auf einem langen Tisch an der Längswand des Wohnraums standen, zum Leben zu erwecken. Er fluchte erst leise, dann laut. Alle drei waren passwortgesichert.

Klara Vangelis streifte inzwischen in der Wohnung herum, hob mit latexverhüllten Fingerspitzen den einen oder anderen Gegenstand hoch, um ihn – meist mit angewiderter Grimasse – sofort wieder fallen zu lassen. Am vorhanglosen Fenster stand das Fernrohr, von dem Fritsch berichtet hatte, auf einem stabilen und teuer aussehenden Stativ.

»Gottverdammter Mist!« Balke knallte die Hände auf den Tisch, dass er wackelte. »Das wird so nichts, sorry. Da muss die KT ran.«

»Geht nicht. Schon, dass wir hier sind, ist hart am Rand der Illegalität.«

»Warum? Wir hoffen natürlich, auf den Festplatten Informationen über den Typ zu finden, der auf Kowalski geschossen hat.«

Ich bezweifelte stark, dass wir einen Richter finden würden, der diese Ansicht teilte, schwieg jedoch. Der Besitzer dieser Computer lebte, und deshalb hatten wir kein Recht, sie ohne seine Zustimmung von unseren Kriminaltechnikern auseinandernehmen zu lassen.

»Was für ein Schweinestall«, brummte Balke wütend und sah sich um. »Hier kann man sich ja die Krätze holen!«

Kowalskis Einzimmerwohnung entsprach im Grundriss exakt der Wohnung, in der Tina ihrem Broterwerb nachgegangen war. Während dort jedoch eine fast sterile Ordnung geherrscht hatte, lag hier alles durcheinander, teilweise in mehreren Schichten am Fußboden, auf der vermutlich ewig aufgeklappten Schlafcouch, einem wackeligen Sessel, dem langen Tisch, der zugleich als Schreib-, Ess- und Computertisch diente. Zerknautschte Hosen sah ich, ungebügelte T-Shirts, leere und noch nicht ganz leere Colaflaschen, die Kowalskis Hauptnahrungsmittel enthalten zu haben schienen, Unterwäsche zweifelhafter Sauberkeit, Socken, die man nur mit der Zange anfassen mochte. Vangelis war klug genug gewesen, unverzüglich die Balkontür aufzureißen, als wir hereinkamen. Dennoch wollte der dumpfe Mief sich nicht verziehen.

Balke starrte finster vor sich hin. Vangelis erwartete eine Entscheidung von mir.

»Okay«, sagte ich schließlich. »Wir nehmen die Kisten mit. Wenn es später Ärger gibt, geht das auf meine Kappe.«

Jeder von uns klemmte sich einen PC unter den Arm. Balke entdeckte im letzten Moment noch einen Laptop unter einem verfilzten Pullover und zwei externe Festplatten, jeweils mit einer Kapazität von einem halben Terabyte, und dann sahen wir zu, dass wir an die frische Luft kamen.

Als ich wieder in meinem Wagen saß – Vangelis und Balke waren im Dienstwagen angerückt –, legte mein Handy los. Ich erkannte die Nummer der Karlsruher Polizeidirektion, wo ich vor meiner Versetzung nach Heidelberg und Beförderung zum Chef der Kriminalpolizei viele Jahre meinen Dienst verrichtet hatte. Der Anrufer war mein damaliger Kollege und So-gut-wie-Freund Thomas Petzold.

»Es geht um diese verschwundene Chinesin«, sagte er, nachdem wir die üblichen Freundlichkeiten und Wie-geht's-so?-Fragen ausgetauscht hatten. »Du bist im Bild?«

»Einigermaßen.«

»Wir haben ihre Wohnung auf den Kopf gestellt. Und dabei haben wir eine Menge Fingerabdrücke gefunden.«

»Fingerabdrücke, die ihr kennt?«

»Auch solche, die ihr kennt. Ein paar Abdrücke sind von diesem Andreas Dierksen. Er ist anscheinend mehr als einmal in ihrer Wohnung gewesen. Nachbarn haben ihn gesehen und ziemlich gut beschrieben.«

Dann hatte Dierksen womöglich doch mit der Chinesin gemeinsame Sache gemacht? Sollten die beiden zusammen beschlossen haben, das Polonium verschwinden zu lassen und anschließend damit reich zu werden? Vorholtz hatte die Chinesin als für eine Asiatin relativ groß beschrieben. Sie käme also als Dierksens Mörderin infrage. Aber wie passte dann Kowalski ins Bild?

»Dieser Professor Vorholtz – ätzender Klugscheißer übrigens – hat mir erzählt, das verschwundene Polonium könnte auf dem Schwarzmarkt gut und gerne eine Million wert sein oder sogar mehr«, sagte Petzold.

Oder den Tod.

»Habt ihr schon eine Spur von der Chinesin?«

»Bisher nicht. Was wir haben, ist die Telefonnummer von einem Mailänder Geschäftsmann, den sie ein paarmal vom Handy angerufen hat. Dieser Geschäftsmann stammt aus derselben chinesischen Provinz wie Frau Li. Oder Ying. Bei diesen Chinesen weiß ich nie, wo vorne und hinten ist.«

»Und ihr habt den Verdacht …?«

»Keinen Verdacht. Bloß ein paar Telefonate. Die immer weniger als eine Minute gedauert haben. Die Mailänder Kollegen nehmen sich den Typ zur Brust.«

»War sie mal selbst in Mailand?«

»Das checken wir gerade. Hier in Karlsruhe hat sie jedenfalls kaum Kontakte gehabt. Es ist niemand in Sicht, der irgendwas über diese Frau weiß – außer wie sie heißt und dass sie früher in Amerika war.«

Dierksen hatte vermutlich nach jedem Strohhalm gegriffen, überlegte ich, während ich in Richtung Innenstadt fuhr und wieder einmal jede Ampel rot war. Er musste möglichst schnell zu Geld kommen, um seine Schulden zu bezahlen.

Von wem hatte er sich überhaupt die fünfzigtausend Euro geliehen, die er verspekuliert hatte? Ich durfte nicht vergessen, Vangelis zu fragen, ob man sich um diesen Aspekt schon gekümmert hatte. Es waren schon Menschen wegen kleinerer Beträge ermordet worden.

»Herr Gerlach!«, rief eine gut gelaunte Frauenstimme, als ich die Polizeidirektion betrat. Die blonde Kollegin von der Pforte, deren Aufgabe es war, unerwünschten Besuchern den Zutritt zu verwehren und erwünschten den Weg zu weisen, kam strahlend hinter mir hergelaufen. »Richten Sie Ihrer Mutter bitte aus, der Käsekuchen ist wirklich ... Nein, sagen Sie ihr bitte: Einen besseren Käsekuchen habe ich überhaupt noch nie gegessen.«

»Käse... was?«

»Sie ist vorhin da gewesen, wollte zu Ihnen. Und da haben wir ein bisschen getratscht. Sie hat mir erzählt, was für ein aufgewecktes Kind Sie gewesen sind, und dann hat sie mir ein Stück von dem Kuchen spendiert, den sie eigentlich Ihnen und Sonja bringen wollte, ich meine, Ihrer Frau Walldorf.«

»Vielen Dank«, sagte ich mit bemühtem Lächeln. »Ich werde es ihr ausrichten.«

»Ihre Mutter ist eine so nette Frau«, meinte die immer noch käsekuchenverzückte Kollegin. »Man kann Sie nur beglückwünschen zu so einer Mutter.«

»Ist sie immer noch oben?«

»Sie hat eine Weile gewartet, aber vor einer Viertelstunde ist sie wieder gegangen. Sie trifft sich mit einer Nachbarin am Bismarckplatz, hat sie mir erzählt. Sie wollen zusammen ein bisschen die Stadt unsicher machen und das Schloss angucken.«

Gerade mal vier Tage in Heidelberg, war meine Mutter bereits der heimliche Star der Polizeidirektion und baute zügig ihren Bekanntenkreis aus. Wenn das so weiterging, würde sie hier Mitte nächster Woche mehr Menschen kennen als ich nach zweieinhalb Jahren. Andererseits – solange sie andere Leute traf, stiftete sie zu Hause keinen Unfrieden.

»Sie haben aber schon wieder neuen Besuch«, klärte mich die Blonde auf und strahlte nun nicht mehr. »Ich muss Sie warnen ...« Sie zog eine angewiderte Grimasse und hielt sich symbolisch die Nase zu.

Ich stieg die Treppen hinauf, erreichte das zweite Obergeschoss, wo ich um ein Haar mit dem Leitenden Kriminaldirektor Egon Liebekind zusammengestoßen wäre, meinem direkten Vorgesetzten und Theresas Ehemann.

»Herr Gerlach!« Schmunzelnd reichte er mir seine Rechte. Unter dem linken Arm trug er einen Packen Papiere. »Ihre Mutter, alle Achtung! Sie bringt Schwung in unseren Laden.«

»Hat sie Ihnen etwa auch ein Stück Kuchen spendiert?«

Sie hatte.

»Sagen Sie ihr bitte, sie ist hier jederzeit gerne gesehen. Selbstverständlich auch, wenn sie keinen Kuchen mitbringt.«

Liebekinds Schmunzeln erlosch. »Hätten Sie eine Minute für mich, in einer privaten Angelegenheit?«

Ich folgte ihm in sein Büro. Mein übel riechender Besucher würde mir schon nicht weglaufen. Liebekind war ein beleibter Zwei-Meter-Riese und nicht mehr weit von der Pensionsgrenze für Polizeibeamte entfernt. Intern wurde längst über seine Nachfolge spekuliert, war mir zu Ohren gekommen. Auch mein Name fiel dabei hin und wieder, hatte mir Sönnchen hinter vorgehaltener Hand berichtet. Aber ich würde ganz bestimmt nicht Chef der Direktion werden, denn dann würde ich endgültig unter Akten versinken und einen noch größeren Teil meiner Lebenszeit in Besprechungen vertrödeln. In letzter Zeit tat mein Chef sich etwas schwer mit dem Gehen, fiel mir wieder auf. Und schon nach wenigen Schritten kam er außer Atem.

Liebekind schloss die Tür seines großen Büros sorgfältig

hinter uns, sank aufatmend hinter seinen überbreiten Schreibtisch aus fast schwarzem Eichenholz, bei dessen Anblick ich jedes Mal dachte, er passte eigentlich besser in das Arbeitszimmer eines Kirchenfürsten als in ein Polizistenbüro. Noch immer wusste ich nicht, wo er dieses Monstrum aufgetrieben hatte und wie die Möbelpacker es durch die Tür gebracht hatten.

»Es geht um Theresa«, sagte Liebekind nach einer kurzen Verschnaufpause. »Ich mache mir Sorgen um sie.«

Mich durchzuckte etwas wie ein leichter Stromschlag. Bisher hatten wir nur ein einziges Mal über seine Frau und meine Geliebte gesprochen. Das war in der Nacht gewesen, in der ich erfuhr, dass er homosexuell war und deshalb nichts dagegen einzuwenden hatte, dass ich mich heimlich mit seiner Angetrauten traf. Schlimmer noch: Er hatte von Beginn an von dieser Beziehung gewusst und sie gebilligt. Später hatte es ein stilles Einverständnis zwischen uns gegeben, dass alles in Ordnung war, wie es war, und es nichts weiter zu besprechen gab in dieser höchst privaten Angelegenheit.

»Es geht um ihre Schriftstellerei?«

Liebekind nickte. »Sie nimmt das alles so schrecklich ernst, finden Sie nicht auch?«

»Bücherschreiben ist keine Kleinigkeit. Und die meisten Schriftsteller haben vermutlich hin und wieder unter einer Schreibblockade gelitten.«

»Aber es ist doch nichts weiter als ein Hobby, oder irre ich mich?«

»Ich denke nicht, dass man gute Bücher schreiben kann, wenn man es nur als Zeitvertreib betrachtet.«

»Aber sie verrennt sich geradezu. Man kann sich überhaupt nicht mehr vernünftig mit ihr unterhalten. Immer geht es nur um das nächste Buch, das nächste Buch, das nächste Buch ...«

Ich wusste sehr gut, wovon er sprach.

»Jedes Mal, wenn ich sie sehe, sitzt sie vor ihrem Computer und tippt und schimpft und löscht und fängt wieder von vorne an.«

»Und was kann ich tun, Ihrer Meinung nach?«

»Sie hat Vertrauen zu Ihnen, das wissen Sie. Auf Sie hört sie vielleicht. Könnten Sie ihr nicht ins Gewissen reden? Sie ein wenig unterstützen? Ihr vielleicht sogar helfen, endlich das Thema für dieses verflixte dritte Buch zu finden? Ihr erstes Werkchen, diese ›Kabale und Liebe‹, hat sie ganz unbeschwert und mit viel Spaß heruntergeschrieben. Das zweite war im Wesentlichen ihre kräftig überarbeitete Dissertation, die sie niemals abgegeben und verteidigt hat. Aber nun lastet der Druck auf ihr, sich etwas Neues einfallen zu lassen. Und dieser Druck wird von Tag zu Tag größer.«

»Ich habe ihr schon vorgeschlagen, sich eine Weile zurückzuziehen. Ein Ortswechsel bringt sie vielleicht auf andere Gedanken. Auf neue Gedanken. Vielleicht sollte sie verreisen. Irgendwohin, wo sie Ruhe hat. Neue Eindrücke.«

»An etwas Ähnliches hatte ich auch gedacht. Aber wenn ich das Thema nur anspreche, dann explodiert sie sofort. Wie wäre es, wenn Sie mit ihr zusammen fahren würden? Sie wird vielleicht auch hin und wieder einen Gesprächspartner brauchen.«

»Ich …?«

Ich schluckte erst einmal. Es kommt vermutlich nicht allzu häufig vor, dass ein Mann einen anderen bittet, mit seiner Frau zusammen in Urlaub zu fahren.

»Ich werde es mir durch den Kopf gehen lassen. Aber erst mal habe ich hier anderthalb Morde aufzuklären.«

»Wie kommen Sie voran in der Angelegenheit?«

»Schlecht. Wir verfolgen eine Menge Spuren, aber bisher wird alles immer nur verworrener statt klarer.«

Liebekind lächelte traurig, und mir war nicht klar, ob er meinen letzten Satz gehört hatte. Es ging ihm nicht gut, wurde mir bei diesem Lächeln bewusst. Und das konnte nicht nur an Theresas drittem Buch liegen.

Meinen unangemeldeten Besucher roch ich schon, bevor ich die Tür zu meinem Vorzimmer öffnete. Sönnchen sah mir entsprechend bedröppelt entgegen und war sichtlich erleichtert, dass ich endlich auftauchte.

»Das ist Herr Griguscheit«, erklärte sie mit mordlustigem Lächeln und wies auf einen pummeligen Kerl auf ihrem Besucherstuhl, der nach altem Schweiß, noch älterem Zigarettenrauch und frischer Farbe stank.

Herr Griguscheit sprang eilig auf. Er war zwei Köpfe kleiner als ich und steckte in einem farbverschmierten Blaumann, wie Handwerker sie oft tragen. Sein rundes Gesicht zierte eine eckige Brille mit dunklem Gestell. Umrahmt wurde es von schwarzen Kräusellöckchen, in denen erste graue Strähnen zu sehen waren. Seine Pupillen waren so klein, als wäre der letzte Joint noch nicht lange her.

»Es stimmt doch, dass es eine Belohnung gibt?«, fragte er in akzentfreiem Hochdeutsch.

»Das kommt darauf an …«

»Ein Kollege von Ihnen hat mir gesagt, ich solle Sie unbedingt nach der Belohnung fragen. Außerdem solle ich unbedingt zum Chef gehen. Zu Ihnen und keinem anderen. Sie sind doch der Chef hier?«

»Selbstverständlich ist der Herr Gerlach der Chef hier!«, fiel Sönnchen ihn von hinten an. »Das hab ich Ihnen doch vorhin lang und breit erklärt!«

»Es geht um eine Frau, die Sie suchen, und da dachte ich mir, vielleicht sind Ihnen ein paar wichtige Informationen ja etwas Kleingeld wert …«

Ich hängte meinen Mantel an die Garderobe und atmete durch den Mund. »Welche Frau?«

»Ihr Kollege hat mir gestern ein Bild von ihr gezeigt. Am Bratwurst-Eck in der Hebelstraße. Da bin ich hin und wieder. Ihr Kollege kommt dort auch regelmäßig vorbei, zusammen mit einem anderen Kollegen. Die beiden fahren den lieben langen Tag im Streifenwagen spazieren, und wenn sie sich mal ein Päuschen gönnen von ihrer zermürbenden Tätigkeit, dann tun sie das gerne mal an Harry's Bratwurst-Eck.«

Sönnchen schob mit halb mitfühlendem, halb angewidertem Blick die beiden Phantombilder unserer angeblichen Tina über den Schreibtisch. Ich nahm sie an mich und erlöste sie von der Anwesenheit des kleinen Mannes, indem ich mein Büro betrat.

Griguscheit folgte mir wie ein eifriges Hündchen. Sönnchen schloss energisch die Tür hinter uns. Nachdem wir uns gesetzt hatten, zeigte ich dem merkwürdigen Zeugen die Bilder. »Wir reden von dieser Frau?«

Er nickte energisch.

Ich erhob mich noch einmal, um das Fenster zu öffnen, das meinem Platz am nächsten war.

»Möchten Sie einen Kaffee?«, fragte ich über die Schulter. Auch ungewaschene Menschen haben Anrecht auf eine gewisse Höflichkeit.

»Kaffee?«, fragte er überrascht. »Ein Käffchen geht immer!«

»Ein Stück Käsekuchen dazu?«

»Ich hab Hunger wie ... wie ... ein Eisbär in der Sahara!«

Stolz auf diesen mutigen Vergleich strahlte er mich an. Das Gebiss meines Besuchers sah aus, als könnte es einem nicht allzu anspruchsvollen Zahnarzt als Altersversorgung dienen. Ich gab die Bestellung telefonisch ins Vorzimmer durch und orderte für mich den üblichen Cappuccino, den ich heute nötiger hatte als sonst.

Das Kuchenpaket hatte ich vorhin auf Sönnchens Schreibtisch gesehen.

»Wollen Sie etwa keinen?«, fragte sie erschrocken. »Er ist göttlich!«

Ich hatte im Moment keine Lust auf göttlichen Kuchen. »Die Kalorien, Sie wissen schon.«

»Aber, Herr Gerlach ...«

»Später. Bestimmt.«

»Sie *müssen* ihn einfach probieren!«

Seufzend versprach ich, später vom Käsekuchen zu kosten, wenigstens ein winziges Stück. Wo meine wundervolle Mutter sich doch solche Mühe gemacht hatte. Wie einfach Menschen zu bestechen waren, wenn man über die passenden Mittel verfügte …

Griguscheits Kuchen kam und kurz darauf auch der Kaffee. Die Tür wurde wieder geschlossen. Und dann konnte es endlich losgehen.

»Erst mal, wer sind Sie?«

Helge Griguscheit stammte aus Wuppertal, hatte vor Zeiten in Heidelberg Diverses studiert – »Fünfundzwanzig Semester. Oder waren's siebenundzwanzig?« –, jedoch irgendwie zu keinem Ende gefunden.

»Seither arbeite ich als freier Künstler. Ich male. Hauptsächlich abstrakt und expressiv. Und ich dichte auch.«

Von seinen großformatigen Bildern hatte er schon vereinzelt welche verkauft, für seine Lyrik katte er bisher keinen Verlag gefunden.

»Wie läuft das mit der Belohnung? Nicht, dass ich Ihnen alles erzähle, und hinterher heißt es dann: April, April!«

Ich nahm einen Schluck Kaffee. »Erst muss ich hören, was Sie wissen. Dann sehen wir weiter.«

Griguscheit schob ein enormes Kuchenstück in den Mund. Kaute mit Genuss.

»Also, wie schon gesagt, einer von Ihren Kollegen, Bernd heißt er, mehr weiß ich leider nicht, kommt regelmäßig zu Harry's Bratwurst-Eck und holt Kaffee to go. Für sich und seinen Kollegen. Sie wechseln sich ab: Einer holt Kaffee, der andere bleibt im Auto und hört den Polizeifunk. Der andere ist jünger als Bernd und spricht nicht so gerne mit Menschen wie mir.«

»Und dieser Bernd hat Ihnen also das Bild hier gezeigt.«

»Nicht direkt. Eigentlich hat er es Harry gezeigt, der ist

der Chef vom Bratwurst-Eck. Obwohl er gar nicht Harry heißt. Aber mir hat er's auch gezeigt. Kann ja nichts schaden, hat er gemeint, denn ich treffe ja auch hin und wieder Menschen. Ist es erlaubt, hier zu rauchen?«

»Nein. Und da haben Sie die Frau erkannt.«

Der Künstler und Dichter sah mich erstaunt an. »Aber ich kenne die doch überhaupt nicht!«

Ich nahm meinen Becher in die Hand und lehnte mich so weit zurück, wie die Mechanik des Stuhls es zuließ.

»Es ist nämlich so«, fuhr Griguscheit fort, als spräche er mit einem selten begriffsstutzigen Exemplar Mensch, und vertilgte eilig noch einen Happen Käsekuchen. »Am Bratwurst-Eck gibt es nicht nur Bratwürste und Kaffee in Pappbechern. Harry bietet auch Currywurst an und Frikadellen. Die Frikadellen sind aber tiefgekühlt und schmecken nach Kamelmist, und ... was wollte ich jetzt sagen?«

Ohne wirklich mit einer Antwort zu rechnen, schob er weiteren Kuchen zwischen die schlecht gepflegten Zähne und spülte mit einem ordentlichen Schluck Kaffee nach.

»Ach so, ja. Harry macht auch Cevapcici, das ist so eine Art gebratene Hackfleischwurst. Die macht er selbst, weil er aus dem Kosovo stammt oder von sonst irgendwo da rechts unten, und da kommt oft einer, ein Freund von Harry, der ist auch aus dem ehemaligen Jugoslawien und isst diese Cevapcici für sein Leben gern. Er und Harry quatschen dann in ihrem Heimatidiom, aber hin und wieder sprechen sie auch Deutsch. Harrys richtigen Namen kann kein Mensch aussprechen, ohne sich die Zunge zu verrenken. Sein Bratwurst-Eck ist auch gar nicht an einer Ecke. Ist alles ein wenig schräg dort, Sie werden es sicher schon bemerkt haben. Ansonsten ist Harry aber ein klasse Kumpel. Spendiert mir auch mal ein Bier oder eine Wurst für lau, wenn ich mal wieder klamm bin. Und dieser Typ, also der andere, der ... was wollt ich jetzt sagen?«

Wieder musste zur Stärkung des Erinnerungsvermögens

ein Stück Kuchen vertilgt und mit einem ordentlichen Schluck Kaffee heruntergespült werden.

»Ach so, ja. Er heißt Iwan oder Milan, ich kann ihn aber nicht besonders gut leiden, und jedenfalls hat er gestern Abend Harry gefragt – der überhaupt nicht Harry heißt, wie gesagt –, ob er in letzter Zeit zufällig eine junge Frau gesehen hätte. Er hat sie ganz präzise beschrieben: klein, schmal und dunkle, kurze Haare. Weil Harry nicht alles gleich richtig verstanden hat, hat er es sogar noch mal auf Deutsch wiederholt: klein, schmal, kurze, dunkle Haare.«

»Sie wollen sagen, die junge Frau wird nicht nur von uns gesucht, sondern auch von irgendwelchen Jugoslawen aus dem Kosovo?«

»Irgendwelche Kumpels von diesem Iwan oder Milan sind hinter ihr her, richtig. Und es gibt sogar eine Belohnung, wenn man sie ihnen zurückbringt.«

»Wie hoch ist diese Belohnung?«

»Das habe ich mich nicht getraut zu fragen. Dafür habe ich vorhin Bernd gefragt, wie er gekommen ist, um den Morgenkaffee für sich und seinen Kollegen zu kaufen, und er hat gesagt, wenn ich zu Ihnen gehe, dann bekomme ich vielleicht auch eine Belohnung, und Geld von der Polizei ist doch allemal besser als solches von irgendwelchen finsteren Elementen der Gesellschaft, nicht wahr?«

»Wann kommt dieser Iwan-Milan gewöhnlich zum Bratwurst-Treff?«

»Bratwurst-Eck. Er kommt immer abends, so gegen acht, halb neun. Ich denke, er arbeitet dort irgendwo in der Nähe, und auf dem Heimweg schaut er dann bei Harry vorbei und schnabuliert eine extragroße Portion Cevapcici und zwei, drei Bierchen dazu. Und hinterher meist noch ein paar Slivovitz obendrauf für die Verdauung. Da hält Harry dann immer tapfer mit.«

»Mehr, als dass die Frau von irgendwelchen Leuten gesucht wird, wissen Sie nicht?«

Griguscheit betrachtete das Tellerchen, auf dem inzwischen nur noch vereinzelte Krümel lagen, die er mit feuchtem Zeigefinger sorgfältig auftippte. »Ist schon eine Menge, finden Sie nicht?«

»Nun ja …« Ich hob die Hände und lächelte tapfer.

Er leerte entschlossen seinen Becher und stand auf.

Ich versprach, mit meinem Chef über die Belohnung zu sprechen, ließ ihm von Sönnchen ein Stück Kuchen einpacken und riss die übrigen Fenster auf, sobald er im Gang draußen verschwunden war.

»Frau Krauss hat sich übrigens krankgemeldet«, berichtete mir Sönnchen, als ich wieder am Schreibtisch saß.

»Hoffentlich nichts Ernstes?«

»Gesagt hat sie nichts. Aber sie hat geklungen, als ging's ihr gar nicht gut.«

15

Klara Vangelis rief mich an, um mir die letzten Neuigkeiten mitzuteilen.

Der vorläufige Bericht des Rechtsmedizinischen Instituts war gekommen. »Außerdem habe ich interessante Nachrichten von der Ballistik.«

»Mögen Sie Käsekuchen?«

Kurze Zeit später saß sie mir gegenüber, von Sönnchen mit Kaffee und Kuchen versorgt. Dieses Mal hatte auch ich den Backkünsten meiner Mutter nicht widerstehen können.

Der Arzt, der Dierksens Leiche obduziert hatte, hatte den Todeszeitpunkt auf die sechs Stunden zwischen Freitagmittag und Freitagabend eingegrenzt, erfuhr ich.

»Was riecht hier so merkwürdig?«, wollte Vangelis mit gerümpfter Nase wissen. »Und wieso ist es so kalt?«

Ich erzählte ihr von meinem denkwürdigen Besuch. »Angeblich stammt der Mann aus dem Kosovo. Ich bin mir aber nicht sicher, wie verlässlich der Zeuge ist. Allerdings passt seine Aussage zu dem, was wir schon vermutet haben. Irgendwer aus dem Osten ist wegen unserer kleinen Tina in Aufruhr.«

»Was bedeuten könnte …«, murmelte Vangelis nachdenklich.

»… dass sie eine entlaufene Zwangsprostituierte ist.« Dieser Gedanke war mir schon während meines Gesprächs mit Griguscheit gekommen.

Vangelis schob mit abwesendem Blick ein Stück Käsekuchen in den Mund, kaute sorgfältig, nickte schließlich. »Es würde vieles erklären: die Perücke, dass niemand sie vermisst, dass sie keine Papiere hatte …«

Mutters Käsekuchen schmeckte wirklich exzellent. Leicht, locker, nicht zu süß, nicht zu pappig. Sollte ich ihr vorschlagen, ein kleines Café zu eröffnen? Sie wäre beschäftigt, könnte sich etwas verdienen, sich nützlich fühlen, eine kleine Wohnung mieten ... Plötzlich wurde mir bewusst, dass Vangelis längst weitersprach.

»... stammen aus derselben Waffe.«

»Die Geschosse bei Dierksen und Kowalski?«

»Bei Kowalski käme Tina ohne Weiteres als Täterin in Betracht. Bei Dierksen passt der Schusswinkel immer noch nicht. Es sei denn, sie hätte die Waffe in einer Weise über den Kopf gehalten, wie es wirklich kein Mensch tut.«

Ich überlegte, ob Dierksen sich nicht doch aus irgendeinem Grund kleiner gemacht haben könnte. »Vielleicht wollte er vor ihr niederknien?«

Vangelis schmunzelte bei der Vorstellung.

Ich schob meinen leeren Teller zur Seite und faltete die Hände im Nacken. »Nehmen wir mal an, Griguscheit hat sich nicht verhört. Nehmen wir weiter an, die kleine Tina ist tatsächlich eine entlaufene Prostituierte ...«

»Die meisten dieser Frauen sprechen nicht einmal Deutsch ...«

Ich schloss die Augen, um besser denken zu können. Sönnchen telefonierte wieder einmal, und es hörte sich nicht dienstlich an, wie sie hin und wieder lachte. »Dierksen lässt sie bei sich wohnen. Mietet die kleine Wohnung an, damit sie dort weiter in ihrem Metier arbeiten und Geld verdienen kann, das er so dringend braucht ...«

»Üblicherweise verlangen die Schlepper ein fünfstelliges Lösegeld, bevor sie solche Frauen ziehen lassen.«

»Sie will aber nicht bezahlen ...«

»Sondern besorgt sich eine Perücke und eine Sonnenbrille ...«

Ich öffnete die Augen wieder. Täuschte ich mich, oder passten die Puzzleteilchen plötzlich ganz wunderbar zusammen?

Klara Vangelis spann den Gedanken weiter. »Ihre Zuhälter erwischen sie aber trotz Perücke. Irgendwer beobachtet vielleicht, wie sie in Dierksens Wohnung verschwindet. Sie schicken jemanden hin, um sie wieder einzufangen. Der klingelt, Dierksen öffnet ...«

»... und wird erschossen.«

»Warum?« Sie sah mich aus fast schwarzen Augen ratlos an. »Diese Leute wollen keinen Ärger mit der Polizei. Die wollen niemanden erschießen. Die wollen Tina zurück, und zwar mit möglichst wenig Aufsehen. So eine junge, hübsche Frau ist pures Gold wert in dieser Branche.«

»Vielleicht wollten sie ein Exempel statuieren? Damit nicht noch mehr ihrer Mädchen auf dumme Gedanken kommen? Oder sollte Dierksen bestraft werden, weil er sie unterstützt hat?«

»Und die Täter hätten Tina mitgenommen? Am helllichten Tag aus dem Haus geschleppt und in ein Auto verfrachtet? Und seinen Honda hätten sie auch gleich noch geklaut?«

»Der ist immer noch nicht aufgetaucht?«

»Keine Spur bisher. Wenn sie wirklich aus dem Osten kommt, vielleicht ist sie einfach damit nach Hause gefahren?«

Fragen über Fragen. Und es schienen immer noch mehr zu werden.

Mit einer vagen Handbewegung verabschiedete sich Klara Vangelis und ließ mich allein. Sönnchen hatte zu Ende telefoniert und klapperte jetzt eifrig auf ihrer Tastatur, während sie eine Melodie summte. Meine Sekretärin sang im Kirchenchor.

Nein, so funktionierte es nicht. Wir waren immer noch auf der falschen Fährte. Wieder einmal warf ich meine Brille auf den Schreibtisch, legte einen leeren DIN-A4-Block vor mich hin und versuchte, Ordnung in meine Gedanken zu bringen.

Noch einmal ganz von vorn: Dierksen hatte angeblich hin und wieder ein Bordell besucht. Hatte er Tina dort kennengelernt? Er hatte ihr vielleicht geholfen, aus ihrem Gefängnis zu entkommen, hatte sie dabei unterstützt, so etwas wie eine eigene Existenz aufzubauen. Natürlich nicht, ohne dabei auch eigene Ziele zu verfolgen. Und so weiter, und so weiter.

Blieb am Ende die Frage, was aus Tina geworden war. Ob sie noch lebte. Oder wieder irgendwo eingesperrt war. Und wo sie sich womöglich versteckt hielt.

Das Telefon beendete meine fruchtlosen Grübeleien. Mein Block war immer noch leer.

Es war Balke. »Wir haben Material ohne Ende, Chef«, verkündete er triumphierend. »An den Kameras hat Kowalski nicht gespart, das muss man ihm lassen. Gestochen scharfe Bilder von Tina und ihren Kunden, und das meiste in Einsa-Qualität. Wollen Sie sich den Kram ansehen?«

»Die Kunden reichen mir. Und nur die Gesichter, bitte.«

»Ich drucke rasch ein paar Bilder aus und bin in zehn Minuten bei Ihnen.«

Balke breitete die ausgedruckten Porträts auf meinem Schreibtisch aus.

»Frau Ammar hat recht gehabt: Soweit ich es bisher überblicke, sind die meisten Stammkunden.« Er deutete auf einen unsympathischen Kerl mit schütterem Haar und feistem Gesicht. »Der hier kommt am Samstag. Allerdings nicht jede Woche.«

Ein anderer, etwas älterer Kunde mit markantem Gesicht, das bestimmt nicht wenige Frauen attraktiv fanden, war Tinas Dienstagsmann, wie Balke es ausdrückte.

»Dann war er wohl der mit der handbemalten Seidenkrawatte«, sagte ich. »Wie viele sind es insgesamt?«

»Acht? Zehn? Ich bin noch lange nicht durch. Es sind Terabytes von Videomaterial zu sichten. Zum Glück alles sauber archiviert mit Datum und Uhrzeit. Hätte ich diesem Messie nicht zugetraut, so viel Ordnungssinn.«

Ich nahm die Bilder nach und nach in die Hand, um sie genauer zu betrachten. Keiner der Männer kam mir bekannt vor. Was natürlich kein Wunder war.

»Und was machen wir jetzt damit?«, fragte ich, als ich Balke die Blätter zurückgab. »Ich kann die Männer ja nicht zur Fahndung ausschreiben.«

Er wirkte ein wenig enttäuscht. Vermutlich hatte er mehr Begeisterung von mir erwartet.

»Es gibt ja immerhin die Theorie, Tina und Dierksen hätten mit Kowalski gemeinsame Sache gemacht und ihre Kunden erpresst.«

Dann könnte einer dieser Männer Dierksens Mörder sein.

»Sehen Sie zu, dass Kowalskis PCs wieder in seine Wohnung kommen, bevor bekannt wird, dass wir sie uns auf dem kleinen Dienstweg ausgeliehen haben«, sagte ich. »Und die Bilder ... lassen Sie sie mir bitte doch hier.«

Zu welchem Zweck, wusste ich im Moment auch nicht. Zehn nach zwölf war es inzwischen geworden, sagte meine Schreibtischuhr. Und trotz Käsekuchen war ich hungrig.

»Mögen Sie Bratwurst?«, fragte ich.

Balke begann zu grinsen. »Am liebsten Thüringer mit scharfem Senf. Aber ich habe über Mittag in der Stadt zu tun. Warum nehmen Sie nicht Rübe mit zum Bratwurst-Eck?«

Offenbar hatte sich mein Gespräch mit Griguscheit schon herumgesprochen.

Ein feuchter, eiskalter Wind blies mir ins Gesicht, als wir in der Hebelstraße aus unserem BMW stiegen. Ich klappte den Kragen meines Trenchcoats hoch und versenkte die Hände in den Taschen. Nachdem wir einem dröhnenden Müllauto und einem rostigen Lieferwagen mit rumänischem Kennzeichen den Vortritt gelassen hatten, überquerte ich, gefolgt von Rolf Runkel, die breite Straße. Unter dem weit ausladenden Vordach des Imbisswagens suchten drei Arbeiter in staubiger Kleidung Schutz vor dem Wind. An hohen, weiß lackierten Stehtischen vertilgten sie Bratwürste mit Pommes und tranken dazu Cola. Die Zeiten, in denen Bauarbeiter schon zum Frühstück Bierflaschen leerten, waren passé.

Harry sah uns ahnungsvoll entgegen.

»Die Herrschaften sind von der Polizei?«, fragte er mit finsterem Lächeln.

Ich legte meinen Dienstausweis auf seinen gläsernen Tresen. »Gut geraten.«

Er sah aus wie ein jüngst aus dem Knast ausgebrochener Gewaltverbrecher. Groß, muskelbepackt, geschätzte hundertfünfzig Kilo Kampfgewicht, tätowierte Ringerarme. Die kleinen Augen im breiten Gesicht blickten jedoch wach und nicht unintelligent.

»Hier wird jeden Abend alles blitzblank gewienert«, erklärte er frostig. »Das Frittierfett wechsle ich täglich, die Kühlschränke sind exakt auf vier Grad eingestellt, der Gefrierschrank auf minus achtzehn. Hier gibt's nichts für euch zu tun, Jungs. Tut mir leid.«

Die exakt eingestellten Kühlschränke hatten Edelstahltüren, wie auch die beiden Hängeschränke darüber. Aus Sicht des Wirtschaftskontrolldienstes war hier wohl wirklich nichts zu beanstanden. Der Imbisswagen stand eingeklemmt zwischen einem Fachgeschäft für Kücheneinrichtungen und einem großen Autohaus. In unserem Rücken brummten ständig Lkws vorbei. Nicht weit entfernt quietschte eine Straßenbahn um eine Kurve. Irgendwo ratterten Presslufthämmer. Es gab gemütlichere Orte in Heidelberg, um seinen Hunger zu stillen.

Ich steckte meinen Ausweis wieder ein, den der angebliche Harry keines Blickes gewürdigt hatte. Den richtigen Namen des Muskelriesen hatte ich inzwischen auf einer Tafel über der Kaffeemaschine entdeckt.

»Sie heißen Dragan … Vladislavljevič?« Der Nachname

war in der Tat ein Zungenbrecher, in diesem Punkt musste ich Griguscheit recht geben.

»Das ist richtig.«

Er sprach Deutsch mit leichtem Kurpfälzer Einschlag, als hätte er schon seine Kindheit in Heidelberg verbracht. Nur sein grollendes »r« ließ ahnen, dass es nicht seine Muttersprache war.

»Sie sind kein gebürtiger Deutscher.«

»Korrekt. Meine Vorfahren waren Donauschwaben aus Novi Sad. Ich war sieben, als meine Eltern hierhergezogen sind.«

»Novi Sad liegt in Kroatien?«

»Das war leider falsch.« Seine Augen wurden noch eine Spur kleiner. »Serbien. Und dürfte ich jetzt allmählich mal erfahren, was anliegt? Ich steh hier nicht zum Vergnügen und bin auch kein Auskunftsbüro.«

Rolf Runkel legte das Phantombild auf den Tresen, das Tina mit kurzen, dunklen Haaren zeigte. »Das hier«, sagte er ruhig. »Das liegt an.«

Der Serbe warf einen Blick auf das Bild und hob die mächtigen Schultern. »Hübsches Püppchen. Wird sie vermisst, oder hat sie wen umgelegt?«

»Möglicherweise beides«, antwortete ich. »Sie haben dieses Bild schon mal gesehen. Und zwar gestern. Kollegen von uns waren hier und haben es Ihnen gezeigt.«

»Kollegen? Mit diesem Bildchen?«

»Kollegen in Uniform.«

»Ach, die.« Er griff sich bühnenreif an die Stirn. »Stimmt, ja. Ich hab gar nicht richtig hingeguckt, ehrlich gesagt. Ich kümmere mich nicht um die Angelegenheiten anderer Leute. Bringt nur Stress. Außerdem war hier gerade Hochbetrieb. Da kann ich mich nicht um jeden Kleinscheiß kümmern. Ich schmeiß den Laden allein, wie Sie sehen, sieben Tage die Woche, und was ich damit verdiene, davon muss ich leben. Da hab ich keine Zeit für Firlefanz und entlaufene Püppchen.«

Die drei Bauarbeiter waren jetzt still und spitzten die Ohren.

»Gestern Abend war ein Mann hier. So gegen acht.«

»Hier kommen und gehen viele Männer. Frauen lassen sich eher selten blicken. Leider.«

»Er hat sich mit Ihnen unterhalten. Über diese Frau hier.«

Harrys Augen waren jetzt fast nicht mehr zu sehen. »Das wüsst ich aber.«

»Angeblich ist es um eine Frau gegangen, die gesucht wird.«

»Von der Polizei?«

»Okay, es reicht.« Ich nahm das Phantombild vom Tresen und faltete es zweimal. »Sie kriegen im Lauf des Tages eine Vorladung. Ihren Verdienstausfall können Sie dann später einklagen.«

Runkel musterte den Bratwurstgastronomen mit ausdrucksloser Miene. Die Bauarbeiter, alle auch keine Zwerge, sahen aus, als würden sie sich im Krisenfall nicht auf unsere Seite schlagen.

»Ich versteh leider nicht ganz«, sagte der Riese hinter dem Tresen mit breitem Grinsen. »Was haben Sie gerade gesagt?«

Runkel beugte sich zu mir und murmelte: »Gehen Sie mal bitte kurz ein paar Schritte weg, Chef?«

Ich sah ihn verblüfft an. Steckte das Phantombild ein. Ging zu unserem Wagen auf der anderen Straßenseite und tat dort, als würde ich angeregt mit dem Handy telefonieren.

Als ich zurückkam, war Harrys Blick leer, und seine Gäste waren verschwunden, obwohl sie ihr Mittagessen noch nicht ganz vertilgt hatten.

Harry wandte sich sehr langsam um und sah auf eine Uhr, auf der eine nackte Blonde den Versuch machte, eine Wodkaflasche zu erklimmen.

Schließlich legte er entschlossen zwei Pappteller auf den Tresen, platzierte lange Bratwürste darauf, tat einen ordentlichen Klacks Senf dazu, quetschte je ein Brötchen daneben, schob das Arrangement zu uns herüber.

»Thüringer«, murmelte er zerstreut. »Geht aufs Haus. Bier wollt ihr ja vermutlich keines. Wie wär's mit Cola?«

»Thüringer gibt's nicht mehr«, korrigierte Runkel kühl, griff aber dennoch zu. »Die hat die EU verboten.«

»Äh ... was?«

»G.g.A.-Produkt«, erklärte Runkel grinsend. »Schwarzwälder Schinken muss aus dem Schwarzwald kommen, Thüringer aus Thüringen. Aber die hier schmecken trotzdem.«

»Er heißt Mika«, gestand Harry mit gesenktem Blick, als wir kauten. »Kommt fast jeden Abend nach der Arbeit vorbei. Mika stammt aus der Gegend von Bukarest. Ich kann ein bisschen Rumänisch. Ist ja viel Durcheinander da unten, mit den Völkern und den Sprachen. Und Sie haben recht, irgendwelche Kumpels von Mika suchen nach dem Püppchen auf Ihrem Bild.«

»Wie heißt sie?«, fragte ich. »Woher kommt sie? Warum wird sie gesucht?«

»Hat er mir alles nicht gesagt. Weiß er wahrscheinlich selber nicht. Nur, dass sie gesucht wird. Ich hab ihn auch nicht gefragt. Ich will mit so Sachen nichts zu tun haben. Mir war klar, dass das keine saubere Geschichte ist, und so was brauche ich nicht. Ich will keinen Stress, schon gar nicht mit der Polizei. Und mehr ist nicht. Mehr weiß ich nicht von dieser Geschichte, das müssen Sie mir bitte glauben.«

Es war nicht zu fassen: Der Riese hatte sogar bitte gesagt!

»Könnte es sein, dass sie für die Kumpels dieses Mika als Prostituierte gearbeitet hat?«

Harry sah kurz auf, senkte den Blick jedoch sofort wieder. Wischte planlos auf seinem Tresen herum. »Ein Nuttchen?«, sagte er nach Sekunden. »Schon möglich. Aber ich weiß nichts, ehrlich. Ich habe Mika gesagt, was ich Ihnen auch gesagt habe: Ich will mit solchen Geschichten nichts zu schaffen haben. Sie sollen das Kind suchen, wo sie wollen, aber nicht bei mir.«

»Und wo finden wir diesen Mika?«

»Er ist Automechaniker. Arbeitet in einer kleinen Werkstatt, irgendwo in Kirchheim. Sie kaufen Unfallwagen auf und schaffen sie nach Rumänien, wo sie dann hergerichtet und mit fettem Gewinn verhökert werden.«

»Hat diese Firma auch einen Namen?«

»Cuza-Automobile. Cuza ist Mikas Boss. Ein Riesenarschloch, sagt Mika praktisch jeden Abend, und ein wüster Sklaventreiber. Aber er zahlt gut und vor allem regelmäßig. Die Thüringer waren okay?«

»Super«, erklärte Runkel mit einer Miene, als glaubte er Dragan Vladislavljevič kein Wort.

Als wir die Straße wieder überquerten, hatte es zu regnen begonnen.

16

Die Firma Cuza-Automobile residierte in einem schmucklosen Anwesen in der Hardtstraße, hatte Sönnchen für mich in Sekundenschnelle herausgefunden. Das Grundstück lag an den Bahngleisen unweit des S-Bahnhofs Kirchheim/Rohrbach. Neben einem kleinen Einfamilienhaus mit Satellitenschüssel auf dem Dach gab es einen großen Hof, der von einer hohen Mauer gegen neugierige Blicke geschützt war. Daran grenzte eine breite Garage, die mit einem neuen, hellgrau gestrichenen Rolltor verschlossen war. Niemand öffnete, als wir versuchsweise gegen das Blechtor bollerten. Ein Klingelknopf war nirgendwo zu entdecken. Lediglich ein kleines, graviertes Metallschild neben der massiven Haustür machte klar, dass wir hier richtig waren: »Cuza – Gebrauchtwagen – alle Marken«, darunter eine Handynummer. Auf den nahen Bahngleisen schepperte ein langer Güterzug in Richtung Süden.

Als ich versuchsweise die Nummer ins Handy eintippte, erklärte mir eine erotische Frauenstimme, der gewählte Anschluss sei leider nicht vergeben. Sie klang dabei so mitfühlend, als müsste sie mich trösten. Inzwischen hatte der Regen weiter zugenommen.

»Würd mich nicht wundern, wenn diese Ganoven nicht bloß Unfallwagen in den Osten verschieben, sondern vor allem geklaute Autos«, brummte Runkel, als wir durch den minütlich stärker werdenden Regen in Richtung Innenstadt fuhren. Der Gedanke war mir auch schon gekommen. Aber das behielt ich für mich. Ein Polizist sollte keine Vorurteile gegenüber Ausländern haben. Und als Vorgesetzter musste ich mit gutem Beispiel vorangehen.

»Ich horch mal ein bisschen rum«, fuhr Runkel fort, als er wieder einmal vor einer roten Ampel bremste. »Falls Sie nichts dagegen haben, natürlich.«

»Was haben Sie vorhin zu Harry gesagt, als ich nicht dabei war?«, fragte ich. »Wieso war der auf einmal so handzahm?«

Runkel sah übers Lenkrad in den strömenden Regen hinaus.

»Wollen Sie nicht wissen, Chef«, murmelte er unbehaglich. »War vor Ihrer Zeit. Sein Imbiss steht schon lang da, und ich hab auch früher gern Bratwurst vom Grill gegessen.«

»Sie wissen etwas über ihn, was Sie für sich behalten wollen?«

»Glauben Sie an diese Geschichte mit der weggelaufenen Nutte?«, fragte er ausweichend, nachdem wir einige Sekunden vor uns hin geschwiegen und in den Sturzregen gestarrt hatten, dem die Scheibenwischer längst nicht mehr gewachsen waren.

»Es erklärt vieles. Eigentlich erklärt es fast alles.«

»Und wie hat sie diesen – wie heißt er noch – Dierksen kennengelernt?«

»Er war ihr Kunde, denke ich.«

»Er war im Puff und hat sich in eine Nutte verknallt?«

»Wäre nicht der Erste, dem das passiert.«

Die Ampel schaltete auf Grün. Runkel gab Gas und nickte nachdenklich. »Stimmt«, sagte er. »So gesehen macht die Geschichte Sinn. Aber wieso dann die Schießerei? Haben die Rumänen Dierksen abgeknallt, weil er ihnen ihr Nüttchen abspenstig gemacht hat? Und die Frau haben sie gleich mitgenommen?«

»Bisher gehe ich davon aus, dass sie ein Stockwerk tiefer unter der Dusche stand und nichts mitgekriegt hat.«

»Und wie sie später nach oben kommt, ist ihr Spezi tot …«

Im Stop-and-go überquerten wir die breite Brücke über die Bahngleise. Wasserfontänen spritzten auf, wenn ein Wagen durch eine Pfütze fuhr. Links, am Bahnhof, schimmerten unzählige rote und grüne Signallichter im Regendunst. Vor uns flammten schon wieder Bremslichter auf.

»Und bevor sie verschwunden ist, hat sie schnell noch alles eingepackt, was uns Hinweise auf ihre Identität liefern könnte: Dierksens Handy, das Tablet, vielleicht auch ein bisschen Papierkram«, mutmaßte ich.

»Das heißt, die Rumänen haben sie nicht erwischt?«

»Ich weiß es nicht«, seufzte ich. »Ich hoffe es.«

»Diese Typen verstehen keinen Spaß«, bemerkte Runkel, während er schon wieder vorsichtig bremste. »Ich glaub, sie ist entweder wieder in dem Puff, wo sie herkommt, oder ihre Leiche schwimmt grad den Rhein runter in Richtung Rotterdam.«

Als wir den Römerkreis erreichten, schien der Regen plötzlich schwächer zu werden. Auf den Straßen stand das Wasser zentimeterhoch.

Runkel sah mich ausdruckslos an. »Und jetzt? Mittagessen?«

»Gegessen haben wir schon. Wir fahren zum Midnight.«

»Chef ist nicht da.« Die einsame Brünette hinter dem Tresen klang, als würde sie ihren Lieblingssatz aufsagen.

Die Frau, die ich bei meinem ersten Besuch nicht gesehen hatte, trug ein blutrotes, ultrakurzes Samtkleid, war für die Tageszeit zu stark geschminkt und damit beschäftigt, mit lasziven Bewegungen Gläser zu polieren. Hin und wieder hielt sie eines prüfend gegen das Licht der Halogenstrahler über der Bar. Sie vermied es, uns anzusehen.

»Wann kommt er normalerweise?«

»War schon da. Vor einer Stunde oder so. Hat gesagt, muss noch mal weg. Weiß nicht, wohin.«

»Sie haben bestimmt seine Handynummer.«

»Darf ich niemand geben. Ist nur für Notfälle.«

»Das hier ist ein Notfall.« Wieder einmal legte ich meinen Dienstausweis auf einen blank gewienerten Tresen.

Endlich ließ sie den weichen Lappen sinken und sah mir ins Gesicht. »Chefin ist da.«

Augenblicke später stand Sandra Moder vor mir. Sie war zwanzig Jahre älter und fünfzig Kilo schwerer als die Brünette. Ihr Blick war zugleich müde und kalt. Im rot geschminkten Mund hing eine noch nicht angezündete Zigarette.

»Ja?«, lautete die knappe Begrüßung.

»Ich würde gerne Ihren Mann sprechen.«

»Evgenij?« Sie nahm die Zigarette aus dem Mund. »Worum geht's? Sie sind von der Polizei?«

Ich legte Tinas Phantombild auf den Tisch.

»Nett«, lautete ihr Kommentar. »Jung. Was hat sie ausgefressen?«

Die Brünette polierte ihre Gläser jetzt mit doppelter Hingabe, fand aber dennoch Zeit, Tinas Porträt neugierig zu betrachten. Ihre Miene veränderte sich dabei nicht.

»Wir wollen nur mit ihr reden.«

Nun begann Frau Moders breiter und sorgfältig geschminkter Mund zu lächeln. Die grauen Augen lächelten jedoch nicht mit. »Hier ist sie nicht. Oder sehen Sie sie irgendwo?« Mit einer großen Geste wies sie in das leere Lokal.

Sie trug ein teures Kleid, das ihr nicht stand. Am Hals und an den Ohren baumelte kostbarer Schmuck, der weder zur Tageszeit noch zu ihrem Stil passte. Ihr Hochdeutsch klang, als wäre sie in den Gassen der Heidelberger Altstadt groß geworden, fühlte sich jedoch zu Höherem berufen.

Rolf Runkel stand mit hängenden Armen neben mir, betrachtete die Frau so finster wie vorhin Harry und schwieg. Ich beschloss, meine Karten auf den Tisch zu legen. Manchmal ist es gut, dem Gegner gleich zu Beginn seine Waffen zu zeigen. Ihm klarzumachen, wie viel man schon weiß. »Ich nehme an, diese Frau ist eine Prostituierte aus dem Osten. Wir gehen davon aus, dass sie ihren Zuhältern weggelaufen ist.«

Ich schob das Phantombild näher an sie heran. Sandra Moder sah mir unverwandt lächelnd ins Gesicht und schob das Blatt wieder zurück. »Mit so was haben wir nichts zu tun. Hier wird getrunken und geflirtet und manchmal auch ein bisschen geknutscht. Gebumst wird hier nicht.«

Die Brünette im blutroten Kleid nickte ernst zu ihren Worten.

»Ist das Ihr Auto da draußen?«, fragte ich mit Blick auf den cremeweißen Mercedes SLK, der vor der Tür im absoluten Halteverbot stand.

Sandra Moder griff ohne hinzusehen in die Kasse und blätterte drei Fünfeuroscheine vor mich hin. »Reicht das für den Strafzettel?«

»Wirft Ihre Bar so viel ab, dass Sie sich so einen teuren Wagen leisten können?«

»Man gönnt sich ja sonst nichts.«

Sie steckte das Geld wieder in die Kasse zurück und lächelte immer noch ihr kaltes, jetzt ein klein wenig spöttisches Lächeln.

»Was denken Sie?«, fragte Runkel während der kurzen Fahrt zur Direktion zurück.

»Was denken *Sie*?«

»In dem Moment, wo Sie ihr das Bild gezeigt haben, ist sie ein bisschen netter geworden.«

»Ist mir auch aufgefallen.«

»Für mich sieht sie aus wie eine Nutte außer Dienst.«

»Eine Nutte, die den Absprung geschafft hat. Den Absprung nach oben.«

»Indem sie diesen Koslov geheiratet hat?«

»Möglich. Wahrscheinlich. Reden Sie mal mit den Kollegen von der Sitte? Ich wette, der Name Moder sagt denen was.«

Vier Stunden später – inzwischen war später Nachmittag – erfuhr ich mehr über das Ehepaar Moder-Koslov. Ich staunte über den ungewohnten Arbeitseifer und die Effizienz, die

Rolf Runkel nach seiner Operation plötzlich an den Tag legte. Und mein schlechtes Gewissen ihm gegenüber wurde dabei nicht kleiner. Ich hatte ihm in der Vergangenheit bitter Unrecht getan. Dafür lobte ich ihn nun umso ausführlicher, was er sichtlich genoss, obwohl er sich Mühe gab, es mich nicht merken zu lassen.

»Die beiden haben im vorletzten Jahr zusammen 247 000 Euro Einkommen versteuert«, berichtete er. Das hätte er mir zwar ebenso gut per Telefon oder E-Mail mitteilen können, aber es machte ihn wohl stolz, mir die Ergebnisse seiner Ermittlungen persönlich zu präsentieren. »Im Jahr davor haben sie eine Betriebsprüfung gehabt. Bis auf ein paar Kleinigkeiten, die's überall gibt, ist alles in Ordnung gewesen.« Er verstummte mit einer Miene, als käme gleich noch etwas. Räusperte sich. »Um den Punkt hat Sven sich gekümmert«, sagte er dann. »Er hat ja einen guten Kontakt zum Finanzamt …«

Der weiblichen Geschlechts war, wie ich wusste, und früher einmal Balkes Bettgenossin.

»Anscheinend wissen die aber mehr, als sie sagen dürfen. Vielleicht machen sie Sternchen in der Datei, wenn sie irgendeinen Verdacht haben, keine Ahnung. Jedenfalls hat der Sven mir gesagt, die Frau, mit der er geredet hat, hätte gesagt, sie fragt noch ein paar Leute nach den Moder-Koslovs. Kann sein, da kommt noch was. Mit den Kollegen von der Sitte hab ich auch geredet. Wir haben richtiggelegen: Bis vor zehn Jahren ist sie in Mannheim auf den Strich gegangen. Der SLK läuft auf die Firma. Der BMW von ihrem Mann auch.«

»Haben Sie auch schon was über diesen Autoschieber rausgefunden?«

Runkel klang fast verbittert, als er erwiderte: »Der ist leider sauber. Jedenfalls haben wir gar nichts über ihn. Aber ich bleib dran.«

Ich bedankte mich etwas zu überschwänglich für diese

wertvollen Informationen. »Das hätten Sie mir aber genauso gut am Telefon sagen können«, konnte ich mir am Ende doch nicht verkneifen.

Runkel zwinkerte, als hätte er ein schlechtes Gewissen. »Da wär noch was anderes, Chef.«

»Immer heraus mit der Sprache.«

»Die Evalina und ich täten gern die Schreibtische tauschen.«

Holla! Das klang aber nicht gut.

»Haben Balke und Krauss sich etwa …«

»Zwischen denen ist es aus und vorbei, ja.« Runkel nickte betreten.

Sollte das der Grund dafür sein, dass Balke in letzter Zeit wieder häufiger gähnte und Evalina Krauss sich am Morgen krankgemeldet hatte?

»Sie wohnt jetzt bei einer Freundin in Neckarsteinach draußen. Und sie traut sich nicht zu Ihnen, weil's ihr peinlich ist. Und die Frau Vangelis, ich glaub, die wär auch froh, wenn sie mich alten Deppen nicht mehr in ihrem Büro haben müsst. Und zwei Frauen, das passt doch sowieso besser zusammen.«

»Wenn Sie sich alle einig sind, habe ich natürlich nichts dagegen.«

»Danke schön«, sagte Rolf Runkel artig. »Vielen Dank, Chef.«

»Das ist aber schön, dass ich Sie auch mal kennenlernen darf, Frau Liebekind!« Mutter strahlte, als sie Theresas Hände drückte. »Ich hatte schon befürchtet, mein Sohn will Sie vor mir geheim halten.«

Theresas Besuch hatten wir kurzfristig beschlossen, um der nervtötenden Heimlichtuerei ein Ende zu machen. Eigentlich hatte sie nur kurz vorbeischauen wollen, sich mit Mutter bekannt machen, und anschließend hatten wir zügig und gemeinsam verschwinden wollen. Meine Mutter schaffte es jedoch, innerhalb kürzester Zeit ein kleines Menü auf den Tisch zu zaubern – »Nichts Großes, aber wo Sie nun schon mal da sind« –, und so blieb uns nichts anderes übrig, als gute Miene zum leckeren Spiel zu machen.

Als sie hörte, meine Liebste sei Schriftstellerin, war meine Mutter endgültig hin und weg. Sie drohte mir mit dem Zeigefinger, weil ich ihr diese Sensation bislang verheimlicht hatte.

»Mama, du bist jetzt gerade mal vier Tage hier, und wir haben noch nicht so viel Zeit gehabt, miteinander zu reden …«

Resolut verkündete sie, noch heute mit dem ersten von Theresas Büchern zu beginnen, und ich fühlte mich ein wenig unwohl bei der Vorstellung, denn in Theresas »Kabale und Liebe am Heidelberger Hof« ging es auf weiten Strecken moralisch bedenklich zu.

Nachdem dieses Thema abgehakt war, begann Mutter, Theresa nach allen Regeln der polizeilichen Verhörkunst auszufragen. Ihre Fragen kreisten erkennbar um den Punkt, ob wir in absehbarer Zeit zu heiraten gedachten. Ich hatte Theresa eingeschärft, meiner Mutter auf gar keinen Fall zu verraten, dass sie schon verheiratet war. Praktischerweise trug sie ihren Ehering schon seit Monaten nicht mehr.

Theresa beantwortete alle Fragen mit großer Liebenswürdigkeit und beeindruckender Begriffsstutzigkeit. Schließlich gab Mutter auf und begann stattdessen, meine Qualitäten als Sohn zu loben, als stünde ich zum Verkauf wie ein schon etwas in die Jahre gekommenes, aber noch recht munteres Pferd. Theresa fiel in ihr Loblied ein, und bald wurde mir fast körperlich übel.

»Du lieber Himmel«, sagte ich, als die Uhr der nahen Christuskirche neunmal schlug. »Wollten wir nicht noch ins Fitnessstudio, Schatz?«

»Aber nein, Liebster«, erwiderte sie lächelnd und legte ihre warme Hand auf meine. »Es ist so gemütlich, hier zu sitzen und mit deiner Mutter zu plaudern. Ins Fitnessstudio können wir morgen auch noch gehen.«

Ich schenkte mir ein weiteres Glas Rotwein ein und ergab mich in mein Schicksal. Theresa hatte in meiner Mutter einen neuen Fan gefunden. Alles wollte sie übers Bücherschreiben und Schriftstellerinnenleben wissen, und ich wurde rasch zu einer Randerscheinung dieses Abends. Irgendwann sprang Mutter mit mädchenhafter Elastizität auf, um die alten Fotoalben zu holen, die sie aus Portugal herbeigeschleppt hatte. Und dann wurde ich endgültig einsam neben den beiden kichernden Frauen.

»Wie süß, der kleine Alex! Und er hat als Baby ganz blaue Augen gehabt, sagst du?«

»In der Schule ist er immer unter den Besten gewesen. Na ja, meistens. Jeder hat ja seine Fächer, die ihm nicht so liegen. Dabei haben wir ihm kaum helfen müssen. Er war immer schon sooo ein helles Köpfchen. Als Baby hat man schon gemerkt, aus dem wird mal was. Und jetzt hat er sogar eine eigene Sekretärin, haben Sie ... hast du das gewusst?«

Immerhin wurde das Objekt des Entzückens hin und wieder noch ins Gespräch einbezogen. »Da warst du noch schlanker als heute«, stellte Theresa angesichts meines Abiturfotos fest.

Ich öffnete eine neue Flasche und schenkte reihum Rotwein nach. Und ich war sehr gespannt, wie sich die Beziehung zwischen den beiden angesäuselten Frauen weiterentwickeln würde, nachdem Mutter Theresas Schlüpfrigkeiten gelesen hatte.

Am späten Nachmittag hatte mich Thomas Petzold aus Karlsruhe angerufen, um mir die letzten Neuigkeiten zu dem verschwundenen Polonium mitzuteilen. Der Verdacht gegen die abgetauchte Chinesin hatte sich erhärtet, der gegen Andreas Dierksen nicht. Offenbar hatte er seiner Kollegin mehrfach bei der Behebung irgendwelcher Computerprobleme geholfen. Das behauptete zumindest eine andere Chinesin, die mit Li Ying in losem Kontakt gestanden hatte. Die beiden Frauen hatten sich nicht gerade gemocht, da sie aus völlig verschiedenen Teilen des Riesenreiches stammten und sich besser auf Englisch als auf Chinesisch hatten verständigen können. Auch sie konnte sich keinen Reim darauf machen, was aus Frau Ying geworden war und was um Himmels willen sie mit fünf Gramm Polonium anstellen wollte.

Inzwischen stand fest, dass Li Ying wirklich Li Ying war. Man hatte ihrem amerikanischen Professor Fotos geschickt, und der bestätigte, dass es sich um seine ehemalige Studentin handelte. Der alte Mann war fassungslos und konnte sich nicht erklären, was plötzlich in seinen talentierten Schützling gefahren war. Informationen aus China zu bekommen war schwierig.

»Wir sind aber dran«, hatte Petzold am Ende optimistisch erklärt. »Die deutsche Botschaft in Peking versucht gerade, Verwandte der Frau aufzutreiben. Ich hoffe nur, dass dieses Teufelszeug jetzt in China ist oder sonst irgendwo. Je weiter weg, je lieber.«

Anschließend hatte er mir noch erzählt, er habe eine neue Freundin, mehr oder weniger die tollste Frau der Welt, man denke sogar daran, irgendwann zu heiraten, und ich werde im Fall des Falles natürlich zur Hochzeit eingeladen. Dann hatten wir uns gegenseitig ein schönes Wochenende gewünscht.

»Mein Wochenende wird superschön, wenn du verstehst, was ich meine. Wahrscheinlich werden wir wieder gar nicht aus dem Bett kommen.«

Mutter und Theresa waren inzwischen bei den Babyfotos von Louise und Sarah angekommen. Und ich war allmählich ziemlich betrunken.

17

Was mich betraf, ging Petzolds kollegialer Wunsch leider nicht in Erfüllung. In der Nacht riss mich mein Handy aus dem Schlaf. Es war sieben Minuten nach Mitternacht, stellte ich mit Blick auf den Radiowecker fest. Die angezeigte Nummer war die der Polizeidirektion.

»Eben haben wir eine Meldung reingekriegt, Herr Kriminaloberrat«, sagte die mir unbekannte Stimme einer vielleicht neuen, jungen Kollegin. »Schießerei am Boxberg draußen. Da am Hang wohnen nicht gerade die Hartzies …«

Mir war ein wenig schwindlig. Offenbar hatte ich am Abend mehr als ein Gläschen zu viel erwischt.

»Tote? Verletzte?«, fragte ich schlaftrunken.

»Ist alles noch nicht bekannt. Einsatzkräfte sind aus verschiedenen Richtungen unterwegs. Ich habe Weisung, Sie zu informieren, wenn was Ungewöhnliches passiert.«

Was sollte ich nun mit dieser Information anfangen? An Autofahren war in meinem Zustand nicht zu denken, und mein Kopf war im Moment zum Denken nicht zu gebrauchen.

»Halten Sie mich auf dem Laufenden«, murmelte ich schließlich, drückte den roten Knopf und schlief sofort wieder ein.

Als das Handy erneut zu randalieren begann, waren drei Stunden vergangen, und dieses Mal war ich schon ein wenig klarer und nüchterner.

»Kerner hier«, dröhnte eine sonore Männerstimme in mein linkes Ohr. »Soll Sie informieren, was hier im Ginsterweg gelaufen ist.«

Soweit bisher bekannt, waren drei unbekannte Männer gewaltsam in eine Wohnung eingedrungen, in der eine alleinstehende Frau lebte. Diese hatte auf die Männer geschossen und mindestens einen davon verletzt. Die Nachbarin, die die Polizei alarmiert hatte, sagte aus, die Frau verdiene ihr Geld als Callgirl.

»Falls das stimmt, dann muss sie ein teures Callgirl sein. Sie ist bildschön, wenn man den Fotos an den Wänden trauen kann. Und diese Wohnung – allererste Sahne, kann ich da nur sagen. Meiner Inge würden die Augen tränen, wenn sie das sehen könnte.«

»Habe ich Sie richtig verstanden: Die Frau hat geschossen, nicht die Einbrecher?«

»So sieht's aus, ja. Drei Schuss hat sie abgegeben. Mindestens einer davon hat getroffen. Im Hausflur und im Treppenhaus sind Blutspuren.«

»Und was sagt die Frau dazu? Wie heißt sie überhaupt? Ist sie auch verletzt?«

»Gar nichts sagt die Frau. Die ist nämlich verschwunden. Wie wir angerückt sind, hat die Tür offen gestanden, und die Wohnung war leer. An der Klingel steht nur L. S. Auf den Briefen, von denen ein ganzer Packen ungeöffnet auf dem Esstisch liegt, steht Leonora Swansea.«

»Swansea?«

»Das ist Englisch und heißt Schwanensee.«

Schlaumeier!

»Ist das vielleicht so was wie ein Künstlername?«

Kerner lachte gutmütig. »Haben wir uns auch schon gedacht.«

»Sind Sie sicher, dass die Einbrecher die Frau nicht mitgenommen haben?«

»Ein Augenzeuge im Erdgeschoss behauptet, er hätte nur die drei Kerle gesehen, wie sie in einen Mercedes gestiegen und davongebraust sind, als wär ihnen der Teufel persönlich auf den Fersen. Einen haben die zwei anderen praktisch hinter sich herschleifen müssen, so fertig ist der gewesen. Also, Herr Gerlach, für mich ist der Fall sonnenklar: Die sind hier eingebrochen, und zwar mit Brachialgewalt, und sie hat sich verteidigt. Ganz klar ein Fall von Notwehr, und jetzt ist sie weg. Vielleicht im Schock davongelaufen, und jetzt irrt sie draußen durch die Nacht, keine Ahnung. Die Nachbarin sagt, Frau Swansea sei eigentlich seit Wochen in Urlaub. Anscheinend ist sie erst gestern im Lauf des Abends wieder heimgekommen. Und dann gleich so was.«

»Wie sieht sie aus?«

»Die Frau? Gut. Rothaarig …«

»Rothaarig?«

»Wieso nicht?«

»Und sonst?«

»Ein bisschen wie Scarlett Johansson vielleicht.«

Beim Stichwort »rothaarig« hatten bei mir natürlich alle Alarmlampen aufgeleuchtet. Beim Namen der jungen Filmschauspielerin waren sie wieder erloschen. Nach allem, was ich über Scarletts Körperbau und Lippenfülle wusste, passte die Beschreibung definitiv nicht auf die eher flachbrüstige Tina mit dem kleinen Mund.

»Was wissen wir über die Einbrecher?«

»Männer. Drei. Eher klein als groß. Eher jung als alt. Sportliche Burschen, kräftige Bewegungen. Der Zeuge im Erdgeschoss meint, sie hätten irgendwie südländisch auf ihn gewirkt. Viel kann er allerdings nicht gesehen haben. Alle drei haben graue Hoodies angehabt und die Kapuzen über die Köpfe gezogen.«

Ich löschte das Licht und legte mich wieder auf meine Einschlafseite. Was immer hinter dieser merkwürdigen Geschichte stecken mochte – es betraf nicht Tina. Und damit hatte es Zeit bis nach dem Frühstück.

Als ich mich am Samstagmorgen aus dem Bett wälzte, fühlte ich mich unausgeschlafen, zerschlagen und zugleich unruhig. Inzwischen sah ich das nächtliche Drama am Boxberg nicht mehr ganz so entspannt wie in der Nacht. Braute sich da etwas Neues zusammen? Oder sollte das rothaarige Callgirl doch mit dem Fall Dierksen zu tun haben? Gab es einen

Zusammenhang zwischen diesem so katastrophal missglückten Einbruch und der verschwundenen Tina? Dass das wehrhafte Callgirl mit Tina identisch war, war ausgeschlossen. Ich hatte Fotos von Tina gesehen, Fotos, auf denen sie teilweise nackt war, und kein Mensch wäre bei ihrem Anblick auf die Idee gekommen, sie mit Scarlett Johansson zu vergleichen.

Es war schon fast halb acht, als ich mit noch etwas schwindligem Kopf und unruhigem Magen die leere Küche betrat. Gähnend schaltete ich die Kaffeemaschine ein, um mir einen extragroßen Cappuccino zu machen, setzte mich an den Esstisch, stützte das unrasierte Kinn in die Hände. Draußen war es schon hell. Aber demnächst würde die Umstellung auf die Sommerzeit kommen, plötzlich würde es morgens wieder dunkel sein, und eine Woche lang würde ich mich beim Aufstehen auch ohne Rotwein so zerschlagen fühlen wie heute.

Die Kaffeemaschine klickte leise, das grüne Lämpchen leuchtete, der Tag konnte beginnen. Ich stemmte mich hoch, fand meinen Morgenbecher sauber im Oberschrank und nicht schmutzig in der Spüle, drückte den richtigen Knopf und sank bald wieder auf meinen Stuhl, nun mit einem schön heißen und sympathisch duftenden Becher in den Händen.

Was zum Teufel war da los? Steckten wirklich rumänische Zuhälter dahinter? Frau Moders Mann vielleicht sogar? Ich nahm mein Handy zur Hand und wählte die Nummer der Direktion, um mich nach dem aktuellen Stand der Ermittlungen zu erkundigen. Vielleicht hatte sich ja in den vergangenen Stunden schon manches geklärt. Vielleicht war die schießwütige Rothaarige wieder aufgetaucht. Es dauerte eine Weile, bis ich Hauptkommissar Kerner in der Leitung hatte, den Kollegen, mit dem ich in der Nacht telefoniert hatte.

»Mit dem Mercedes sieht's schon mal gut aus«, berichtete

er aufgeräumt. »Eine E-Klasse, wahrscheinlich dunkelblau, und das Kennzeichen ist nicht aus der Gegend.«

»Mehr haben wir nicht?«

»Ist doch schon eine Menge, finde ich, nach gerade mal sieben Stunden. Die Fahndung nach dem Wagen läuft. Europaweit. Die kommen nicht weit.«

»Es sei denn, sie haben das Fahrzeug gewechselt.«

»Sie denken, das waren Profis? Die sich von einer Frau in die Flucht schlagen lassen?« Kerner gähnte ausgiebig und lautstark. »'tschuldigung. Also, ich weiß nicht …«

»Sie haben vielleicht nicht mit so massiver Gegenwehr gerechnet. Gibt es Neuigkeiten von der Frau?«

»Die Kollegen von der Sitte kennen sie nicht. Wie es aussieht, schafft sie auf eigene Rechnung an. Die ist keine von diesen armen Dingern, die sich von ihren Luden ausplündern und zum Dank regelmäßig verdreschen lassen. Die Nachbarin sagt, sie hätte auch nur selten Herrenbesuch gehabt.«

»Woraus schließt sie dann, dass sie ein Callgirl ist?«

»Es wird halt getratscht im Haus. Dass sie nicht arbeiten geht. Dass sie gut aussieht und immer teure Klamotten trägt. Dass sie einen nagelneuen BMW Roadster fährt und sich so eine Wohnung leisten kann. Dass sie oft für Tage oder sogar Wochen weg ist.«

»Und zurzeit ist sie eigentlich im Urlaub …«

»Sagt die Nachbarin, richtig. Sie hat sich gewundert, dass sie auf einmal wieder da war. Andererseits hat man anscheinend nicht so viel Kontakt. Frau Swansea legt nicht viel Wert auf gute Nachbarschaft.«

»Hat die Zeugin denn gesehen, wie sie aus dem Urlaub gekommen ist?«

»Das nicht. Aber sie hat sie sowieso nur selten gesehen, wie gesagt.«

»Was ist jetzt mit der Wohnung?«

»Ich habe jemanden dagelassen, wie wir abgezogen sind.

Die Tür ist kaputt, das Schließblech aus dem Rahmen gebrochen. Die Burschen sind da ganz schön grob rangegangen. Die Kollegin, die im Moment die Wohnung bewacht, wird sich darum kümmern, dass man sie wieder ordentlich abschließen kann. Im Lauf des Vormittags übernimmt dann die Spusi.«

»Wann wird das sein?«

»Lässt sich noch nicht sagen. Im Moment haben sie noch in Ladenburg zu tun. Da hat's in der Nacht auch Theater gegeben. Ein Fünfzehnjähriger ist total zugedröhnt in ein Haus eingebrochen. Das Haus gehört den Eltern eines Schulfreundes, der Vater des Freundes hat das bekiffte Bürschchen erwischt und ihm gründlich den Marsch geblasen. Daraufhin hat dieser Volltrottel ein Messer gezogen und auf den Mann eingestochen. Der liegt jetzt im Krankenhaus. Ob er überlebt, kann noch keiner sagen. Das Bürschchen ist in der Ausnüchterung. Wahrscheinlich kriegt er mildernde Umstände wegen psychischer Probleme, man kennt das ja.«

»Das heißt, die Wohnung steht offen, und ich könnte ohne Schlüssel rein?«

»Richtig. Was wollen Sie da, wenn ich fragen darf?«

»Keine Ahnung. Ein bisschen schnuppern. Mal sehen.«

Ich leerte meinen Becher und erhob mich, um unter die Dusche zu gehen. Inzwischen war es Viertel nach acht geworden. In den anderen Zimmern regte sich noch nichts. Die Zwillinge schliefen auswärts, fiel mir ein. Sarah bei ihrem Richy. Louise war zu irgendeiner Party eingeladen gewesen und hatte von mir die Erlaubnis ernörgelt, dort zu übernachten. Vielleicht war auch Sarah bei dieser Party. Ich konnte mich nicht mehr genau erinnern.

An das späte Gespräch mit meiner Mutter – nachdem Theresa sich gegen halb elf merklich beschwipst und blendend gelaunt verabschiedet hatte – erinnerte ich mich dagegen umso besser. Offenbar hatte unter der Sonne des Südens nicht nur der Verstand meines Vaters gelitten. Mich schauderte immer noch bei dem Gedanken daran, worum sie mich gebeten hatte. Und jetzt wollte ich nicht daran denken. Meinem Magen ging es schlecht genug.

Die Kollegin, die Kerner zum Wachehalten verdonnert hatte, traf ich an der defekten Wohnungstür in lebhafter Diskussion mit einem weißhaarigen Handwerker, der eine schlecht operierte Hasenscharte hatte und heute auch nicht der Ausgeschlafenste zu sein schien.

»Dann nehmen Sie halt längere Schrauben, mein Gott!«, hörte ich sie schimpfen, als ich aus dem noblen, mit getönten Spiegeln verkleideten Fahrstuhl trat. »Das kann doch nicht so schwer sein, diese blöde Tür …«

»Na ja …«, meinte der Mann lahm. »Da müfft ich aber erst mal ein Hölzfen richten und anleimen …«

Offenbar hatte er infolge der Hasenscharte einen Sprachfehler.

»Hölzchen richten können Sie am Montag! Es muss nicht schön sein, verstehen Sie nicht? Es muss schnell gehen! Ich sitze hier seit halb vier in der Nacht, und wenn's geht, will ich vor Mittag ins Bett kommen!«

Als sie mich erblickte, strahlte sie. »Herr Gerlach! Bleiben Sie länger hier?«

»Das weiß ich noch nicht. Wollte mich eigentlich nur ein bisschen umsehen …«

»Könnten Sie das hier übernehmen? Ich bin … Ich kann … Ich schlafe demnächst im Stehen ein.«

Ich versprach, so lange zu bleiben, bis die Tür sich wieder verschließen ließ. Aufatmend packte sie ihre orangefarbene Outdoorjacke und verließ die Wohnung so eilig, als hätte sie Sorge, ich könnte es mir anders überlegen. Ich ließ den Handwerker werken, steckte die Hände in die Taschen und begann meine Besichtigungsrunde.

Leonora Swanseas Apartment am steilen Hang über Rohrbach war ein lichtdurchfluteter Schöner-Wohnen-

Traum in Weiß und Grau. Durch die Wohnungstür gelangte man direkt in einen hellen, sparsam und edel möblierten Raum, der größer war als manche Zweizimmerwohnung in der Altstadt. Den ersten Blickfang bildete ein querformatiges abstraktes Gemälde über einer Art weitläufiger Liegelandschaft aus grauem Leder, die hier die Couch ersetzte. Neben dem riesigen Wohnraum gab es ein nur unwesentlich kleineres, schlicht, aber teuer eingerichtetes Schlafzimmer und ein fast winziges Gästezimmer, das selten genutzt zu werden schien. Außer dem scharfen Schießpulvergestank hing ein leichter Blumenduft in der Luft, der sich in der ganzen Wohnung festgesetzt zu haben schien. Die Blutspuren erstreckten sich von der Tür nur knapp zwei Meter in den Wohnraum hinein. Die Frau – die noch immer nicht wieder aufgetaucht war – hatte anscheinend ohne Zögern das Feuer eröffnet, als die drei Eindringlinge hereinkrachten.

Die Kollegen hatten noch in der Nacht zwei Einschüsse in der mit Rauputz verkleideten Wand gefunden und markiert. Eine dritte Kugel steckte vermutlich in dem Verletzten. Offenbar waren die Einbrecher von dem ungastlichen Empfang so überrumpelt gewesen, dass sie umgehend den Rückzug antraten. Die Tatwaffe war zusammen mit der Frau verschwunden.

Der alte Handwerker grummelte und schimpfte halblaut vor sich hin. Ein Akkuschrauber surrte. Der Mann fluchte, klopfte, schraubte. Endlich richtete er sich dramatisch ächzend auf und strahlte mich an. »Pafft, wackelt und hat Luffft. Ich mach noch einen anderen Pfylinder rein, damit Sie nachher abschliefen können. Ihre Kollegin hat keinen paffenden Flüffel finden können.«

Nachdem er mich noch ein Dokument hatte signieren lassen, das seinen tapferen und vermutlich schweineteuren Einsatz bestätigte, verschwand er endlich. Aufatmend schloss ich die Tür hinter ihm. Sie hatte ein wenig Spiel, aber das improvisierte Arrangement schien fürs Erste zu halten. Damit ich es später nicht vergaß, klebte ich gleich noch einen Zettel an die Außenseite der Tür mit dem Hinweis, dass im Auftrag der Polizei das Schloss ausgetauscht wurde, weil es sich bei der Wohnung um einen Tatort handelte, und meiner Handynummer.

Nun konnte ich endlich das tun, wozu ich hier war: Ich schlenderte herum, betrachtete die Fotos und Aquarelle an den Wänden, versuchte mir vorzustellen, wie die Frau lebte, die hier zu Hause war. Auf mehreren der großformatigen und von einem guten Fotografen gemachten Aufnahmen war sie zu bewundern: eine mittelgroße Rothaarige mit den angemessenen Rundungen an den richtigen Stellen. Ein Jetsetgirl. Auf zwei der Bilder war sie völlig nackt und zeigte freizügig, was sie zu bieten hatte. Das Rot schien Natur zu sein. Nach dem Hintergrund zu schließen, waren die Aufnahmen irgendwo im Süden am Meer entstanden.

Nicht auf allen der sorgfältig gerahmten Fotos war Leonora Swansea zu bewundern. Manche zeigten nur südliche Landschaften. Zypressen. Felsenküste. Eine türkisblaue Bucht, in der eine Segeljacht vor Anker lag. Über einem zierlichen Schreibtisch, der neben der breiten Glasfront zur weitläufigen Terrasse an der Wand stand, hingen unzählige kleinere Fotos, auf denen die Rothaarige in Begleitung wechselnder, meist älterer Herren zu sehen war. Man räkelte sich an weitläufigen Pools, nippte mehr oder weniger bekleidet auf Mahagonistühlen an Champagnerschalen, fuhr in einem Jaguar-Cabrio durch besonnte Landschaften. Ein Foto war unter dem Eiffelturm geknipst worden. Hier war der Begleiter so alt und gebrechlich, dass die Dienstleistung sich vermutlich auf einen zärtlichen Escortservice beschränkt hatte.

Die Oberklasse fuhr nicht nur in teureren und größeren Autos herum als unsereiner, sie bewohnte nicht nur geräumigere und schöner gelegene Häuser, sie konnte sich auch die attraktiveren Huren leisten. Falls Leonora Swansea tatsächlich ihren Körper verkaufte, was ja vorerst nichts weiter war als die Behauptung einer möglicherweise neidischen Nachbarin.

Die überraschend kleine Küche war zweckmäßig eingerichtet und sah nicht aus, als zähle Kochen zu Frau Swanseas Leidenschaften. Alles wirkte neu und selten benutzt. Der Kühlschrank war bis auf ein wenig Käse und eine angebrochene und vermutlich längst vertrocknete Packung Fabrikbrot praktisch leer.

Kalt war es hier, wurde mir bewusst, als ich in den Wohnraum zurückkehrte. Die Terrassentür stand weit offen. Vermutlich hatte die Kollegin sie in der Nacht geöffnet, um nicht auf dem Sofa einzuschlafen. Auf dem Couchtisch lagen bunte Hochglanzmagazine herum, eines davon aufgeblättert. Magere Models waren zu sehen in Kleidern, die keine vernunftbegabte Frau jemals anziehen würde.

Ich öffnete Schränke und Schubladen. In einem schön restaurierten Weichholzschrank rechts neben der Eingangstür entdeckte ich eine teure Stereoanlage sowie eine kunterbunte Sammlung von CDs, die keine Rückschlüsse auf den Musikgeschmack der Besitzerin zuließ. Ich blätterte den Papierstapel auf dem nicht sehr aufgeräumten Schreibtisch durch, ohne etwas Erhellendes zu entdecken.

Das Bett im Schlafzimmer war nicht gemacht. Auf einem eleganten Sesselchen lagen Kleidungsstücke herum: eine weiße Bluse, ein nachtblauer Spitzen-BH. Im sechstürigen Kleiderschrank mit weißen Lackfronten hingen teure Kleider neben vermutlich noch teureren Hosenanzügen, Mänteln und Blazern aus Seide, Crêpe de Chine, Kaschmir. Auf einem alten Stuhl, der im Stil zum Musikschrank im Wohnraum passte, lag – achtlos hingeworfen – ein feuerrotes Seidentuch. Nicht weit davon entfernt stand ein gut bestückter Schminktisch.

In der obersten Schublade einer Kommode lagen Dinge, die mit Frau Swanseas Profession zu tun hatten: eine schwarze geflochtene Lederpeitsche, Hanfseile – vermutlich für Fesselspiele –, eine kleine Schiefertafel und ein dreißig Zentimeter langes Holzlineal, ein Schwesternhäubchen, Handschellen, bunte Tücher vielleicht, um sich gegenseitig die Augen zu verbinden, falls die Spielregeln es erforderten, Dildos in verschiedenen Farben und Formen sowie andere Gerätschaften, deren Zweck zu erraten meine Polizistenphantasie nicht ausreichte.

Ich schob die Schublade wieder zu, betrat das Bad. Ein riesiger, fast die ganze Längswand einnehmender Spiegel, zwei Waschbecken, eine tür- und vorhanglose Dusche, in der man spazieren gehen konnte. Auf einer Ablage unter dem Spiegel weitere Flakons, Fläschchen, Zerstäuber. Dior, Abercrombie & Fitch, Lancôme, Acqua di Parma und manches andere, von dem ich noch nie gehört hatte.

Ich löschte das verschwenderische Licht und ging in den Wohnraum zurück. Obwohl die Terrassentür offen stand, war es geradezu beunruhigend still hier. Die Wohnung lag im obersten Geschoss eines vierstöckigen Terrassenhauses. Über mir war niemand mehr, aber auch von unten hörte ich keinerlei Geräusche, und selbst auf der Straße, die unterhalb des Hauses vorbeiführte, bewegte sich nichts.

Ich betrat die Terrasse, atmete einige Male tief durch. Die Aussicht war atemberaubend: am westlichen Horizont die Pfälzer Berge, schräg rechts Mannheim mit dem aus dieser Entfernung winzigen Fernsehturm und dem wie ein abgestürztes Riesenraumschiff aus dem Boden ragenden Kohlekraftwerk. Links, überraschend nah, die Zementfabrik, vor mir das beschauliche Rohrbach mit seinen Gassen und Türmchen. Der Himmel war heute milchig überzogen. Die Sonne wärmte dennoch. Es war fast windstill. Hier ließ es sich aushalten. Ich verspürte große Lust, mich auf eine der beiden herumstehenden und sehr bequem aussehenden Segeltuchliegen zu werfen und ein wenig Schlaf nachzuholen.

Auch die Terrasse war nobel möbliert. Neben den beiden

Designerliegen gab es einen großen, runden Tisch aus dunklem Geflecht und in einer Ecke einen einfachen zweitürigen Schrank, der zur Aufbewahrung von Besen und anderen Putzgerätschaften dienen mochte. Rechts von mir trennte eine zwei Meter hohe Milchglaswand die terrakottageflieste Fläche gegen die Terrasse der Nachbarwohnung ab. Aus weißen Kübeln wuchsen große, sichtlich gut gepflegte Pflanzen. Den kraftstrotzenden Ficus erkannte ich, eine andere, großblättrige Pflanze hielt ich für eine Bananenstaude. Auf dem Tisch stand ein sauberer weißer Aschenbecher, halb voll mit Regenwasser. Weiter gab es hier nichts zu entdecken.

Ich versuchte, die Türen des Schranks zu öffnen, er war jedoch verschlossen. Der Inhalt war vermutlich nicht allzu aufregend. Ein letztes Mal genoss ich die Aussicht, ließ mir für einen Augenblick das Gesicht von der Sonne wärmen. Dann ging ich wieder hinein, schob die schwere Terrassentür zu und verriegelte sie.

Während ich den großen Hebel nach oben schwenkte, beschlich mich dieses wohlbekannte Gefühl, dass etwas nicht stimmte. Irgendetwas, was ich in den letzten Sekunden gesehen oder erlebt hatte, war falsch gewesen. Nach kurzem Zögern drückte ich den Hebel wieder herunter, schob die Tür zur Seite, und noch bevor ich ein zweites Mal ins Freie trat, war mir klar, was mich irritiert hatte: An dem verschlossenen Besenschrank gab es kein Schlüsselloch. Erneut zog ich an den Griffen, dieses Mal kräftiger und mit beiden Händen gleichzeitig. Ich rüttelte, zog, und jetzt gaben die Türen doch eine Winzigkeit nach. Aber nicht so, als wären sie mechanisch verriegelt, sondern …

Mit einem Schlag flogen mir die Türen entgegen, ich taumelte zwei Schritte zurück, eine blecherne Kehrschaufel schepperte am Boden, und vor mir stand eine junge, schmale Frau mit dunklen Haaren und einer zierlichen, verchromten Pistole in beiden Händen.

18

Die Art, wie Tina die Waffe hielt und mir über den Lauf hinweg in die Augen sah, machte unmissverständlich klar: Sie wusste damit umzugehen. Und sie würde abdrücken, sollte ich eine dumme Bewegung machen. Ich hob die Hände langsam in Schulterhöhe und versuchte, beruhigend zu lächeln. Der zweite Teil wollte mir nicht recht gelingen.

Tina beobachtete jede meiner Bewegungen mit konzentriertem, ernstem Blick, in dem keine Angst zu erkennen war. Nicht einmal Aufregung, wenn ich ehrlich war. Diese junge Frau war nicht in Panik, sie suchte keinen Ausweg aus einem unlösbaren Dilemma, sondern eine schnelle Lösung für ein lästiges Problem. Die Waffe hielt sie auf meinen Bauch gerichtet.

Es ist immer klüger, auf den Bauch zu zielen als auf den Kopf, weil man dann leichter trifft.

Nach einer langen Schrecksekunde winkte sie mich mit dem Lauf in Richtung Tür. Gehorsam ging ich hinein, wandte ihr sogar den Rücken zu, um zu zeigen, dass ich ihr vertraute. Sie folgte mir mit einigen Schritten Sicherheitsabstand. Tina schien schon manches mitgemacht zu haben in ihrem kurzen Leben. Und dann hörte ich zum ersten Mal ihre Stimme:

»Wer bist du?«, fragte sie mit heller Mädchenstimme und starkem östlichem Akzent. »Polizei?«

Ich drehte mich betont langsam um, um sie nicht zu erschrecken. Nannte meinen Vornamen, um zu zeigen, dass ich gegen das »Du« nichts einzuwenden hatte.

»Was ist hier vergangene Nacht passiert? Hast du auf die Männer geschossen? Wer waren die drei? Suchen sie dich?«

»Du stehen bleiben«, sagte sie scharf, ging Schritt für Schritt rückwärts in Richtung Schlafzimmer, die Waffe immer auf mich gerichtet, erreichte die lackweiße Kommode, zog, ohne mich auch nur für den Bruchteil einer Sekunde aus den Augen zu lassen, die oberste Schublade auf, kramte mit der rechten Hand darin herum, fand blind, wonach sie suchte, und kam mit einem Paar Handschellen zurück. Einige Schritte vor mir blieb sie stehen, warf mir die Dinger zu und sagte knapp:

»An rechte Hand machen!«

Ich gehorchte. Was blieb mir übrig? Die Handschellen klickten zuverlässig. Das war ordentliche Qualität, kein Spielzeug, auch wenn es sicherlich für genau diesen Zweck angeschafft worden war.

Der Pistolenlauf zuckte eine Winzigkeit nach oben. »Zurück!«

Ich gehorchte wieder. Die Handschellen baumelten jetzt an meinem rechten Handgelenk. Was sollte das werden? Langsam ging ich rückwärts bis zur Wand.

»Du sitzen!«, sagte sie. »Auf Boden!«

Hinter mir befand sich nicht nur die Wand, sondern auch ein niedriger Heizkörper, der sich fast über die ganze Länge des Raums erstreckte. Als ich mich umständlich setzte, wusste ich schon, wie es nun weitergehen würde. Augenblicke später war ich mit Handschellen, die nicht aus dem Inventar der deutschen Polizei stammten, an einen massiven und vermutlich gut befestigten Heizkörper gekettet. Ich versuchte, eine bequeme Sitzposition zu finden, was mir auch gelang.

»Handy!«, kommandierte Tina, nun schon ein wenig freundlicher, und ließ endlich die Waffe sinken.

Es gelang mir, mit der linken Hand das Handy aus der rechten Innentasche meines Jacketts zu ziehen. Ich ließ es über den weiß gefliesten Boden in ihre Richtung schlittern. Sie kickte es noch ein wenig weiter.

»Wer bist du?«, fragte ich nach einer kurzen Verlegenheitspause. »Wie ist dein Name?«

»Tina«, erwiderte sie mit fester Stimme.

»Und weiter?«

»Nicht weiter. Tina.« Sie legte die Pistole auf den Couchtisch und setzte sich langsam mit nachdenklicher Miene auf die vorderste Kante der übergroßen Sitz- und Liegefläche. Sie trug einen kalkweißen, dünnen Rollkragenpulli zu einer sehr eng sitzenden Jeans, die ihre knabenhafte Figur betonte. Die rührend kleinen Füße steckten in grellroten, flachen Segeltuchschuhen.

»Woher kommst du?«

»Odessa.«

»Du bist deinen Zuhältern weggelaufen, richtig? Den rumänischen Zuhältern, die dich nach Deutschland gebracht haben. Und die dich letzte Nacht wieder einfangen wollten.«

»Sie mich bringen nach Deutschland und eingesperrt. Aber ich wissen, dass lügen, wenn sagen, hier gute Arbeit für mich. Ich wissen, was wird.«

»Und du hast dich trotzdem darauf eingelassen?«

Sie nickte zwei-, dreimal mit gesenktem Blick. Spielte mit ihren Mädchenfingern. »Gute Weg für mich, nach Deutschland kommen. Einzige Weg. Früher ich arm. Jetzt nicht mehr.«

»Und was wirst du machen? Mit deinem Geld? Sie werden weiter hinter dir her sein. Du wirst ihnen nicht immer wieder entkommen. Du kannst nicht jedes Mal schießen, wenn sie wieder auftauchen.«

»Weg von Heidelberg. Dann überlegen.«

»Wie alt bist du?«

»Einundzwanzig«, log sie mit treuherzigem Blick in mein Gesicht. Ich hoffte, dass sie wenigstens achtzehn war.

»Warum ausgerechnet Deutschland?«

»Deutschland schön. Deutschland gut. Hier geben Arbeit. Hier geben alles. Hier man kann werden reich.« Sie wies um sich, auf die teuren Möbel, die Bilder an den Wänden, die großzügige Terrasse. »Leo auch arm, früher. Jetzt reich. Jetzt hat BMW und Wohnung und Urlaub. In Odessa nie Urlaub. Nie.«

»Und so möchtest du auch leben?«

Wieder nickte sie mit großen Kinderaugen und ebenso großem Ernst.

»Wer hat deinen Freund erschossen?«

»Andi? Die Männer, die waren hier in die Nacht. Sie mich nicht können fangen, dann wollen töten.«

»Und warum haben sie dich nicht mitgenommen?«

»Nicht sehen. Ich unten. Ich in Bad ... auch nicht hören ...«

Es war so gewesen, wie ich es mir zusammengereimt hatte: Tina hatte eine Etage tiefer unter der Dusche gestanden und nichts von dem Drama mitbekommen, das sich über ihrem Kopf abspielte. Als sie später wieder nach oben kam, fand sie ihren Freund und Beschützer tot in seinem Blut. Sie war in Panik geraten, hatte befürchtet, die Mörder könnten noch in der Nähe sein, und daher beschlossen, Feuer zu legen, um Verwirrung zu stiften oder sich einen Vorsprung zu verschaffen oder Spuren zu verwischen – in diesem Punkt blieben ihre Erklärungen vage. Vielleicht hatte sie das Feuer auch in der wahnwitzigen Hoffnung gelegt, man könnte den verkohlten Leichnam für ihren halten. Glücklicherweise hatte sie jedoch rasch begriffen, dass der Brand keine gute Idee war.

»Dann ich löschen. Mit Decke.«

»Und anschließend hast du deine Sachen gepackt und dich hier versteckt.«

Wieder nickte sie. »Habe Schlüssel. Pflanzen gießen. Briefkasten leer machen. Leo Urlaub.«

»Warum die rote Perücke? Ich finde dein Haar, so wie es jetzt ist, sehr hübsch. Es steht dir.«

Schmeicheleien waren offensichtlich nicht ihr Ding. Ihr Blick blieb sachlich.

»Leo sagen, deutsche Männer lieben rote Frau. Zahlen besser. Außerdem nicht leicht erkennen mit Perücke.«

»Entschuldige die vielleicht etwas merkwürdige Frage – wissen deine Eltern, wo du bist und was du hier tust?«

»Mama egal, was mit mir ist.«

»Und dein Vater?«

»Papa tot. Mit Flugzeug abgestürzen, auf Flug nach Moskau. Damals ich acht. Papa Geschäftsmann. Sehr reich. Aber Mama faule Schlampe. Immer trinken. Jede Nacht anderes Schwein in Bett.«

»Hast du Geschwister?«

Ihr Blick hatte sich in den letzten Minuten verändert. Jetzt sah sie mich mit einer Mischung aus Erstaunen und zaghaftem Interesse an. Vermutlich wunderte sie sich, weshalb ich das alles so genau wissen wollte. Und vielleicht war sie auch ein klein wenig froh darüber, endlich mit jemandem sprechen zu können, eine menschliche Stimme zu hören, nach tagelanger Einsamkeit voller Sorgen und Ängste.

»Habe zwei Schwestern. Und Bruder. Bruder böse. Stehlen. Verkaufen Drogen und Waffen. Ältere Schwester arbeiten in Bauernhof in Norden. Denkt, irgendwann heiraten Sohn von Bauern. Aber Bauer auch Schwein. Außerdem sie hässlich und hinken. Junge Schwester Ana ist krank in Kopf.«

Sie wurde erstaunlich redselig.

»In Odessa wir alle drei in ein Zimmer. Mama und Ana und ich. Ana erst sechzehn. Kein Klo in Wohnung. Kein Wasserspulung. Wie ich elf, Mama mich gezwingt, dass Männer mich anfassen. Gucken und anfassen. Alte Männer. Säufer. Schweine. Später sollte ich mit Männer auch schlafen. Mama mich schlagen, wenn nicht schlafen. Geld war nicht für mich. Geld war für Mamas Wodka. Männer in Deutschland viel sauberer. Freundlicher auch. Nicht so viel trinken. Männer in Odessa Schweine. Alle.«

»Du sprichst sehr gut Deutsch. Hast du das in der Schule gelernt?«

Zum ersten Mal lächelte sie ein wenig. Sie war also doch für Schmeicheleien zu haben. Vielleicht hatte ich sie bald so weit, dass sie mich losmachte.

»Wir alte Nachbarin in Odessa. Früher war in Berlin, Ostberlin, und mich Worte lernen. Aber meiste erst hier gelernt.«

»Im ... Bordell?«

Verwundert, verwirrt sah sie mich an. »Ich immer reden mit Männer. Jedes Mal Worte lernen, ein paar. Ich gut Sachen merken. Reden Russisch. Und Rumänisch. Englisch will lernen. Auch Französisch. Später Andi mich helfen. Jeden Tag helfen. Jeden Tag neue Wörter.«

»Andreas Dierksen war ursprünglich dein Kunde, richtig?«

»Ursprüg...?«

»Ursprünglich. Am Anfang.«

Sie nickte. Machte ein Häkchen in ihrem Kopf. Wieder ein Wort mehr.

»Viele Male Kunde. Ich seit Sommer in Deutschland. August Andi erste Mal bei mir. Dann jede Woche. Andi in mich geliebt.«

Dieses Mal fiel ihr Nicken so nachdenklich aus, als könnte sie immer noch nicht ganz fassen, was sie mir da erzählte.

»Andi gute Mann. Nicht trinken. Kein Schwein. Mich viel helfen. Er kennen Leo. Leo mich auch helfen. Aber jetzt Andi tot. Und Leo Urlaub. Ich hier warten. Hoffen, sie kommt. Aber dann kommen Männer, letzte Nacht. Und ich ...« Ihr Blick wurde trüb. Sie blinzelte ein wenig, als sie sagte: »Weiß nicht, wie jetzt weiter ...«

»Ich kann dir auch helfen.«

»Aber du ... Polizei!«

»Ich kann dich beschützen. Du musst nicht mehr mit fremden Männern schlafen. Ich kann dafür sorgen, dass du Arbeit findest, dass du nicht zurück nach Odessa musst, dass ...«

Ein Gong ertönte. Unwirklich laut in der Stille. Tinas Miene erfror. Auch ich war sehr erschrocken.

»Hast du …?«, fragte sie mit erstickter Stimme und hielt schon wieder die Pistole in der Hand. »Warten Besuch …?«

Ich schüttelte eilig den Kopf. »Wahrscheinlich der Briefträger. Die Post. Nein, ich erwarte niemanden. Bestimmt ist es nur der Briefträger. Niemand weiß, dass ich hier bin.«

Sie glaubte mir nicht. Tina war noch ein halbes Kind, und Kinder haben ein feines Gespür für Lügen. Sie sprang auf mit der Leichtigkeit einer Feder, lief auf die Terrasse, um aus ihrem engen Versteck eine schwere, blau karierte Reisetasche zu zerren, auf der sie vermutlich die ganze Nacht gesessen hatte, flitzte ins Schlafzimmer, kam Augenblicke später mit Handtasche und in einem schwarzen Mäntelchen zurück. Das rote Seidentuch wehte um ihren schlanken Hals, sie trug hohe schwarze Stiefel, stopfte im Laufen die Pistole in die Handtasche, zerrte die rote Perücke heraus, sauste auf die Terrasse, stieg auf die Brüstung an der Südseite, ließ die Tasche nach außen fallen und war einen Augenblick später verschwunden.

An der Südseite befand sich die Terrasse nur etwa zwei Meter über dem Boden, hatte ich vorhin gesehen, da das Haus am Hang lag. Wieder ertönte der Gong. Vermutlich stand die erwartete Spurensicherung unten vor der Tür. Schon begann mein Handy am Boden aufgeregt zu brummen und zu trillern. Nach einer Weile verstummte es wieder. Durch die immer noch offen stehende Terrassentür hörte ich, wie draußen Autotüren ins Schloss fielen, ein Motor angelassen wurde und ein großer Wagen wendete und langsam wegfuhr.

Dann hörte ich nichts mehr.

Und nun saß ich da.

Von einem halb erwachsenen Mädchen übertölpelt und an einen kalten Heizkörper gekettet. Auf einem verflucht harten Boden, im Mantel, das Handy außer Reichweite.

Was tun?

Erstes Gebot, immer: Ruhe bewahren.

Und nachdenken.

Man würde mich vermissen. Bald. Gegen halb zehn war ich aus dem Lift gestiegen. Zwei Kollegen wussten, dass ich hier war. Die Spurensicherer würden herumtelefonieren, um herauszufinden, wo ich steckte und warum sie nicht an den Tatort gelangen konnten, um ihre Arbeit zu tun. Meine Mutter würde sich fragen, wo ich blieb. Theresa würde sich wundern, weshalb ich ihre Guten-Morgen-mein-Schatz-SMS nicht beantwortete. Im Grunde brauchte ich nur zu warten und es mir bequem zu machen.

Irgendwo im Haus klappte eine Tür. Eine Frau lachte. Ein Mann rief etwas, woraufhin die Frau noch einmal lachte. Wieder klappte eine Tür. Dann war es wieder so still wie zuvor.

Verhungern würde ich nicht.

Bald würde mein Handy wieder klingeln, und der Anrufer würde sich mehr und mehr wundern, weshalb ich nicht ranging. Er würde es wieder und wieder versuchen und sich früher oder später an die Polizei wenden. Falls er nicht selbst Polizist war, natürlich. Dort würde man dann schon wissen, was zu tun war. Allerdings – die einzigen beiden Menschen, die wussten, wo ich zu finden war, lagen zurzeit in ihren Betten und holten ihren versäumten Nachtschlaf nach. Bis sie wieder aufwachten, würde mir alles Mögliche wehtun. Und außerdem würde mir in der Zwischenzeit sehr, sehr langweilig sein.

Das Erste, was ich tat, nachdem ich nachgedacht hatte, war, mich gründlich umzusehen. Ließen sich die Handschellen vielleicht irgendwie öffnen? Mit Geschick und einer am Boden liegenden Büroklammer oder zur Not mit roher Gewalt?

Nein. Die blöden Dinger stammten zwar nicht aus deutscher Produktion, waren aber dennoch von guter Qualität.

Gehärteter Stahl, ein solides Schloss. Gemacht, um stärkere Kerle als mich zu bändigen.

Am Boden lag nichts. Keine Büroklammer. Kein Stückchen Draht. Einfach nichts. Hier waltete offenbar eine gewissenhafte Putzfrau.

Befand sich ein langer Gegenstand in Reichweite, mit dessen Hilfe ich vielleicht mein Handy …?

Auch nicht.

Wenn ich mich ganz lang machte und noch ein bisschen länger, konnte ich es dann mit dem Fuß erreichen? Ich dehnte meinen Körper bis an die Schmerzgrenze, ächzte und fluchte – erfolglos. Es fehlte immer noch fast ein Meter.

Kam ich an den kleinen Schreibtisch heran, um ihn zu mir zu ziehen? Darauf befanden sich mit Sicherheit alle möglichen nützlichen Dinge. Büroklammern, zum Beispiel.

Aber sosehr ich mich auch streckte, sosehr ich mich quälte, es fehlten immer noch zwanzig Zentimeter.

So blieb mir nichts anderes übrig, als mich so bequem wie möglich einzurichten und Geduld zu üben.

Leise war es hier.

So verflucht leise.

Versuchsweise stieß ich einige Male die Fersen auf die weißen Fliesen. Es wummerte kräftig und tat weh, sonst geschah nichts. Ganz von ferne meinte ich, Stimmen zu hören. Ein Mann schimpfte, etwas knallte. Wind säuselte an irgendeiner Kante der Terrassenbrüstung. War es vorhin nicht windstill gewesen? Unendlich weit entfernt wurde ein Motor angelassen, ein Auto beschleunigte sportlich. Dann wieder lange nichts.

Hörte ich Musik? Oder waren das schon die ersten Halluzinationen? Wie viele Wohnungen befanden sich eigentlich in diesem verflixten Terrassenhaus? Auf jeder Etage gab es zwei spiegelbildlich angeordnete Apartments, durch ein großzügiges Treppenhaus getrennt, sodass, vermutlich aus

Gründen der Geräuschdämmung, keine gemeinsame Wand existierte.

Der blöde Architekt hatte sich enorme Mühe gegeben, mir das Leben so sauer wie möglich zu machen.

Mein rechtes Bein begann einzuschlafen, als nach meiner Schätzung eine Viertelstunde vergangen war. Ich setzte mich anders hin, versuchte das Bein in eine möglichst natürliche Haltung zu bringen. Daraufhin tat mir bald das Gesäß weh. Unter Mühen, Verrenkungen und Flüchen zog ich den Mantel aus, am rechten Arm ging das wegen der Handschellen natürlich nicht, und knüllte das Ding mit der linken Hand unter mir zusammen, sodass ich ab sofort wenigstens weich sitzen konnte.

Sie hätte ein Radio einschalten können, verdammt! Aber nicht einmal eine Uhr gab es hier. Zumindest keine, die ich sehen konnte, obwohl ich meinte, von irgendwoher ein feines Ticken zu vernehmen.

Ich sah Tina vor mir. Die großen Augen eines zutiefst verletzten Kindes von vielleicht achtzehn, neunzehn Jahren. Wie mochte sie mit elf ausgesehen haben, als ihre Mutter sie zum ersten Mal zwang, sich von diesen versoffenen, ungewaschenen, stinkenden, durch und durch unsympathischen Kerlen missbrauchen zu lassen?

Und was würde nun aus ihr werden?

Die Wohnung, in der ich gerade festhing, war ein gutes Versteck gewesen. Allerdings nicht gut genug, wie sich in der vergangenen Nacht gezeigt hatte. Leonora, von Tina Leo genannt, schien für sie so etwas wie eine ältere Freundin zu sein. Wo diese Leo wohl steckte? Wie lang ihr Urlaub noch dauern mochte? Tina hatte praktisch täglich mir ihrer Rückkehr gerechnet. Vielleicht spazierte sie gleich herein, die rothaarige Scarlett Johansson, und war sehr überrascht, ihre Tür beschädigt und außerdem einen wildfremden Mann mit ihren eigenen Handschellen an ihre Heizung gefesselt zu finden.

Quatsch. Sie würde erstens meinen Zettel sehen und zweitens feststellen, dass ihr Schlüssel nicht mehr ins Schloss passte. Aber ich könnte mich durch die Tür mit ihr verständigen. Sie bitten, Hilfe zu holen.

Viele Urlaube endeten an einem Samstag.

Und mein dummes Handy lag immer noch da und tat keinen Mucks. Hoffentlich war ihm nichts zugestoßen, als Tina es mit dem Fuß ... Unsinn. Wie oft hatte ich das Ding schon fallen lassen, ohne dass es kaputtgegangen war? Außerdem hatte es vorhin ja ... War der Akku womöglich ...? Wann hatte ich es zum letzten Mal aufgeladen? Ich konnte es nicht sagen. Diesen Vorteil hatte mein altes Siemens-Handy immerhin: Es konnte eine Woche ohne Aufladung überleben, wenn man nicht allzu exzessiv telefonierte.

Das gab so schnell nicht auf.

Genau wie ich.

Ich würde mich doch von einem Mädchen wie Tina nicht unterkriegen lassen!

Da!

Irgendwo trillerte ein Telefon!

Schon nach zweimaligem Klingeln wurde abgenommen. Hörte ich jemanden sprechen? Wieder eine Frau? Wenn ich diese Frau hören konnte, dann konnte sie vielleicht auch mich hören. Falls sie nicht gerade den Fernseher oder Musik eingeschaltet hatte ...

Ich begann zu brüllen.

Aus Leibeskräften.

Alle paar Sekunden rief ich dreimal nacheinander: »Hilfe!«, so laut ich konnte, und trampelte dazu wie ein Irrer. So fest, dass es wirklich wehtat.

Es half nichts.

Wie lange saß ich nun schon hier? Eine halbe Stunde? Eine ganze? Wie schnell man das Zeitgefühl verlor, in einer solchen Situation.

Außerdem hatte ich Durst, wurde mir bewusst. Allerdings – hätte ich etwas zu trinken, dann würde ich bald zur Toilette müssen, was einen ganzen Rattenschwanz erst schmerzhafter und später peinlicher Folgen nach sich ziehen würde. Nein, dann doch lieber Durst. Und es gab ja ohnehin nichts in Reichweite, was ich hätte trinken können. Wie lange überlebte ein Mensch ohne Essen und Trinken? Drei Tage? Vier? Eine Woche? So schlimm war der Durst eigentlich gar nicht.

Und das dämliche, brave, nutzlose Handy lag immer noch da und rührte sich nicht.

Auf der Straße unten ein Motor! Eine Autotür. Zwei Frauen stiegen aus, wie es klang. Ich erschrak fast zu Tode, als der Gong wieder dröhnte. Nach etwa fünf Sekunden ein zweites Mal. Dann wieder Stille. Unten klapperte etwas. Dieses Mal war es wohl wirklich die Post gewesen. Oder Werbung.

Ich Idiot! Warum hatte ich nicht jetzt gebrüllt? Die Terrassentür stand sperrangelweit offen. Wer immer da unten gewesen war, hätte mich vielleicht gehört. Und ich Knallkopf hatte stattdessen den Atem angehalten und gelauscht.

Wann war ich noch mal angekommen? Gegen halb zehn. Inzwischen musste mindestens eine Stunde vergangen sein.

Die Zwillinge schliefen auswärts. Aber meine Mutter … Plötzlich war ich sehr froh um ihren Besuch. Auch wenn sie gerade dabei war, den Verstand zu verlieren, wie ich seit gestern Abend wusste. Zum ersten Mal seit Langem hoffte ich auf ihren Anruf, baute auf ihre Neugierde und Fürsorge. Sie würde wissen wollen, ob ich fürs Mittagessen besondere Wünsche hatte. Gestern hatte sie etwas von Kartoffelpüree und gebratener Leber gesagt. Ich liebte gebratene Leber. Und Mutters Kartoffelpüree auch. Mein Magen begann schon, vorwurfsvoll zu knurren. Bestimmt war es nicht mehr lange bis Mittag.

Draußen wurde der Himmel immer klarer. Endlich wieder ein richtig schöner Tag, ein arbeitsfreier Tag außerdem, und ich Idiot saß hier …

In der Ferne, nur mit angehaltenem Atem zu hören, eine Kirchturmuhr: eins, zwei, drei ... Ich zählte bis zehn. Zehn konnte nicht sein. Zehn mochte es gewesen sein, als Tina aus dem Schrank sprang. Also elf. Ich saß gerade mal eine knappe Stunde an den Heizkörper gefesselt da.

Die kleine Tina, die so erstaunlich gut mit Handfeuerwaffen umgehen konnte, hatte vermutlich die ganze Nacht im Schrank auf der Terrasse verbracht. Woher hatte sie überhaupt die Pistole? War es die, mit der Dierksen erschossen wurde? Und Kowalski verletzt? Jedenfalls hatte Tina die Pistole mitgenommen.

Was nicht gut war.

Ein verzweifelter Mensch mit einer Waffe ist niemals gut. Nicht für sich und nicht für andere. So richtig verzweifelt hatte sie gar nicht gewirkt. Tina schien aus zähem Holz zu sein.

Seit ich wusste, dass ich die Kirchturmuhr hören konnte, lauschte ich ständig auf die nächsten Glockenschläge. Um Viertel nach elf brummte das Handy dreimal. Vermutlich Theresas heute reichlich späte erste SMS. Dann geschah wieder lange Zeit nichts. Spätestens um zwölf würde Mutter anrufen. Allerspätestens um halb eins.

Allmählich tat mir jeder einzelne Muskel weh. Minütlich musste ich jetzt die Sitzposition wechseln, um es noch aushalten zu können. Aufzustehen, sich strecken und dehnen zu dürfen, war mir zu einer so himmlischen Vorstellung geworden wie ein kaltes Glas Wasser für einen in der Wüste Verdurstenden. Manchmal machte ich im Sitzen Dehnübungen. Dann ging es wieder für ein Weilchen. Die Hilferufe hatte ich nach gefühlten einhundert Versuchen eingestellt. Das Handy hatte inzwischen noch zweimal gebrummt und einmal getrillert. Immerhin funktionierte es noch. Vermutlich wurde längst nach mir gesucht. Warum hatte ich Blödmann niemandem Bescheid gegeben, wo ich hinfahren würde?

Mutter würde mich vermissen. Sie musste mich einfach vermissen. Sie würde versuchen, mich anzurufen, dann würde sie in der Direktion anrufen und sich gewiss nicht abwimmeln lassen. Und wenn sie erst einmal nach mir suchten, dann würde es ein Leichtes sein, mich zum Beispiel mithilfe einer Handyortung aufzuspüren. Irgendwann, bald, würde der Gong wieder dröhnen, jemand würde sich am Schloss der Wohnungstür zu schaffen machen, und ich würde befreit werden.

Und in der Polizeidirektion reichlich Stoff für heitere Gespräche und heimliches Gelächter liefern. Aber das war mir im Moment gleichgültig. Wenn nur endlich diese tausendmal verfluchten Handschellen …

Und außerdem hatte ich jetzt doch ernstlich Durst und zudem Hunger …

Und zur Toilette musste ich auch.

Was für ein Mist!

19

Das Handy hatte seit Stunden keinen Mucks mehr von sich gegeben. Vielleicht war inzwischen doch der Akku leer. Damit war auch nicht mehr auf eine Handyortung zu hoffen. Vor den Fenstern schien es allmählich dunkler zu werden. Halb vier war es gewesen, als ich die Kirchturmuhr zuletzt hörte. Zwischenzeitlich war ich einige Male eingenickt und völlig verkrampft wieder zu mir gekommen.

Viel Zeit hatte ich damit verbracht, das farbenfrohe Gemälde an der Wand zu betrachten. Dort Gesichter zu erkennen und wieder zu verlieren, geheimnisvolle Landschaften und Dämonen, die nicht mehr da waren, wenn man sie Minuten später wieder suchte. Sämtliche Glieder taten mir weh, und längst wusste ich nicht mehr, wie ich mich noch hinsetzen sollte. Warum zur Hölle suchte denn niemand nach mir? Warum zur Hölle …

Da!

Stimmen im Treppenhaus!

Schritte!

Ich begann, hemmungslos zu brüllen. Horchte. Die Stimmen waren verstummt. »Hilfe!«, brüllte ich erneut.

Jemand klopfte an die Tür. Ein zaghaftes »Hallo?« aus Frauenmund. »Ist da wer?«

»Ich bin hier angekettet! Ich bin Polizist. Bitte rufen Sie die Polizei!«

Kurzes Gemurmel.

»Angekettet?«, fragte eine selbstbewusste Männerstimme dann. »Sie meinen, gefesselt oder so?«

»Ja. Bitte holen Sie Hilfe!«

»Und Sie sind echt von der Polizei?«

»Ja, verdammt! Kriminalpolizei. Bitte rufen Sie meine Kollegen an.«

»Das ist kein Fake? Versteckte Kamera oder so was?«

Wieder Gemurmel.

»Und Sie sind echt gefesselt?«

»Ja, Herrgott noch mal! Bitte, bitte, rufen Sie die Hundertzwölf an und nennen Sie einfach meinen Namen: Gerlach.«

Fünfundzwanzig Minuten später war ich frei.

Rolf Runkel half mir auf die wackeligen Beine und schaffte es sogar, dabei nicht allzu offensichtlich zu grinsen.

Hinkend, fluchend und stöhnend holte ich mir ein großes Glas Wasser aus der Küche. Runkel inspizierte mit Interesse die Handschellen, die mit dem Schlüssel der deutschen Polizei nicht zu öffnen gewesen waren. Er hatte erst Werkzeug aus dem Wagen holen müssen, und der Lack des Heizkörpers hatte ein wenig gelitten unter der brachialen Befreiungsaktion mit Bolzenschneider und Wasserpumpenzange.

Das Wasser schmeckte herrlich. Ich leerte das Glas in zwei Zügen, riss dann erst den Mantel vom rechten Arm, schmiss ihn über den Sessel, der am nächsten stand, und suchte die Tür zur Toilette.

»Und?«, fragte Runkel mitfühlend, als ich erleichtert zurückkam. »Geht's wieder?«

Ich humpelte ein wenig auf und ab, um die Durchblutung meiner weitgehend abgestorbenen unteren Extremitäten wieder in Schwung zu bringen, und erzählte meine wenig ruhmvolle Geschichte.

»Es wäre nett, wenn es nicht die ganze Direktion erfahren würde, okay?«

»Kein Problem, Chef. Ich kann die Klappe halten. Jeder baut mal Mist.«

Hatte ich Mist gebaut? Natürlich hatte ich. Nicht ohne Grund kommen Polizisten üblicherweise zu zweit.

»Jetzt ist die Tür endgültig hin«, sagte Rolf Runkel, nachdem er das Schloss sachkundig untersucht hatte. »Soll ich einen Schreiner holen?«

»Wenn Sie am Samstagnachmittag einen finden.«

Er versprach, sich um die Sache zu kümmern und so lange vor Ort auszuharren, bis das Apartment wieder ordentlich verschlossen werden konnte.

Es war nicht so leicht gewesen, mich zu finden, wie ich mir das vorgestellt hatte. Theresa hatte mich überhaupt nicht vermisst, da sie das Wochenende bei ihrer besten Freundin Viola in Darmstadt verbrachte. Meine Mutter hatte keinen Gedanken an mich oder gar das Mittagessen verschwendet. Als die Zwillinge gegen elf nach Hause kamen, hatten die drei spontan beschlossen, einen Ausflug nach Karlsruhe zu machen. Dort hatte kürzlich eine neue, ultrapreisgünstige Quelle für Teenagerbekleidung und superbilligen Schmuck eröffnet. Eine Jeans bekam man dort schon für neun Euro neunundneunzig, wurde mir mit strahlenden Augen berichtet, als die drei abends um kurz nach acht endlich wieder auftauchten. Superschicke, todsicher von armen, ständig geprügelten Kindern genähte T-Shirts praktisch umsonst. Sarah hatte mir immerhin eine SMS geschrieben, damit ich wusste, wo sie sich herumtrieben. Jede meiner Töchter schleppte drei große, braune und prall gefüllte Papiertüten mit dem Aufdruck »Primark« die Treppen hinauf. Meine Mutter hatte ihren Kaufrausch so weit bändigen können, dass das Ergebnis in zwei Tüten passte. Sie hatte die ganze Einkaufsorgie bezahlt und sich meine Töchter damit endgültig zu Freundinnen gemacht. Immerhin schien keine der drei bekifft zu sein.

Darum war es bei dem denkwürdigen Gespräch gestern am späten Abend gegangen. Es hatte ganz harmlos begonnen: »Meinst du, sie nehmen Drogen?«, hatte Mutter gefragt.

»Sarah und Louise? Mit Sicherheit haben sie schon das eine oder andere ausprobiert. Aber sie sind nicht gefährdet, keine Sorge. Nicht jeder, der mal ein Bier trinkt, wird zum Alkoholiker, und mit den Drogen ist es auch nicht anders.«

In Wirklichkeit sah ich die Sache nicht ganz so entspannt,

denn manche dieser neuen synthetischen Drogen waren imstande, Menschen schon nach kürzester Zeit abhängig zu machen. Aber das wollte ich meiner alten, ohnehin wegen jeder Kleinigkeit besorgten Mutter nicht auf die Nase binden.

»Hast du auch schon mal ...?«

»Was?«

»Na ja ...«

»Drogen genommen? Nein. Hat mich nie interessiert. Mir reicht hin und wieder ein Gläschen Rotwein. Oder zwei.«

Oder drei oder – wie an diesem verflixten Abend – vielleicht noch eines mehr.

»Und ...«

»Was und?«

Mutter war ganz kleinlaut geworden, als sie mit gesenktem Blick fragte: »Du kannst aber doch bestimmt so was besorgen? Du weißt doch, wo man so was kriegt, bei deinem Beruf.«

Nicht nur wegen des Rotweins hatte es gedauert, bis bei mir endlich der Groschen fiel. »Mama! Du willst doch nicht etwa ...?«

»Wieso nicht?«, hatte sie trotzig gefragt. »Ich habe so vieles noch nicht erlebt. Wie viel Zeit bleibt mir denn noch, um neue Erfahrungen zu machen? Warum soll ich nicht auch mal zum Beispiel Haschisch probieren? Angeblich soll es ja ganz harmlos sein.«

Und ausgerechnet mich hatte sie zum Dealer ihres Vertrauens auserwählt. Ich hatte ihr geraten, den albernen Plan unverzüglich wieder zu vergessen. Oder sich an meine Töchter zu wenden und mir dann aber bitte, bitte nichts davon zu erzählen.

Da niemand an Abendessen gedacht hatte, gingen wir zum Italiener. Auf Sarahs Frage, wie mein Tag gewesen sei, antwortete ich einsilbig.

»Es sieht im Ganzen nicht schlecht aus«, begann Vangelis die kleine Lagebesprechung am Sonntagvormittag. Sie sah Balke an. »Du hast das Video auf dem Handy?«

Wegen der gestrigen Ereignisse hatte sie einen Besuch bei Verwandten in Köln abgebrochen. Sie schien deswegen jedoch nicht übermäßig traurig zu sein.

Balke zückte mit einer effektvollen Geste sein extragroßes Smartphone und zeigte mir ein in der vorvergangenen Nacht aufgezeichnetes Filmchen. Die Kamera hatte sich auf dem Armaturenbrett eines fahrenden Wagens befunden. Zunächst sah ich die Kühlerhaube eines hell lackierten Volvo eine nächtliche Straße entlangfahren, links und rechts standen parkende Autos.

»Passen Sie auf«, sagte Balke leise, »jetzt! Da ist der Mercedes, in dem die drei Typen weggefahren sind. Das Kennzeichen haben wir schon entziffern können. Er stammt von einer Autovermietung am Münchner Flughafen. Angemietet am Mittwochabend. Ich lasse gerade alle Flüge checken, die in den Stunden davor aus dem Osten gekommen sind.«

Der dunkelblaue Mercedes war, wenige Augenblicke bevor der Volvo mit Kamera an ihm vorbeifuhr, aus seiner Parklücke ausgeschert. Der Fahrer hatte es sichtlich eilig gehabt, jedoch bremsen müssen, um den entgegenkommenden Wagen vorbeizulassen, durch dessen Windschutzscheibe wir gerade blickten.

»Woher stammt das?«

»Von einem Anwohner, der ein paar Häuser weiter oben im Ginsterweg wohnt«, erwiderte Balke. »Er hat eine von diesen Dashcams im Auto, die eigentlich dafür gedacht sind, Beweismittel zu liefern, falls einem wer die Vorfahrt nimmt. Wie man sieht, taugen die Dinger auch für andere Zwecke.«

»Kann ich es noch mal sehen?«

Balke startete das Video erneut, das kaum mehr als zehn

Sekunden lang war. Ich nahm ihm das Handy aus der Hand, um besser sehen zu können. Wieder die Kühlerhaube, die kurvige Straße, parkende Autos, der Mercedes, dessen Nummer mit »DN« begann.

»Da«, sagte ich. Es gelang mir, das Video zu stoppen. Ich gab Balke sein Handy zurück. »Der weiße Mini Cooper.«

»Oops!« Er nickte mit hochgezogenen, hellblonden Brauen. »Da sitzt einer drin. Ist mir bisher gar nicht aufgefallen.« Er ließ das Video in kurzen Etappen weiterlaufen. »Und der da sitzt, will nicht gesehen werden.«

»Vielleicht sucht er auch gerade was auf dem Beifahrersitz.« Vangelis war aufgesprungen und sah über Balkes breite Schulter zu.

Zum zweiten Mal startete er den Film neu. Dieses Mal blickten wir zu dritt auf den kleinen Bildschirm. Die Person in dem weißen Mini war nur schemenhaft zu erkennen. Mit etwas Phantasie konnte man sich einbilden, einen schmalen Mann zu sehen. Einen Mann mit kurz geschnittenem, dunklem Haar.

»Vielleicht eine Art Aufpasser?«, überlegte Vangelis, während sie sich nachdenklich wieder setzte. »Einer, der kontrollieren wollte, ob die Kerle im Mercedes ihren Job ordentlich erledigen?«

»Schade, dass das Kennzeichen verdeckt ist«, brummte Balke.

»Wie sieht es mit Augenzeugen aus?«

»Spärlich«, erwiderte Vangelis. »Bisher haben wir nur diesen Rentner im untersten Geschoss, der nach Mitternacht auf der Terrasse seine letzte Zigarette geraucht hat. Und den Nachbarn mit der Kamera im Wagen.«

»Die Nachbarin auf demselben Stockwerk hat nur was gehört«, fügte Balke hinzu. »Gesehen hat sie gar nichts.«

»Mit diesem Raucher möchte ich reden«, sagte ich. »Am besten jetzt gleich.«

»Was ich gesehen habe?«, fragte Dr. Franck gedehnt. »Kommen Sie doch bitte erst einmal herein.«

Der grauhaarige Mann, der den siebzigsten Geburtstag schon hinter sich hatte, sich jedoch immer noch sehr stolz und gerade hielt, führte uns in seine überraschend modern und geschmackvoll eingerichtete Wohnung. Wir befanden uns zwei Stockwerke unter der von Leonora, und die Wohnungen waren exakt gleich geschnitten. Allerdings gab es hier deutlich mehr Möbel, Bilder und Kleinkram als oben. Wir setzten uns um einen massiven Couchtisch herum, dessen Platte aus poliertem schwarzem Granit bestand.

»Kaffee?«, fragte Dr. Franck aufgeräumt, der sich sichtlich über den unerwarteten Besuch am langweiligen Sonntagvormittag freute und den Blick nicht von Klara Vangelis wenden konnte. »Oder einen kleinen Cognac vielleicht? Ich hätte da ein paar wirklich exquisite Sächelchen anzubieten …«

In einer Ecke lief stumm ein großer Fernseher. Offenbar ein Dokumentarfilm zur Fauna der Serengeti. Wir verzichteten auf die französischen Köstlichkeiten unseres Gastgebers. Er setzte sich mitten auf die moderne Ledercouch und sah endlich einmal mich an. Aus der Küche hörte ich Geräusche, die auf die Anwesenheit eines weiteren Menschen schließen ließen.

»Meine Frau«, sagte Dr. Franck, der meinen Blick bemerkt hatte. Weitere Erklärungen schien er nicht für nötig zu halten.

»Mich interessiert, was genau Sie in der Nacht gesehen haben, als oben die Schießerei war«, begann ich.

»Das habe ich doch alles gestern schon …«

»Ich würde es gerne von Ihnen selbst hören.«

Er senkte den Blick, faltete die Hände wie zum Gebet, sah wieder auf. »Ich stand auf der Terrasse und habe geraucht.«

»Bei der Kälte?«

»Ich hatte mir einen Mantel übergezogen. Und so kalt

war es ja nun auch nicht. Zehn Grad plus, das ist ja keine Kälte. Und da ist der Mercedes die Straße heraufgekommen. Sehr langsam. Wie er vorbeigefahren ist, haben zwei Männer auf der Beifahrerseite herausgeguckt, wegen der Hausnummer, vermute ich. Er ist noch ein Stück weitergefahren, hat gewendet und dann fast genau gegenüber von meinem Aussichtsplatz eingeparkt. Reichlich ungeschickt übrigens. Der Fahrer ist wohl nicht sehr geübt. Oder der Wagen war ungewohnt für ihn. Dann sind drei Männer ausgestiegen. Männer, bei deren Anblick mir gleich nichts Gutes schwante. Sie haben solche Kapuzenpullis getragen, wie man sie von amerikanischen Gangsterfilmen kennt. Graue Kapuzenpullis. Irgendetwas stand auf den Rücken. Das konnte ich aber nicht entziffern.«

»Haben die drei Sie gesehen?«

»Das denke ich nicht. Sie werden bemerkt haben, dass unsere Terrasse erhöht liegt und nicht ebenerdig. Unter uns befinden sich die Kellerräume und darunter eine Tiefgarage. Der Himmel war bewölkt, und die Straßenlaterne reicht nicht bis zu uns herauf. Zudem hat es ein wenig geregnet. Nicht sehr, sonst wäre ich hineingegangen. Ich bin keiner von diesen Extremrauchern, die unter keinen Umständen auf ihr Vergnügen verzichten können. Ich bin Genussraucher, wie ich auch Genusstrinker bin.«

»Wie sind die drei ins Haus gekommen?«

»Das weiß ich nicht. Sie werden einen Schlüssel gehabt haben, denke ich. Geläutet haben sie jedenfalls nicht. Frau Swansea hat einen sehr lauten Gong, den man im ganzen Haus hört. Ich habe nur gehört, wie kurz darauf die Haustür ging, und dann waren die drei auch schon verschwunden.«

»Das Schloss ist nichts Besonderes«, warf Balke halblaut ein. »Ich habe es mir angesehen. Das knackt ein Profi in zehn Sekunden.«

»Nachdem sie im Haus waren, hat es vielleicht eine Minute gedauert, und dann ging oben die Knallerei los.«

An der Wohnung hatten sie nicht das Schloss geknackt, sondern die Tür mit roher Gewalt eingetreten. Dort musste es schnell gehen, weil sie Tina überraschen wollten. Dennoch waren sie zu langsam und am Ende selbst die Überraschten gewesen.

»Kurz darauf sind sie schon wieder aus dem Haus gekommen, in den Wagen gestiegen und davongerast.«

»Einer war verletzt.«

Dr. Franck nickte ernst. Wischte sich mit der Rechten über die Augen. Sah wieder Klara Vangelis an und lächelte plötzlich ohne Grund. »Die anderen beiden mussten ihn stützen. Es hatte ihn wohl am Bein erwischt.«

»Ist Ihnen davor oder danach etwas aufgefallen? Hat noch jemand das Haus betreten oder verlassen?«

»Ich bin dann unverzüglich hineingegangen, um die Polizei zu verständigen. Dort hat man mir gesagt, eine Nachbarin habe schon angerufen. Und wie ich wieder herauskam, da war der Mercedes verschwunden.«

Ich nickte Balke zu. Der zückte sein Handy und ließ den alten Herrn das Video sehen.

»Achten Sie bitte auf den weißen Mini Cooper, der etwa zwanzig Meter hinter dem Mercedes steht«, sagte ich.

»Da ... Jemand scheint drinzusitzen.«

»In der Nacht ist Ihnen der Wagen nicht aufgefallen?«

Ratloses Kopfschütteln. »Dürfte ich es noch einmal sehen?«

Er durfte.

Wieder Kopfschütteln.

»Waren andere Personen auf der Straße, während Sie auf der Terrasse waren?«

Dr. Franck sah zur Decke. Kratzte sich an der großen Nase. Schüttelte schließlich ein drittes Mal das ergraute Haupt. In der Küche war es jetzt still. Vielleicht horchte Frau Franck, die kein geselliger Mensch zu sein schien.

»Vielleicht früher? Ich nehme an, Sie rauchen nicht nur eine Zigarette pro Tag.«

»Zigarillos!«, erwiderte er in einem Ton, als wäre ich hart am Rand einer Beleidigung vorbeigeschrammt. »Kubanische Zigarillos rauche ich. Cohiba. Aber doch, ich entsinne mich jetzt, Sie haben recht. Gegen elf war ich schon einmal draußen gewesen. Das war nach diesem Film ... ›Indiana Jones‹, Folge eins. Ich habe ihn schon hundertmal gesehen und könnte ...«

»Den weißen Mini haben Sie auch da nicht bemerkt?«

»Nein. Aber etwas anderes habe ich bemerkt, und zwar Frau Professor Wesolek. Sie war mit ihrem Hund draußen, um kurz nach elf muss es gewesen sein. Ich hatte mir gerade den Zigarillo angesteckt, da kam sie die Straße herunter. Mit ihrem Hund an der Leine. Er ist viel zu groß für sie und furchtbar ungezogen. Frau Wesolek wohnt in Nummer siebenunddreißig, meine ich. Das ist weiter unten, sie war also schon auf dem Rückweg. Sie ist in Wirklichkeit gar keine Professorin. Ihr Mann war an der Universität, bevor er leider viel zu früh verstorben ist. Mit einundsechzig. Leberkrebs, acht Wochen von der Diagnose bis zum Ende. Frau Wesolek legt großen Wert darauf, beim Fleischer mit ›Frau Professor‹ angesprochen zu werden. Nun, sie hat vielleicht sonst nicht viel Freude in ihrem Leben. Ihr ungezogener Hund jedenfalls, der ist ihr gewiss keine ...«

»Ihre Frau«, unterbrach ich ihn. »War sie vielleicht auch auf der Terrasse?«

»Meine Frau geht niemals auf die Terrasse«, erklärte der alte Mann streng. »Sie mag es gerne warm und gemütlich.«

Frau Professor Wesolek war anfangs etwas mürrisch. Als ich sie jedoch mit dem Titel ihres verstorbenen Mannes ansprach und Balke sich innerhalb von Sekunden mit ihrem noch nicht ganz ausgewachsenen Bernhardiner anfreundete, taute sie rasch auf. Von einem weißen Mini Cooper wusste sie nichts.

»Ich achte nicht auf Autos«, erklärte sie hoheitsvoll. Während Dr. Franck ständig Vangelis angesehen hatte, würdigte die Professorenwitwe sie keines Blickes, sondern hielt sich an mich. Vermutlich, weil sie mich aufgrund meines Alters für den Ranghöchsten hielt. »Außerdem war mir entsetzlich kalt. Ich war schon fast eine Dreiviertelstunde mit Sigmund draußen gewesen und ... Wirst du wohl endlich Ruhe geben, du dummes Tier! Wirst du den Herrn wohl endlich in Frieden lassen!«

Ihr geräumiges Haus war üppig und teuer eingerichtet. Hier legte man sichtlich Wert auf Repräsentation. Und auf Reinlichkeit. Die Dame des Hauses trug eine hellgraue Hose, die in besseren Tagen vielleicht einmal Teil eines Hosenanzugs gewesen war, einen grob gestrickten, marineblauen Pullover und ein albern buntes Kopftuch, das vielleicht extravagant wirken sollte. Die quietschgelben Gummihandschuhe hatte sie erst ausgezogen, als sie uns für würdig befunden hatte, ihre Hand zu drücken.

»Lassen Sie nur«, sagte Balke vergnügt, während er mit beiden Händen versuchte, sich der stürmischen Zärtlichkeiten des großen Hundes zu erwehren. »Wir kommen schon klar, was, Sigmund?«

»Ist Ihnen sonst etwas aufgefallen während Ihres Abendspaziergangs?«

»Wo soll dieses weiße Auto denn gewesen sein?«

Ich beschrieb ihr das Terrassenhaus, die Stelle, wo der Mini gestanden hatte. Schließlich nickte sie zögernd. Dachte nach. Dachte länger nach.

»Nein«, sagte sie dann. »Verstehen Sie, mir war so abscheulich kalt. Ich war fast eine Stunde draußen gewesen, weil Sigmund wieder seine Verstopfung hat. Er braucht so viel Bewegung. Und ich wollte nur noch eines: nach Hause.«

»Auf dem Hinweg vielleicht? Da sind Sie ja wahrscheinlich dieselbe Strecke gegangen.«

Der Hund warf sich mit Schwung auf den Rücken, um sich von Balke den Bauch kraulen zu lassen. Die Halterin beobachtete das wilde Treiben am Fußboden mit Befremden.

»Auf dem Hinweg ...«, murmelte sie geistesabwesend. »Was soll da schon gewesen sein? Sigmund hat wie üblich an der Leine gezerrt wie ein Verrückter. So ist er ja immer zu Beginn. Er ist erst anderthalb Jahre alt, und eigentlich bräuchte er viel mehr Auslauf. Aber seit er mir einmal weggelaufen ist, um Kaninchen zu jagen, lasse ich ihn nicht mehr von der Leine. Ob es dem jungen Herrn nun passt oder nicht.«

Ich war schon im Begriff, mich zu bedanken, als ihre Miene sich plötzlich veränderte. Ihr Blick ging ins Weite, die Stirn unter dem bunten Kopftuch warf Falten.

»Warten Sie«, stieß sie hervor. »Da war dieses Autochen, an dem Sigmund geschnuppert hat. Das tut er ständig. Obwohl ich es ihm schon so oft verboten habe.«

Balke richtete sich auf und klopfte hellbraune Hundehaare von seiner Jeans. Sigmund sprang sofort auf die Beine und sah meinen Mitarbeiter unternehmungslustig an.

»Was für ein Auto war das?«, fragte ich.

Balke zückte sein Handy, startete wieder einmal das Video. »Das hier vielleicht?«, sagte er und zeigte auf den weißen Mini Cooper.

Frau Wesolek nickte mit schmalen Augen. »Das könnte es wohl gewesen sein, ja«, sagte sie. »Von Autos verstehe ich ja leider gar nichts. Aber das Dach könnte schwarz gewesen sein wie bei diesem hier.«

»Hat jemand dringesessen?«, fragte ich angespannt.

Wieder nickte sie. Sehr langsam dieses Mal. »Ich meine, ja. Deshalb hat Sigmund ja auch so geschnüffelt.«

»Können Sie die Person beschreiben?«

»Beschreiben? Gütiger Gott, nein! Geraucht hat die Person, das weiß ich allerdings. Gesehen habe ich nichts, dafür umso mehr gerochen. Diese Raucher machen sich ja keine Vorstellung, wie weit der Gestank dringt, den sie verursachen. Durch jede Ritze dringt das!«

»War es ein Mann oder eine Frau?«

»Wie gesagt, ich habe ja gar nichts gesehen.«

»Sicher nicht? Denken Sie bitte nach.«

Stirnrunzelnd tat sie mir den Gefallen. »Vielleicht ... Warten Sie, doch ... Ein Mann, denke ich. Dunkel gekleidet. Nicht besonders kräftig. Ein eher schmaler Typus. Wie mein Sohn ungefähr, Justus. Er wird im Herbst dreißig und hat vergangenes Jahr seinen Doktor med. gemacht. An der Charité in Berlin.«

»War der Mann eher groß oder eher klein?«

»Dazu kann ich beim besten Willen nichts sagen. Das Gesicht konnte ich nicht sehen. Es war so dunkel. Nur die Hände ...«

Balke steckte das Smartphone in die linke Gesäßtasche seiner Jeans.

»Was war mit den Händen?«

»Die rechte Hand. Die, mit der er die Zigarette hielt. Jetzt sehe ich es wieder vor mir. Die Hand lag am Lenkrad. Schmal war die Hand. Ein eher intellektueller Typus, wie gesagt. Ein Künstler vielleicht. Oder ein Wissenschaftler. Mein verstorbener Mann war Wissenschaftler. Psychologe, hier an der Ruprecht-Karls-Universität. Mein Sohn wird nach seiner Habilitation auch die akademische Laufbahn einschlagen.«

20

»Dieser weiße Mini«, sagte ich, als wir nebeneinander die Straße hinaufgingen. »Möglich, dass er mit unserem Fall überhaupt nichts zu tun hat. Aber wir sollten sicherheitshalber abklären, ob er vielleicht bei den Schüssen auf Dierksen und Kowalski auch in der Nähe war. Hängen an dem Hochhaus in der Rastatter Straße keine Überwachungskameras? Die gibt's doch heute praktisch überall.«

Balke versprach, sich darum zu kümmern. »So ein Hund, der hat was«, meinte er, als wir in unseren Dienstwagen stiegen. »Ich habe richtig Lust gekriegt, mir auch einen anzuschaffen.«

»Vergiss es.« Vangelis winkte müde ab. »So ein Tier hängt dir fast so schwer am Bein wie ein Kind.«

Der Rest des Sonntags verlief ruhig. Nirgendwo im Zuständigkeitsbereich der Heidelberger Polizeidirektion wurde geschossen. Nirgendwo wurde eine junge Frau gesichtet, die Tina auch nur entfernt ähnlich sah. Mutter kochte mittags nur für zwei, da die Zwillinge wieder einmal mit Freunden unterwegs waren. Als ich gegen halb zwölf aus der Direktion zurückkam, waren sie schon weg gewesen. Mutter meinte, die beiden seien zu einem Grillfest am Neckar eingeladen, war sich aber nicht ganz sicher, ob sie alles richtig verstanden hatte.

Nun gab es endlich den Kalbsbraten nach portugiesischem Rezept, mit Rosmarin und Salbei, Unmengen Knoblauch und Tomaten. Ich ließ mir zweimal nachladen und lobte Mutters ungewohnte mediterrane Kochkünste. Das Thema Haschisch kam nicht zur Sprache. Anschließend verbot sie mir, beim Abräumen des Tischs zu helfen, und verabschiedete sich bald, um sich mit irgendwelchen neu gewonnenen Freundinnen zum Nordic Walking zu treffen.

Ich war's zufrieden, warf mich aufs Sofa, schrieb Theresa

eine schwülstige SMS und schlief ein, noch bevor ich sie abgeschickt hatte.

Der Montag brachte zwei gute und eine sehr schlechte Nachricht.

Die drei flüchtigen Männer waren am Spätnachmittag des Sonntags in Belgien festgenommen worden. Sie stammten wirklich aus Rumänien, wie wir vermutet hatten, waren jedoch schlau genug gewesen, nicht in Richtung Heimat zu flüchten, sondern in die entgegengesetzte Richtung. Bei Aachen hatten sie die Grenze passiert. An einem Autobahngrenzübergang war die Gefahr der Entdeckung am geringsten, hatten sie sich vermutlich gedacht. Dummerweise waren sie jedoch nicht auf die Idee gekommen, das Fahrzeug oder wenigstens die Nummernschilder zu wechseln. So war der Mercedes wenige Meter hinter der Grenzlinie von der automatischen Kennzeichenerfassung der Belgier identifiziert worden. Weshalb sie nicht bereits in den Stunden nach der Schießerei die Grenze passiert hatten, war bisher nicht bekannt. Vielleicht hatten sie für ihren verletzten Kumpan ärztliche Versorgung suchen müssen. Oder sie hatten noch einen anderen Job zu erledigen gehabt.

Da zu befürchten war, dass die drei Waffen mit sich führten, hatten die belgischen Kollegen das Fahrzeug zunächst nur beschattet und in der Zwischenzeit auf der Autobahn kurz vor Liège eine Falle präpariert. Sie provozierten einen kleinen Stau, um die Rumänen zum Anhalten zu zwingen. Zwei zivile Lieferwagen voller schwer bewaffneter Sondereinsatzkräfte folgten ihnen schon seit einigen Kilometern, und der Rest war eine Sache von Sekunden gewesen. Ich wusste, wie so etwas ablief: unfassbar schnell, begleitet von Qualm, Getöse und Gebrüll, sodass das Ziel des Angriffs erst wieder einen klaren Gedanken fassen konnte, wenn es bereits mit den Armen auf dem Rücken am Boden lag. Niemand war verletzt worden, nicht einmal nennenswerter

Sachschaden war entstanden, und der Stau hatte sich rasch wieder aufgelöst. Die drei Männer im Mercedes waren unbewaffnet gewesen. Falls sie beim Einbruch am Ginsterweg Waffen getragen hatten, wovon ich ausging, dann hatten sie diese in der Zwischenzeit verschwinden lassen.

Morgen, spätestens am Mittwoch würden die drei sich wieder dort befinden, wo sie jetzt vermutlich am allerwenigsten sein wollten: in Heidelberg. Und ich war sehr gespannt auf die Geschichte, die sie mir erzählen würden, am meisten natürlich auf die Namen ihrer Auftraggeber.

Das war die erste gute Nachricht.

Die schlechte überbrachte mir Klara Vangelis um halb zehn. Sie war noch konzentrierter und beherrschter als sonst, als sie mit einem Computerausdruck in der Hand in meiner Tür stand.

»In der Mannheimer Müllverbrennungsanlage ist in der Nacht eine unbekleidete weibliche Leiche gefunden worden«, sagte sie. »Alter, Größe und Haarfarbe passen. Sie ist allerdings ziemlich entstellt. Die Kollegen nehmen an, dass sie in einem Müllcontainer gelegen hat und von dort in ein Müllfahrzeug umgeladen wurde …«

Selbst meine sonst so toughe Erste Kriminalhauptkommissarin musste schlucken bei der Vorstellung.

»Wie ist sie gestorben?«, fragte ich tonlos.

»Erstochen. Nach Spurenlage hat sie sich heftig gewehrt. Sie hat Abwehrverletzungen an Unterarmen und Händen. Sie muss gekämpft haben wie eine Katze. Aber es hat ihr letztlich nichts genützt.«

Ich brauchte zwei Anläufe, bevor ich die Frage herausbrachte: »Gibt es schon … Fotos?«

»Demnächst, hoffe ich.«

Sollte diese Tote die Antwort auf die Frage sein, was die Rumänen in den vergangenen sechsunddreißig Stunden getrieben hatten? Hatten sie Tina ein zweites Mal aufgespürt und sich dieses Mal nicht übertölpeln lassen?

»Mehr haben wir nicht?«

»Nein.« Vangelis schüttelte langsam den schwarzen Lockenkopf. »Mehr haben wir im Moment noch nicht.«

Wir sprachen kurz über die Schießerei am Boxberg. Unsere Spezialisten für das Unsichtbare hatten den Sonntag über in Leonora Swanseas Apartment eine Menge Spuren gesichert, die uns hoffentlich bald helfen würden, die drei Rumänen wegen Einbruchs und versuchter Freiheitsberaubung anzuklagen. Sie hatten gefunden, was man immer findet, wenn sich ein Mensch ohne Schutzkleidung an einem Ort aufgehalten hat: Haare, winzige Hautschuppen, den einen oder anderen Fingerabdruck, der sich bisher keiner bekannten Person zuordnen ließ, und in diesem Fall natürlich Blut von dem Verletzten.

»Das Kaliber ist nicht dasselbe«, schloss Vangelis.

Die beiden Geschosse, die Andreas Dierksen und Leon Kowalski getroffen hatten, waren vom relativ selten verwendeten Kaliber 5,45. Die Kugeln in der Wand des Apartments am Ginsterweg hatten dagegen einen Durchmesser von 7,65 Millimetern. Damit konnte die Pistole, die Tina auf mich gerichtet hatte, nicht die Tatwaffe bei Dierksen und Kowalski sein.

Die zweite gute Neuigkeit überbrachte mir Balke eine halbe Stunde später mit strahlender Miene: In Tinas Versteck auf der Terrasse hatten die Kollegen ein Smartphone gefunden, das ihr vermutlich unbemerkt aus der Hosentasche gerutscht war.

»Und ich fresse einen Besen, wenn das nicht Dierksen gehört«, meinte Balke aufgekratzt. »Es ist ein Samsung S5, und unter seinen Papieren war eine Quittung für ein S5.« Er hob das Handy kurz hoch, das er in der bloßen Hand hielt, weil die daran befindlichen Spuren schon gesichert waren. »Blöderweise ist der Akku alle. Aber das kriegen wir hin.«

»Wie lange dauert es, bis unsere Techniker den PIN-Code geknackt haben?«

Er grinste mich an. »Fünf Minuten? Maximal zehn«, und sprang auf.

Nachdem Balke verschwunden war, nahm ich mir den Bericht der Spurensicherung aus der Rastatter Straße vor, den Klara Vangelis mitgebracht hatte. Es gelang mir schlecht, mich zu konzentrieren, da meine Gedanken immer wieder zu der Toten in Mannheim wanderten.

Sehr ergiebig war der Bericht ohnehin nicht. Allem Anschein nach hatten wir es – wie auch bei Dierksen – mit einem Einzeltäter zu tun. Nach Meinung der Kollegen hatte Kowalski in der Ecke an seiner Kamera gebastelt, wo der Täter ihn zunächst nicht bemerkte. Was dann weiter geschah, würde ich wohl erst erfahren, wenn ich den Täter oder das Opfer befragen konnte. Kleine Abschürfungen an Kowalskis Händen legten den Schluss nahe, dass es ein Gerangel gegeben hatte, jedoch keinen regelrechten Kampf. Unter seinen Nägeln hatte man keine Täter-DNA finden können. Bei diesem Gerangel hatte sich – möglicherweise unbeabsichtigt – der Schuss gelöst. Die Schussentfernung hatte nur wenige Zentimeter betragen. Vom Täter – oder der Täterin – kannten wir nicht einmal die Schuhgröße.

Die drei Rumänen kamen in Betracht, da sie bereits am Mittwoch in München gelandet waren, anderthalb Tage vor dem Schuss auf Kowalski. Auch dass hier dieselbe Waffe zum Einsatz gekommen war wie bei Dierksen, war kein Grund, sie auszuschließen. Es war zwar nicht wahrscheinlich, aber immerhin möglich, dass Dierksens Mörder seine Waffe an die Rumänen weitergegeben hatte.

Ich hatte die dünne Akte noch nicht ganz studiert, als Balke schon wieder auftauchte. Dieses Mal mit einem Laptop im Arm, an dem – über ein kurzes Kabel verbunden – Andreas Dierksens Handy baumelte. Er strahlte wie ein Dreijähriger am Heiligabend.

»Erstens«, begann er, während er den Laptop auf dem Tisch zurechtrutschte. »Das Foto auf Tinas Homepage hat

Dierksen mit diesem Handy geschossen. Das Bett, auf dem sie rumturnt, ist eindeutig das in dem Apartment am Boxberg.«

»Frau Swansea scheint so etwas wie eine ältere Freundin für Tina zu sein. Sie hat sie auch in anderer Weise unterstützt.«

»Und ist übrigens schon seit zehn Wochen in Urlaub.« Balke seufzte neidvoll, hörte jedoch nicht auf zu grinsen. »Der älteste Brief auf dem Esstisch ist von Anfang Januar. Tina hat den Briefkasten geleert?«

Ich nickte. »Und zweitens?«

Balke faltete die Hände im Genick, streckte die Beine von sich und blickte mich triumphierend an. Es musste eine große Überraschung sein, die er noch in petto hatte. »Und zweitens habe ich einen ungefähr hundert Kilometer langen WhatsApp-Thread gefunden, den Dierksen und Tina geschrieben haben. Ich hatte natürlich noch nicht die Zeit, den ganzen Schmus zu lesen. Aber eines kann ich jetzt schon sagen: Bei dem Gesülze ist es ein Wunder, dass bei dem Handy nicht unten der Schmalz raustropft. Und es kommt noch besser. Nämlich drittens: Auf diesem Handy hier ist ein Kalender mit Tinas sämtlichen Kundenterminen.«

Nun saß ich senkrecht auf meinem Stuhl.

»Nehme an, Dierksen hat sich um den organisatorischen Kram gekümmert«, fuhr Balke genüsslich fort. »Dafür, dass die zwei Hübschen ihren Vergnügungsbetrieb erst im Dezember eröffnet haben, haben sie schon einen hübschen Kreis an Stammkunden akquiriert. Dummerweise – oder schlauerweise – haben sie keine Klarnamen benutzt, sondern ausschließlich Nicknames. Da gibt es einen ›Knolle‹, der kommt immer freitags, in der Regel wöchentlich. ›Schweini‹ kommt jeden Dienstag und bleibt manchmal die ganze Nacht. ›Blödis‹ Tag war der Samstag, aber nicht jede Woche, soweit ich das bisher überblicke.«

»Haben wir damit auch die Kontaktdaten von den Kunden?«, fragte ich angespannt. »Handynummern? Mailadressen?«

»Leider nein. Zumindest habe ich bisher keine gefunden. Bevor ich danach suche, will ich mir aber diesen WhatsApp-Kram antun, okay? Wenn einer von Tinas Freiern Dierksen erschossen hat, dann werden wir in diesem Chat vielleicht Hinweise darauf finden.«

Damit war ich einverstanden.

»Die Masche mit der naturgeilen Sechzehnjährigen war finanztechnisch gesehen ein echter Burner. Die beiden hätten in einem halben Jahr reich werden können.«

»Hätten Dierksen die Schulden nicht bis zum Hals gestanden. Sind etwa auch die Einnahmen in dem Kalender vermerkt?«

Balke strahlte immer weiter. »Dierksen hat genau Buch geführt. Knolle hat dreihundert gelöhnt. Für einen Abend. Schweini fünfhundert, wenn er die ganze Nacht geblieben ist. Blödi manchmal nur zweihundertfünfzig.«

»Und von dem Geld gibt es keine Spur.«

»Fünftausend hat Dierksen an seinen Vater überwiesen.« Balke nahm seinen summenden Laptop wie ein Baby in den Arm und erhob sich. »Der Rest der Knete wird in Tinas Handtasche stecken. Neben der Knarre.«

Und diese Handtasche zerfiel vielleicht gerade in diesem Moment in der Mannheimer Müllverbrennungsanlage zu Staub.

Noch immer gab es keine neuen Nachrichten von dort.

Während meines Gesprächs mit Balke hatte sich zweimal mein Handy gemeldet. Sarah hatte versucht, mich zu erreichen, obwohl sie zurzeit eigentlich im Unterricht sein sollte. Nun war endlich Gelegenheit, sie zurückzurufen.

Ihre Stimme klang, als hätte sie geweint.

»Paps«, jammerte sie kläglich. »Ich muss mit dir reden.«

Sollte es mit Richy auch schon wieder vorbei sein?

»Was ist?«

»Nicht am Telefon.«

Vielleicht doch kein Liebeskummer?

»Geht es um Oma?«

»Das auch, aber ...«

»Richy?«

»Hm.«

»Ich muss arbeiten und stecke mitten in einem Fall. Wir reden heute Abend, okay?«

»Paps, bitte! Kann ich ... Könnte ich nicht zu dir kommen?«

»So dringend?«

Ich sah auf die Uhr. Halb elf. »Sagen wir, nach dem Essen um zwei? Du kannst einfach hochkommen.«

»Geht's nicht früher?«

»Du meinst, jetzt gleich? Das passt mir aber wirklich ...«

Ihr verzweifeltes »Paps!« bremste mich. Wir vereinbarten, dass sie in einer halben Stunde unten auf mich warten würde.

Nun war Zeit, wieder einmal in Portugal anzurufen. Übers Wochenende hatte ich mir einige neue Argumente zurechtgelegt, mit denen ich hoffte, meinen alten Herrn zur Vernunft zu bringen. Doch er schien mal wieder nicht zu Hause zu sein. Es tutete und tutete. Als ich schon auflegen wollte, wurde am Ende schließlich doch noch abgenommen.

»Elvira Cloppenburg«, meldete sich eine weiche Frauenstimme.

»Hier ist Gerlach«, sagte ich, nachdem ich mich von meinem kurzen, aber heftigen Schrecken erholt hatte. »Ich bin ...«

»Alexander!« Ich konnte hören, dass sie lächelte, als sie meinen Namen aussprach. »Wie schön, dass ich Sie auch einmal kennenlernen darf.«

Sie war mir sympathisch, verflixt und zugenäht! Die Frau,

die die Ehe meiner Eltern ruiniert hatte ... Hatte sie das überhaupt? Hatten das meine Eltern nicht selbst erledigt? Jedenfalls war sie mir schon nach diesen wenigen Worten sympathisch.

»Ich würde gerne meinen Vater sprechen«, brachte ich heraus, nachdem ich kräftig geschluckt hatte.

»Das geht im Moment leider nicht. Er liegt im Krankenhaus. Nicht erschrecken, es ist nichts Schlimmes. Ich bin nur hier, um ein paar Sachen für ihn zu holen, und ...«

»Was ist passiert?«

»Er hat sich gestern beim Tennisspielen ... « Sie gluckste, zwang sich, wieder ernst zu werden. »Er ist auf dem Sand ausgerutscht und ziemlich unelegant auf den Hintern geplumpst. Dabei hat er sich unglücklicherweise auch noch auf den sündteuren Schläger gesetzt, den er sich erst am Donnerstag gekauft hat. Und nun hat Ihr Vater eine kleine Absplitterung am Steißbein, und der Schläger, auf den er so stolz war, ist völlig ruiniert.«

»Geschieht ihm ganz recht«, war das Einzige, was mir dazu einfiel.

»Jürgen ist ein wenig übermütig geworden, seit ...« Sie zögerte. Und brachte den Satz schließlich mit fester Stimme zu Ende: »Seit wir zusammen sind.«

»So war er früher nie. Früher war er ungefähr so sportlich wie ein Fernsehsessel.«

Sie lachte leise. Wie hatte Vater sie beschrieben? Groß, üppig, warmherzig. Ich hörte ihren ruhigen Atem. Vögel zwitscherten. Vielleicht rauschte im Hintergrund sogar die Brandung des nicht weit entfernten Atlantiks. Möglicherweise war es auch nur eine Störung in der Telefonleitung.

»Grüßen Sie ihn von mir«, sagte ich endlich. »Und er soll gefälligst besser auf sich aufpassen, weil ...«

»Weil?«, fragte sie geduldig.

Ich schluckte wieder. »Weil ich ihn lieb habe, den alten Verrückten.«

So etwas hatte ich überhaupt noch nie zu meinem Vater gesagt. Oder über meinen Vater. Es war mir einfach so herausgerutscht. Und es war die Wahrheit.

Wieder lachte sie. »Das werde ich ihm gerne ausrichten.«

»Und sagen Sie ihm noch etwas: Wenn er bis Ende der Woche kein Handy hat, dann werde ich ihn nie wieder anrufen.«

Jetzt lachte sie laut. »Sie werden es nicht glauben, Alexander: Ich war eben in einem Handyshop und habe das für ihn erledigt. Ich liege ihm schon seit Monaten in den Ohren damit.«

Seit Monaten …

»Wenn Sie mögen, kann ich Ihnen auch gleich die Nummer geben …«

Sie diktierte, ich schrieb. Dann plauderten wir noch ein wenig über das Wetter, das im Süden Portugals zurzeit keinen Anlass zu Klagen gab, über glücklose Gelegenheitssportler und die Frage, ob Sport wirklich so gesund war, wie allgemein behauptet wurde. Schließlich verabschiedeten wir uns so herzlich, als wären wir alte Freunde.

21

Sarah stand vor dem Eingang der Direktion, einige Schritte von den Glastüren entfernt, und wandte mir den Rücken zu. Ich sah sie sofort, als ich in die kalte Luft hinaustrat und durchatmete, um den Aktenstaub aus den Lungen zu bekommen. Erschreckend schmal wirkte sie, trotz der dicken Jacke, die sie trug. Ihre Augen waren gerötet, sah ich, als sie sich umwandte und in meine Arme sank.

»Gehen wir ein Stück?«, fragte ich und drückte sie ein wenig.

Sie ließ mich los, fuhr sich mit dem Ärmel über die Nase. »Irgendwohin, wo keine Leute sind, okay?«

Wir wandten uns in Richtung Norden, überquerten die stark befahrene Bergheimer Straße, mussten zwei Straßenbahnen den Vortritt lassen, durchquerten das Gelände der Fakultät für Wirtschafts- und Sozialwissenschaften auf Schleichwegen, erreichten die ruhige Voßstraße. Sarah trabte stumm neben mir her, die Hände tief in den Taschen ihrer Steppjacke mit Pelzkrägelchen versenkt.

»Und?«, fragte ich schließlich. »Was ist?«

»Mir ist was total Blödes passiert«, erwiderte sie leise und ohne mich anzusehen. »Was echt Supersuperblödes. Ich … hab die Pille vergessen und … Gestern, und …«

Ich schluckte Verschiedenes herunter, was mir auf die Zunge sprang. Erst mal ruhig bleiben. Nicht gleich losschreien! Keine Vorwürfe jetzt!

»Wie konnte das denn passieren?«

»Normalerweise liegen sie im Bad, und ich nehme sie morgens nach dem Zähneputzen. Aber seit Oma da ist … Wir dachten, sie sieht sie, und dann motzt sie bestimmt, und jetzt liegen sie in meinem … unserem Zimmer, und gestern Morgen hab ich nicht dran gedacht, und am Abend …«

»Warst du bei Richy.«

Zerknirschtes Nicken.

»Es gibt die Pille danach. Du musst zu deiner Frauenärztin und ...«

»Ich ... ich trau mich nicht, Paps. Nicht allein. Könntest du nicht ...?«

Ich legte den Arm um die zerbrechlichen Schultern meiner sechzehnjährigen Tochter und zog sie an mich. Sie ließ es bereitwillig geschehen.

»Das kriegen wir hin«, sagte ich. »Aber um den Termin kümmerst du dich. Heute noch, okay?«

Nachdenklich gingen wir unter noch blattlosen Platanen die Straße entlang. Ich, plötzlich wieder der große, allwissende, jedes Problem meisternde Vater, neben mir ein hilfsbedürftiges, kleines, verzagtes Mädchen. Die Luft war heute überraschend mild. Viel wärmer, als sie mir noch vor wenigen Minuten erschienen war. Irgendwo jubelten Vögel, die keine Sorgen zu kennen schienen.

»Oma sagst du aber nichts davon?«

»Natürlich nicht.«

»Und Loui auch nicht, ja?«

Meine Töchter hatten offenbar seit Neuestem Geheimnisse voreinander.

»Oma nervt euch ziemlich, was?«

Sarah seufzte. Wischte sich die Augen. »Irgendwie ist sie ja auch ganz witzig. Bei Primark war's cool mit ihr. Und weißt du, was sie uns gestern gefragt hat?«

Ob die beiden ihr einen für ältere Damen geeigneten Dealer nennen könnten, vermutlich.

Aber nein, viel harmloser: »Ob wir einen alten Laptop für sie hätten. Ich hab Henning gefragt, und der hat noch einen rumliegen, den er nicht mehr braucht. Sie will, dass wir ihr einen Facebookaccount einrichten. Wahrscheinlich schickt sie uns eine Freundschaftsanfrage. Was sollen wir dann machen?«

»Dann mache ich ihr klar, dass das nicht geht.«

»Manchmal ist sie echt locker. Obwohl sie schon so megaalt ist.«

»Hat sie noch mehr so schräge Ideen gehabt in letzter Zeit?«, fragte ich vorsichtig.

Sarah schüttelte nur stumm den Kopf.

Einige Meter gingen wir schweigend. Bogen in die Gartenstraße ein.

»Wie ist dein Richy denn so?«, fragte ich, als der Verkehrslärm wieder näher kam.

»Voll süß.«

»Mehr nicht?«

»Nicht so ein Angeber wie ... Und ... ich bring ihn mal mit, okay? Aber erst, wenn Oma wieder weg ist, okay?«

Wir erreichten wieder die belebte Bergheimer Straße. Ich ließ Sarah los, da es ihr vielleicht nicht angenehm war, Arm in Arm mit ihrem alten Vater gesehen zu werden. Da ergriff sie – ohne mich anzusehen – meine Hand, was sie seit vielen, vielen Jahren nicht mehr getan hatte.

Die Fußgängerampel wurde grün. In der Ferne bimmelte eine Straßenbahn.

Kurz vor Mittag riss mich das Telefon wieder einmal aus dem verhassten Aktenstudium, mit dem ich den Rest des Vormittags zugebracht hatte.

»Ich hab hier wen für Sie in der Leitung, Chef«, meldete sich Balke. »Seinen Namen will er nicht sagen. Klingt aber spannend.«

»Einen Augenblick noch. Irgendwelche Neuigkeiten aus Mannheim?«

»Nicht wirklich. Eine Kollegin, mit der ich vorhin telefoniert habe, meint, die Frau könnte aus dem Osten stammen. Hat irgendwas mit ihren Zähnen zu tun. Ob sie Tina ähnlich sieht, können sie noch nicht sagen. Das Gesicht ist übelst entstellt. Müllautos gehen ziemlich grob mit den Sachen um, die man in sie reinstopft. Ich lege dann jetzt auf.«

Der namenlose Mann, den ich in der nächsten Sekunde am Ohr hatte, wollte zunächst genau wissen, mit wem er verbunden war. Erst als er überzeugt war, dass ich tatsächlich Chef der Kriminalpolizei war, kam er zum Thema.

»Mir ist zu Ohren gekommen, Sie interessieren sich für eine gewisse Frau Sandra Moder.«

»Und ich darf nicht erfahren, wer Sie sind?«

»Das … hm …« Er schien schon etwas älter zu sein. Räusperte sich umständlich. »Es gibt gewisse Gründe … Wie ist das nun mit Frau Moder?«

»Es stimmt, was Sie sagen.«

»Hätten Sie Interesse an … hm … gewissen, sagen wir, Hintergrundinformationen?«

Ich suchte nach dem Kuli, der beim Abnehmen des Telefons irgendwohin gerollt war. »Ich bin ganz Ohr.«

»Nicht am Telefon. Könnten wir uns irgendwo treffen? Irgendwo, wo es einsam ist. Am besten heute noch, bevor ich es mir anders überlege?«

Ich sah auf die Uhr. Zehn nach zwölf. Mein Magen knurrte schon seit einer Weile. »In einer Stunde? Sagen Sie, wann und wo. Ich werde da sein.«

Mein Telefon zeigte keine Nummer an.

»So früh auch wieder nicht. Ich habe den Tag voller Termine. Wie wär's abends um fünf? Sie kennen den alten Flugplatz der Amis südlich vom Pfaffengrund?«

»Ich jogge hin und wieder in der Gegend.«

Zum letzten Mal im September, wenn ich mich richtig erinnerte.

»Einen kleinen Hinweis könnten Sie mir nicht schon mal geben?«

Am anderen Ende wurde ohne Gruß aufgelegt.

Der von den amerikanischen Truppen schon vor Jahren aufgegebene Flugplatz lag nicht weit von der Autobahn mitten in ausgedehnten Feldern. Vom Westen her trug ein kalter, böiger Wind das Rauschen des Verkehrs heran. Als ich aus dem Wagen stieg, war es drei Minuten nach fünf. Ich schloss meinen Kombi ab und begann fast sofort zu frieren. Hier draußen schien der Wind viel stärker und kälter zu wehen als in der Innenstadt. Außer mir war hier weit und breit niemand. Mein geheimniskrämerischer Gesprächspartner kam offenbar noch später als ich.

Das Flugplatzgelände, vor dessen verrammelter Zufahrt ich stand, war mit einem hohen, stacheldrahtbekrönten Zaun gesichert, das schwere Gittertor der Einfahrt verschlossen, das Häuschen für die Wache verwaist. Weder im zweistöckigen Verwaltungsgebäude noch im Kontrollturm oder in einem der breiten Hangars war Licht zu sehen.

Ich überlegte, ob ich mich lieber wieder in den noch warmen Wagen setzen sollte, als ein älterer, großer Audi langsam und mit ausgeschalteten Scheinwerfern um die etwa zweihundert Meter entfernte Kurve kam. Dort lag eine kleine Siedlung unter großen Bäumen.

Hinter dem Lenkrad saß ein Mann, erkannte ich, als er näher kam. Ein Mann, der nicht weit vom Rentenalter entfernt sein konnte. Sein schütteres Haar war grau meliert, das rundliche Gesicht winterblass. Er stellte seinen Audi hinter meinem Peugeot ab, kletterte heraus, klappte den Kragen seines beneidenswert warmen Kamelhaarmantels hoch und kam mit großen, zielstrebigen Schritten auf mich zu. Wir schüttelten Hände. Seine war kräftig und warm, meine vermutlich ziemlich kalt. Ich nannte meinen Namen.

»Mein Name ... wie gesagt«, erwiderte der Mann mit nervösem Blick über die trostlose Menschenleere um uns herum. »Sie werden sich nicht als Zeugen auf mich berufen können. Was ich Ihnen zu bieten habe, sind keine ... hm ... gerichtsverwertbaren Informationen.«

»Alles, was mich weiterbringt, ist willkommen.«

»Weder, dass dieses Gespräch stattgefunden hat, noch das Heidelberger Finanzamt dürfen jemals erwähnt werden.«

Finanzamt – immerhin etwas. Ich lächelte tapfer weiter und sagte: »Das hatte ich schon befürchtet.«

Der grauhaarige Mann steckte die blassen Hände in die Taschen seines Mantels. »Gehen wir ein paar Schritte?« Wieder sah er sich um. »Hier ist es ziemlich … hm … ungemütlich.«

Von dem Platz, wo wir standen, führte ein schnurgerader, asphaltierter Weg in Richtung Autobahn. Nachdem wir etwa hundert Meter gegangen waren, begann der Grauhaarige zu sprechen.

»Ich bin Betriebsprüfer, mehr brauchen Sie nicht über mich zu wissen.«

»Und Sie haben das Ehepaar Moder-Koslov geprüft.«

»Woher …?«

»Ich weiß, dass die beiden vor zwei Jahren eine Steuerprüfung hatten und ohne Beanstandungen überstanden haben.«

»Das war ich.«

»Dann war also doch nicht alles in Ordnung?«

»Nicht mal, dass diese Prüfung stattgefunden hat, dürfen Sie eigentlich wissen.«

»Nennen wir es eine Art von informeller Amtshilfe.«

Der Finanzbeamte lachte meckernd. Seine blassblauen, wässrigen Augen standen ein wenig vor, als wären sie ständig auf der Suche nach neuen, bisher unbekannten Steuermauscheleien. »Hübscher Begriff, ja.«

Ich musste mich noch einige Sekunden gedulden, bis mein Begleiter sich endlich überwand, mir den Grund dieses ungemütlichen Treffens zu verraten: »Diese Frau Moder, sie … hm … hat vermutlich Geld in Monaco.«

»Viel Geld?«

»Kann man so sagen, ja. Mir sind während der Außenprüfung einige Papiere in die Finger geraten. Falsch abgelegt, nehme ich an. Genau genommen waren es nur drei Blätter, die lose in einem Ordner voller Belege lagen. Es handelte sich um … hm … Teile der Bilanz einer Holding mit Sitz in Monte Carlo. Eine unvollständige Liste von Aktiva. Von Geldzuflüssen.«

Schon nach der kurzen Strecke war der Steuerprüfer außer Atem und sprach in immer kürzeren und abgehackteren Sätzen. Die Autobahn war zwar deutlich zu hören, jedoch immer noch nicht zu sehen. Etwa einen halben Kilometer vor uns ragten große weiße Gebäude und graue Tanks der Saftfabrik Wild auf.

»Jeweils mit Quelle und Datum.« Pause. »Durchweg fünfstellige Beträge.« Pause. Er blieb stehen, fasste sich an die Brust. Schnaufte einige Male tief. Fuhr dann fort: »Schon aus den sechs Seiten ergab sich eine Summe von über einer halben Million. Eine halbe Million Zuflüsse in knapp vier Monaten! Natürlich alles aus dem einschlägig bekannten Ausland. Guernsey, Irland, Zypern …«

»Und was bedeutet das, Ihrer Meinung nach?«

Er starrte mich an mit seinen Glupschaugen, als wollte er sich ein letztes Mal von meiner Vertrauenswürdigkeit überzeugen.

»Dass Frau Moder und ihr sauberer Gatte an dieser Holding zumindest beteiligt sind. Vielleicht gehört ihnen die Firma aber auch komplett. Sie heißt übrigens Modinvest. Der Name könnte sich von Moder ableiten.«

»Steuerhinterziehung?«

»Nicht unbedingt. Die Holding muss natürlich in Monaco ihre Steuern zahlen. Es sei denn, und das halte ich für sehr wahrscheinlich, das Geld wird dort nur akkumuliert und wandert gleich weiter in irgendeine Steueroase. Gegen fingierte Rechnungen. Wie das eben so läuft.«

»Also doch – wie sagt man so schön? – Steueroptimierung.«

»Unser Elend ist, dass die Geldströme schon nach dem zweiten, dritten Grenzübergang praktisch nicht mehr nachvollziehbar sind. Da kommen Sie in die Hölle mit all den

Amtshilfeersuchen, die oft genug nicht einmal beantwortet werden. Zur Steuervermeidung kommt die Verschleierung. Geldwäsche.«

»Das heißt, das Geld stammt aus dunklen Quellen und wird durch mehrfache Überweisung allmählich sauber?«

»Man darf spekulieren, dass die Geldquelle nichts ist, worauf man besonders stolz ist.«

»Und das Geld wird auch nicht aus den Ländern stammen, von wo es überwiesen wurde.«

»Selbstverständlich nicht. Das wird üblicherweise per Kurier über die Grenzen geschafft, auf irgendwelche Konten irgendwelcher Briefkastenfirmen eingezahlt, die alle auf die Namen irgendwelcher Strohmänner laufen. Ich bin überzeugt, dass das Geld aus Deutschland kommt. Aber beweisen kann ich natürlich nichts.«

»Und in Monte Carlo läuft alles zusammen.«

»Das alles ist blanke Theorie, Herr Gerlach. Aber so läuft das üblicherweise.«

»Einen legalen Hintergrund halten Sie für unwahrscheinlich?«

»Sie glauben in Ihrem Alter noch an den Weihnachtsmann? Da sind Monat für Monat Hunderttausende geflossen! Mit ihrer Bar verdienen die Leute das gewiss nicht. Ich nehme an, es stammt aus dem Rotlichtmilieu. Wissen Sie, dass die Huren in den Bordellen zwischen hundert und hundertfünfzig Euro Miete zahlen für ihre Zimmer? Pro Tag! Plus Zuschläge für Bettwäsche, Seife und Kondome und so weiter und so weiter. Sollen wir nicht allmählich umkehren? Dieser verdammte Wind. Mir ist saukalt.«

»Die Geschäfte der Bar sind sauber?«

»Da war alles picobello. Nur die Einnahmen kamen mir etwas hoch vor. Haben Sie sich den Schuppen mal angesehen, da in der Brunnengasse? Waren Sie mal drin? Ich habe mir den Spaß gemacht, hin und wieder abends vorbeizugehen. Das ist eine ganz idiotische Lage für eine Bar. Sie war dann auch immer so gut wie leer, wenn ich reingeguckt habe. Sie beschäftigen auch nur drei Bedienungen. Das geht alles schon rein rechnerisch nicht, so ein Umsatz mit so wenig Personal. Selbst wenn das Lokal jeden Abend proppenvoll wäre.«

»Und das bedeutet?«

»Vermutlich sind größere Beträge aus dunkler Quelle in die Kasse gewandert. Eine verbreitete und beliebte Art der Geldwäsche, die aber natürlich irgendwo ihre Grenzen hat. Das haben die Leute auch gemerkt, und dann sind sie auf die Idee mit der Holding gekommen. Die ist erst vorletztes Jahr gegründet worden. Seither betreiben sie das Midnight vermutlich nur noch als Tarnung.«

»Angesichts der Beträge geht es vermutlich um mehrere Bordelle.«

Der Grauhaarige lachte atemlos, während wir wieder – nun mit dem Wind im Rücken – zu unseren Autos zurückspazierten. »Diese Frau Moder ist eine neureiche Schnepfe, die sich früher ihr Geld im Puff verdient hat. Und ihr Mann ist ein smartes Schlitzohr, der immer dann vergisst, dass er Deutsch versteht, wenn es brenzlig wird. Dann hat er immer seine Frau reden lassen, der nette Herr Koslov.«

»Was die Bordelle betrifft, haben Sie dafür irgendwelche Belege, oder ist das nur eine Vermutung?«

Mein Begleiter blieb abrupt stehen und wandte sich mir zu. »Sie wissen gar nicht …?«

»Was?«

»Dass Frau Moder bis vor vier Jahren ein Bordell betrieben hat? In Mannheim? Nur ein kleines und nicht besonders feines Etablissement, eine ehemalige Pension mit acht oder zehn Zimmern. Zwei Jahre vor der Außenprüfung hat sie den Laden verkauft. An einen Rumänen, der ihn seither weiterführt. Nehme an, ein guter Freund ihres … hm … Gatten.«

Inzwischen war es fast dunkel geworden. Der Wind schien immer stärker zu werden.

»Und heute betreibt Frau Moder ein größeres Bordell, mit dem sie das viele schöne Geld verdient?«

»Wissen tue ich gar nichts, Herr Gerlach. Aber man macht sich natürlich seine Gedanken. Und außerdem ärgert man sich grün und blau, weil man sich ständig zum Deppen machen muss vor diesem Gesindel. Die grinsen sich eins, und man packt seine Sachen und fährt zurück ins Amt und weiß, dass man wieder einmal seinen Job nicht ordentlich gemacht hat, weil man ihn gar nicht machen konnte. Weil einem unsere wunderbaren Datenschutzgesetze einen Knüppel nach dem anderen zwischen die Beine werfen!« Seine Stimme war mit jedem Satz lauter geworden, der Ton wütender. »Aber wem erzähle ich das …«

»Und welche Gedanken haben Sie sich nun gemacht?«

»Angesichts der Beträge tippe ich auf ein regelrechtes Bordellimperium. Frau Moder ist, davon bin ich überzeugt, heimliche Königin eines regelrechten Großbetriebs mit diversen Filialen. Die Puffs werden von rumänischen Strohmännern geleitet, die alle nicht bis drei zählen können. Puffs, die merkwürdigerweise kaum Gewinn abwerfen und gerade mal so ihre Unkosten decken.«

Während der Fahrt in die Weststadt rief ich Klara Vangelis an. Noch immer gab es keine neuen Nachrichten aus Mannheim. Noch immer war über die weibliche Leiche aus der Müllverbrennungsanlage nicht mehr bekannt, als dass sie jung war und dieselbe Statur und Haarfarbe wie Tina hatte. Mehr denn je freute ich mich auf die Gespräche mit den drei unfähigen Entführern, die mir hoffentlich die Namen ihrer Auftraggeber verraten würden.

22

Am Dienstagvormittag wurden die Rumänen angeliefert. Allerdings waren es nicht drei, sondern nur noch zwei, da der verletzte Dritte während der langen Fahrt nach Heidelberg über starke Schmerzen geklagt und irgendwann plötzlich das Bewusstsein verloren hatte. Das Begleitpersonal des Gefangenentransports hatte vorschriftsmäßig einen Rettungswagen gerufen und den Mann ins nächste Krankenhaus schaffen lassen, in Boppard am Mittelrhein. Die beiden anderen wurden zunächst in das Heidelberger Gefängnis in der Altstadt verfrachtet, das den treffenden Namen »Fauler Pelz« trägt. Vangelis hatte sich schon gestern um einen Dolmetscher gekümmert, und so konnte um vierzehn Uhr das erste Mitglied des glücklosen Entführertrupps zur Vernehmung vorgeführt werden.

Mit etwas Glück würde ich anschließend wissen, wer Tina zur Sexsklavin gemacht hatte. Wer Dierksen auf dem Gewissen hatte. Vielleicht sogar, wo sie sich zurzeit aufhielt. Ob sie überhaupt noch lebte oder gerade in Mannheim auf einem Seziertisch lag.

Aber noch hieß es warten und sich gedulden, denn mein Vormittag war voller lästiger Termine, und um kurz nach eins erschien Sven Balke bei mir, um mir vom Inhalt des lebhaften digitalen Austauschs zwischen Andreas Dierksen und seiner geliebten Tina zu berichten.

»Mein Eindruck ist, dass er wesentlich heftiger verknallt war als sie«, begann er. »Sie hat ihn wohl gemocht, aber verliebt klingt anders.«

»Vor allem hat sie ihn gebraucht. Irgendwelche Neuigkeiten aus Mannheim?«

Balke schüttelte den Kopf. »Heute soll sie obduziert werden. Danach wissen wir hoffentlich mehr.« Er dehnte seine Glieder, dass es knackte. »Dierksen war ein Sechser im Lotto für Tina. Ohne ihn hätte sie nie und nimmer den Absprung aus diesem Bordell geschafft.«

»Ist das alles, was Sie mir bringen? Dass sie Dierksen nicht mit ganzem Herzen geliebt hat?«

Balke sah mich wegen meines schroffen Tons verdutzt an, zog eine schnelle Grimasse, nahm Dierksens Smartphone zur Hand und begann, mit krauser Stirn darin etwas zu suchen. »Es gibt da was, das ich nicht verstehe ... Ah, hier: Samstag, erster März, also vor knapp drei Wochen ...«

»Und sechs Tage vor Dierksens Tod ...«

»›Muss später was erzählen‹, schreibt sie kurz vor Mitternacht. Der Typ, den sie Blödi nennt, war an dem Abend bei ihr. ›Bin ganz angeregt!!!‹ Am Ende schreibt sie: ›Ich liebe dich mehr als die Sterne in einer klaren Winternacht.‹ Süß, nicht?«

»Ja, hübsch. Aber was ist daran aufregend?«

»Ob das mit den Sternen von ihr ist?«

»Vielleicht sagt man in ihrer Heimat so. Oder sie hat sich ein Büchlein mit schönen Liebesschwüren gekauft.«

»Dierksen schreibt sofort zurück: ›Bin schon sehr gespannt, was du mir zu erzählen hast, mein über alles geliebter Schatz ...‹ Blabla ... ›Man sagt übrigens aufgeregt und nicht angeregt.‹ Dann das übliche Gesülze. Dass er es kaum erwarten kann, sie in seine Arme zu schließen, dass er sich ein Leben ohne sie nicht mehr vorstellen kann und so weiter. Sie antwortet an diesem Abend nicht mehr. Nehme an, sie ist dann direkt zu ihm.«

»Und das war's?«

»Nicht ganz.« Balke streichelte wieder kurz das Handy. »Erst am übernächsten Tag geht es weiter. Der zweite März war ein Sonntag, da waren sie vermutlich den ganzen Tag zusammen. Am Montag also – Dierksen schreibt am Vormittag –, da muss er an seinem Schreibtisch im Institut gesessen haben: ›Bitte unternimm nichts Voreiliges, mein Schatz. Lass uns heute Abend noch mal in Ruhe über alles reden.‹

Für mich klingt das, als hätte es übers Wochenende eine kleine Meinungsverschiedenheit gegeben. Sie antwortet erst volle sechs Stunden später: ›Was noch reden? Für mich alles klar.‹«

Ich lehnte mich zurück. Faltete die Hände auf dem Bauch. »Und an dem Abend, als sie plötzlich so aufgekratzt war, da war dieser Blödi bei ihr?«

Balke schob mir eines der Bilder über den Tisch, die er aus Kowalskis Videos herauskopiert hatte. Es zeigte einen übergewichtigen, pausbackigen Kerl mit mürrischem Mund, lückenhaftem Haarkranz und runder Stirn. Sein Alter war schwer zu schätzen. Irgendwo zwischen fünfunddreißig und fünfzig.

»Für mich sieht der Typ aus wie der geborene Gebrauchtwagenverkäufer«, sagte Balke. »Schon ewig verheiratet, die Kinder aus dem Haus, eine gefrustete Ehefrau, die sich nicht mehr von ihm anfassen lassen will.«

»Was könnte der Grund für Tinas Aufregung sein?«

»Vielleicht hat sie an dem Abend Kowalskis Kameras entdeckt? Und ist auf die Idee gekommen, dass sich damit Geld machen lässt?«

»Oder sie hat Blödi beklaut?«, überlegte ich mit Blick zur Decke. »Sie hat etwas in seinen Taschen gefunden, womit man ihn unter Druck setzen konnte?«

»Er wollte sie als Dauergeliebte engagieren ... So was gibt's, dass Männer mit genug Kohle eine Nutte einfach komplett kaufen.«

So überlegten wir eine Weile lustlos hin und her. Meine letzte Idee war, dass Blödi Tina einen Heiratsantrag gemacht haben könnte. »Hat es auch schon hin und wieder gegeben. Manch einer soll sogar glücklich geworden sein.«

Balke spielte schweigend an Dierksens Smartphone herum. Dann sah er auf. »Wenn wir Blödi fragen könnten ... Der müsste doch eigentlich was mitgekriegt haben ...«

»Lassen Sie sein Bild in der Nachbarschaft herumzeigen«,

beschloss ich nach kurzem Nachdenken. »Vielleicht hat ja jemand gesehen, wie er in ein Auto gestiegen ist. Wie weit sind wir eigentlich mit Tinas Verbindungslisten? Ihre Kunden können ja nur per Handy mit ihr Kontakt aufgenommen haben.«

Balke rollte die Augen. »Das hat leider ziemlich gedauert. Erst am Freitag sind sie endlich gekommen. Gibt aber nichts her. Die meisten Kunden haben mit unterdrückter Nummer angerufen oder von Telefonzellen. Wollen Sie sie sehen? Ich schicke Ihnen die Datei.«

Ich rieb mir die Augen und nickte.

Was mochte Tina vor drei Wochen in solche Aufruhr versetzt haben?, überlegte ich auf dem Weg zur Vernehmung des ersten Rumänen. Sollte sie wirklich auf die Idee gekommen sein, ihre Kunden zu erpressen? Im Grunde war das immer noch die wahrscheinlichste Variante: Einer der unter Druck gesetzten Kunden hatte keine Lust gehabt zu bezahlen und hatte erst Dierksen erschossen und Tage später Kowalski lebensgefährlich verletzt. Oder sollte der Kunde, den sie Blödi nannte, sie auf eine neue Geschäftsidee gebracht haben? Sexuelle Dienstleistungen der härteren Art, die Dierksen nicht passten? Ich versuchte mir vorzustellen, wie er mit der Tatsache umgegangen war, dass die Frau, die er so sehr liebte, sich mit fremden Männern im Bett wälzte, während er einsam zu Hause saß. Oder hatte ihn vielleicht gerade diese Vorstellung erregt? Im Feld der Liebe gibt es ja kaum etwas, was es nicht gibt.

Die nächste bittere Enttäuschung dieses vermaledeiten Dienstags bescherte mir die Vernehmung des ersten Rumänen, die pünktlich um vierzehn Uhr begann. Der Name des Verdächtigen war Viktor Iorga, entnahm ich den Papieren, die zusammen mit den beiden Männern aus Belgien gekommen waren.

Der Dolmetscher war eine halbe Stunde zu früh da gewesen, ein nervöser, knochiger Mann mit aristokratischer Miene und gepflegten Pianistenhänden. Der sechzigste Geburtstag lag schon ein Weilchen hinter ihm, und aus seinen Ohren wucherten beeindruckende Haarbüschel. Heute war sein allererster Einsatz als Übersetzer im Dienst der Polizei, erzählte er mir, und so war er entsprechend aufgeregt. Den angebotenen Kaffee lehnte er fast panisch ab, nicht einmal ein Glas Wasser wollte er sich spendieren lassen.

Viktor Iorga wurde von zwei kräftig gebauten Justizbeamten ins Vernehmungszimmer geführt. Er war nicht allzu groß, schlank, aber muskulös, hatte ein schön geschnittenes, mediterran wirkendes Gesicht mit dunklen Augen und stellte eine selbstsichere, um nicht zu sagen, hochmütige Miene zur Schau. Ich ließ ihm die Handschellen abnehmen, er setzte sich zögernd auf den Stuhl uns gegenüber. Links von mir saß der Dolmetscher mit leicht zitternden Händen, rechts Klara Vangelis mit ihrer bei solchen Gelegenheiten üblichen undurchschaubaren Miene.

»Sprechen Sie Deutsch, Herr Iorga?«, lautete meine erste Frage.

Ratlose Miene.

Ich sah den Dolmetscher auffordernd an. Er sagte etwas zu dem Verdächtigen, was vermutlich die Übersetzung meiner Frage war. Wobei es ja ein wenig sinnlos war, einen Rumänen auf Rumänisch zu fragen, ob er Deutsch sprach, nachdem dieser die Frage in Deutsch nicht verstanden hatte.

Der Rumäne sagte ein Wort, das ich auch ohne Hilfe verstand: »Nu.« Anschließend sagte er mit festem Blick auf den Übersetzer und feinem Lächeln auf den schmalen Lippen noch einige ruhige Worte, woraufhin dieser erstarrte.

»Was ist?«, fragte ich alarmiert. »Was hat er gesagt?«

»Ich habe ... nicht verstanden«, stammelte der Mann neben mir, dessen Hände plötzlich sehr viel stärker zitterten. »Er … er spricht einen Dialekt, den ich … leider nicht verstehe. Tut mir leid.«

»Sie wollen mir doch nicht einreden …«

Er war jetzt krebsrot im schweißnassen Gesicht, schüttelte hektisch den großen Kopf. »Ich verstehe ihn nicht. Tut mir leid. Ich kann Ihnen nicht helfen.«

Damit war die erste Vernehmung schon zu Ende. Der Dolmetscher verließ den Raum fluchtartig. Dem Verdächtigen wurden die Handschellen wieder angelegt, und dann war ich mit Klara Vangelis allein.

»Das war ja wohl die kürzeste Einvernahme, die ich jemals erlebt habe«, meinte sie grimmig. »Was er dem armen Kerl wohl angedroht hat?«

»Dass Iorgas Komplizen seine Kinder entführen und zu Hundefutter verarbeiten, nehme ich an.«

Vangelis seufzte. »Wir müssen an die Hintermänner heran. Diese Typen sind ja sowieso nur die Laufburschen für die Drecksarbeit.«

»Aber nur über die Laufburschen kommen wir weiter. Erst mal brauchen wir jetzt einen Dolmetscher mit besseren Nerven«, erwiderte ich nicht weniger frustriert. »Und dann knöpfen wir uns Nummer zwei vor. Vielleicht ist der ja ein bisschen umgänglicher. Und irgendwann wird hoffentlich auch Nummer drei wieder gesund sein.«

Balke hatte mir die Listen mit Tinas Handygesprächen weitergeleitet. Sie waren die nächste Enttäuschung. Da wimmelte es von unterdrückten Nummern, Anrufen von öffentlichen Telefonen, Handynummern, die sich aus irgendwelchen Gründen keinen Personen zuordnen ließen. Die meisten von Tinas Kunden hatten gute Gründe, diskret zu sein. Nur zwei ihrer Abendliebschaften waren unvorsichtig genug gewesen, ihre Handynummer preiszugeben. Nummer eins, ein Helmut Wernecke aus Mosbach, war allein lebender Architekt und nur zweimal in der kleinen Wohnung in der Rastatter Straße zu Besuch gewesen, hatte Balke schon herausgefunden. Einmal kurz vor Weihnachten und einmal Mitte Januar. Nummer zwei, Sönke Niebel aus Worms, war verheiratet, Vater dreier inzwischen erwachsener Kinder und lebte seit Jahren von seiner Frau getrennt. Er hatte Tinas Dienste nur ein einziges Mal in Anspruch genommen und aufgrund seiner Lebenssituation ebenfalls keinen Grund für komplizierte Heimlichkeiten gesehen. Einvernehmlicher Sex mit einer Sechzehnjährigen ist in Deutschland nicht strafbar. Außerdem waren beide überzeugt, dass Tina in Wirklichkeit älter war.

»Mindestens achtzehn«, meinte Wernecke. »Aber sie hat das kleine Mädchen sehr überzeugend gespielt, das muss man ihr lassen.«

»Keine Ahnung«, sagte Sönke Niebel zu dem Thema. »Es war mir egal, wie alt sie ist. Aber wenn Sie schon fragen: Sechzehn ist sie definitiv nicht mehr. Sie hat eine Menge Erfahrung gehabt im Bett. Eine Menge.«

Um halb vier kam eine Nachricht aus Mannheim, die mich wieder freier atmen ließ: Die Fingerabdrücke der Leiche in der Müllverbrennungsanlage waren nicht mit denen von Tina identisch. Die junge Tote schien zwar ebenfalls aus Osteuropa zu stammen, hatte schlecht verarztete Zähne und einen krumm verheilten Unterschenkelbruch, der vermutlich dazu geführt hatte, dass sie zu Lebzeiten ein wenig hinkte. Und vor allem war sie schon seit mindestens fünf Tagen tot. Damit hatte sie schon nicht mehr gelebt, als ich mit Tina sprach. Die Mannheimer Kollegen versuchten zurzeit, den Ort einzugrenzen, wo die Mörder ihr Opfer in einen Müllcontainer geworfen hatten. Aber es war praktisch aussichtslos. Nur der Aufmerksamkeit eines Kranfahrers hatten wir es zu verdanken, dass die Leiche auf dem Förderband überhaupt entdeckt wurde und nicht Sekunden später im Höllenfeuer des Müllofens spurlos verschwunden war.

Die hoffentlich letzte schlechte Nachricht des Tages erreichte mich per Handy, als ich abends um zwanzig vor sechs meine Bürotür abschloss. Der verletzte Rumäne war aus der Heilig-Geist-Klinik in Boppard verschwunden.

»Irgendwann zwischen halb eins – da wird das Mittagsgeschirr abgeräumt – und vier Uhr am Nachmittag, als ich meine Runde gemacht habe, ist er desertiert«, berichtete mir die Stationsärztin mit fröhlicher Kleinmädchenstimme. Aus medizinischer Sicht riskierte der Mann sein Leben, da nach wie vor die Gefahr einer plötzlichen inneren Blutung bestand. Der Schuss hatte den Mann in den Unterbauch getroffen und dort den Darm perforiert und die rechte Niere verletzt.

»Zwei Zentimeter weiter links, und er wäre sofort tot gewesen.«

»Wie groß ist die Gefahr, dass er in den nächsten Stunden stirbt?«

»Wenn die Nähte halten, kann er überleben. Er ist jung und ansonsten gesund und kräftig.«

Während ich das Gebäude der Polizeidirektion verließ, veranlasste ich die Fahndung. Schon in den Verkehrsnachrichten des SWR um achtzehn Uhr wurden Autofahrer dringend davor gewarnt, im Raum Boppard Anhalter mitzunehmen.

23

Am Mittwochvormittag tauchte der Ersatz für unseren mutlosen Dolmetscher auf. Klara Vangelis hatte am Vorabend lange herumtelefoniert und schließlich eine Frau in Freiburg aufgetrieben, die dort hauptberuflich als Sekretärin bei einem Fraunhofer-Institut arbeitete und im Nebenberuf Übersetzungen aus dem Rumänischen ins Deutsche und umgekehrt anfertigte.

Anastasia Popescu stammte aus einem Städtchen an der Schwarzmeerküste, lebte jedoch schon seit einem Vierteljahrhundert in Deutschland, verfügte über einen robusten Körperbau und ein ebensolches Gemüt, ein optimistisches, ausnehmend hübsches Gesicht und sprach ein lustig gefärbtes Alemannisch. Sie war das exakte Gegenprogramm zu ihrem schreckhaften Kollegen vom Vortag: klein, quirlig und mit einem hellen Lachen gesegnet, von dem sie häufig Gebrauch machte. Da sie nicht in Heidelberg lebte, hatte sie nicht die geringste Angst vor unseren Verdächtigen.

»Hab so was schon öfter gemacht«, erklärte sie, als sie energisch meine Hand schüttelte. »Für Ihre Kollegen in Freiburg. Mich jagen diese Typen nicht ins Bockshorn, keine Sorge.«

Inzwischen war ich überzeugt, gestern ausgerechnet den Skrupellosesten und Intelligentesten des Dreierteams erwischt zu haben, den Anführer. Der Mann, der heute durch die Tür geschoben wurde, wirkte schon auf den ersten Blick weit weniger selbstsicher als Viktor Iorga. Er war kaum größer als die Dolmetscherin, ein kantiges Muskelpaket, das nicht zur intelligenteren Hälfte der Menschheit zu zählen schien. Er ließ sich ohne Gegenwehr hereinführen und wurde wie ein wieder einmal beim Rauchen ertappter Schüler auf den Stuhl gedrückt. Einer der beiden Uniformierten wollte ihm die Handschellen abnehmen, aber ich gab ihm einen Wink, es zu unterlassen. Vielleicht war es ganz gut, wenn der kleine Mann sich ein wenig unwohl fühlte. Grinsend zogen die beiden sich zurück, um vor der Tür Wache zu stehen.

»Ihr Name ist?«, begann ich mit strenger Stimme, obwohl der Name des Verdächtigen in der übersichtlichen Akte stand, die aufgeschlagen vor mir lag.

Die Übersetzerin waltete ihres Amtes, wobei ihre Stimme plötzlich eine gar nicht zu ihrem sonnigen Wesen passende Kälte ausstrahlte.

»Andrei Radu«, antwortete der gedrungene Rumäne kleinlaut.

Radu stammte aus Suceava, einer mittelgroßen Stadt im Norden seines Heimatlandes, nicht weit von den Grenzen zur Ukraine und zu Moldawien. Er war achtunddreißig Jahre alt und von Beruf irgendwie nichts.

»Es gibt kaum Arbeit, da wo er herkommt«, erklärte mir Anastasia Popescu fröhlich. »Null Industrie, kleine Bauernhöfe, große Armut. Viele leben vom Schmuggel oder vom Drogenhandel. Viele kleine Gauner. Und eine Menge große auch.«

Andrei Radu war nur ein Mitläufer – das wurde im Lauf der folgenden Stunde immer klarer. Einer, der wenig zu sagen und viel zu gehorchen hatte. Einer, der eine Waffe halten konnte und gewohnt war zu tun, was man ihm auftrug.

»Er ist Spezialist für Schlösser«, übersetzte die Übersetzerin. »Sie haben ihn eigentlich bloß mitgenommen, damit er Schlösser öffnet.«

»Mit anderen Worten, im Hauptberuf ist er Einbrecher.«

Andrei Radu sprach inzwischen, ohne dass man ihn dazu auffordern musste.

»Von den Auftraggebern weiß er gar nichts, sagt er. Iorga ist der Boss. Er hat alles organisiert. Er hat gesagt, sie fliegen nach Deutschland, einen Job machen. Fünfhundert hat er ihm versprochen, plus Spesen. Da, wo er herkommt, kann man davon ein halbes Jahr leben. Todsichere Sache, und in drei Tagen bist du wieder zu Hause, hat Iorga ihm gesagt.«

»Sie waren mit Sicherheit bewaffnet bei dem Überfall. Woher hatten sie die Waffen? Die werden sie kaum im Flugzeug transportiert haben. Und wo sind die Waffen jetzt?«

Es folgte ein angeregtes Zwiegespräch. Dann sah die Übersetzerin wieder mich an. »Nur Iorga hat eine Pistole gehabt. Die hat er aber erst hier gekriegt. Wie und wann, weiß er nicht. Iorga hat viel telefoniert und war auch öfter mal weg.«

»Seit wann sind die drei hier?«

Kurzes Geplauder. »Seit Mittwoch. Sie sind geflogen. Über Wien nach München.«

»Und wo haben sie gewohnt?«

In einer kleinen Pension im Osten Mannheims, nicht weit vom Maimarktgelände.

Vangelis nahm ihr zierliches Klapphandy vom Tisch, telefonierte halblaut und nickte dann. Sowohl der Name der Pension als auch das angebliche Anreisedatum waren richtig. Den Preis für die Zimmer zu entrichten hatte Herr Iorga in der Eile des Aufbruchs leider vergessen. Er selbst hatte ein Einzelzimmer bewohnt. Seine beiden Gehilfen hatten mit einem Doppelbett unterm Dach vorliebnehmen müssen.

Ich beugte mich ein wenig vor und sah dem verschreckten Ganoven fest in die Augen, während ich fragte: »Und wie genau lautete der Auftrag?«

»Er sagt, sie sollten die Frau bloß wieder einfangen«, übersetzte die Freiburgerin. »Falls sie Zicken macht, durften sie ein bisschen Gewalt anwenden. Aber auf keinen Fall sollten sie sie verletzen.«

Tot oder entstellt wäre Tina für die Auftraggeber nichts wert gewesen. Radu schien jetzt mehr und mehr aufzutauen. Vermutlich hatte er anfangs gefürchtet, wir würden ihn foltern.

Von der Toten in Mannheim wusste er nichts. Ebenso wenig von dem Schuss, der Kowalski in den Bauch getroffen hatte. Nur zur Sicherheit fragte ich auch nach dem Mord an Andreas Dierksen. Aber auch dazu konnte der rumänische Kleinkriminelle nichts sagen. Den Namen hatte er nie gehört, die Rastatter Straße war ihm unbekannt. Er sah mich so treuherzig an, als er wieder und wieder den großen, runden Kopf auf dem kurzen, dicken Hals schüttelte, dass ich geneigt war, ihm zu glauben.

»Im Grunde ist Andrei ein guter Kerl«, meinte die Dolmetscherin abschließend. »Hat nur ständig zu wenig Geld und zu viel Pech.«

Radu sah mich an wie ein zu groß geratenes Kind, das nicht begreift, was es jetzt schon wieder falsch gemacht haben soll. Irgendwelche Namen irgendwelcher Auftraggeber hatte er nie gehört. Das war alles über Iorga gelaufen. Am Ende wollte er noch wissen, wie es seinem angeschossenen Komplizen ging, der sein Freund zu sein schien. Ich sagte, er liege in Boppard im Krankenhaus und es gehe ihm gut.

Dann ließ ich den Pechvogel abführen.

Vangelis sah erschöpft aus, fiel mir auf, als wir uns erhoben und unsere Papiere einsammelten. »Ich bräuchte Sie noch kurz, Herr Gerlach«, sagte sie.

Ich sah zu, wie die beiden Uniformierten Radu mit achtsamen, fast mitleidigen Bewegungen aus dem Raum bugsierten. Die Übersetzerin verabschiedete sich mit schwungvollem Händeschütteln.

»Ich brauche nun leider wirklich Urlaub«, eröffnete mir Vangelis, als wir allein waren. »Ein paar Tage nur. Meine Großmutter liegt im Sterben.«

»Wann sind Sie zurück?«

Sie sah mich sehr müde und sehr traurig an. »Ich weiß es nicht. Beim besten Willen. Ich liebe meine Großmutter sehr.«

»Wann reisen Sie ab?«

»Mein Flug nach Athen geht in vier Stunden«, erwiderte sie und klang dabei, als wäre sie auch nach Griechenland geflogen, hätte ich ihr keinen Urlaub gewährt.

»Da hat einer für Sie angerufen«, eröffnete mir Sönnchen, als ich mein Vorzimmer wieder betrat. »Ein Dr. Berger aus Frankfurt.«

»Berger?«

»Ich weiß auch nicht.« Sie zuckte die Achseln. »Sie sollen ihn zurückrufen. Es sei wichtig.«

»Wann hat hier zum letzten Mal jemand angerufen, dem es nicht wichtig war?«

Ich betrat mein Büro und saß noch nicht ganz hinter meinem Schreibtisch, als das Telefon sich schon meldete.

Dr. Berger sprach ein kultiviertes Hochdeutsch. Und schon nach seinen ersten Sätzen war mir klar, dass er etwas Schweres auf dem Herzen hatte.

»Es geht um eine Frau«, sagte er so leise, als könnte die NSA ihn dadurch nicht verstehen. »Eine junge Frau.«

»Tina?«

»Ich möchte diese Angelegenheit ungern am Telefon ... Und schon gar nicht über Ihren Dienstanschluss, Herr Gerlach. Bitte.«

»Ein bisschen genauer würde ich schon gerne wissen, worum es geht.«

»Ich habe erfahren, es gibt in Heidelberg gewisse Probleme mit dieser ... Dame?«

»Sie waren einer ihrer Kunden?«

Dr. Berger hieß mit Vornamen Adrian, war Inhaber einer Kunstgalerie in der Frankfurter Innenstadt, außerdem Mitglied des Stadtrats, fand meine rechte Hand am Laptop heraus, während die linke den Hörer hielt.

»Das ... so könnte man es wohl nennen, ja. Wäre es möglich, dass wir uns vielleicht zu einem persönlichen

Gespräch …? Ich wäre Ihnen wirklich sehr verbunden. Natürlich komme ich zu Ihnen. Wann immer es Ihnen passt.«

Ein wenig ging er mir auf die Nerven mit seinem betretenen und umständlichen Getue. Andererseits schien er etwas über Tina zu wissen. Und alles, was mit Tina zu tun hatte, war jetzt wichtig.

Aber ein wenig wollte ich ihn noch quälen: »Ginge es am späten Nachmittag?«

»Vielleicht doch schon ein wenig früher? Ich sitze hier auf Kohlen … Könnte in einer Stunde bei Ihnen sein. Wir könnten irgendwo eine Kleinigkeit zusammen essen. Selbstverständlich auf meine Rechnung.«

Aus irgendeinem unerfindlichen Grund war mir der Mann unsympathisch. Ich verspürte wenig Lust auf dieses Gespräch. Aber hier ging es nicht darum, worauf ich Lust hatte. Wir verabredeten, dass er sich gegen ein Uhr an der Pforte melden und mich rufen lassen würde.

Der Besuch bei Sarahs Frauenärztin war erschütternd unspektakulär verlaufen. Wir hatten noch am gestrigen Abend einen Termin bekommen. Die Ärztin, Anfang vierzig, eine schmale Frau mit mütterlichen Augen, hatte sofort begriffen, dass Sarah sich selbst genug Vorwürfe machte und Ermahnungen oder kluge Erwachsenenratschläge hier überflüssig waren.

So hatte sie sich die kurze und wahrscheinlich schon hundertmal gehörte Geschichte mit gesenktem Blick angehört, sich schweigend erhoben und eine Medikamentenpackung aus einem verschlossenen, nussbaumfurnierten Schränkchen geholt. Sarah hatte die bräunliche und ziemlich große Pille tapfer heruntergeschluckt. Und damit war schon alles erledigt gewesen. Das, was in der Vergangenheit unzählige Leben verpfuscht, Karrieren schon vor ihrem Beginn zerstört, Ehen gestiftet hatte, die in ein lebenslanges Martyrium führten oder junge Menschen in den Selbstmord trieben, fand nicht statt.

Die Ärztin hatte warm gelächelt und meiner Ältesten aufgetragen, in drei Wochen noch einmal zu ihr zu kommen.

Das Gesicht des Frankfurter Kunsthändlers kannte ich schon von Kowalskis Videos. Er war ein groß gewachsener Mann mit markantem Kinn, trug auch im Alltag gepflegte Anzüge und die bunte Seidenkrawatte, von der ich schon gehört hatte. Dr. Adrian Berger war »Schweini«, Tinas Dienstagskunde. Auf mich machte er nicht den Eindruck eines Mannes, der es nötig hatte, sich die Zuneigung von Frauen zu erkaufen. Sein Anzug war vom Schneider, die Schuhe sicher nicht von Zalando. Er duftete nach einem teuren Herrenparfüm. An seiner Hand glänzte kein Ehering.

»Gehen wir ins Merlin«, schlug ich vor, nachdem wir uns knapp und förmlich begrüßt hatten. »Ist nur ein paar Schritte von hier. Eine Stunde wird genügen?«

»Nochmals sehr herzlichen Dank dafür, dass Sie sich die Zeit nehmen, und noch dazu so kurzfristig. Mir ist bewusst, dass ich eine Zumutung bin. Aber dieses Thema … Es lässt mich nicht mehr ruhig schlafen.«

Minuten später saßen wir uns an einem ruhigen Ecktisch gegenüber. An der in einem warmen, dunklen Orange gestrichenen Wand über uns hing ein runder Spiegel in einem goldenen Rahmen. Durch die hohen Rundbogenfenster fiel kaltes Sonnenlicht. Der Mittagstrubel hatte seinen Höhepunkt schon überschritten, und das Lokal war nur noch halb gefüllt, wie Berger erleichtert feststellte. Wir überflogen die Karte und bestellten eilig.

»Nun also«, sagte ich, als die kupferblonde, stupsnäsige Bedienung mit ihrem Computerchen wieder abgezogen war. »Was kann ich für Sie tun?«

»Sie haben ganz richtig getippt, ich war einer von Tinas … Kunden.«

»Wieso die Umstände? Gibt es in Frankfurt keine Huren mehr?«

»Aber doch, natürlich.« Er senkte den Blick seiner grauen Augen. Seine Hände waren schmal und gepflegt. »Aber keine wie ... Tina.«

»Was ist das Besondere an ihr?«

»Herr Gerlach, ich bitte Sie inständig, nicht dieser Ton! Ihr Alter. Ihr Alter war natürlich das Besondere. Ich mag nun mal junge Frauen. Sehr junge Frauen. Aber das ist nicht ...« Mitten im Satz brach er ab.

»Haben Sie ihr geglaubt, dass sie erst sechzehn ist?«

»Ich weiß es nicht. Ich wollte es nicht wissen. Ich wollte nicht darüber nachdenken, verstehen Sie das? Nein, Sie verstehen es natürlich nicht. Wie sollten Sie?«

»Sie wollten glauben, dass sie fast noch ein Kind ist.«

Sein demütiges Nicken war kaum wahrzunehmen. Nervös spielte er mit den Fingern seiner Hände, deren Nägel akkurat gefeilt waren. »Volljährig ist sie jedenfalls noch nicht. Ich weiß nicht ... Sie war ... Tina hat ein Talent, sich zu geben, als wäre sie noch ein Teenager.«

Meine Stimme war kalt, als ich sagte: »Sie stehen auf Sex mit Kindern?«

Adrian Berger zog eine gequälte Grimasse. »Bitte nennen Sie es nicht so! Das ... das klingt ja grauenhaft!«

»Wie würden Sie es denn nennen?«

»Eine Sechzehnjährige ist kein Kind mehr.«

Natürlich dachte ich in diesem Moment an meine Töchter, und es kribbelte mir in den Fingerspitzen. Aber es gelang mir, meine Stimme im Zaum zu halten. »Haben Sie selbst Kinder?«, fragte ich, nun wieder ruhiger. »Töchter?«

Der Kunsthändler nickte mit gesenktem Blick. Unsere Getränke kamen. Er hatte ein stilles Wasser bestellt, ich als Belohnung für die heute schon überstandenen Abenteuer eine Rieslingschorle. Erst als die Bedienung sich wieder getrollt hatte, beantwortete er meine Frage: »Ja, ich habe eine Tochter. Sie ist zweiundzwanzig. Ich hätte gerne noch mehr Kinder gehabt. Auch meine Frau. Meine Exfrau … Aus gewissen Gründen … Es war uns leider nicht vergönnt.«

»Sie sind geschieden?«

»Getrennt. Das Scheidungsverfahren läuft.« Berger begann unbewusst, an seinem rechten Ringfinger herumzutasten, an dem noch die Druckstelle des Eherings zu erkennen war. »Es … Wir hatten noch eine zweite Tochter. Sie ist gestorben, mit zwölf Jahren.« Als er fortfuhr, flüsterte er nur noch: »Es war … eine unbeschreibliche Katastrophe war es. Meine Frau und ich haben uns dann getrennt. Erst nur für einige Zeit. Wir brauchten Abstand. Hofften beide, es wird wieder. Wir kommen mit der Zeit darüber hinweg. Aber es wurde nicht. Wenige Beziehungen halten so ein Ereignis aus. Unsere Trennung ist kein Rosenkrieg, sondern letztlich nur eine logische Konsequenz. Wir sind erwachsene Menschen.«

Und das übliche Gezänk um Geld und Güter war hier wohl nicht nötig.

»Sind Sie früher auch schon … hm … fremdgegangen?«

Berger schien meine Frage nicht beantworten zu wollen. Mit ausdruckslosem Blick starrte er an mir vorbei auf die Eingangstür des Lokals.

Nach einigen schweigend verstrichenen Sekunden konnte ich mir die Bemerkung nicht mehr verkneifen: »Ich habe zwei Töchter. Die sind zufällig auch gerade sechzehn.«

Nun stöhnte er auf. Hob die Hände, als würde ich ihn mit einer Waffe bedrohen. »Herr Gerlach, ich bitte Sie! Sie kennen die rechtliche Situation ebenso gut wie ich. Einvernehmlicher Sex …«

»Hätten Sie sie nicht angerührt, wenn sie erst fünfzehn gewesen wäre?«

»Selbstverständlich nicht!«, stieß er mit flammendem Blick hervor. »Was denken Sie von mir!«

Das würde ich vorsichtshalber für mich behalten. Mir

wurde bewusst, dass ich im Begriff war, mich zu verrennen. Dass ich diesem sich windenden und inzwischen wohlriechend schwitzenden Geschäftsmann Unrecht tat. Weil ich frustriert war. Weil ich wütend war. Weil Vangelis Urlaub brauchte. Weil ich im Fall Tina nicht von der Stelle kam.

Ich zwang mich zur Ruhe, nippte an meinem beschlagenen Glas und lehnte mich zurück. »Weshalb wollten Sie mich sprechen?«

»Weil ich wissen möchte, wissen muss, was hier los ist. Sie ... ich ... ja, verflixt, ich hänge an Tina. Auch wenn es für Sie vermutlich albern klingt oder schrecklich romantisch, was vielleicht auf dasselbe hinausläuft – ich liebe sie. Ja, lachen Sie ruhig. Und Tina liebt mich auch. Nicht wie eine Frau einen Mann, sondern wie eine Tochter den Vater vielleicht. Ja, ich denke, sie liebt in mir den Vater, den sie nie gehabt hat. Sie wissen, dass ihr Vater bei einem Unfall ums Leben gekommen ist, als sie zehn war?«

»Bei einem Flugzeugabsturz.«

»Wieso ein Flugzeug? Von einem Lastwagen wurde er zerquetscht. Er hatte eine große Spedition in Odessa, ihrer Heimatstadt. Er wollte einen seiner Fahrer beim Rückwärtsfahren einweisen, der hat aber nicht in den Spiegel gesehen und ihn gegen die Wand gequetscht. Er hat drei Stunden geschrien, hat Tina mir erzählt. Drei Stunden, bis er das Bewusstsein verlor. Und sie musste es mit anhören. Als zehnjähriges Kind! Ist das nicht entsetzlich?«

Hatte Tina nicht gesagt, sie sei neun Jahre alt gewesen, als ihr Vater starb? Vielleicht war bei diesem Flugzeugabsturz gar nicht von ihrem Vater die Rede gewesen, sondern von einem Onkel? Man verhört sich schon mal, wenn jemand mit einer Waffe auf einen zielt.

Und Tina liebte ihn also, den wohlhabenden Kunsthändler mit den aparten grauen Schläfen und der teuren Krawatte. Wie viele Male war diese Lüge wohl schon erzählt worden, in der langen Geschichte der käuflichen Liebe?

Berger nippte an seinem Wasser. Mit einem Mal schien ihm die Situation schrecklich peinlich zu sein. »Sie ist nicht wie die anderen Prostituierten«, versuchte er zu erklären. »Sie ist so … herzlich. Warm. Anhänglich. Sie war immer so traurig, wenn ich sie wieder allein lassen musste. Sie war immer so glücklich, wenn ich über Nacht bleiben konnte.«

Weil dann zwei grüne Scheine mehr in die Kasse wanderten.

»Aber das konnte ich leider nicht oft. Ich musste morgens um neun wieder in meinem Laden sein. Gerade die anspruchsvolle Kunst verkauft sich nicht von selbst. Kundentermine. Atelierbesuche. Neue Bilder aufhängen. Rechnungen schreiben. Wir haben davon geträumt, zusammen Urlaub zu machen. Erst einmal ein Wochenende in Paris für den Anfang. Sie kennt ja nichts von der Welt außer ihrer bettelarmen Heimat und ein bisschen Heidelberg. Am Freitag wollten wir fliegen. Übermorgen. Aber nun ist seit über einer Woche ihr Handy nicht mehr erreichbar. Das macht mich fast wahnsinnig. Und jetzt lese ich auf spiegel-online, hier sei in einer Prostituiertenwohnung geschossen worden. Verstehen Sie bitte, ich mache mir Sorgen um Tina. Große Sorgen. Und da dachte ich, Sie als Kripochef könnten mir vielleicht …«

»Ich kann Ihnen leider nicht mehr sagen, als dass sie hoffentlich noch lebt. Ich weiß nicht, wo sie steckt. Am vergangenen Samstag habe ich Ihre kleine Freundin kurz gesehen und gesprochen, und seither ist sie von der Bildfläche verschwunden. Ich weiß, dass ihre Zuhälter hinter ihr her sind, dass sie in Gefahr ist. Zurzeit hält sie sich vermutlich irgendwo versteckt. Und ich kann nur hoffen, dass sie ein gutes Versteck gefunden hat.«

»Dumm ist sie nicht.«

»Nein«, bestätigte ich. »Dumm ist sie wahrhaftig nicht.« Erst als der Satz verklungen war, wurde mir bewusst, dass ich dabei gelächelt hatte.

Unser Essen wurde serviert. Berger hatte den Auberginenauflauf von der Tageskarte gewählt, und ich hatte mich, ohne zu überlegen, für dasselbe entschieden. Inzwischen leerte sich das Lokal zügig. Aus unsichtbaren Lautsprechern sang Edith Piaf mit Inbrunst: »Je ne regrette rien.«

»Was sind das nur für Menschen, die diese jungen Frauen ausnutzen?«, fragte Berger zwischen zwei Bissen. »Ich dachte eigentlich, sie arbeitet auf eigene Rechnung. Das gibt es doch, Prostituierte – was für ein schreckliches Wort für Tina! Ich kann es fast nicht aussprechen –, die sich nicht von irgendwelchen Kerlen ausnutzen lassen?«

»Bevor sie sich selbstständig gemacht hat, hat sie für eine Rumänenbande gearbeitet, die sie auch nach Deutschland gebracht hat.«

Der Kunsthändler sah mich betroffen an und wurde sogar ein wenig blass. »So eine Geschichte ist das?«

»Sie hat es geschafft, ihren Schleppern zu entkommen.« Den nächsten Satz auszusprechen bereitete mir ein kleines, böses Vergnügen: »Ihr Freund hat ihr dabei geholfen.«

Berger erblasste noch mehr. »Ihr Freund? Sie wollen sagen, Tina hatte einen … Freund?«

»Er hat die Internetseite gemacht, auf der Sie Tina entdeckt haben. Der Mietvertrag der Wohnung, wo Sie sie getroffen haben, läuft auf seinen Namen.«

Berger kaute eine Weile mit verlorenem Blick. »Hat er … hat er sie auch ausgenutzt?«, fragte er schließlich mit brüchiger Stimme.

»Soweit ich weiß, nein.«

»Aber wenn sie einen Freund hatte, warum …? Wollte sie … wollte sie sich vielleicht freikaufen von dem Geld? Ich meine, ich hätte einmal so etwas gelesen.«

»Hin und wieder lassen die Typen tatsächlich eines der Mädchen frei. Aber je länger sie eingesperrt sind, desto mehr fürchten diese Frauen sich vor der unbekannten Welt da draußen. Irgendwann fürchten sie sich vermutlich mehr vor diesem Draußen als vor ihren gewalttätigen Beschützern. Diese Dreckskerle sind ja die einzigen Bezugspersonen auf der Welt, die sie noch haben.«

»Nennt man so etwas nicht Stockholm-Syndrom?«

»Nennen Sie es, wie Sie wollen. Jedenfalls richten die Frauen sich irgendwie in ihrer Situation ein, um nicht verrückt zu werden.«

»Wie scheußlich.« Berger legte das Besteck weg, obwohl er noch nicht einmal die Hälfte des Auflaufs gegessen hatte, der mir vorzüglich schmeckte. Mit einem großen Seufzer schob er den Teller von sich.

»Und nun sind diese Verbrecher hinter Tina her?«

Ich erzählte in Kurzform von der nächtlichen Schießerei, in die Tina verwickelt war.

»Geschossen?« Berger sah mich mit großen Augen an. »Tina?«

»Ihre kleine Freundin kann ganz prima mit Pistolen umgehen.«

»Wer sind die Menschen, die an diesen Geschäften verdienen?«

»Nicht die, die die Drecksarbeit machen. Prostitution ist heutzutage eine regelrechte Industrie. Da werden Millionen und Milliarden verdient. Aber die eigentlichen Profiteure dieses Megageschäfts sind clever. Das sind keine gewalttätigen Halbidioten, sondern smarte Geschäftsleute, die sehr darauf bedacht sind, dass ihre Hemdkragen sauber bleiben.«

Adrian Berger sah mich ausdruckslos an. »Finden Sie diese Schweine für mich«, sagte er nach Sekunden sehr leise und sehr fest. »Bringen Sie sie zur Strecke. Ich habe Geld, Herr Gerlach. Ich bezahle Ihnen persönlich zehntausend Euro pro Kopf. Zehntausend Euro für jeden einzelnen dieser Dreckschweine, die Tina das angetan haben. In bar. Niemand außer uns beiden wird davon erfahren.«

Donnerwetter! So schlimm stand es um den Mann. Mit

einem Mal war er mir fast sympathisch in seiner hoffnungslosen Verliebtheit.

»Das wird nicht nötig sein, Herr Berger«, erwiderte ich nun eine Spur freundlicher. »Ich mache meinen Job. Und ich werde ihn so gut oder so schlecht machen wie jeden anderen auch.«

Und auch wenn ich als Beamter nicht zu den Großverdienern zählte – mein Essen konnte ich immer noch selbst bezahlen.

»Möchten Sie hören, was sie manchmal zu mir gesagt hat, wenn wir auseinandergehen mussten?«, fragte Adrian Berger, als wir uns vor der Polizeidirektion zum Abschied ein wenig zu lang und zu vertraulich die Hände drückten. »Ich liebe dich mehr als die Sterne in einer klaren Winternacht, hat sie manchmal gesagt. Und dabei hat sie sich ganz fest an mich geschmiegt. So, wie sich eine Hure niemals, niemals an einen ihrer Kunden schmiegen würde. Ich weiß, wovon ich rede, lieber Herr Gerlach.«

Ich ließ ihn in seinem Glauben.

24

Im Lauf des Nachmittags traf mich der nächste Tiefschlag: Der dritte Rumäne war tot. Wenige Meter vom Rand einer steilen und kurvigen Landstraße entfernt, die auf den Hunsrück hinaufführte, hatte ein holländisches Ehepaar seine Leiche gefunden. Wie von der Ärztin prophezeit, war er an inneren Blutungen gestorben. Wieder eine Chance weniger, jemals herauszufinden, wer so dringend hinter Tina her war.

Ansonsten geschah an diesem Tag nichts Berichtenswertes mehr. Außer den üblichen Falschmeldungen herrschte Funkstille. Nach wie vor gab es nicht die geringste Spur von Tina. Wo mochte sie jetzt sein?, fragte ich mich wieder und wieder. Kannte sie neben Dierksen und Leonora Swansea vielleicht noch einen dritten Menschen, der ihr half? War sie bei einem ihrer Kunden untergeschlüpft? Dr. Berger zum Beispiel hätte ihr bestimmt liebend gern seine Tür geöffnet. Oder hatte sie sich in einer kleinen Pension eingemietet? Geld, um einige Wochen über die Runden zu kommen, hatte sie wohl. Aber sie konnte sich nicht für ewig verstecken. Früher oder später würde sie sich eine Arbeit suchen müssen. Ein möbliertes Zimmer mieten. Sich aus der Deckung wagen.

Wie einsam sie sein musste. Ich wagte kaum, mir vorzustellen, wie trostlos und lang ihre Tage zurzeit waren.

Fast eine halbe Stunde lang sprach ich mit dem Leiter des Sittendezernats, Hauptkommissar Kollisch, über Frau Moder und ihren Gatten. Der Verdacht, den der Steuerfahnder geäußert hatte, schien nicht aus der Luft gegriffen zu sein.

»Diese Frau Moder ist aber wahrscheinlich auch nicht die Spitze der Pyramide. Die hätte gar nicht das Geld gehabt, was richtig Großes aufzuziehen. Die Leute im Hintergrund arbeiten heutzutage sehr professionell. An der Oberfläche geht es heute nicht mehr um Prostitution, sondern um Entertainment, Massage, Bars, Saunaklubs und so weiter und so fort. Da ist auf den ersten Blick nichts Schmuddeliges mehr dran zu finden. Und auf den zweiten nicht viel. Im Fall des Falles ist der Geschäftsführer des betreffenden Ladens dran, aber nie die wahren Besitzer und Profiteure, die sich fein im Hintergrund halten. Gibt es Stress, dann wird der Laden dichtgemacht und am nächsten Tag woanders unter neuem Namen wieder aufgemacht. Die Herrschaften können immer behaupten, sie hätten von nichts gewusst. Der Geschäftsführer, dieser Spitzbube, hätte auf eigene Rechnung gehandelt. Die Besitzer kassieren überirdische Mieten für ihre Immobilien, und das war's. Wie die Betreiber der Puffs das Geld ranschaffen, wie die Frauen es verdienen, ist ihre Sache und ihr Problem …«

Mein Abend mit Theresa begann mit derselben Freudlosigkeit, mit der mein Arbeitstag geendet hatte. Inzwischen verfluchte ich den Umstand, dass sie sich eine so nervenzehrende Beschäftigung zugelegt hatte. Hobby durfte man ja nicht sagen.

»Ich bin Schriftstellerin!«, schnaubte sie. »Das ist ein Fulltimejob, auch wenn man nicht acht Stunden pro Tag am Schreibtisch sitzt. Schreiben geschieht im Kopf und nicht nur vor der Tastatur.«

Nicht einmal der Sekt schmeckte ihr heute. Er schien ihre Laune eher schlechter als besser zu machen.

»Lass dir Zeit, Theresa. Je mehr du dich zwingst, desto weniger werden die Ideen sprudeln. Mir kommen die besten Einfälle, wenn ich auf der Autobahn unterwegs bin oder an einer roten Ampel warte oder morgens unter der Dusche, wenn ich überhaupt nicht an den Fall denke, der mir gerade Kopfzerbrechen macht.«

Allerdings schien auch meine Kreativität allmählich erschöpft zu sein, soweit es Tina betraf. Ich stellte mein Glas auf den Boden neben unserer Matratze und warf mich auf den Rücken. Theresa brachte ihr Glas ebenfalls in Sicherheit und legte sich neben mich. Allerdings, ohne Körperkontakt zu suchen.

»Schreibblockaden«, sagte sie mit Blick zur Decke und etwas ruhiger, »hat auch Thomas Mann schon erlebt und Goethe und Schiller und wie sie alle heißen. Und glaub mir, es treibt einen in den Wahnsinn.«

»Du musst Geduld mit dir selbst haben.«

»Ich habe aber keine Geduld mehr!«, fuhr sie mich an, setzte sich auf und leerte ihr Glas in einem Zug. »Ich habe Angst. Angst, dass mir nie wieder etwas einfällt. Oder ich in meiner Verzweiflung irgendwas hinschreibe, was der Verlag dann ablehnt. Oder noch schlimmer: Er druckt es, und die Leser lachen sich kaputt über mich.«

»Aber du hast doch schon Ideen gehabt.«

»Die allesamt nichts taugen. Was ist denn nur mit diesem Sekt?«

»Es ist derselbe wie immer. Aber du schüttest ihn rein wie Limonade. Wenn du so weitermachst, bist du in einer Viertelstunde betrunken.«

»Ich will mich ja betrinken! Aber nicht mal das funktioniert.«

Ich streichelte ihren warmen Rücken. Folgte mit dem Zeigefinger dem eleganten Schwung ihrer Wirbelsäule. Und plötzlich kam mir ein Gedanke: »Es soll wieder was Historisches werden, richtig?«

Theresa als studierte und beinahe promovierte Historikerin liebte es, die Leserschaft mit ihren Geschichtskenntnissen zu beeindrucken. In ihrem ersten Buch war es um das Lotterleben am Heidelberger Hof gegangen, um eifersüchtige Mätressen, fremdgehende Kurfürsten und deren abenteuerlustige Gemahlinnen. Thema des zweiten Buchs war die Geschichte des Terrorismus gewesen, ein eher trockenes und unerotisches Thema, das nicht wenige Fans ihrer »Kabale und Liebe am Heidelberger Hof« schwer enttäuscht hatte.

»Ich hätte vielleicht was für dich. Etwas, das so historisch ist, wie ein Thema nur sein kann.« Nun sah sie mich endlich an. »Wie wär's mit der Geschichte der Prostitution von der Urzeit bis heute?«

Theresa blinzelte verwirrt. Nickte zweifelnd. Ihr Blick irrte ab. »Ich habe sogar schon überlegt, es mit einem Krimi zu versuchen. Krimis verkaufen sich ja wie frische Brezeln. Außerdem hätte ich kompetente Berater an der Hand ...«

»Krimis finde ich langweilig. Was hältst du von meinem Vorschlag? Du könntest es wieder menscheln lassen wie in der Kabale und Liebe.«

»Das hat was.« Sie nippte an ihrem Glas. Nickte dieses Mal energischer. »Doch, das hat wirklich was.«

Mit plötzlicher Energie sprang sie auf, um in ihrer herrlichen Nacktheit eine neue Flasche aus dem Kühlschrank zu holen. Welche Verschwendung! Sowohl der Sekt als auch ihre Nacktheit. Als sie mir die Flasche zum Öffnen überreichte, hielt ich ihre Hand fest und versuchte es mit nonverbaler Kommunikation. Erst sperrte und sträubte sie sich noch, aber schließlich wurde sie weich. Der neue Sekt schmeckte entschieden besser als der erste, fanden wir. Nach dem ersten Schluck warf Theresa sich mit einem dramatischen Seufzer auf mich.

»Ich weiß, Alexander, ich bin eine Zumutung.«

Ich drückte sie ganz fest an mich.

Ihr »Du bist völlig unmöglich« klang schon fast zärtlich. Zwischen meinen Beinen begann sich etwas zu regen.

»Prostitution?«, fragte sie, als wir später ermattet auf dem Rücken lagen und ihre erste Zigarette des Abends glimmte. »Wie stellst du dir das vor?«

»Was du daraus machst, ist deine Sache. Sex sells – das

weiß jeder Buchhändlerlehrling. Und du kannst in der Geschichte so weit zurückgehen, wie du willst. Prostitution hat es bestimmt schon vor der Steinzeit gegeben. Im Alten Testament ist von Tempelhuren die Rede. In Athen soll es staatseigene Bordelle gegeben haben, habe ich mal gelesen.«

In Theresas honigblond belocktem Kopf hatte die Idee längst zu arbeiten begonnen. »Wie bist du darauf gekommen?«

»Auch blinde Hühner finden hin und wieder ein Körnchen«, erwiderte ich bescheiden.

Zur Belohnung erhielt ich einen extra leidenschaftlichen Kuss. Ich hielt meine nachdenkliche Göttin fest, und nach kurzem, diesmal eher symbolischem Widerstreben gab sie nach.

»Prostitution«, seufzte sie, bevor sie wieder vorübergehend verstummte. »Ja, warum eigentlich nicht?«

Am Donnerstagmorgen begrüßte mich Sönnchen wieder mit bedröppelter Miene. Der Grund ihrer gedrückten Stimmung stand neben ihrem Schreibtisch: ein rothaariger, gedrungener Mann mit breitem Verkäuferlächeln im sommersprossigen Gesicht und einem teuren Anzug am muskulösen Körper.

»Eckert!«, stellte er sich mit stürmischem Händedruck vor. »Dr. Eckert. Ich habe die Ehre mit Herrn Kriminaloberrat Gerlach?«

Mein unangemeldeter Besucher war so edel gekleidet, dass Adrian Berger neben ihm wie der arme Vetter vom Land gewirkt hätte. Ich ging voran in mein Büro. Wir setzten uns. Ich auf meinen Chefsessel, mein immer noch strahlender Gast auf einen der Besucherstühle auf der anderen Seite des Schreibtischs.

»Was kann ich für Sie tun, Herr Dr. Eckert?«, fragte ich förmlich. »Ich habe leider nur sehr wenig Zeit.«

Bevor er antwortete, schob er eine ebenso schlicht wie nobel gestaltete Visitenkarte über den Tisch. Dieser durfte ich entnehmen, dass mein Gegenüber Doktor der Rechte und Mitglied einer bekannten Hamburger Anwaltssozietät war. »Herr Viktor Iorga hat uns beauftragt, seine Interessen zu vertreten. Hier meine diesbezügliche Vollmacht.«

Er überreichte mir ein Dokument, das eine schwungvolle und völlig unleserliche Unterschrift trug. Wie der Mann auftrat, war er ein verdammt teurer Anwalt.

»Wir verlangen die sofortige Freilassung unseres Mandanten.«

Gleich mehrere teure Anwälte also.

»Da sind Sie bei mir leider an der falschen Adresse«, erwiderte ich nicht ohne Genuss. »Über die Freilassung Tatverdächtiger entscheiden bei uns die Gerichte und nicht die Polizei.«

Der Anwalt strahlte, als hätte ich ihm das Kompliment seines Lebens gemacht. »Das müssen Sie mir nicht erklären, Herr Gerlach. Zwei meiner Kollegen sind zurzeit am Landgericht, um die Akten einzusehen und die notwendigen Gespräche zu führen.«

»Und was verschafft mir dann die Ehre Ihres Besuchs?«

Sein Lächeln wurde eine Spur dünner. »In einem Fall wie diesem stellt sich natürlich immer die Frage, ob sich vielleicht jemand im Zuge der Ermittlungen einer Dienstpflichtverletzung schuldig gemacht hat. Schließlich ist Herr Iorga Ausländer, wenn auch EU-Bürger, und es ist ja leider Gottes kein Geheimnis, dass die deutsche Polizei beim Umgang mit Ausländern …«

»Wie bitte?« Ich beugte mich weit vor und fixierte den Mann mit allem mir gerade zur Verfügung stehenden Zorn, und das war nicht wenig. »Würden Sie das bitte noch einmal wiederholen?«

Er war nicht leicht einzuschüchtern. »Sehr gerne, verehrter Herr Gerlach! Man braucht ja nur aufmerksam die Nachrichten zu verfolgen, um zu erkennen, dass für die deutsche Polizei jeder, der gebrochen Deutsch spricht und – nun ja – etwas fremdländisch aussieht, ein geborener Verdächtiger ist.«

»Bestimmt haben Sie stichhaltige Beweise für diese ungewöhnliche und – wenn Sie erlauben – unverschämte Behauptung.«

Inzwischen war sein Lächeln ganz erloschen. Sein Blick war jetzt so kalt wie meiner. »Bei der Vernehmung von Herrn Iorga, bei der Sie meines Wissens persönlich zugegen waren, war zum Beispiel kein Rechtsbeistand anwesend.«

»Weil Ihr Mandant keinen verlangt hat. Eine regelrechte Einvernahme hat bisher auch noch gar nicht stattgefunden. Bisher hat es nur ein kurzes informelles Gespräch gegeben, um einige Formalitäten zu klären.«

»Und Sie haben sicherlich ein Dokument mit Herrn Iorgas Unterschrift, das diesen Sachverhalt bestätigt.«

Nein, das hatte ich natürlich nicht, verflucht. Ich war davon ausgegangen, dass Vangelis sich um den Papierkram kümmern würde. Und sie hatte vermutlich dasselbe von mir gedacht und war wegen ihrer todkranken Großmutter vielleicht auch ein wenig neben der Spur gewesen.

»Nur, damit es keine Missverständnisse gibt. Noch einmal: Herr Iorga ist bisher nicht vernommen worden. Bisher hat lediglich ein informelles Gespräch stattgefunden zur Klärung der Personalien. Das aufgrund von Verständigungsschwierigkeiten keine fünf Minuten gedauert hat.«

Längst war mir klar, was mir die zweifelhafte Freude des in feines Tuch gekleideten Besuchs verschaffte: Iorgas Hintermänner wollten ihren Büttel aus den Klauen der deutschen Justiz befreien. Weil er für sie gefährlich werden konnte. Iorga war vermutlich der Einzige in dem ebenso glück- wie talentlosen Dreierteam, der Namen kannte, Telefonnummern, E-Mail-Adressen. Die anderen beiden waren Kanonenfutter. Nummer zwei war tot, und Radu konnte im Knast vermodern, weil er nichts wusste.

»Dem werden wir selbstredend auf den Grund gehen, Herr Gerlach.«

»Davon gehe ich aus, Herr Dr. Eckert.«

»Sie sind ein Schlingel, wie?«, meinte der Anwalt, plötzlich wieder lachend, und klang fast anerkennend dabei. Offenbar akzeptierte er mich jetzt als satisfaktionsfähigen Gegner. Aber dann wurde er unvermittelt noch einmal ernst.

»Wenn ich Ihnen einen Tipp geben darf«, sagte er sehr leise. »Ziehen Sie sich warm an. Meine Kollegen und ich kommen von der Kanzlei Prof. Schmitt & Partners in Hamburg. Ich nehme an, der Name ist Ihnen nicht unbekannt.«

Ich hatte ihn schon auf seiner Visitenkarte gelesen. Schmitt & Partners war eine aus den Fernsehnachrichten bekannte Kanzlei, die bevorzugt deutsche Prominente vor Gericht vertrat. Personen, die sich der schweren Steuerhinterziehung, des Gattinnenmords oder anderer Großverbrechen schuldig gemacht hatten. Der Chef selbst, Prof. Dr. Dr. Schmitt, hatte meines Wissens zuletzt eine bekannte Filmschauspielerin, die wegen fahrlässiger Tötung in einem besonders schweren Fall angeklagt war, vor einer Gefängnisstrafe bewahrt. Wenn ich mich richtig erinnerte, war ein Besucher einer sehr feuchten und sehr fröhlichen Party im Anwesen der Frau spätabends schwer betrunken in einen Pool gefallen. Die anderen Gäste und die Gastgeberin selbst hatten sich über diesen Umstand köstlich amüsiert und sich anschließend wieder ihren Vergnügungen zugewandt. Die Leiche wurde am nächsten Morgen vom Gärtner gefunden und aus dem Pool gefischt. Mit welcher Begründung der Staranwalt seinerzeit den Freispruch verlangt und letztlich auch durchgesetzt hatte, war mir entfallen.

Trotz des unangenehmen Tagesbeginns – oder vielleicht auch gerade deshalb – beschloss ich, Andrei Radu ein zweites Mal zur Vernehmung vorführen zu lassen. Aber es war und blieb sinnlos. Entweder war der Mann tatsächlich so ahnungslos, wie er tat, oder er war ein Naturtalent als Schauspieler. Auf Nachfrage behauptete er wieder, nach der Ankunft in Mannheim habe man die Zimmer irgendwo im Osten der Stadt bezogen und lange nicht mehr verlassen. Nicht einmal zum Essen. Iorga habe hin und wieder Nahrungsmittel und Getränke organisiert. Man habe gewartet und ferngesehen und gewartet, bis Iorga am Samstagabend endlich an die Tür geklopft und zum Aufbruch gedrängt habe. Worum es eigentlich ging, wussten die beiden Helfer angeblich bis zur letzten Sekunde nicht. Im gemieteten Mercedes fuhr man zusammen eine Weile durch die Dunkelheit, auf Geheiß Iorgas überlistete Radu das Schloss irgendeiner Haustür, man schlich eine Treppe hinauf bis zu einer zweiten Tür, vor der Iorga einen schweren Revolver zückte.

Als Radu – hinter seinem Komplizen und vor Iorga – die Wohnung betrat, knallte es dreimal, der Vorderste taumelte rückwärts, in Radus Arme, brüllte dabei wie ein Tier, Radu schleppte seinen Komplizen und Freund ins Treppenhaus zurück, ohne sich um irgendetwas anderes zu kümmern. Iorga, schreckensbleich und mit plötzlich wieder leeren Händen, half ihm, den stark Blutenden die Treppe hinab und zum Wagen zu schaffen. Tina selbst hatte Andrei Radu angeblich überhaupt nicht zu Gesicht bekommen.

Anschließend war man lange Zeit ziel- und planlos durch die Gegend gefahren, Iorga telefonierte ständig, der Verletzte auf dem Rücksitz stöhnte und jammerte in einem fort. Später hatte er dann nur noch geröchelt und irgendwann gegen Morgen das Bewusstsein verloren. Schließlich hatte Iorga Radu eine Adresse in der Nähe von Koblenz genannt, die sie mithilfe des Navigationssystems in ihrem Mercedes auch fanden. Dort trafen sie in einem alleinstehenden Haus am Waldrand auf einen Mann, der nach Schweiß und altem Käse stank und fünfhundert Euro in bar dafür verlangte, dass er den Bewusstlosen versorgte und verband. Anschließend hatte Iorga wieder viel und aufgeregt telefoniert, auf irgendeinem Autobahnparkplatz schlief man einige Stunden im Wagen, und Radu hatte nicht den leisesten Schimmer, wo sie während ihrer Odyssee überall gewesen waren.

»Iorga muss ein Handy gehabt haben«, sagte ich, als sein Redefluss versiegte.

Das hatte Iorga am Sonntagmorgen zertreten. Und die SIM-Karte hatte er während der Fahrt zur Grenze irgendwo auf der Autobahn aus dem Fenster geworfen.

Als ich die Sprache noch einmal auf die Tote in der Mannheimer Müllverbrennungsanlage brachte, wurde Radus Blick so treuherzig ratlos, dass ich schließlich aufgab. Er wusste wirklich nichts. Allerdings bestand immer noch die Möglichkeit, dass Iorga diesen Teil des Jobs allein erledigt hatte. Falls es zwischen Tina und der immer noch unbekannten Toten überhaupt eine Verbindung gab.

Ich hätte Leon Kowalski nicht wiedererkannt. Seine Gesichtsfarbe erinnerte mich an angeschimmelten Magerquark, das ohnehin hagere Gesicht war eingefallen, die trüben Augen lagen tief in den Höhlen.

Nur eine Person, maximal fünf Minuten, maximal fünf Fragen – so lauteten die Spielregeln, die der Chefarzt der Chirurgischen Klinik mir persönlich diktiert hatte. Erst am frühen Morgen war der Patient aus dem Koma erwacht. Er war über den Berg, lag jedoch immer noch auf der Intensivstation. Neben seinem hohen Bett stand ein Turm von Geräten, an denen Lämpchen blinkten, Ziffern und Bildschirme leuchteten. Auf der nackten Brust pappten Elektroden, im rechten Arm steckten Kanülen. Die Luft war stickig und heiß.

»Hallo«, sagte ich und stellte mich vor.

»Hch!«, röchelte Kowalski.

»Er war lange intubiert«, hatte mir eine resolute Schwester mit strengem Blick erklärt. »Das Reden macht ihm noch ein bisschen Probleme.«

»Erinnern Sie sich an den Abend, als man auf Sie geschossen hat?«

Ein kaum wahrnehmbares Nicken war die Antwort. Der angstvolle Blick des Verletzten hing an meinen Lippen. Der Pulsmonitor piepste mit zunehmender Frequenz.

»Können Sie sagen, wer auf Sie geschossen hat?«

Wieder ein kaum merkliches Nicken. Die Augen wurden eine Winzigkeit größer und wieder kleiner. Der muffige Krankenhausgeruch und die Hitze lösten bei mir fast Übelkeit aus. Das Hightechbett, auf dem Kowalski lag, war nur durch einen schweren grünen Kunststoffvorhang vom Nachbarbett abgetrennt, in dem jemand leise und regelmäßig stöhnte. Kowalskis Blick wurde matt, irrte ab.

»Haben Sie den Mann erkannt?«, fragte ich leise und eindringlich.

Dieses Mal schüttelte er eine Winzigkeit den Kopf. Dann öffnete er den Mund. Krächzte etwas Unverständliches. Ich ging mit dem Ohr näher an seinen trockenen Mund, wodurch der widerliche Geruch von Desinfektionsmitteln noch stärker wurde.

»Kch-n M-n!«, verstand ich.

»Kein Mann?«

Das Kopfschütteln wurde eine Spur kräftiger.

»Eine Frau also?«

Dieses Mal musste ich lange auf die Antwort warten: Nicken.

»War die Frau eher groß oder eher klein?«

»Gr-ch.«

»Groß?«

»W- -ch.«

Ich musste kurz überlegen, was das heißen sollte. »So groß wie Sie?«

»Genug jetzt«, sagte die gestrenge Schwester in meinem Rücken.

Leon Kowalski schloss fest die Augen, öffnete sie wieder und wiederholte: »W- -ch.«

Er war knapp eins achtzig groß, wusste ich aus seiner Akte.

Auch im Fall Viktor Iorga leisteten Professor Schmitts Partner ganze Arbeit. Noch im Lauf des Nachmittags musste ihr Mandant auf freien Fuß gesetzt werden. Mein einziger ernst zu nehmender Beweis – das Video, das den Mercedes beim Ausparken zeigte – wurde als nicht gerichtsverwertbar eingestuft, da für die Kamera aus chinesischer Produktion, die es aufgezeichnet hatte, irgendein Zertifikat nicht vorgelegt werden konnte. Damit galten die Aufnahmen nicht als fälschungssicher und waren aus Sicht der Juristen nichts wert. Zudem hatte Iorga nicht weniger als drei Zeugen benennen können, die bestätigten, dass er am fraglichen Abend in Untertürkheim an der Geburtstagsfeier eines Cousins teilgenommen hatte.

Der Verdacht, Iorga und seine Kumpane könnten etwas mit dem Mord an der Unbekannten in Mannheim zu tun haben, war nichts weiter als ein Verdacht. Noch immer wusste man in Mannheim nicht mehr über die Frau, als dass sie jung, tot und wahrscheinlich aus Osteuropa war. Und dass sie vor ihrem Tod mehrfach vergewaltigt wurde.

Angesichts der Argumente der teuren Anwälte war dem armen Richter am Ende nichts anderes übrig geblieben, als den Verdächtigen unter Auflagen aus der Haft zu entlassen.

Vermutlich hat Viktor Iorga Deutschland auf dem schnellsten Weg verlassen. Der richterlichen Auflage, sich jeden zweiten Tag bei einem Heidelberger Polizeirevier zu melden, kam er jedenfalls nicht nach.

Aber es gab auch Erfreuliches an diesem Donnerstag, der so niederschmetternd begonnen hatte: Erstens schien die

Sonne. Schon beim Frühstück hatte sie mir das Gesicht gewärmt. Am blassblauen Himmel hing nicht das allerkleinste Wölkchen, und das sollte den Tag über so bleiben. Und zweitens erreichte mich am Nachmittag ein Anruf, den ich seit Tagen sehnlich erwartet hatte. Eine aufgebrachte Frau mit kräftiger Altstimme war am Apparat.

»Ich komme aus dem Urlaub zurück, und nun passt mein Schlüssel nicht mehr, und ich finde diesen Zettel an meiner Tür«, schimpfte sie los, ohne sich vorzustellen. »Da steht eine Nummer, die ich anrufen soll. Sind Sie das?«

»Ja.«

»Dann sagen Sie mir bitte mal: Was ist denn überhaupt los? Wieso passt mein Schlüssel nicht mehr? Wieso darf ich nicht in meine Wohnung?«

»Weil sich dort in den vergangenen Tagen eine gewisse Tina aufgehalten hat.«

»Tina? Sie meinen Vally? Ist ihr ... Es ist ihr doch nichts passiert?«

»Wieso nennen Sie Ihre Freundin Vally?«

»Sie heißt eigentlich Valentina. Tina hat sie sich im beruflichen Kontext genannt. Ich habe ihr selbst dazu geraten. Klingt niedlicher, fand ich. Niedlich sein ist ihre Masche.«

»Sie hat während Ihrer Abwesenheit den Briefkasten geleert.«

»Und hoffentlich das Grünzeug gewässert. Wann darf ich denn nun in meine Wohnung? Ich habe neun Stunden im Flieger gesessen. Mir knurrt der Magen, weil ich diesen Flugzeugfraß nicht runterkriege. Und außerdem bin ich so müde, dass ich im Stehen einschlafen könnte!«

»Ich komme zu Ihnen, und dann gehen wir gemeinsam hinein, und ich erzähle Ihnen alles, okay?«

»Machen Sie schnell, wenn Sie mich noch lebend antreffen wollen!«

25

Die Frau, die sich Leonora Swansea nannte, hatte tatsächlich Ähnlichkeit mit Scarlett Johansson. Die Lippen waren nicht gar so voll, die Oberweite nicht ganz so ausladend, das Haar in einem mutigen Rot statt blond, aber ansonsten hatte der Kollege sie treffend beschrieben. Aus der Nähe betrachtet, war sie allerdings nicht so überirdisch schön, wie ich nach den Fotos erwartet hatte.

»Geschossen?«, fragte sie betroffen, als ich dreißig Minuten nach unserem kurzen Telefonat die Tür zu ihrem Apartment aufschloss und ihr die Schlüssel übergab. Ich half ihr, einen bleischweren Rollkoffer über die Schwelle zu schleppen. »Auf Vally?«

»Im Gegenteil, sie war es, die geschossen hat.«

»Aber ... womit? Womit hat sie geschossen?«

»Das wollte ich eigentlich Sie fragen. Sie hat eine verchromte Pistole gehabt, die sie vermutlich immer noch hat. Die stammt nicht von Ihnen?«

»Natürlich nicht ... Von Andi vielleicht?«

Leonora war eine selbstbewusste Frau, die sich ihrer Wirkung auf Männer bewusst war. Gesicht und Hände waren gebräunt, als hätte sie die letzten Wochen in der Sonne verbracht. Das Haar, sonst eine feurige, schwer zu bändigende Mähne, hatte sie zu einem lockeren Knoten im Nacken gezwungen. Die Farbe war vielleicht doch eine Spur zu schön, um ganz echt zu sein. Das Gesicht war herb und klar geschnitten, der Blick der grünen Augen kritisch und wachsam. Um den Mund entdeckte ich einen feinen, bitteren Zug, der mich vermuten ließ, dass ihr Leben nicht immer so komfortabel gewesen war wie zurzeit. Sie hatte mich wütend rauchend vor der Haustür erwartet und die brennende Zigarette achtlos ins Gebüsch geschmissen, als sie mich kommen sah.

Mit energischen Bewegungen schaltete sie sämtliche Beleuchtungsmöglichkeiten ein, als wäre das Wort Energiekrise noch nicht erfunden. Von irgendwoher kam plötzlich leise Kaffeehausmusik. Erst jetzt entdeckte ich die kleinen runden Lautsprecher in allen vier Ecken des großen Raums, in dem ich mich vor einer knappen Woche fast zu Tode gelangweilt hatte. Die Musikanlage befand sich, wie ich wusste, in dem antiken Weichholzschrank, der rechts neben der Eingangstür stand.

»Auf wen hat sie geschossen?«, wollte Frau Swansea wissen, während sie den teuren Trenchcoat von sich riss und achtlos über eine Sessellehne warf.

»Auf drei Männer, die sie vermutlich entführen wollten.«

Misstrauisch betrachtete sie den weiß gefliesten Fußboden, als suchte sie nach Blutspuren. Aber die Tatortreiniger waren wieder einmal gründlich gewesen.

»Wundert mich nicht«, sagte sie schließlich tonlos.

»Sie wissen, wie sie nach Deutschland gekommen ist?«

»Natürlich weiß ich das. Ich hoffe, sie hat getroffen?«

»Nur einen. Der ist inzwischen tot.«

Die Rothaarige sah mich nachdenklich an. Nagte an der Oberlippe.

»Was stehen wir hier rum?«, fragte sie schließlich und erwachte wieder zum Leben. »Setzen Sie sich irgendwo. Ich brauche jetzt erst mal einen starken Kaffee. Auch einen?«

»Geht Cappuccino?«

»Wenn die Milch nicht sauer ist. Irgendwas Alkoholisches dazu? Für einen Mojito müsste alles da sein.«

Ich verzichtete mit der üblichen Polizistenbegründung auf Hemingways Lieblingsdrink. Mit einer Miene, als hätte sie nichts anderes erwartet, verschwand sie in der Küche. Ich hörte die Kühlschranktür quieken, gedämpftes Geklapper und Geschepper, das sonore Brummen eines teuren Kaffeeautomaten. Bald kam sie zurück mit einem silbernen Tablett, auf dem neben zwei dampfenden Bechern zwei große Gläser voller Eis und eine fast volle Flasche weißer Rum standen. Der Kaffeeduft stieg mir in die Nase.

»Die Milch ist noch okay. Hat wohl Vally gekauft. Aber Mojito ist nicht. Die Limetten sind verschimmelt. Darf's auch ein Rum on the Rocks sein?«

Ich verzichtete ein zweites Mal. Sie lachte zerstreut, stellte das Tablett ungeschickt ab. Plumpste seufzend auf die graue Lederfläche, ergriff den Kaffeebecher mit beiden Händen und gähnte dabei so ausgiebig, dass sie die nachtschwarze Brühe um ein Haar über ihre weißen Designerjeans geschüttet hätte. Am wohlgeformten Oberkörper trug sie einen türkisgrünen Pullover aus fein gestrickter Wolle. Ihr Schmuck beschränkte sich auf Kreolen an den Ohren, die mit großen Perlen verziert waren, und eine matt schimmernde silberne Armbanduhr am Handgelenk.

Ich schätzte Leonora Swansea auf etwa dreißig Jahre. Nachdem ihr erster Zorn verraucht war, sah sie plötzlich sehr müde und ratlos aus. Sekundenlang starrte sie abwesend vor sich hin, dann straffte sie sich, schenkte Rum in eines der Gläser, nahm einen gierigen Schluck, füllte gleich wieder nach. Die Eiswürfel klirrten. Über ihr leuchtete das geheimnisvolle Gemälde an der Wand im Nachmittagslicht.

»Ich würde Ihnen gerne ein paar Fragen stellen«, sagte ich, als sie wieder ansprechbar zu sein schien.

Sie kickte die halbhohen, ebenfalls grünen Schuhe unter den Tisch, zog die Beine auf die Sitzfläche und breitete die Arme auf der Rückenlehne ihrer Liegelandschaft aus, die farblich so perfekt mit ihrer Kleidung harmonierte, als wäre das Ganze die Inszenierung eines Modefotografen. Ihr Blick war jetzt geschäftsmäßig kühl.

»Erst sind Sie dran.«

Ich erzählte ihr vom Mord an Andreas Dierksen, von Tinas, Vallys, Valentinas Wohnung in der Rastatter Straße, ihrem technisch begabten Nachbarn Kowalski und von der Schießerei hier in ihrer Wohnung vor fast einer Woche. Ich berichtete, dass ich kurz mit Valentina hatte sprechen können, bevor sie plötzlich geflüchtet und seither verschwunden war. Die Sache mit den Handschellen und dem Heizkörper verschwieg ich.

Leonora hörte still zu und nickte hin und wieder.

»Und jetzt würde ich zu gerne an die Hintermänner rankommen. An die Betreiber des Bordells, in dem Ihre Freundin … sie ist doch Ihre Freundin?«

Wieder nickte sie. Nippte an ihrem dampfenden Kaffee.

»An die Kerle, die sie nach Deutschland geholt und eingesperrt haben. An die Auftraggeber dieses merkwürdigen Entführertrupps.«

»Sie kommen zu dritt und schaffen es nicht, Vally einzufangen?« Belustigt schüttelte sie den Kopf. »Sie wissen, dass Vally nicht mit Gewalt nach Deutschland gebracht worden ist? Dass sie sich freiwillig in die Hand dieser Halunken begeben hat?«

»Sie hat es mir erzählt, ja.«

»Die haben ihr einen rumänischen Pass in die Hand gedrückt und eine Busfahrkarte nach Karlsruhe und ein paar Hundert Euro, damit sie an der Grenze als Touristin durchgeht. Den Pass und das Geld haben sie ihr dann gleich wieder weggenommen. Der Deal war, dass sie so lange für sie anschafft, bis sie die sogenannten Unkosten abgearbeitet hat. Fünfzehntausend sollte Vally abdrücken. Sie haben sie einen regelrechten Vertrag unterschreiben lassen.«

»Hatte sie von Anfang an den Plan, den Vertrag nicht zu erfüllen?«

»Weiß ich nicht. Aber sie hat sich wahrscheinlich schon am zweiten Tag ausgerechnet, was die Kerle an ihr verdienen.«

Und was sie verdienen könnte, wenn sie mit niemandem teilen müsste.

»Wissen Sie, in welchem Bordell sie war, bevor sie sich selbstständig gemacht hat?«

»Sie waren übrigens zu zweit. Vally hat noch eine Freundin mitgebracht, Sonya. Die kenne ich nicht persönlich. Vally hat mir nur erzählt, dass Sonya mit ihr zusammen nach Deutschland gekommen und später mit ihr zusammen ausgebüxt ist. Sonya kannte irgendwelche Leute in Mannheim, wo sie unterkriechen konnte.«

»Wie sieht sie aus, diese Freundin?«, fragte ich aufmerksam.

»Wie gesagt, gesehen habe ich sie nie. Andi hat mir mal erzählt, sie würden sich ein bisschen ähnlich sehen, die beiden Mädels.«

»Das Bordell ...?«

»Weiß ich leider nicht. Irgendwo in der Nähe von Rastatt, hat Andi mal erwähnt. In einem Industriegebiet, ja, genau. An der Grenze zu Frankreich lässt sich mit Puffs fettes Geld verdienen, seit dort die Prostitution quasi verboten ist.«

»Kennen Sie die Leute im Hintergrund? Kennen Sie Namen?«

Leonora setzte sich gerader hin, arrangierte die Beine neu. Jede ihrer Posen wirkte wie einstudiert. Wieder nippte sie gedankenverloren an ihrem Kaffee, was mich daran erinnerte, dass auf dem silbern glänzenden Tablett auch für mich ein dampfender Becher stand. Der Cappuccino schmeckte ein wenig bitter. Für frischen Kaffee hatte Valentina offenbar nicht gesorgt.

»Ich will Ihnen erzählen, was ich weiß.« Meine Gastgeberin stellte ihren Becher mit einer entschlossenen Bewegung ab und sah durch die großen Fensterflächen nach draußen, in den wolkenlosen Himmel, als sie weitersprach. »Vally kommt aus Moldawien.«

Mir hatte sie etwas anderes erzählt, aber ich mochte sie nicht gleich beim ersten Satz unterbrechen.

»Aus Ti..., Ti... Warten Sie ...« Sie griff zum Handy. »Tiraspol. Liegt im Südosten. In dem Teil des Landes, wo Russisch gesprochen wird und Ukrainisch. Im westlichen Teil sprechen sie Rumänisch. Ist alles ein großes Durcheinander da. Vallys Familie muss eine einzige Katastrophe sein. Der Vater tot, die Mutter eine Säuferin, die Schwester schwachsinnig. Nach Deutschland zu kommen war ihre Chance. Vielleicht die Chance ihres Lebens. Im Puff hat sie dann zugesehen, dass sie möglichst rasch Deutsch lernt. Vally ist ein helles Köpfchen. Und sie weiß, was sie will. Die Betreiber des Schuppens müssen sich dumm und blöd an ihr verdient haben. Sie hatte Betrieb ohne Ende. Unter anderem auch Andi. Eine Weile war er ihr Stammkunde. Ich selbst habe Andi schon früher gekannt. Er war mal für ein Weekend bei mir gewesen. Ist schon zwei, drei Jahre her, und ich hatte ihn längst wieder vergessen. Aber irgendwann – im September war das, ja, Ende September – ruft er mich an und fragt, ob ich ihm helfen kann bei einer verzwickten Sache.«

»Das war wohl ein kostspieliges Wochenende für Herrn Dierksen.«

Sie lächelte geschmeichelt, streckte sich, legte die sehenswerten Beine auf den Couchtisch, wurde unvermittelt wieder ernst. »Ich war sein Geburtstagsgeschenk. Bin mir aber ziemlich sicher, dass er sich das Geschenk selbst gemacht hat. Andi hat … hatte nicht so viele Menschen, die ihm was schenken. Sein Auto steht übrigens auf meinem Stellplatz in der Tiefgarage.«

Dierksens Honda, den wir so lange gesucht hatten. Tina war damit hergefahren und hatte den Wagen später einfach stehen lassen.

»Darf ich fragen, was so ein Wochenende ungefähr …?«

Leonora warf den Kopf zurück, griff sich ins Haar. Sah mir amüsiert ins Gesicht. »Nein, dürfen Sie nicht. Preise sind in meiner Branche Betriebsgeheimnis. Jedenfalls waren es lustige Tage und Nächte mit Andi. Obwohl er ein schräger Vogel ist – irgendwie habe ich ihn gemocht. Andi ist weiß Gott nicht der hübscheste Kerl unter der Sonne und das exakte Gegenteil von einem Charmeur. Auf der anderen

Seite konnte er ganz witzig sein mit seinem trockenen Ostfriesenhumor. Im Bett war er ein Tier. Traut man ihm nicht zu, wenn man ihn so sieht mit seinem …«

Erst in diesem Moment schien ihr ganz bewusst zu werden, dass sie von einem Toten sprach. Sie biss sich auf die rosa geschminkte Unterlippe und schwieg.

»Klingt, als hätten Sie auch Ihren Spaß gehabt.«

Jetzt sah sie mich an, als hätte ich eine selten dumme Bemerkung gemacht. »Ich gebe mich nur mit Männern ab, mit denen es mir Spaß macht, was denken Sie denn? Und nur, solange es mir Spaß macht. Alles andere wäre ja wohl ziemlich bekloppt, oder nicht?«

»Ich dachte nur …«

»Sie dachten, eine Nutte wie ich muss bedienen, was daherkommt?«

»Das Wort Nutte würde ich in diesem Zusammenhang …«

»Aber Sie haben es gedacht, ja?«

»Wie kommen Sie darauf?«

»Weil alle so was denken. Wenn sie Nutte hören, dann denken sie automatisch an die armen Mädels, von denen man ständig in den Nachrichten hört. Sie denken an Menschenhandel und Zwangsprostitution. Sehe ich irgendwie gehandelt oder versklavt aus?«

»Natürlich nicht.«

»Aber Sie denken, Frauen, die es mit Männern für Geld treiben, *müssen* einfach unterdrückt sein? Gedemütigt? Entwürdigt?«

»Frau Swansea, bitte! Mir ist bekannt, dass Prostitution ein weites Feld und ein kompliziertes Thema ist.«

Sie schwenkte die Beine vom Couchtisch, stellte die edel bestrumpften Füße eng nebeneinander, beugte sich vor und sagte leise und ernst: »Ich will Ihnen jetzt mal was sagen: Die letzten neun Wochen war ich mit einem Freund auf dem Meer unterwegs. Er hat eine Vierzehn-Meter-Jacht, und Segeln ist seine große Leidenschaft. Früher hat er eine Werbeagentur in Düsseldorf gehabt. Mit zweiundfünfzig hatte er die Nase voll, hat sich von seiner geldgeilen Frau geschieden, seine Agentur vertickt und beschlossen, für den Rest seines Lebens nur noch das zu tun, was ihm Spaß macht. Zwei Wochen nach Weihnachten haben wir in Haifa abgelegt. Zurückgeflogen bin ich letzte Nacht von Hyderabad.«

»Das freut mich für Sie. Und was ist später?«

Sie stutzte, sah mich an, als würde sie meine Frage nicht verstehen. Aber dann antwortete sie doch: »Jetzt ist jetzt. Später ist später.«

»Kinder? Familie?«

Sie begann, verführerisch zu lächeln. Griff sich wieder ins rote Haar. »Können Sie sich hier im Ernst Kinder vorstellen? Mich als Mutter?«

Das Lächeln zerfiel. Ihr Blick wurde müde. »Für Kinder ist es meistens so lange zu früh, bis es irgendwann zu spät ist, ich weiß. Ich habe noch nicht wirklich darüber nachgedacht, um ehrlich zu sein. Natürlich weiß ich, dass ich nicht immer so aussehen werde wie jetzt. Dass es nicht immer so laufen wird wie zurzeit. Aber ich bin erst achtundzwanzig. Der Ernst des Lebens hat noch ein bisschen Zeit.«

Ich versuchte, wieder zum Thema dieses Gesprächs zurückzukommen. »Valentina haben Sie also über Andreas Dierksen kennengelernt.«

»Erst hat er nur gefragt, ob ich ihm einen Tipp geben kann. Der arme Kerl hatte sich bis über beide Ohren verknallt und wollte wissen, ob Vally nicht auch so arbeiten könnte wie ich. Ich weiß selbst nicht recht, wieso, aber ich habe die beiden Hübschen dann tatsächlich ein bisschen unterstützt. Sie sind … waren beide ziemlich weltfremd in vielen Dingen. Im Grunde habe ich nur Tipps gegeben. Die rote Perücke zum Beispiel. Was sie anziehen soll und was besser nicht. Was sie in ihrem Zimmer braucht. Dass Männer es mögen, wenn im Bad ein paar hübsche Sächelchen herumstehen. Dass sie einen Spiegel übers Bett hängen soll, weil manche Kerle sich gerne dabei zusehen, wenn sie eine schöne Frau vögeln. Dass sie eine Wohnung in einem Haus suchen sollen, wo die Leute nicht so auf ihre Nachbarn achten. Wie sie die Werbung im Internet aufziehen müssen. Dass sie auf den Fotos nicht ganz nackt sein darf, damit die Männer neugierig werden.«

»Sollte sie für ihn anschaffen, weil er pleite war?«

Sie nickte erst zögernd, dann energisch.

»Hätte es nicht andere Möglichkeiten gegeben?«

»Kennen Sie eine, durch die sie auch so schnell zu Geld gekommen wäre?«

Meine Miene muss etwas ausgedrückt haben, das ihr nicht gefiel, denn jetzt wurde sie wirklich ernst: »Ich will Ihnen jetzt mal was sagen, Herr ... äh ...«

»Gerlach.«

»Eine meiner Schulfreundinnen arbeitet heute in einem Altersheim. Zu ihrem Job gehört es unter anderem, alten Männern den Arsch zu waschen, wenn sie sich mal wieder vollgeschissen haben. Und den Sack und den Pimmel auch, das ganze Untergeschoss, Sie verstehen, was ich meine?«

»Das ist nicht besonders schwer zu verstehen.«

»Dazu muss sie nicht ihren Slip ausziehen, okay. Dafür muss sie sich aber beschimpfen lassen und betatschen und oft genug sogar schlagen. Und was glauben Sie wohl, was ekliger ist? Was meine Freundin macht, oder zu einem einsamen Kerl ein bisschen zärtlich zu sein? Zu einem Kerl, der angenehm riecht und ordentliche Umgangsformen hat?«

Wer den Drang hat, ungefragt weitschweifige Erklärungen abzugeben, hat meistens ein Problem.

»Das Foto für Valentinas Internetseite ist in Ihrem Schlafzimmer aufgenommen worden.«

»Sie waren so süß, die zwei. So herrlich verliebt.«

»Beide?«

Jetzt lachte sie wieder, warf den schönen Kopf in den Nacken. »Ich weiß, was Sie meinen. Bei Vally war ich mir nie ganz sicher, was gespielt war und was ernst. Auch mir gegenüber nicht. Sie hat mich gebraucht, und deshalb war ich ihre Freundin. In der Gegend, wo sie herkommt, sind Ehrlichkeit und große Gefühle vermutlich Luxus.«

»Was wissen Sie sonst über sie?«

»Nicht mehr, als ich Ihnen gesagt habe. Dass sie in einer Stadt im Süden Moldawiens ohne Vater aufgewachsen ist ...«

»Mir hat sie gesagt, sie stammt aus Odessa. Aus der Ukraine.«

Jetzt klang ihr Lachen ein wenig traurig. »Bei Vally kann man nie sicher sein. Ich weiß auch nicht, ob die Version stimmt, die sie mir erzählt hat.«

»Wissen Sie, wie ihr Vater ums Leben gekommen ist? Zu diesem Punkt habe ich nämlich auch schon zwei verschiedene Versionen gehört.«

»Er hat sich erschossen. Fragen Sie mich nicht, wieso. Er hat sich eine Kugel in den Kopf geschossen, als sie noch klein war. Zu klein, als dass sie sich daran erinnern könnte. Das war ein Thema, über das sie ungern gesprochen hat.«

»Stimmt es, dass ihre Mutter sie schon als Elfjährige zur Prostitution gezwungen hat?«

»Davon hat sie mir nie erzählt. Ich weiß, dass sie aus ärmlichen Verhältnissen kommt. Aber so was ... Könnte sein, dass sie Ihnen auch in diesem Punkt was vorgeschwindelt hat.«

»Warum sollte sie?«

»Vielleicht, weil Sie etwas in der Art hören wollten? Manchmal hatte ich den Eindruck, Vally baut sich ihr Leben in ihrem kleinen Kopf immer so zurecht, wie's im Moment gerade passt. Wahrscheinlich hat sie immer schon viel lügen müssen. Ihre Kindheit wird auch ohne Prostitution kein Zuckerschlecken gewesen sein. Vielleicht will sie einfach nicht mehr an den ganzen Mist erinnert werden. Einfach nicht mehr daran denken, wie es wirklich war. Und deshalb erzählt sie jedem irgendwas, was ihm hoffentlich Freude macht.«

»Wie alt ist sie?«

»Neunzehn. Falls es stimmt.«

»Wo könnte sie stecken? Ich fürchte, sie ist immer noch in Gefahr. Die Rumänen werden nicht so schnell Ruhe geben.«

»Sie kommt zurecht, da können Sie sicher sein. Vally ist klein, aber zäh.«

»Könnten Sie für mich herausfinden, wem dieses Bordell bei Rastatt gehört und wo genau es liegt? Über die offiziellen Wege erfahre ich höchstens den Namen irgendeines Strohmanns. Oder den einer Firma, die einen Briefkasten auf den Virgin Islands hat.«

Leonora Swansea leerte entschlossen erst ihren Kaffeebecher und dann das Glas, das immer noch halb voll mit weißem Rum war. Inzwischen konnte auch ihr sorgfältiges Make-up nicht mehr verbergen, dass sie eine anstrengende Reise hinter sich hatte.

»Ich habe kaum Kontakte in diesem Milieu. Aber umhören kann ich mich gerne. Aber erst mal muss ich in die Heia. Ich kann in diesen verdammten Fliegern einfach nicht schlafen.«

»Noch mal zu der verchromten Pistole. Sie meinten vorhin, die könnte von Dierksen stammen?«

Sie hob die Schultern. »Wissen tue ich gar nichts. Ich erinnere mich nur, wie ich den beiden mal gesagt habe, dass die Rumänen keinen Spaß verstehen, und Andi gesagt hat, ich soll mir keine Sorgen machen. Er könne sich schon wehren. Und dabei hat er so ein Cowboygesicht gemacht, als wäre er Zorro persönlich.«

»Eine letzte Frage noch, bevor ich Sie in Frieden lasse: Valentina muss Anfang März etwas erfahren oder erlebt haben, das sie in ziemliche Aufruhr versetzt hat. Sie hat Dierksen geschrieben, sie habe eine Lösung für irgendwelche Probleme gefunden. Ich nehme an, es ging dabei um Geld.«

»Ja und?«

»Haben Sie eine Ahnung, was da passiert sein sein könnte?«

»Herr Gerlach«, seufzte sie und blinzelte mich schläfrig an. »Anfang März war ich irgendwo auf dem Meer vor Pakistan. Mein Handy war die ganze Zeit aus. Erstens hätte ich sowieso keinen Empfang gehabt, und zweitens wollte Theo das so. Wir haben auch nie Nachrichten gehört. Keine Welt. Keine Probleme. Nur das Schiff und das Meer und nachts diese unfassbar vielen Sterne und tagsüber die Sonne und immer Liebe. So war Theos Plan, und so haben wir es gemacht. Und deshalb habe ich leider keinen feuchten Dunst, was vor drei Wochen im verregneten Heidelberg los war, sorry.«

»Wir haben Bilder von Valentinas Freiern.«

»Und jetzt möchten Sie wissen, wer die Herren sind?«

»Es könnte mir helfen, zwei Mordanschläge aufzuklären. Und vielleicht, einen dritten zu verhindern.«

Leonora schüttelte wieder einmal den Kopf, dass der Haarknoten, der sich allmählich auflöste, lustig baumelte. »Namen von Kunden hält man in meiner Branche so geheim wie nur irgendwas. Sie müssten mich schon foltern, damit ich Ihnen die Namen meiner Freunde verrate.«

»Wird sie Kontakt mit Ihnen aufnehmen?«

»Woher soll ich das wissen?«

»Sie hat sonst niemanden, an den sie sich wenden kann.«

»Vally ist es gewohnt, für sich selbst zu sorgen.«

Ich dachte an die großen traurigen Mädchenaugen, mit denen sie mich angesehen hatte, und war mir da nicht so sicher.

Unten auf der Straße wurde gehupt. Männerstimmen schimpften. Dann fuhr ein Wagen mit hochdrehendem Motor an.

»Wirklich allerletzte Frage: In der Nacht, als hier die

Schießerei war, stand ein weißer Mini Cooper unten am Straßenrand. Wahrscheinlich ein Cabrio.«

»Ein Mini?«, fragte sie überrascht. »Ich habe selbst mal einen gehabt. Meiner war aber postautogelb.« Sie überlegte. »Nein. Ich kenne niemanden, der einen Mini fährt, tut mir leid. Drum habe ich mir das Wägelchen damals ja angeschafft: weil nicht Krethi und Plethi damit herumgurkt. Ich falle nun mal gerne auf.« Mit großer Geste griff sie in die roten Locken, schmachtete mich gekonnt an. »Ich mag es, wenn die Männer sich auf der Straße nach mir umdrehen. Ich mag es, wenn ich die Lust in ihren Augen sehe. Auch wenn Sie das als Polizist wahrscheinlich anstößig finden.« Mit einem Mal war ihr Blick wieder ernst. »Es ist doch immer das uralte Spiel: Die Frauen putzen sich heraus, damit die Männer ihnen hinterherlaufen und sie sich die besten Exemplare herauspicken können. Was ist schlimm daran?«

»Und wenn diese Männer verheiratet sind?«, fragte ich, bevor ich richtig nachgedacht hatte. »Wenn dadurch Ehen zu Bruch gehen?«

»Diese Ehen wären früher oder später so oder so zerbrochen«, erwiderte sie, ohne mich anzusehen. »Oder Sie und Ihre Leute wären wieder mal zu einer Leiche gerufen worden.«

Und manche Söhne hatten dann ihre verlassenen Mütter zu Besuch …

Als wir uns zum Abschied die Hände reichten, fiel mir doch noch eine allerallerletzte Frage ein.

»Wie ist eigentlich Ihr wirklicher Name? Ich nehme an, Swansea ist so was wie ein Künstlername?«

»Schwarzer«, erwiderte sie heiter. »Eleonore Schwarzer. Aber glauben Sie mir, es ist in meinem Business nicht günstig, Schwarzer zu heißen.«

Als sie meinen verdutzten Blick bemerkte, fügte sie lächelnd hinzu: »Keine Angst, Alice und ich sind weder verwandt noch verschwägert.«

26

Als ich um kurz vor achtzehn Uhr in die Direktion zurückkehrte, wartete Sven Balke mit mürrischer Miene vor meiner Bürotür auf mich.

»Wollte gerade wieder abziehen«, begrüßte er mich knurrig. »Dachte, Sie sind schon im Feierabend.«

Wir durchquerten das verwaiste, dunkle Vorzimmer, betraten mein Büro. Ich kippte ein Fenster, um ein wenig kühle Frühlingsabendluft hereinzulassen.

»Sie bringen hoffentlich Neuigkeiten von Valentinas Kundschaft.«

»Schön wär's.« Aufstöhnend sank er auf einen Stuhl. »Ich bin am Ende mit meinem Latein, Chef. Wir stochern nur noch im Nebel. Weiß nicht, wie wir da noch weiterkommen sollen.«

»Keine Kameras in der Rastatter Straße?«

»Am Haus und am Parkplatz ist nichts. Rübe hat sämtliche Bilder aus sämtlichen Blitzern im Süden der Stadt ausgewertet. Totale Pleite. Ich habe alle Nachbarn noch mal durchklingeln und die Bilder von Tinas Kundschaft ansehen lassen. Wieder totale Pleite. Keiner weiß irgendwas, keiner hat irgendwas gesehen, ich könnte kotzen. Gestern Abend habe ich mir vier Stunden lang da draußen den Arsch abgefroren und jeden gelöchert, der nach Hause gekommen ist. Aber kein Schwanz hat einen der Kerle auf unseren Fotos wiedererkannt. Niemand hat einen weißen Mini gesehen. Oder sich an einen Mercedes mit Dürener Kennzeichen erinnert.«

Ein Gedanke blitzte in meinem Kopf auf: Frau Professor Wesolek und ihr Bernhardiner. »Haben Sie auch nach Gassi gehenden Hundehaltern Ausschau gehalten? Viele drehen ja jeden Abend die gleiche Runde.«

Nein, das hatte er nicht. Ich trommelte mit einem Kuli

auf dem Tisch. Hundebesitzer … Eine neue Idee braute sich in meinem Kopf zusammen, die ich aber noch nicht greifen konnte. Das Trommeln erstarb.

»Hat nicht der Hausmeister …?«, fiel mir ein. »Wir haben über Lieferwagen gesprochen und Campingmobile, die vor dem Haus gestanden haben könnten. Und ich meine, da hätte er etwas von einem weißen Kleinwagen gesagt.«

Balke konnte sich nicht erinnern. »Einer der Zeugen hat sich vor Wochen über einen Citroën C5 geärgert, Alzeyer Kennzeichen, der so bescheuert geparkt hat, dass er gleich zwei Plätze blockiert hat.«

»Das mit den Hundehaltern wollten Sie auf Ihre To-do-Liste schreiben.«

»Ich stell mich nicht noch mal einen Abend in die Kälte, Chef. Einmal die Woche reicht.«

»Delegieren«, sagte ich lächelnd. »Als Soko-Leiter müssen Sie sich daran gewöhnen, dass Sie nicht alles selbst machen können.«

Balke sperrte die Augen auf. »Soko-Leiter?«

»Ach, das wissen Sie ja noch gar nicht: Frau Vangelis ist nach Athen geflogen. Deshalb übertrage ich Ihnen hiermit die kommissarische Leitung der Sonderkommission.«

»Muss ich mich jetzt geehrt fühlen?«, entgegnete Balke missmutig und erhob sich. »Soko-Leiter!«, murmelte er kopfschüttelnd auf dem Weg zur Tür. »Das auch noch!«

Nachdem der frisch Beförderte die Tür hinter sich geschlossen hatte, wählte ich die Nummer des Polizeipräsidiums Mannheim. Sonya aus Tiraspol – das war nicht viel, denn die Stadt im Osten hatte fast hundertfünfzigtausend Einwohner, aber vielleicht doch ein erster Hinweis auf die Identität der jungen Toten aus der Müllverbrennungsanlage.

An diesem Abend lernte ich Sarahs derzeit große Liebe kennen. Mutter zog wieder einmal mit irgendwelchen Freundinnen um die Häuser auf der Suche nach neuen Erfahrungen. Sie wolle unbedingt Bridge lernen, hatte sie behauptet. Aber wer konnte wissen, welchem Zeitvertreib diese Rentnercliquen heutzutage nachgingen? Seit sie in Karlsruhe einkaufen war, sah ich sie fast nur noch in Jeans und Pullovern. Auch mit den Haaren schien sie irgendwas gemacht zu haben. Ich kam aber nicht darauf, was. Facebook war ihr rasch langweilig geworden, hatten mir die Zwillinge erleichtert berichtet. Ihre neueste Leidenschaft war, aus dem Internet illegal kopierte Kinofilme herunterzuladen.

»Hi, ich bin der Richy«, sagte der überraschend schmächtige junge Mann, bei dessen Anblick ich mir beim besten Willen nicht vorstellen konnte, was Sarah an ihm fand. Aber die Blicke, mit denen sie jede seiner Bewegungen bewunderte, sprachen für sich.

»Freut mich«, behauptete ich großzügig schmunzelnd. Auf den ersten Blick war er immerhin nicht unsympathisch. Seine Hand war kühl und trocken. Sein Lächeln ein wenig unsicher, aber ehrlich.

»Echt?« Er lachte hilflos. »Sie sind nicht sauer auf mich?«

»Sauer? Wieso?«

»Na ja.« Er senkte den Blick. »Sie wissen schon.« Er hatte schöne, rehbraune Augen. Doch, er hatte was.

»Ach das«, sagte ich. »Ihr seid nicht die Ersten, denen so was passiert. Ich darf doch du sagen?«

»Ja, klar.«

»Stephan oder Richy?«

»Richy. Sagen alle. Stephan sagt eigentlich nur meine Mom. Ist mir echt megapeinlich, dass Sie wegen mir Rennerei hatten.«

Sarah errötete und sah weg, als ich sagte: »Zu so einer Geschichte gehören immer zwei.«

»Paps!«, stöhnte sie fast unhörbar leise.

Was redet man mit einem jungen Mann dieses Alters? Was seine Lieblingsfächer in der Schule sind? Seine Hobbys? Was sein Vater von Beruf ist? Richy-Stephan war zum Glück schneller als ich.

»Sie sind bei der Kripo?«, fragte er. »Ist bestimmt aufregend!«

»Es kann auch ganz schön langweilig sein. Viel Bürokram und so. Aber manchmal natürlich schon, ja.«

»Paps ist nämlich der Chef da«, ergänzte Sarah mit stolz blitzenden Augen.

»Echt jetzt?«, staunte ihr Liebster brav. »Ist ja Hammer!«

Zu meiner Erleichterung begann das Telefon auf dem Schuhschränkchen im Flur zu trillern. Die beiden Turteltäubchen ergriffen geistesgegenwärtig die Flucht und verschwanden im Mädchenzimmer. Wo steckte überhaupt Louise?

Ich fand das Telefon unter einer hingeworfenen auberginefarbenen Jacke, die vermutlich Richy gehörte. Es war Leonora.

»Haben Sie Kinder?«, fragte sie mit einer rauchigen Stimme, die sie am Nachmittag noch nicht gehabt hatte und bei der ich automatisch an eine verqualmte Jazzbar denken musste.

»Zwei Töchter. Sie sind sechzehn.«

»Zwillinge? Wow! Stelle ich mir stressig vor. Ich war total unzurechnungsfähig in dem Alter. Meine Mutter war mehr als einmal drauf und dran, mich ins Heim zu geben.«

»Deshalb rufen Sie mich aber nicht an.«

»Doch. Sie haben da vorhin was ausgelöst in mir mit Ihrer, wie ich finde, ganz schön frechen Frage. Ich verdränge dieses Thema seit Jahren, und Vally … In den letzten Stunden ist mir klar geworden, dass sie nicht bloß eine Freundin für mich ist, sondern irgendwo … Sie hat wohl irgendwelche verschütteten Mutterinstinkte in mir geweckt.«

Ich atmete tief ein und lächelte. »Wenn sie einen anguckt mit ihren großen Augen – man hat sofort den Drang, sie zu beschützen.«

Leonora lachte leise und vertraut. »Sie haben natürlich recht, deshalb rufe ich nicht an. Ich habe mich ein bisschen umgehört. Konnte dann doch nicht schlafen, und Sie wollten ja wissen, wem der Schuppen bei Rastatt gehört.«

Sollte dieser lausige Tag etwa doch noch mit einem Erfolg enden? Ich nahm den Hörer ans andere Ohr, um die Rechte zum Schreiben frei zu haben.

»War nicht ganz einfach ...« Im Hintergrund tönte der Türgong. »Es ist nämlich ... Moment, es hat geläutet ... Ich drücke mal grad.«

»Erwarten Sie so spät noch Besuch?«

Ich war erst um halb acht aus dem Büro gekommen. Mit dem Abendessen hatte ich mir Zeit gelassen, dann waren Sarah und Richy aufgetaucht, und inzwischen war es schon Viertel nach zehn.

»Ich bin schon ziemlich erwachsen, Herr Gerlach«, erwiderte Leonora entspannt. »Er ist sogar ein bisschen früh ... Ist sonst eigentlich nicht seine Art. Aber nun, egal ...«

Ich hörte ein Knacken. Vermutlich hatte sie die Tür geöffnet, um den verfrühten Besucher einzulassen, der vor Sekunden drei Stockwerke tiefer den Klingelknopf gedrückt hatte.

Dann sprach sie mit veränderter, sachlicher Stimme weiter: »Na, jedenfalls, mir ist eingefallen, Vally hat mir mal erzählt, der Chef des Ladens ... Ah, da bist du ja, mein Schatz! Wie ... äh ... was?«

Zwei Schüsse knallten in kurzer Folge, ein Prusten aus Leonoras Mund, das Poltern eines schweren Körpers und das ohrenbetäubende Scheppern des auf weißen Fliesen aufschlagenden Handys.

Ich meinte, leise Schritte zu hören, die sich rasch entfernten. Dann nur noch die gepflegte Stille eines Apartmenthauses der gehobenen Klasse.

»Hallo!«, rief ich. »Hallo!«

In meinem Kopf purzelten die Gedanken übereinander:

Notarzt, Rettungswagen, Polizei, Zeugen, Nachbarn ... Aber bis die Kollegen da waren? Der alte Zigarilloraucher im Erdgeschoss, Dr. Irgendwas. Ich hatte doch irgendwo seine Karte ...? Richtig, im Portemonnaie ... Dr. Franck. Mit fliegenden Fingern tippte ich die Nummer ein, während ich am Handy die 112 wählte. Es tutete zweimal, dreimal, viermal, dann endlich ein träges: »Hier Franck, ja bitte?«

»Gerlach hier!«, rief ich viel zu laut. »In der Wohnung oben ist schon wieder geschossen worden. Würden Sie ganz schnell auf Ihre Terrasse gehen und auf die Straße sehen? Um alles andere kümmere ich mich.«

»Polizeinotruf Heidelberg?«, sagte eine professionell ruhige Frauenstimme links aus meinem Handy.

»Auf die Terrasse?«, sagte Dr. Franck rechts. »Sie meinen ...?«

»Der Täter kann noch nicht weit sein.«

Oder die Täterin?

»Hallo?«, sagte die Kollegin links.

Ich nannte den Grund meines Anrufs, meinen Namen und die Adresse des Tatorts.

»Geschossen?«, fragte Dr. Franck begriffsstutzig am rechten Ohr, während ich das empörte Quietschen seiner Terrassentür hörte. Wind säuselte. Schritte. Verflucht langsame Schritte ...

»Eine Verletzte?«, fragte die Kollegin ohne Aufregung.

»Hier ist nichts«, sagte Dr. Franck gleichzeitig auf der anderen Seite.

Jetzt erst bemerkte ich, dass vor der Tür des Mädchenzimmers zwei verschreckte, blasse und nur noch notdürftig bekleidete Gestalten standen: Sarah und Richy hatten mitgehört. Da bekam der junge Mann gleich mal einen Eindruck davon, wie langweilig das Leben eines Kripochefs sein konnte.

»Ist denn schon wieder jemand verletzt?«, tönte es ratlos aus dem Hörer.

»Frau Schwarzer, ja.«

»Schwarzer heißt die Rothaarige? Nicht Swansea?«

»Sind Sie jetzt auf der Terrasse? Haben Sie wirklich nichts gesehen?«

»Ich habe einen Motor gehört. Könnte sein, dass gerade ein Auto weggefahren ist. Ziemlich eilig. Aber wer hat es heutzutage nicht eilig?«

»Ein kleines Auto oder eher ein großes?«

»Woher soll ich das wissen? Es hat gebrummt. Bald dann nicht mehr. Er muss schon vorne in der Kurve gewesen sein, wie ich ihn gehört habe.«

Eleonore Schwarzer war tot, als ich atemlos in ihr luxuriöses Apartment stürzte. Der große Wohnraum wimmelte wieder von Menschen. Zwei Sanitäter mit weißen Leuchtstreifen an den Ärmeln ihrer schweren roten Jacken standen ratlos herum, ein dritter Mann, ebenfalls in roter Jacke, beschäftigte sich mit dem leblosen Körper am Boden, von dem ich im Moment nur die Beine sehen konnte, perlweiße, seidige Strümpfe, keine Schuhe. Inzwischen hatte sie sich umgezogen, trug nun ein dunkelgrünes Kleid, das bestimmt sehr gut zu ihrem roten Haar passte und am Knie ein wenig verrutscht war. Zwei uniformierte Kollegen, deren Streifenwagen ich vor dem Haus gesehen hatte, standen ebenfalls herum und wussten nicht recht, was sie tun sollten. Alle außer dem Arzt sahen mir erwartungsvoll entgegen.

»Und?«, fragte ich in die Runde.

»Rien ne va plus«, antwortete der Arzt. »Der Schuss ist direkt ins Herz gegangen. Sie muss sofort tot gewesen sein.« Ächzend richtete er sich auf, sah nachdenklich auf die Tote hinab. »So eine schöne Frau! Und so jung noch, Herrgott noch mal!«

Ich zerrte mein Handy aus der Hosentasche, das zu randalieren begonnen hatte. Mein Blick fiel auf die Blutlache, die sich unter dem leblosen Körper ausgebreitet hatte. Das Haar hatte sie zum Zeitpunkt ihres Todes offen getragen. Kurz fürchtete ich, keine Luft mehr zu bekommen.

Am anderen Ende der Leitung war Dr. Franck. »Mir wird allmählich kalt«, erklärte er pikiert. »Darf ich dann wieder hineingehen? Ich habe in der Eile vorhin vergessen, mir den Mantel überzuziehen.«

»Um Himmels willen«, rief ich und machte kehrt. »Bitte, gehen Sie wieder ins Warme. Ich läute gleich bei Ihnen.«

Augenblicke später standen wir uns gegenüber. Seine Rechte war eiskalt. Sein Unterkiefer zitterte ein wenig.

»Und?«, fragte ich wieder.

»Nichts«, erwiderte er unfreundlich.

»Sie haben wirklich nichts gesehen? Nicht mal die Rücklichter?«

»Rücklichter schon. Rücklichter, die eilig um die Kurve verschwunden sind. Und ein Brummen habe ich auch gehört, wie gesagt. Ein Brummen, das rasch leiser wurde.«

»Was für Lichter? Rund? Eckig? Groß? Klein?«

»Rot«, erwiderte mein durchgefrorener Augenzeuge ernsthaft. »Ich habe in der Aufregung meine Brille auf der Sofalehne liegen lassen. Aber das Brummen, das habe ich sehr deutlich gehört.«

»Haben Sie nicht noch mehr gehört, als Sie noch in der Wohnung waren? Schritte? Türenknallen zum Beispiel? Irgendwas?«

»Schritte nicht. Türenknallen vielleicht. Und jetzt, wo Sie es ansprechen – ich meine, ich hätte den Motor schon gehört, während wir noch telefoniert haben. Er hat aufgeheult, als hätte es jemand sehr eilig.«

»Ein großer Motor oder ein eher kleiner?«

»Ich bin Philologe, Herr Gerlach«, erklärte Dr. Franck nachsichtig, »kein Automechaniker. Ein Mercedes war es jedenfalls nicht. Große Wagen klingen gedämpfter, so viel weiß ich immerhin.«

Hier war nicht mehr zu holen. Aber einen Versuch war es

wert gewesen. Oft erinnern sich Zeugen im Gespräch plötzlich wieder an Dinge, die sie zuvor vergessen hatten. Ich bedankte mich, wir schüttelten zum zweiten Mal Hände. Seine Rechte war immer noch kalt. Und wie so oft fiel mir im letzten Moment doch noch etwas ein.

»War vielleicht jemand auf der Straße, der etwas beobachtet haben könnte?«

Von draußen hörte ich Martinshörner. Reifen quietschten. Autotüren knallten. Die Kripo rückte an.

Dr. Franck schüttelte traurig das weiße Haupt. »Nein, ich habe niemanden gesehen, nein. Aber ich habe auch nicht darauf geachtet, um ehrlich zu sein. Ich war so aufgewühlt. Außerdem hatte ich die Brille nicht dabei, wie schon gesagt. Weshalb wird denn da oben seit Neuestem ständig geschossen? Wo leben wir hier denn?«

»Es wird nicht wieder vorkommen«, versicherte ich erschöpft.

»Was ist mit Frau Schwarzer? Ich habe gesehen, wie sie am Nachmittag nach Hause gekommen ist. Mit einem riesigen Koffer und ganz braun gebrannt.«

»Sie war in Urlaub. Und jetzt ist sie tot. Ermordet. Kaltblütig ermordet.«

Erst als ich den letzten Satz aussprach, drang die Erkenntnis in mein Bewusstsein: Meine wichtigste Zeugin war tot.

Als ich wieder nach oben kam, waren die Kollegen schon bei der Arbeit.

»Viel wird nicht zu finden sein«, meinte der Älteste der Vierergruppe, ein Hauptkommissar Schimmel, und kämmte sich mit den Fingern eine dunkle Tolle aus der Stirn. »Der Täter ist kaum durch die Tür rein, hat zweimal abgedrückt und ist sofort wieder weg. Das hier war eine Hinrichtung, wenn Sie mich fragen.« Wie bei Dierksen. »Dieses Mal haben wir aber die Patronenhülse gefunden«, fuhr Schimmel fort. Es war auch dasselbe Kaliber wie bei Dierksen. »Allerdings nur eine, obwohl er diesmal zwei Schüsse abgegeben hat.« Nur einer davon, der zweite, hatte Leonora getroffen.

»Trotzdem auf jeden Fall nach Fingerabdrücken suchen«, befahl ich. Als Vorgesetzter neigt man in Stresssituationen hin und wieder dazu, seinen Leuten blödsinnige Anweisungen zu geben. »An der Tür, im Aufzug, am Klingelknopf unten, Sie wissen schon.«

»Spurensicherung ist auf dem Weg«, erklärte Schimmel nachsichtig. »Den Lift haben wir schon blockiert.«

»Der Täter ist wahrscheinlich in einem Auto geflüchtet. Lassen Sie die Nachbarschaft aus den Betten klingeln, ob jemand was gesehen hat. Er hat es ziemlich eilig gehabt, als er weggefahren ist. Das hört man. Das fällt auf.«

Eine groß gewachsene, ungewöhnlich blasse Kollegin hatte inzwischen begonnen, aus allen möglichen Perspektiven Fotos zu schießen. Tatortdokumentation.

»Sieht aus, als hätte sie telefoniert, wie es passiert ist«, meinte Schimmel. »Da liegt ein Handy. Soll ich mal gucken …?«

»Ist nicht nötig. Sie hat mit mir telefoniert.«

»Mit Ihnen?«

»Ja. Ich habe gehört, wie es geklingelt hat, dann hat es zweimal geknallt, und das war leider auch schon alles, was ich gehört habe. Ich will unbedingt so schnell wie möglich sämtliche Nummern haben, die sie in den letzten Stunden angerufen hat.«

»Erst mal sollten wir das Teil ans Ladegerät hängen«, meinte die blasse Kollegin. »Der Akku ist schon ziemlich mau.«

Meine wichtigste Zeugin war tot, und ich war Ohrenzeuge des Mordes und konnte nicht das Geringste zur Aufklärung beitragen. Was hatte sie gerufen, kurz vor ihrem Tod? »Ah, da bist du ja, mein Schatz! Wie … äh … was?«

Der, der gekommen war, war vermutlich nicht der gewesen, den sie erwartet hatte.

»Ein iPhone fünf«, konstatierte die Kollegin beeindruckt. »Mit Swarovski-Steinchen. Was kostet so ein Teil wohl?«

Leonoras letzte Worte ließen sich auf verschiedene Weisen deuten. Möglich, dass der nächtliche Besuch doch der Erwartete war, jedoch überraschenderweise eine Waffe in der Hand hielt. Und falls er nicht der Mörder war, wo steckte der Mann dann, für den sie die Tür geöffnet hatte? War er gekommen, hatte die vielen Blaulichter gesehen und sich umgehend wieder verkrümelt? Männer, die zu Huren gehen, scheuen die Polizei. War er überhaupt ein Freier? Oder vielleicht einfach nur ein Freund? Hatte sie vielleicht sogar einen festen Freund? Gehabt? In meinem Kopf herrschte eine unvorstellbare Aufruhr und Unordnung.

»Möcht ich nicht geschenkt haben, das Teil«, murmelte Hauptkommissar Schimmel kopfschüttelnd. »Ein Handy mit Glitzerzeugs, Hilfe! Nicht mal geschenkt möcht ich so was haben!«

Was man so redet im Angesicht des Grauens.

Ich sah auf die Uhr. Zwanzig Minuten vor Mitternacht, und mit einem Mal merkte ich, wie müde ich war.

»Wahrscheinlich ein Geschenk von einem ihrer reichen Kunden«, mutmaßte ich.

Was man so redet im Angesicht des Grauens.

27

Balke hatte die entscheidenden Passagen aus dem WhatsApp-Chat zwischen Valentina und Dierksen herauskopiert und mir per E-Mail geschickt. Als ich am Freitagmorgen überraschend ausgeschlafen am Schreibtisch saß, las ich die kurzen Texte dreimal aufmerksam durch und kam erneut zu dem Schluss, dass an diesem Samstagabend Anfang März in Valentinas Leben etwas Entscheidendes geschehen sein musste. Und da sie zu dem Zeitpunkt mit Blödi zusammen gewesen war, lag die Vermutung auf der Hand, dass dieser Mann etwas mit der Veränderung zu tun hatte. Oder zumindest etwas davon mitbekommen haben könnte.

Aber wie sollte ich jemanden finden, von dem ich kaum mehr wusste, als wie sein Gesicht aussah?

Durch mühevolle und zeitraubende Analyse von Kowalskis Videos hatte Balke noch einige weitere Details eruieren können, wie das ungefähre Alter der Männer, die Körpergröße, die Statur, auffallende Kennzeichen. Knolle zum Beispiel hatte eine rote Narbe am Rücken, knapp oberhalb des Gesäßes. Am massigen, sonst käseweißen Körper von Blödi hingegen befanden sich mehrere dunkle Stellen, zu denen Balke meinte, der Mann sollte dringend mal zum Hautarzt gehen. Dr. Berger hatte ein Muttermal zwischen den Schulterblättern und ungewöhnlich viele Haare unter den Achseln. Knolle war schlank und mittelgroß, Blödi ein übergewichtiger Riese. Es war anzunehmen, dass diese Männer nicht arm waren. Die meisten hatten pro Monat mehr als tausend Euro bei Valentina gelassen. Das war mehr, als viele Menschen in unserem Land am Monatsende als Lohn überwiesen bekamen.

Sönnchen unterbrach meine Grübeleien, indem sie einen Cappuccino vor mich hinstellte. »Darf ich?«, fragte sie und wies auf einen Stuhl.

Dankbar nickte ich, nahm gleich einen gierigen Schluck.

Sie musterte mich mitfühlend. »Läuft's mal wieder nicht, wie es soll?«

Mit der Tasse in beiden Händen lehnte ich mich zurück und erzählte. Wieder einmal stellte ich fest, wie gut es tat, dass jemand zuhörte. Wie sich beim Reden die Gedanken ordneten, Knoten im Hirn sich wie von selbst entwirrten.

»Sie können die Fotos ja schlecht in die Zeitung setzen«, meinte Sönnchen, als ich mit meiner Zusammenfassung zu Ende war.

Genau das war mein Problem. Unter anderem. Diese Männer hatten nichts Unrechtes getan. Dass mancher geglaubt haben mochte, er liege mit einer frivolen Minderjährigen im Bett, war juristisch nicht von Belang. Vor Gericht zählt nicht, was einer gedacht hat, sondern was er getan hat.

Sönnchen, die als Heidelberger Ureinwohnerin unfassbar viele Leute kannte, blätterte aufmerksam die Fotos durch, schüttelte immer wieder den Kopf.

»Die sind bestimmt nicht von hier«, sagte ich. »Diese Leute legen Wert darauf, dass sie bei ihren Abendausflügen keine Bekannten treffen.«

»Was ist mit dem Internet? Ich hab mal gelesen, es gibt heutzutage Programme, die können sogar Gesichter erkennen.«

Ich drückte die Kurzwahltaste an meinem Telefon, über der »Balke« stand. »Facebook kann so was«, bestätigte er. »Und ich glaube, es gibt auch noch andere Tools im Internet, die automatisch nach ähnlichen Gesichtern im Netz suchen können.«

»Und das funktioniert?«

»Na ja.« Balke lachte lustlos. »Ich hab's mal testweise mit einem Foto von mir selbst versucht. Facebook hat als Best Hit irgendeinen Neonazi aus Oklahoma vorgeschlagen, dem ich nicht im Dunkeln begegnen möchte. Ich bin überzeugt, die NSA ist da schon weiter. Aber die werden uns bestimmt keine Amtshilfe leisten.«

»Das können wir also vergessen.«

Balke machte ein merkwürdiges Grunzgeräusch und sagte dann: »Einen Versuch wäre es wert. Diese Dinge entwickeln sich ja ständig weiter. Aber ich muss Sie warnen, es ist eine üble Fusselei. Man kriegt tausend Vorschläge vor den Latz geknallt, die man dann händisch auswerten muss. Und ich habe im Moment eine Menge Papier auf dem Tisch, Chef, als Soko-Leiter.«

»Sie haben doch die ganzen Fotos digital auf dem PC?«

»Logisch. Von jedem der Lustmolche fünf bis zehn Stück.«

»Schicken Sie mir die bitte. Alle.«

Augenblicke später piepte mein Laptop. Ich leitete die Fotos, begleitet von ein paar väterlichen Worten, an henning.dellnitz@flashmail.com weiter. Henning war erstens ein Schulfreund meiner Töchter, kannte sich zweitens prima mit Computerdingen aus und war drittens, wie ich noch gar nicht so lange wusste, mein Sohn. Eine Tatsache, die ich meiner Mutter noch immer nicht gebeichtet hatte, fiel mir bei dieser Gelegenheit wieder ein.

Obwohl Henning zu dieser Uhrzeit in der Schule sein musste, kam die Antwort postwendend: »Mach ich.« Gesendet von seinem iPhone. Vielleicht hatte er gerade Pause. Oder einen kurzsichtigen Lehrer.

Sönnchen hatte mir interessiert zugesehen. Nun erhob sie sich und ging an ihren Platz zurück. Sie trug heute ein ausgesucht hübsches und buntes Kleid, fiel mir auf, das sie jünger wirken ließ, als sie war. Und unpraktisch hohe Schuhe. Außerdem war sie offensichtlich beim Frisör gewesen.

Ich rief ihr ein Kompliment hinterher. Sie wandte sich um und strahlte mich errötend an.

»Wie geht es eigentlich Ihrem Christian?«

Meine Sekretärin – wenn ich richtig gezählt hatte, inzwischen in ihrem zweiundfünfzigsten Lebensjahr – hatte sich vor wenigen Monaten verliebt. In einen Immobilienmakler, den sie beim Tennisspielen kennengelernt hatte.

Sie wandte sich um, baute sich in stolzer Pose vor mir auf und sah stolz auf mich herab, als sie verkündete: »Wir wollen heiraten!«

»Und das sagen Sie mir so zwischen Tür und Angel?«

»Hätten Sie vielleicht Lust, Trauzeuge zu sein? Ich würd mich freuen.«

»Und ich fühle mich sehr geehrt, Sönnchen. Wann ist denn der große Tag?«

Im Sommer. Der Termin stand noch nicht fest.

Ich zwang mich, Valentina für eine Weile zu vergessen und mindestens zwei Stunden lang Liegengebliebenes aufzuarbeiten. Den verhassten und ganz von selbst immer höher werdenden Stapel auf meinem Schreibtisch ein wenig zu verkleinern. Urlaubsanträge waren zu genehmigen, die ebenso gut Sönnchen hätte unterschreiben können. Vernehmungsprotokolle mussten abgezeichnet werden, Berichte gelesen, Beschwerden zur Kenntnis genommen werden. Ich musste Verbesserungsvorschläge würdigen, Gesuche anderer Dienststellen weiterleiten, Anfragen des Innenministeriums beantworten. Die übliche Qual.

Zwischendurch heiterte mich eine SMS von Theresa auf, die mir einen schönen Tag wünschte und schrieb, sie werde heute einen Ausflug machen. »Recherche. Hat mit dem Buch zu tun. Mir raucht der Kopf von all den Ideen!«

Sie klang so ausgelassen wie seit Wochen nicht. Ich wünschte ihr eine gute Fahrt und viel Spaß beim Recherchieren. Das Wetter schien besser zu werden, als es noch beim Frühstück ausgesehen hatte. Die Wolkendecke riss auf, die Sonne zeigte sich immer öfter. Fürs Wochenende hatte der Wettermann im Fernsehen allerdings schon wieder Regen angekündigt.

Nach einer Stunde und siebenundvierzig Minuten hielt ich es nicht mehr aus. Ich suchte die ausgedruckten Porträts, die Balke mir vor Tagen gebracht hatte, aus dem immer noch deprimierend hohen Berg der unerledigten Dinge und legte sie nebeneinander vor mich hin. Acht Männer unterschiedlichen Alters, unterschiedlichen Aussehens, unterschiedlicher Statur. Keiner sah aus, als hätte er sich die Besuche bei Valentina vom Mund absparen müssen. Außer Blödi vielleicht. Der wirkte ein wenig, nun ja, proletenhaft. Adrian Berger war der Einzige, den ich kannte. Als Galeriebesitzer und Kunsthändler war er vermutlich wohlhabend, wenn nicht sogar reich. Ich hörte noch seine Worte: »Ich habe Geld, Herr Gerlach.« Aber auch die anderen schienen Mitglieder der sogenannten besseren Gesellschaft zu sein. Was bedeutete, dass hier doppelte Vorsicht geboten war, wenn ich Ärger und Verleumdungsklagen vermeiden wollte.

Balke hatte für die Ausdrucke das jeweils beste Foto ausgewählt. Dennoch war die Qualität der Aufnahmen nicht gut. Ich erhob mich, um sie aus größerem Abstand zu betrachten. Aber auch das half nichts. Abgesehen von dem Frankfurter Kunsthändler kam mir keiner von Valentinas Freiern bekannt vor.

Seufzend setzte ich mich wieder und rieb mir die vom Aktenlesen erschöpften Augen. Es wäre ja auch ein zu großer Zufall gewesen. Einer dieser Zufälle, wie sie selbst in schlechten Romanen selten vorkommen. Plötzlich wütend, schob ich die Ausdrucke zusammen und warf sie zurück auf den Stapel. Sieben der acht Blätter schossen übers Ziel hinaus und landeten weit verstreut auf dem Fußboden, was meine Laune nicht besser machte.

In diesem Moment schlug mein Telefon Alarm.

»Ich glaub, ich hab hier was, Chef«, rief Balke mit vor Aufregung heiserer Stimme. »Hätten Sie eine Minute für mich?«

Sekunden später stürzte er in mein Büro und ließ sich auf einen der dunkelblau bezogenen Besucherstühle fallen.

»Die Teddybären!«, stieß er atemlos hervor.

Ich setzte die Brille wieder auf und starrte ihn vermutlich nicht allzu intelligent an. »Die auf Tinas Bett?«

»Wo kommen die eigentlich her, hab ich mich gefragt. Kein Mensch kauft sich selbst so viele Teddybären. Noch dazu alle von derselben Sorte.«

»Von Dierksen, denke ich.«

»Ist der nicht eher der Typ, der seiner Freundin einen Staubsaugerroboter schenkt? Oder durchsichtige Nachthemdchen?« Balke fuhr sich fahrig über die Stirn. »Die Bärchen sind alle von derselben Firma, habe ich festgestellt. Hersteller ist Cosytoys in Litauen. Ich hab mich schlaugemacht, wer in der Gegend so was vertreibt. Die Kaufhäuser führen die nicht. Ist mehr was für den gehobenen Spielwarenhandel. Sind ja auch nicht billig. Schon die kleinen kosten fünfunddreißig Mücken, die großen über fünfzig.«

»Nun sagen Sie schon!« Ich ergriff irgendeinen Stift, um etwas zwischen den Fingern zu haben.

»Halten Sie sich gut fest: Ein Geschäft in der Darmstädter Innenstadt hat seit einem Vierteljahr einen Stammkunden, der regelmäßig genau diese Teddys kauft! Fast jede Woche! Die Frau, mit der ich telefoniert habe, sagt, der Typ sei ein komischer Vogel. Schleimig irgendwie. Und sie kann sich beim besten Willen nicht vorstellen, dass er Kinder hat.« Balke sprang auf, sammelte hastig die Fotos vom Boden auf, knallte eines davon vor mich hin.

»Der hier. Das ist der Teddybärenmann.«

Blödi.

»Er ist immer mit dem Rad gekommen, sagt die Frau. Besonders sportlich sieht er nicht aus. Er wird nicht allzu weit von dem Spielzeugladen entfernt wohnen.«

»Ein Fetischist?«, überlegte ich.

»Ist doch egal. Er hat sie gekauft. Er ist es.« Balke hatte in der Aufregung ganz vergessen, sich wieder zu setzen.

Bei jedem Fall, an dessen Aufklärung ich beteiligt war, gab

es diesen Punkt, diesen magischen Moment, in dem plötzlich das Fieber ausbrach. In dem man fühlte, wusste, dass man auf der richtigen Spur war. Dass es endlich voranging. Dass nach Wochen des gefühlten Stillstands das ersehnte Licht am Ende des Tunnels auftauchte, das nicht von den Scheinwerfern einer entgegenkommenden Lokomotive stammte.

Ich griff zum Telefon. Weniger als fünf Minuten später kannten wir Blödis Namen und Adresse: Gundolf Schuhmann, Beruf: Schweißer, Alter: achtundvierzig, Familienstand: alleinstehend, wohnhaft in einem Reihenhaus im Westen Darmstadts.

»Nicht gerade eine Nobelgegend«, meinte die Darmstädter Kollegin, bei der ich nach einigem Hin und Her gelandet war.

»Und Sie sind sicher, dass er es ist?«

»Ich habe schon persönlich mit dem Kerl zu tun gehabt. Vor zwei Jahren ist da mal eine Geschichte gewesen. Eine Frau hat ihn angezeigt, weil er sich in der Nähe von einem einsam gelegenen Baggersee rumgedrückt und ständig mit Teleobjektiv fotografiert hat. Da baden im Sommer viele Leute. Manche nackt. Auch Kinder. Die Frau war überzeugt, der Bursche hätte ihr Töchterchen fotografiert. Wir haben ihn dann zwei Tage später in flagranti gestellt. Er hat behauptet, er fotografiert Natur. Wasser, Pflanzen, Vögel, solches Zeug. Auf der Kamera war dann auch nichts drauf gewesen. Keine Kinder, meine ich. Bloß Bäume und Enten. Ich bin heute noch überzeugt, er hat die Speicherkarte ausgetauscht, wie er uns gesehen hat. Jedenfalls hat mich diese Geschichte damals …« Die Kollegin seufzte tief. »Wahnsinnig gefuchst hat's mich, wenn ich ehrlich sein soll. Ich bin mir absolut sicher, der ist da nie und nimmer gewesen, um Entenfotos zu knipsen. Die Frau hat geschworen, dass er ihre kleine Tochter im Visier gehabt hat. Und der ist auch irgendwie … wie soll ich's sagen … schräg drauf ist der Typ.

Ein Schleimer. Widerlich. Und geschwitzt hat er wie ein Schwein. Aber machen konnten wir letztlich nichts.«

Das »leider« verschluckte sie.

»Ich will mit!« Balkes Augen funkelten, als ich auflegte. »Wir fahren doch gleich los?«

Gundolf Schuhmann war wirklich kein Mensch, den man auf den ersten Blick ins Herz schloss. Nicht einmal auf den zweiten. Er öffnete uns erst nach dem fünften Klingeln die Tür, erblasste, als er die Dienstausweise sah, ließ uns jedoch ohne Protest ein.

Sein Haus war im Gegensatz zu den links und rechts angrenzenden Reihenhäusern überraschend gepflegt. Das war mir gleich ins Auge gefallen, als ich – von der rasenden Fahrt nach Darmstadt noch ein wenig schwindlig – aus unserem Dienstwagen kletterte. Balke war gefahren wie ein Racheengel im Noteinsatz. Von Heidelberg bis vor Blödis Tür hatten wir dank Blaulicht und fast zweihundert PS unter der Haube gerade einmal neununddreißig Minuten gebraucht.

Die Fassade des Hauses schien erst kürzlich einen neuen Anstrich erhalten zu haben. Im gepflegten Vorgarten blühten stolze Osterglocken neben bescheidenen Stiefmütterchen. Alles wirkte jedoch ein wenig überkorrekt. Demonstrativ ordentlich. Lieb- und seelenlos. In einem kleinen Terrakottabecken mit künstlichen Vögelchen am Rand badete eine Amsel.

»Gradaus geht's ins Wohnzimmer«, brummte unser Gastgeber, der eine saubere Jeans und ein schon leicht müffelndes Poloshirt mit Krokodil an der Brust trug. »Was liegt denn so Dringendes an?«

Es roch nach Putzmitteln und frisch gebackenen Kokosmakronen. Während der Fahrt hatten wir diskutiert, wie wir vorgehen würden. Wir waren uns rasch einig gewesen: Frontalangriff, lautete hier die Devise. Sofort schwerstes Geschütz.

»Sie kennen Valentina?«, fragte ich noch im Stehen. »Für Sie wahrscheinlich Tina?«

Schuhmann war ein schwerer, fast zwei Meter großer Mann mit rundem Kopf und wässrigen Augen. Und er kam sofort ins Schwitzen, wenn es ungemütlich wurde. Ein Typ, der auch nach einem einstündigen Vollbad noch ungewaschen wirkte. Ich fand den Spitznamen »Blödi« nicht schlecht gewählt.

Mit hängender Unterlippe starrte er mich an. »Und wenn?«, fragte er patzig. »Wär das verboten, wenn ich die kennen tät?«

Wir standen inzwischen im nicht übermäßig großen, ungeheizten Wohnzimmer, und Schuhmann machte keine Anstalten, uns Sitzplätze anzubieten. Oder gar einen Kaffee, den ich jetzt gut hätte vertragen können.

»Es geht nicht darum, dass Sie Tinas Kunde waren. Wir sind hier wegen eines bestimmten Samstagabends, Anfang März. Da waren Sie bei ihr.«

»Kann sein. Und?«

»Sie haben ihr Teddybären geschenkt.«

»Ist kein Verbrechen, Nutten was mitzubringen.«

Der Blick des Mannes hatte etwas Lauerndes. Und tief hinten in seinen Pupillen schimmerte eine unerklärliche Unruhe. Vielleicht hatte er mit der Polizei schon hin und wieder unangenehme Erfahrungen gemacht. Vielleicht hatte er Grund, ein schlechtes Gewissen zu haben, warum auch immer.

»Aber gleich elf Stück?«

»Sie hat sich immer gefreut. Über jeden einzelnen.«

»Das heißt, Sie waren insgesamt elfmal bei ihr?«

»Manchmal hab ich ihr auch zwei Bärchen mitgebracht. Einmal sogar drei. Vater, Mutter, Kind. Da hat sie gelacht. Sie hat sich immer so gefreut. Wie ein Kind hat sie sich gefreut.«

»Diese Dinger sind nicht billig.«

»Tina ist auch nicht billig. Ich bin nicht arm.«

»Sie sind Schweißer von Beruf?«

Schuhmann nickte so vorsichtig, als vermutete er eine Fangfrage, hätte jedoch den Trick noch nicht durchschaut. »War ich mal. In Pfungstadt drüben, bei der Schüssler AG. Die machen Druckkessel. Große Druckkessel aus Edelstahl. Die meisten gehen heutzutage nach Asien und Südamerika.«

»Jetzt arbeiten Sie da nicht mehr?«

»Gefeuert. Vorletztes Jahr. Betriebsbedingt. Umsatzeinbruch. Bald danach sind sie dann verkauft worden an einen französischen Konkurrenten. Sie haben Leute gefeuert, damit die Bilanz schön aussieht. Und bei der Familie Schüssler gibt's seither jeden Tag Champagner und Kaviar.«

»Und was machen Sie jetzt?«

Er murmelte etwas, das ich nicht gleich verstand: »Museumswärter. Halbtags.«

Balke hatte während des Vorgeplänkels ein wenig herumgeschnüffelt. Jetzt mischte er sich ein: »Und mit diesem Halbtagsjob verdient man so gut, dass man sich dieses Haus und so eine tolle Kamera leisten kann?« Er deutete auf eine teuer aussehende Nikon-Spiegelreflexkamera mit langem Objektiv, die wie hingeworfen auf einem Hocker neben der Heizung lag.

Schuhmanns Miene verfinsterte sich, soweit das überhaupt noch möglich war. »Tina ist sechzehn. Behauptet sie jedenfalls. In Wirklichkeit ist sie älter, da bin ich sicher. Ich hab sie nicht verprügelt und nicht vergewaltigt und immer brav im Voraus gezahlt. Verhören Sie seit Neuestem alle Männer, die zu Nutten gehen?«

»Cooles Teil.« Balke wog die Kamera in der Hand, was dem Besitzer sichtlich nicht gefiel. »Was kostet so was?«

»Eine Menge.« Schuhmann schnaufte genervt. »Hab ein bisschen geerbt. Von einer Tante. Ihr Mann hat ein Papierwarengeschäft gehabt. In der Innenstadt. Außerdem … Was geht Sie das eigentlich an?«

Balke blickte prüfend durch den Sucher, schwenkte die Kamera so, dass er den Besitzer ins Bild bekam, schraubte am Objektiv herum, als würde er sich bestens damit auskennen.

Schuhmann schwitzte inzwischen erbärmlich und wusste nicht mehr, wo er noch hinsehen sollte. Irgendetwas stimmte hier nicht. Allmählich hätte sich seine Nervosität legen müssen, wenn er kein schlechtes Gewissen gehabt hätte.

»Wie ist Tina so?«, fragte ich, bemüht um einen entspannteren Ton.

»Lieb ist sie. Und gut im Bett. Sonst wär ich nicht immer wieder hingegangen. Aber seit ein paar Tagen nimmt sie das Handy nicht mehr ab. Sind Sie darum da? Ist ihr was passiert?«

»Ich hoffe nicht. Aber sie ist verschwunden. Und ein paar ziemlich unsympathische Leute sind hinter ihr her.«

Jetzt brauchte ich eine gute Frage. Eine Frage, die ihn noch mehr verunsicherte. Weiter in die Enge trieb. Aber es wollte mir partout keine einfallen, weil ich nicht wusste, wovor der schwere Mann mit dem Babygesicht sich fürchtete. Seine Angst war inzwischen fast körperlich zu spüren, und allmählich wurde auch ich nervös.

Balke hatte die Kamera inzwischen eingeschaltet, was bei Schuhmann ein unterdrücktes Knurren, aber keinen Widerspruch ausgelöst hatte, und übernahm wieder: »Macht sie alles mit, die Kleine?«, fragte er im vertraulichen Ton eines Von-Mann-zu-Mann-Gesprächs. »Ist sie so eine richtig versaute kleine Nutte, du weißt, was ich meine?«

»Sie ist eine Nutte wie andere auch«, bellte Schuhmann, nun offenbar kurz vor der Explosion.

»Sie ist verdammt teuer.«

»Die billigen Nutten sind alt und hässlich.«

»Bist du deshalb so gerne bei ihr? Weil sie so jung ist?«

Im Gesicht des Teilzeit-Museumswärters begannen die ersten Schweißperlen abwärtszurollen.

Und jetzt endlich kippten die Dominosteine in meinem Kopf: Baggersee, Fotos, Tina. »Sie haben sie fotografiert!«

»Sie hat nichts dagegen gehabt. Ich hab gezahlt, und sie hat gemacht, was ich von ihr verlangt hab.«

»Schön versaute Fotos?« Balke legte die Kamera achtlos wieder an ihren Platz zurück, woraufhin der Besitzer sich merklich entspannte.

»Die Fotos, die ich gewollt hab.«

»Mit Teddybären?«, fragte ich.

»Auch.«

Balke übernahm wieder: »Auch mit Stativ?«

»Was?«

Die Schweißperlen wurden wieder zahlreicher.

Balke wurde deutlicher und lauter: »Du hast sie gevögelt und dabei Fotos geschossen. Gevögelt in allen nur denkbaren Stellungen und Varianten, nicht wahr?«

»Sie ist eine Nutte, verdammt noch mal! Zu was sind Nutten denn da, wenn nicht zum Bumsen?«

»Solche Fotos bringen im Internet bestimmt eine hübsche Stange Geld«, behauptete ich auf gut Glück. »Besonders, wenn die Kundschaft glaubt, das Mädchen sei jünger als sechzehn.«

Sollte Valentina an jenem Abend Anfang März auf die Idee gekommen sein, von Blödi mehr Geld zu fordern? Einen Anteil an dem zu verlangen, was er mit seinem Bilderhandel verdiente? Mit seinen gefakten Kinderpornofotos?

»Sie sieht ja schon verdammt jung aus, was?«, fügte Balke augenzwinkernd hinzu, dem offenbar derselbe Gedanke gekommen war. »Sie ist untenrum rasiert, stimmt's?«

Balkes Kumpeltour und meine unverhohlenen Unterstellungen brachten Schuhmann endgültig aus der Fassung. Zitternd sank er auf einen der beiden herumstehenden Sessel und zerknitterte dabei eine Fernsehzeitung, ohne es zu bemerken.

»Du machst auch von richtigen Kindern Nacktfotos, nicht?«

Schuhmann starrte mit glasigem Blick vor sich hin.

»Wie verkauft man solches Material eigentlich?«, fragte ich freundlich. »Gibt es Foren, wo so was gehandelt wird? Läuft das per Kreditkarte?«

Schweigen. Schwitzen.

»Wir brauchen uns doch nur deine Kontoauszüge anzusehen, Junge«, setzte Balke nach. »Wir kriegen im Nullkommanichts einen Durchsuchungsbeschluss und stellen deine Bude auf den Kopf. Du redest besser jetzt. Später wird's ungemütlich, das kann ich dir flüstern. Sehr, sehr ungemütlich.«

Er hielt die Kamera jetzt wieder in der Hand. Schaltete sie erneut ein.

»Wir nehmen das Ding hier auseinander, dein Handy und deinen Computer. Und ich wette drei Monatsgehälter, auf der Kamera sind ein paar spannende Sachen drauf.« Mit grimmiger Miene begann er, irgendwelche Knöpfchen zu drücken.

Schuhmann schwitzte, glotzte und schwieg.

»Sie können Ihre Lage wirklich verbessern, indem Sie mit uns kooperieren«, sagte ich leise und lockend. »Es kommt bei Gericht immer gut an, wenn die Verdächtigen gleich alles freiwillig zugeben.«

Er ließ den großen, runden Kopf hängen und schluckte.

»Sie ist volljährig«, stammelte er endlich. »Sie ist immer einverstanden gewesen. Ich hab ihr nichts getan. Nichts. Sie ist … Ich will …«

»Sie war nicht dein einziges Model«, fiel Balke ihm grob ins Wort. »Wie viel wollen wir wetten, dass die anderen nicht alle volljährig gewesen sind?«

»Sie hat Sie erpresst!«, fuhr ich dazwischen.

»Was?« Schuhmann starrte mich aus trüben Augen an. Seine Verblüffung schien echt zu sein.

»Tina hat herausgefunden, was Sie mit den Fotos anstellen, dass Sie damit Geld verdienen, und wollte etwas vom Kuchen abhaben.«

Jetzt begann er zu brüllen: »Scheißdreck! Blödsinn! Totaler Blödsinn ist das!« Sein Kopf war jetzt puterrot. »Sie ist mit allem einverstanden gewesen! Immer! Die Kleine hat scharfe Krallen, und einen schlauen Kopf hat sie auch. Die macht nichts, was ihr nicht passt. Mit keinem. Und mit mir schon zweimal nicht.«

»Wieso sagen Sie das?«

Schuhmann atmete schwer. Starrte krampfhaft schluckend auf seine übergroßen Füße, die in sauberen und sichtlich neuen Sportschuhen steckten. »Sie ... Sie hat nicht viel von mir gehalten, glaub ich. Aber sie ist trotzdem lieb zu mir gewesen. Und ich zu ihr auch.«

»Wie viele Fotos hast du von ihr gemacht?«, wollte Balke wissen.

Schuhmann hob erschöpft und verwirrt von den ständig wechselnden Fragen die wulstigen Schultern. »Tausend? Zehntausend? Fotos kosten heutzutage nichts mehr. Und nur die besten bringen Geld. Neunundneunzig Prozent sind für die Tonne.«

»Hat bestimmt Spaß gemacht, die schönsten rauszusuchen, was?« Balke sah Schuhmann an, als wäre er ihm an die Kehle gegangen, hätte er sich nicht so sehr vor dem schleimigen Hobbyfotografen geekelt.

Ich machte eine unauffällige Handbewegung, er solle sich ein wenig mäßigen. Dann ging ich nach draußen, um zu telefonieren.

28

»Jetzt werden Sie gleich jubeln«, sagte ich zu der Darmstädter Hauptkommissarin, mit der ich vor einer knappen Stunde telefoniert hatte und deren Namen ich erst jetzt verstand: Hesgard. »Ich brauche eine Hausdurchsuchung. Wenn's irgendwie möglich ist, sofort.«

Sie freute sich tatsächlich und versprach, alles andere liegen zu lassen und Himmel und Hölle in Bewegung zu setzen.

Ich steckte das Handy ein und blieb noch ein wenig vor der Haustür stehen, genoss das bisschen Sonne, das heute wieder schien, die frische, unschuldige Luft und dachte nach. Mein Problem war, dass ich Schuhmann nicht einfach festnehmen konnte. Dass er Tina fotografiert hatte, war nicht strafbar. Ein Delikt wurde erst daraus, wenn er die Fotos tatsächlich als Kinderpornos verkauft hatte. Aber selbst das war juristisch alles andere als unkompliziert. Um ihm überhaupt etwas nachweisen zu können, mussten wir seine Wohnung und seine Computer durchsuchen. Und zwar sofort. Ließ ich ihn allein, dann würde er womöglich eine Tasche packen und kurze Zeit später auf Nimmerwiedersehen verschwunden sein. Mit sämtlichen Festplatten und CDs im Gepäck. Und seiner teuren Kamera, natürlich.

Schließlich ging ich wieder hinein. Im Wohnzimmer herrschte eine Stimmung wie kurz vor einer Schlägerei. Ich informierte die beiden Kampfhähne, dass in Kürze Darmstädter Kollegen zur Hausdurchsuchung anrücken würden, und verabschiedete mich, um allein nach Heidelberg zurückzufahren. Balke würde später mit dem Zug nachkommen.

Etwa eine Stunde nachdem ich wieder hinter meinem Schreibtisch Platz genommen hatte, rief Balke an. Er wartete am Hauptbahnhof Darmstadt auf den Intercity in Richtung Süden und war bodenlos wütend. Der Bescheid des zuständigen Richters war niederschmetternd ausgefallen: keine Hausdurchsuchung, keine Genehmigung, keine Chance. Ohne ein handfestes Indiz, allein auf den bloßen Verdacht hin, Schuhmann könnte mit kinderpornografischen Fotos gehandelt haben, die nicht einmal welche waren, gab es keinen Durchsuchungsbeschluss. Und nun hatte Schuhmann alle Zeit der Welt, Speichermedien zu zerstören, Daten zu löschen, Spuren zu verwischen. Im schlimmsten Fall unterzutauchen.

Nach Balkes deprimierendem Anruf musste ich auch noch zu einer dieser zermürbenden Besprechungen, in denen es um Umstrukturierungs- und Rationalisierungsmaßnahmen ging. Solche Maßnahmen fielen dem Innenministerium in Stuttgart so zuverlässig ein, wie sie am Ende nicht die gewünschte Wirkung zeigten – üblicherweise natürlich Kosteneinsparung. Einmal mehr sollten Ämter zusammengelegt, Standorte aufgelöst, Stellen abgebaut und ausscheidendes Personal nicht ersetzt werden. So reduzierte man zwar Gebäudeerhaltungskosten und sparte Gehälter ein, dafür stiegen gleichzeitig die Kosten für Überstunden, Kraftstoffe und Fahrzeugverschleiß. Die mit solchen Maßnahmen immer verbundene Demotivation und innere Kündigung unserer Beamten ließ sich nicht in Zahlen messen und schien auch niemanden zu interessieren. In manchen Ortschaften des Odenwalds dauerte es schon heute eine Dreiviertelstunde, bis im Fall eines Einbruchs die Polizei auftauchte.

Gegen fünf war die Besprechung endlich zu Ende, entschieden hatte man erfreulicherweise nichts, und kurz darauf erschien Rolf Runkel bei mir, um wegen des weißen Minis Bericht zu erstatten. Balke hatte ihn beauftragt, sämtliche Halter eines solchen Wagens im Großraum Heidelberg möglichst unauffällig zu überprüfen. Der Auftraggeber selbst war vom Bahnhof direkt nach Hause gefahren. Die Pleite in Darmstadt habe ihm den letzten Nerv geraubt, hatte er mir am Telefon erklärt, und außerdem habe er ohnehin noch zehntausend Überstunden abzufeiern.

Runkel blieb meine miserable Laune nicht verborgen, und so war er schon verunsichert, bevor ich ein Wort gesagt hatte. Wer steht schon gerne vor einem schlecht gelaunten Chef? Ich lobte ihn mühsam, aber das baute ihn nicht wieder auf. Umständlich und konfus berichtete er, wen er angerufen oder persönlich aufgesucht hatte. Seine Antwort auf meine abschließende Frage, was das Ganze denn nun gebracht hatte, war dagegen kurz und präzise: »Nichts.«

Der weiße Mini mit schwarzem Dach stammte mit an Sicherheit grenzender Wahrscheinlichkeit nicht aus Heidelberg oder der näheren Umgebung.

Ich lobte meinen verwirrten Mitstreiter trotzdem noch einmal.

»Den hier kennen wir jetzt übrigens.« Ich schob Blödis Porträt über den Tisch. Runkel betrachtete das feiste Gesicht und hörte aufmerksam zu, als ich ihm die trostlose Geschichte dazu erzählte. Am Ende war auch er wütend. Runkel war sieben- oder achtfacher Vater, ein wenig hatte ich in letzter Zeit den Überblick verloren, und auch er konnte es nicht ertragen, wenn Kinder zu Opfern wurden.

Schließlich sagte ich ihm, er könne nun Feierabend machen. Er nickte schweigend, packte seine Sachen zusammen, fegte dabei einen Kuli vom Tisch, hob ihn erschrocken auf, legte ihn ungeschickt an seinen Platz zurück, was zur Folge hatte, dass er zu rollen begann und ein zweites Mal herunterfiel. Dieses Mal auf meiner Seite.

»Lassen Sie ihn liegen«, seufzte ich. »Ich hebe ihn später auf.«

»Das geht nicht«, erklärte er und verschwand erneut aus meinem Blickfeld.

»Wieso nicht?«, fragte ich verdutzt.

»Weil Sie der Chef sind«, klang es hohl unter meinem Schreibtisch. Schließlich kam er mit rotem Kopf wieder zum Vorschein und passte dieses Mal auf, dass der Kuli liegen blieb. In der anderen Hand hielt er eines der ausgedruckten Fotos, das er ebenfalls unter meinem Tisch gefunden hatte. Ich wollte ihm ein zweites Mal einen schönen Feierabend wünschen. Da bemerkte ich seine Miene.

»Ja, so was!«, stieß er hervor, während er das Bild betrachtete, das er in der leicht zitternden Hand hielt. »Den kenn ich!« Er zeigte mir das große, nicht übermäßig scharfe Foto: Knolle, Tinas Freitagskunde. »Wieso heißen die alle so komisch?«

»Sie hat ihren Freiern Spitznamen gegeben. Woher kennen Sie den Mann? Sind Sie sicher?«

Runkel zog ein schiefes Gesicht. Lächelte unsicher. »Wenn ich das jetzt wüsst. Aber irgendwie ... ich glaub ... Wenn ich bloß draufkommen würd ...«

»Diese Knödelnase ist schon ziemlich auffallend.«

»Dürft ich mir eine Kopie davon machen? Vielleicht fällt's mir wieder ein, wenn ich's auf meinem Tisch liegen hab?«

Ich breitete die restlichen Fotos vor ihm aus. »Sonst kennen Sie aber keinen?«

Er sah sich jedes der Bilder sorgfältig an. Hob jedes Mal wieder die Achseln. Schließlich beäugte er noch einmal misstrauisch und lange Knolles Foto. »Irgendwas Wichtiges ist der«, murmelte er. »Einer vom Fernsehen? Nein, vom Fernsehen nicht. Aber ich hab den schon gesehen. Die komische Nase, Sie haben recht ...«

Knolles Gesicht war hager, als würde er viel und gerne Ausdauersport treiben, er hatte ein ausgeprägtes Kinn, das Entschlusskraft verriet, das Haar war schon vollständig ergraut, obwohl er nicht alt wirkte, und fast so kurz geschnitten wie das von Balke.

»Strengen Sie sich an!« Ich erhob mich, um im Vorzimmer die gewünschte Kopie zu machen.

Wieso tat ich das eigentlich?, fragte ich mich, als ich an Sönnchens neuem Kopierer stand und den richtigen Knopf suchte. Wer interessierte sich für Knolle? Valentina war am Samstagabend aufgeregt gewesen, nicht am Freitag. Andererseits war es möglich, dass die Ursache der Aufregung schon Tage zurücklag. Manchmal dauerte es, bis der sprichwörtliche Groschen fiel. Bis eine vage Ahnung zur Idee wurde.

»Heut Abend hab ich viel Zeit zum Nachdenken«, erklärte Runkel. »Ich muss in die Rastatter Straße, Leute anquatschen, die mit ihren Hunden Gassi gehen. Wegen dem weißen Mini, Sie wissen schon.«

Von Henning war eine Mail gekommen mit einer ewig langen Liste von Links zu Tausenden von Internetseiten, auf denen angeblich Fotos von Männern zu besichtigen waren, die nach Meinung irgendwelcher schlauer Computerprogramme einem von Valentinas Kunden ähnlich sahen. Es kostete mich zwei Stunden meiner Lebenszeit und fast meine Sehkraft, herauszufinden, dass nichts Brauchbares darunter war. Hin und wieder war eine gewisse Ähnlichkeit nicht zu leugnen, überwiegend waren die Ergebnisse jedoch lächerlich bis absurd. Computer taten sich offenbar immer noch schwer damit, etwas zu tun, was schon kleine Kinder ohne jede Anstrengung können: Gesichter zu erkennen.

»Ich habe schon angefangen zu recherchieren«, erklärte meine Göttin am Abend beschwingt rauchend. Ihr Schriftstellerblues war verflogen wie ein Heuschnupfen im Dauerregen.

»Wo warst du?«

»In einem Bordell!«

»In einem … Bordell?«

»Da guckst du, was?«, fragte sie fröhlich und nahm mich tröstend in ihre duftenden Arme. Im Gegensatz zu ihr war ich immer noch hundsmiserabler Laune. »Keine Sorge, alles war ganz harmlos und völlig ungefährlich.«

»Du bist einfach so zu einem Puff gefahren und hast an der Tür geläutet, und sie haben dich auch noch reingelassen?«

»Erst habe ich telefoniert. Egonchen meinte, es wäre aus gewissen Gründen besser, wenn ich mich nicht an seine Direktion wende. Deshalb habe ich in Karlsruhe angerufen. Sie haben sich erst ein wenig geziert, aber als ich sagte, wer ich bin und wer mein Mann ist, haben sie mich dann doch weiterverbunden. Und ein netter Kollege von dir hat mir eine Adresse in der Nähe von Rastatt genannt. Ich hatte ihn gebeten, mir etwas eher – wie soll ich es sagen? – Einfaches herauszusuchen. Kein Edelbordell, sondern eben das, was du einen Puff nennst, und ... Was guckst du so seltsam?«

»Bei Rastatt?«

Sie küsste mich zärtlich auf den Mund und strahlte mich an, als hätte sie gerade den Pulitzerpreis gewonnen. »Es ist ein ganz unauffälliges Haus in einem Industriegebiet. Außen gar keine Reklame, nichts, bis auf ein paar rote Lichterketten in den Fenstern. Hereingelassen hat mich eine Frau ungefähr in meinem Alter, die, nun ja, sie hat wohl manches erlebt ... Der Chef war nicht da oder wollte nicht gestört werden. Vielleicht wollte er auch einfach nicht mit mir sprechen. Es waren überhaupt kaum Leute da. Nur einmal ist eine junge Frau aufgetaucht, ein Teenager fast noch, ganz verschlafen und zerknautscht. Sie hat nur sehr gebrochen Deutsch gesprochen. Was sie wollte, habe ich nicht verstanden. Vanessa hat sie dann wieder ins Bett gescheucht. Vielleicht ist sie eine Art Puffmutter, ich kenne mich da ja nicht so aus. Und stell dir vor, sie hatten sogar eine Bar.«

»Und diese Vanessa hat überhaupt keine Probleme gehabt, mit dir zu reden?«

»Anfangs war sie ein wenig reserviert. Aber als sie gehört hat, dass ich ein Buch schreibe, ist sie völlig aufgetaut. Hat mir erzählt, dass sie überlegt, ihre Erfahrungen irgendwann zu Papier zu bringen. Sie wollte wissen, wie das funktioniert mit den Verlagen und wie viel man verdienen kann und so weiter. Ich habe ihr ein Buch von mir geschenkt, und dann haben wir Schwesternschaft getrunken.«

»Am Vormittag.«

»Nur zwei Gläschen Sekt. Und er war ziemlich mies, dieser Sekt, ehrlich gesagt. Vanessa hat mich gebeten, ihren Namen nicht zu verraten und auch nicht den genauen Ort, damit sie später keinen Ärger bekommt.«

»Und dann habt ihr zwei Trinkschwestern gemütlich an der Bar gesessen und getratscht wie alte Freundinnen.«

»Genau so war es, ja. Sie hat sogar Musik angemacht, damit wir es gemütlich haben.«

»Du hast sie nicht zufällig auch gefragt, wem der Laden gehört?«

»Doch. Sie meinte, der sogenannte Chef sei in Wirklichkeit nur ein Handlanger. In Wirklichkeit gehört das Etablissement einer Frau. Einer Frau, die lustigerweise in Heidelberg lebt und mit einem Rumänen verheiratet ist.«

»Theresa, du bist eine Wucht.« Dieses Mal war ich der, von dem die Küsse kamen. »Du bist ein Goldstück. Du bist einfach … unbezahlbar.«

»Ja, nicht?«, fragte sie lachend, während sie mir half, ihr aus dem Blazer zu helfen und die winzigen Knöpfe der blassblauen Bluse durch die viel zu engen Knopflöcher zu fummeln. »Endlich merkt das mal jemand. Aber weshalb bist du denn auf einmal so begeistert, mein Süßer?«

»Erkläre ich dir später.« Endlich waren alle Knöpfe offen, der BH enthakt, und ich zog sie an mich. »Jetzt haben wir Wichtigeres zu tun.«

»Heute ist Frühlingsanfang«, gluckste sie. »Aber dass sich das so durchschlagend auf deine Libido auswirkt …«

Am Samstagmorgen um halb zehn rief Sven Balke auf meiner Festnetznummer an. Ich hatte gerade mit Mutter zusammen am Küchentisch gesessen und friedlich gefrühstückt. Rührei mit Champignons, Zucchinistückchen und Kräutern hatte sie gemacht, das mir ganz hervorragend schmeckte.

»Ihre Idee war genial, Chef«, verkündete Balke ausgeschlafen und wieder gut gelaunt. »Ich habe Rübe gestern Abend in die Rastatter Straße geschickt …«

»Ich weiß. Er hat's mir erzählt.«

»Knapp dreißig Leute hat er angequatscht. Von einigen hat er sich dumm anmachen lassen dürfen, einer hat ihm Prügel angedroht, zweimal ist er um ein Haar gebissen worden, und am Ende hat es auch noch angefangen zu regnen, aber es hat sich vielleicht am Ende doch gelohnt.«

»Jemand hat den Mini gesehen?«

»Ein Typ mit einer waffenscheinpflichtigen Bulldogge behauptet, er hätte ein weißes Mini-Cabrio gesehen, richtig. Und zwar – jetzt wird's richtig spannend – in der Nacht, als Kowalski angeschossen wurde. Sogar mit der Uhrzeit haut es hin. Er dreht normalerweise zwischen elf und zwölf die letzte Runde mit seiner Kampftöle, aber an dem Abend war es später, sagt er. Schon nach Mitternacht. Und da hat er angeblich einen weißen Mini mit schwarzem Dach gesehen, der mit ziemlichem Karacho vom Parkplatz gedonnert ist.«

Ich nahm einen Schluck Kaffee und schob mir eine Gabel Omelette in den Mund. »Wie verlässlich ist dieser Zeuge?«

Der Blick meiner Mutter wurde aufmerksam.

»Das ist das Problem. Es hat am Ende wohl gewisse Differenzen gegeben, so richtig wollte Rübe nicht mit der Sprache raus. Der Zeuge war ziemlich zugedröhnt, behauptet er, ist aggressiv geworden, und die hellste Birne im Leuchter scheint er auch nicht zu sein. Was halten Sie davon, wenn wir uns den Knaben zusammen vorknöpfen? Rübe hat mir seine Handynummer gegeben, und ich habe eben mit ihm telefoniert. Kevin Groß heißt unser Mann.«

»Bestellen Sie ihn in die Direktion.«

Mutter rollte die Augen.

»Will er nicht. Er hat wohl seine Gründe.«

»Bei ihm zu Hause?«

»Will er zweimal nicht. Er ist fast in Panik ausgebrochen, wie ich ihm das vorgeschlagen habe. Nehme an, er hat da ein paar Dinge rumliegen, die wir nicht sehen sollen.«

»Drogen?«

Mutter guckte interessiert.

»Jedenfalls hat er gesprochen, als hätte er zum Frühstück schon was eingepfiffen«, meinte Balke.

»Nicht bei uns und nicht bei ihm …«

»Ich habe ihm vorgeschlagen, dass wir uns sozusagen auf neutralem Terrain treffen. In irgendeinem Lokal in Ihrer Nähe.«

»Wann?«

»Wann Sie wollen. Er wartet auf meinen Anruf. Ich schlage vor, wir treffen uns in einer Stunde im Schwarzen Peter in der Römerstraße. Das ist bei Ihnen gleich um die Ecke. Ich fürchte aber, wir müssen sein Bier bezahlen.«

»Wenn er wirklich was weiß, dann ist es mir sogar zwei Bier wert.«

29

Es war Abneigung auf den ersten Blick: Der stämmige, weißbraune Bullterrier namens Rudi mochte mich nicht. Kevin Groß hielt ihn stramm an der kurzen, glücklicherweise haltbar aussehenden Leine.

»Kann das Viech nicht ohne Aufsicht lassen«, erklärte er mit nervösem Blick. »Er kläfft immer wie blöd rum, wenn ich ihn allein lass. Der Vermieter hat schon zweimal mit Kündigung gedroht.«

Der Hund begann zu knurren, als ich mich den drei Männern näherte, die mich in der Morgensonne vor der Tür des Lokals erwarteten, das wirklich keine zweihundert Meter von meinem Zuhause entfernt an der Ecke Römerstraße/ Kaiserstraße lag.

Wir schüttelten Hände. Der Hund zerrte an der Lederleine. Kevin Groß' Rechte war klebrig. Ich lächelte trotzdem. Rolf Runkel leuchtete der Stolz aus den Augen. Ich machte eine anerkennende Bemerkung in seine Richtung und schlug ihm auf die Schulter.

»Und Sie sind echt der Boss von der Bullerei?«, fragte unser Zeuge, der alles andere als groß war, mit verklemmtem Grinsen und verpasste seiner Bulldogge einen dezenten Tritt mit dem Absatz. Das Knurren erstarb in einem unterdrückten Quieken, und Rudi zog den Schwanz ein. »Braucht noch ein bisschen Erziehung«, meinte sein Herrchen mit dem immer gleichen Grinsen. »Ist noch nicht mal ein Jahr alt.«

Wir betraten das von der Vormittagssonne warm erleuchtete und einfach, aber gemütlich eingerichtete Lokal, das um diese Uhrzeit noch spärlich besucht war. An der Bar stand ein Mann in meinem Alter, hielt sich an seinem Bier fest und unterhielt sich mit dem Wirt über die Politik Russlands. An zwei der etwa zehn Tische saßen Paare beim Frühstück. Die Wände waren bis zu einer Höhe von etwa zwei Metern mit rötlichem Holz verkleidet, was das Licht noch wärmer wirken ließ.

Ich führte die kleine Prozession zu einem quadratischen Ecktisch am Fenster, um den herum vier robuste Holzstühle standen. Es duftete verlockend nach Kaffee. Runkel wirkte ein wenig übernächtigt. Balke dagegen war heute ungewohnt frisch und ausgeruht. Seit Evalina Krauss ihn verlassen hatte, sah ich ihn wieder öfter gähnen. Die vergangene Nacht schien er jedoch allein verbracht zu haben.

Eine Bedienung mit einem kleinen, im Sonnenlicht funkelnden Piercing an der Nase fragte mit Kurpfalzcharme nach unseren Wünschen. Groß bestellte ein großes Pils, ich Wasser, Balke einen Latte macchiato und Runkel Milchkaffee. Ich schob meine Füße außer Reichweite der nervösen Bulldogge, die es sich unter dem Tisch bequem gemacht hatte.

»Sie haben also ein weißes Mini-Cabrio gesehen«, sagte ich an Groß gewandt.

»Hab ich!« Eifriges Nicken. »Aber wie!«

»Wann war das genau?«

Ich hoffte, dass der Hund sich wohlfühlte, wo er war, und nicht auf unangemessene Ideen kam. Über einem verwaschenen Shirt undefinierbarer Farbe trug Groß eine figurbetonte, schwarze Lederjacke. Die Löcher seiner durchtunnelten Ohrläppchen waren so groß, dass man mit einiger Übung Papierkügelchen hätte hindurchwerfen können. Hände und Hals waren kunstvoll tätowiert. Der Rest vermutlich auch.

»In der Nacht vom Dreizehnten auf den Vierzehnten ist das gewesen.« Er vermied es, mich direkt anzusehen. Sein Blick irrte meist ziellos hin und her. Vermutlich hielt er sich den Hund zur Stärkung seines Selbstbewusstseins. Von Balke wusste ich, dass Groß nach einem wenig ruhmreichen Hauptschulabschluss zunächst als Hilfsarbeiter auf Baustellen gearbeitet hatte. Später hatte er eine Lehre als Maler und Lackierer begonnen, jedoch bald wieder abgebrochen. Einige Jahre war er als Helfer bei einer Dachdeckerfirma in Wieblingen beschäftigt gewesen. Dabei war er vor zwei Jahren von einem Gerüst gestürzt, und seither war er wegen Rückenbeschwerden arbeitsunfähig und schlug sich mit gelegentlichen Aushilfsjobs durchs Leben. Er räumte in Supermärkten Regale ein, betätigte sich als Parkplatz- und Nachtwächter und gelegentlich auch als Türsteher vor Diskotheken. Sein Hobby war Kraftsport. Vielleicht, weil er den Rücken nicht belasten durfte, hatte er zwar breite Schultern, aber ein jämmerlich schmales Kreuz.

»Um kurz nach zwölf ist das gewesen«, berichtete er nervös zwinkernd. »Nachts.«

»Bei dem Datum sind Sie sicher?«

»Aber wie! An dem Tag bin ich nämlich bei Kollegen von Ihnen gewesen, also bei der Bullerei. Hat mal wieder Stress mit dem Hund gegeben. Eigentlich ist der Rudi nämlich lammfromm. Aber die Leute haben Angst vor ihm, und wenn man Angst vor ihm hat, das macht ihn wütend.«

Rudi knurrte zustimmend unter dem Tisch. Ich zog die Füße noch etwas weiter weg. Unsere Getränke wurden serviert. Rudi schmatzte. Ich hoffte, dass dies ein gutes Zeichen war und er sich nicht aus Vorfreude auf meine Unterschenkel die hässlichen Lippen leckte.

Durch die Tür drängte eine gut gelaunte Gruppe von Studenten herein, die sich auf Bratkartoffeln freute, wie ich ihrem lautstarken Gespräch entnahm.

»Warum mussten Sie denn zur Polizei?«, fragte ich, als der Lärm sich ein wenig gelegt hatte. »Hat Rudi jemanden gebissen?«

»Von wegen! Ich hab ihn ja immer an der Leine, seit ... na ja ... ist alles bisschen blöd gelaufen an dem Tag. Hab Stress gehabt mit 'ner Tusse auf dem Lidl-Parkplatz, wo ich immer mein Zeug kauf. Und wie ich da mit meinen paar Sachen rauskomm, da ist die Tusse grad dabei, ihren Kruscht in ihr Auto zu laden, und der Rudi hat ein kleines bisschen geknurrt. Echt bloß ein ganz kleines bisschen. Die hat mich aber gleich voll angemacht, ich soll gefälligst auf meinen Köter aufpassen. Köter hat sie gesagt, ich schwör's! Oder ihn am besten einschläfern lassen. Und mich gleich mit. Ich mein, das ist doch eine Beleidigung, oder? Da darf man sich doch mal ein bisschen wehren, oder nicht? Ich hab dem Rudi ein bisschen mehr Leine gelassen. Bloß, damit sie's mit der Angst kriegt. Aber die hat's gar nicht mit der Angst gekriegt. Voll abgetickt ist die, und da ist der Rudi erst recht wild geworden. Passiert ist aber nichts, ich schwör's! Er hat sie nicht mal berührt, die blöde Schnalle! Trotzdem hat die gleich das Handy raus und die Bullen ... Also ... äh ...«

»Es ist also doch etwas passiert?«

»Na ja. Zwei Sektflaschen sind ihr runtergefallen. Statt dass sie die blöden Dinger in ihren blöden Kofferraum tut, lässt sie die einfach fallen. Kann ich doch nichts für, oder? Aber zeng – sind sie natürlich hin gewesen, die Sektpullen.«

Der Steinkrug unseres merkwürdigen und inzwischen vor Aufregung ein wenig schwitzenden Zeugen leerte sich zügig, und ich versuchte, allmählich wieder zum Thema des Gesprächs zurückzukehren: »Das war also am Dreizehnten.«

Er nickte in sein Bier. »Ist dann aber nichts rausgekommen bei der Bullerei, weil der Rudi ja gar nichts gemacht hat, und die Frau hat auch nicht beweisen können, dass er geknurrt hat und ein bisschen die Zähne gefletscht. Ihren Kollegen hab ich die Story natürlich bisschen anders erzählt als Ihnen jetzt. Blöd bin ich ja nicht.« Zur Bekräftigung nahm er einen extragroßen Schluck. »Blöd bin ich nicht!«

Vor den Fenstern rumpelte eine Straßenbahn vorbei. Balke knispelte an seinen Fingernägeln. Runkel nippte mit amtlicher Miene an seinem Milchkaffee.

»Und in der Nacht haben Sie dann diesen weißen Mini gesehen.«

Dieses Mal fiel das Nicken besonders nachdrücklich aus. Rudi knurrte wieder. Vielleicht spürte er die Anspannung seines Herrchens. Wobei die Verkleinerungsform hier ausnahmsweise sehr gut passte.

»Kurz nach Mitternacht ist das gewesen, plus minus. Mit einem Affenzahn ist der von dem Parkplatz geschossen, ich wohn ja da in dem Haus, aber so was ist mir noch nie passiert. Noch nie! Im letzten Moment hab ich den Rudi noch zurückreißen können. Sonst hätt der Arsch den Rudi voll plattgemacht.«

Der um ein Haar Plattgemachte schnaubte empört.

»Es war also ein Mann am Steuer?«

Groß hörte gar nicht mehr auf zu nicken. Sein Blick fand nirgendwo Halt. »Ein Typ, ja. Aber ein ziemliches Handtuch.«

»Sie wollen sagen, er war eher schmal gebaut?«

»Schmal gebaut, ja.«

»Haben Sie die Haarfarbe erkennen können? War die eher hell oder dunkel?«

»Dunkel. Glaub ich.«

»Und Sie sind sicher, dass das Auto ein Mini Cooper war?«

»Und wie! Weil die Schnalle auf dem Lidl-Parkplatz, die hat doch genauso eine Karre gehabt. Bloß ist die kotzgrün gewesen, die Schüssel von der. Voll die Schickimickitante ist die gewesen. Ihre Schuhe sind auch so komisch grün gewesen. Drum hat der Rudi wahrscheinlich geknurrt, weil ihm die Schuhe nicht gepasst haben. Und drum hab ich in der Nacht gedacht, schon wieder so ein Scheißmini. Sonst hab ich ja bloß die BMW-Fahrer gefressen. Und die Porsche-Angeber. Aber seit dem Tag kann ich Minifahrer auch nicht mehr leiden. Die Minis kommen ja sowieso von BMW, oder?«

Groß sah erwartungsvoll in die Runde. Balke nickte gelangweilt. Runkel nippte an seinem Milchkaffee. Rudi grunzte.

»Ihre Kollegen da auf der Wache, wenn ich das mal so sagen darf, grad freundlich sind die nicht gewesen. Der Rudi müsst einen Maulkorb haben, haben die gesagt. Und ich soll froh sein, dass ich keine Anzeige krieg wegen dem Maulkorb. Dabei ist der Rudi lammfromm. Echt lammfromm ist der. Praktisch.«

Rudi war plötzlich ganz still.

»Ist Ihnen an dem weißen Mini etwas aufgefallen?«, hakte ich nach.

»Dass der Typ, der wo dringesessen ist, ein Arschloch war, das ist mir aufgefallen. Wenn ich den hätt greifen können, dem hätt ich aber ein paar aufs Maul gegeben! Der wär eine Weile schön langsam gefahren, das kann ich Ihnen flüstern!«

»War der Mann eher jung oder eher alt?«

»So richtig alt nicht. Richtig jung auch nicht. Irgendwie so dazwischen. Und null Muckis. Mehr so der Lehrertyp, wenn Sie verstehen, was ich meine. Absolut null Muckis.«

Rudi schien eingeschlafen zu sein. Sein Herrchen winkte der Bedienung und bestellte neues Bier.

»Es könnte nicht auch eine Frau gewesen sein?«

Energisches Kopfschütteln. »Ganz klar ein Typ. Ein Mann.«

»Irgendwelche Auffälligkeiten an dem Wagen? Eine Beule vielleicht? Irgendwelche Aufkleber?«

Ratloses Wiegen des schmalen Kopfes. »Das Dach, das ist schwarz gewesen. Ein Cabrio, hundertpro!«

»Die Minis werden häufig mit andersfarbigem Dach verkauft«, warf Balke halblaut ein. »Scheint bei der Marke irgendwie zum Stil zu gehören.«

»Die Schnalle mit der Kotzkarre hat aber kein schwarzes Dach gehabt«, widersprach Groß aufgebracht. Die Bedienung stellte wortlos einen neuen Krug vor ihn hin und nahm den leeren mit.

Balke folgte ihr mit halb interessierten Blicken.

»Was hat der Fahrer vom Mini dann gemacht?«

»Na, vom Parkplatz ist der gekachelt wie ein Spast! Dann ist er um die Ecke, und dann ist er weg gewesen.«

»Jetzt kommt eine ganz wichtige Frage«, sagte ich, allmählich ein wenig erschöpft. »Das Kennzeichen?«

»Hab ich nicht gesehen. Musst ja den armen Rudi beruhigen. Der wollt dem Spast natürlich an den Hals und hat an der Leine gerissen, dass ich ihn schier nicht hab halten können.«

Rudi schmatzte zufrieden. Er schlief also doch nicht.

»Nicht mal die ersten Buchstaben?«

»Wenn ich wieder mal einen Mini seh, dann schreib ich mir die Nummer auf, da können Sie einen drauf lassen. Gift können Sie da drauf nehmen, dass ich mir dem seine Nummer aufschreib.«

Kevin Groß leerte mit großen, entschlossenen Schlucken seinen Krug und leckte sich die schmalen Lippen.

»Er ist nicht aus der Gegend«, sagte ich, als wir wieder vor dem Lokal standen und Kevin Groß mit seinem bockigen Rudi im Schlepptau außer Hörweite war. »Wir erweitern den Bereich auf einen Umkreis von – sagen wir – hundert bis hundertfünfzig Kilometern. Wie viele weiße Mini-Cabrios finden wir da schätzungsweise?«

Balke machte ein schweres Schloss von seinem ultraleichten Rennrad und sah Runkel an.

»Bisher sind's bloß siebzehn gewesen«, sagte Runkel mit sorgenvoller Miene. »Das sind alle mit Heidelberger Kennzeichen. Wenn wir Mannheim dazunehmen und Ludwigshafen und Darmstadt und Karlsruhe und auch noch die Landkreise … Oje, das wird was! Aber ich hab am Wochenende sowieso nichts vor. Und regnen soll's ja auch.«

Im Westen türmte sich tatsächlich schon eine dunkle Wolkenwand. Die Sonne war nicht mehr zu sehen.

Wieder zu Hause, hängte ich mich ans Telefon. Es dauerte eine Weile, bis Thomas Petzold sein Handy fand. Er klang verwirrt, behauptete, er sei im Moment beschäftigt, und versprach, mich in fünf Minuten zurückzurufen.

Theresa hatte ich gestern Abend einen Eid schwören lassen, dass sie nie, nie wieder allein irgendwelche zweifelhaften Vergnügungsstätten aufsuchen würde. Aber ihre Rechercheergebnisse wollte ich natürlich nicht ungenutzt lassen. Auf meine Frage, ob ihre neue Freundin, die Puffmutter, etwas von Zwangsprostituierten erwähnt hatte, hatte sie keine rechte Antwort gewusst. »Wir haben mehr über allgemeine Dinge gesprochen, weißt du. Wie eine Frau zu diesem Geschäft kommt. Wie man sich damit fühlt. Ob man auch wieder herauskommt. Über das Rosenmund – so heißt das Etablissement – haben wir nicht direkt gesprochen. Wenn meine Fragen zu konkret wurden, ist sie immer ins Allgemeine ausgewichen.«

»Meinst du, sie würde auch mit mir reden?«

Theresa war regelrecht erschrocken. »Um Himmels willen, nein! Sie weiß nicht, dass mein Mann Polizist ist, und sie weiß auch nicht, dass mein Geliebter und Seelentröster Polizist ist.«

Ihr Geliebter und Seelentröster. So sah sie mich also.

»Ein Puff in Rastatt?«, fragte Petzold gähnend, als er mich über eine halbe Stunde später doch noch anrief.

»Der Laden heißt Rosenmund, und ich habe konkrete Hinweise, dass da Zwangsprostituierte aus dem Osten beschäftigt werden. Am liebsten würde ich den Schuppen heute noch auseinandernehmen.«

»Wird nicht leicht werden, dafür eine Genehmigung zu kriegen«, meinte mein ehemaliger Kollege und Kampfgefährte und diktierte mir eine Handynummer. »Seit letztem Jahr Boss von unserem Sittendezernat. Ist zwar ein Großschwätzer, aber auf den Kopf gefallen ist er nicht. Vielleicht kriegst du ihn ja rum. Viel Glück.«

Ich wünschte ihm ein vergnügliches Wochenende. »Da fällt mir ein: Wie weit seid ihr eigentlich mit dem verschwundenen Polonium?«

»Das weißt du noch gar nicht? Das Zeug ist wieder da.«

»Einfach so?«

»Einfach so, du sagst es. Dieser Professor – wie heißt der Typ noch?«

»Vorholtz.«

»Richtig. Ich nenne ihn immer ›Vorhaut‹, und einmal hätte ich es auch um ein Haar zu ihm gesagt. Wir haben ein offizielles Schreiben von ihm, dass alles bloß ein Computerproblem war. Ein Fehler in irgendeinem Programm, der jetzt repariert ist. Das Ministerium in Stuttgart hat denselben Schrieb gekriegt und auch schon abgenickt. Alles in bester Ordnung also.«

»Und … glaubst du das?«

Petzold lachte schläfrig. »Wen interessiert schon, was ich glaube?«

Der Kollege, dessen Nummer er mir genannt hatte, ein Kriminalrat Gerstner, nahm schon nach dem ersten Tuten ab.

»Selbstverständlich kennen wir das Rosenmund. Haben Sie irgendwas Handfestes? Zeugen, die nicht umfallen, wenn es darauf ankommt?«

»Das leider nicht. Nur einen sehr konkreten Hinweis«, log ich tapfer. »Könnten Sie nicht auf den begründeten Verdacht hin …? Meine Zeugin ist wirklich sehr vertrauenswürdig. Nur vor Gericht wird sie wohl eher nicht aussagen.«

»Ich würd Ihnen den Gefallen ja liebend gern tun …« Der Kriminalrat am anderen Ende zögerte. Im Hintergrund hörte ich einen Traktor im Leerlauf tuckern. Vielleicht war er Nebenerwerbslandwirt. »Ich telefoniere mal ein bisschen rum, okay? Aber versprechen Sie sich nicht zu viel davon.«

Die Wohnung hatte ich ausgestorben vorgefunden, als ich von dem Gespräch mit Kevin Groß zurückkehrte. Mutter ging vermutlich einem ihrer neuen Hobbys nach – beim Frühstück hatte sie erwähnt, sie wolle vielleicht ein Hallenbad besuchen und ihren gewohnten Morgensport wieder aufnehmen. Und die Zwillinge hatten Wichtiges in der Stadt zu erledigen.

Mir war es recht. Ich machte mir einen extragroßen Cappuccino und flegelte mich zusammen mit der Samstagszeitung auf die Couch im Wohnzimmer. Draußen wurde es allmählich wieder dunkel. Als anderthalb Stunden später mein Handy zu brummen begann, schüttete es vor den Fenstern, als sollte die Welt ertränkt werden.

»Gerstner hier. Also, wie ich schon befürchtet habe, das wird nichts. Leider. Der Richter, mit dem ich geredet habe, hat mich ausgelacht.«

Kurz entschlossen warf ich die Zeitung in die Ecke, zog meinen Mantel über und schlüpfte in meine Schuhe, um nach Rastatt zu fahren und mir das Rosenmund wenigstens von außen anzusehen. Als ich jedoch die Haustür öffnete, regnete es so heftig, dass ich nach drei Schritten durchnässt gewesen wäre. Meinen Schirm hatte ich oben stehen lassen, aber selbst der hätte bei den vom Himmel stürzenden Wassermassen nicht viel geholfen. Zudem kam mir meine überstürzte Aktion plötzlich ziemlich hirnrissig vor. In Bordellen waren die Nächte turbulent und die Tage ruhig. Und falls Valentina tatsächlich in Rastatt gefangen gehalten wurde, wofür ich nicht den allerkleinsten Beweis hatte, dann würde ich sie todsicher nicht zu Gesicht bekommen. Nach allem, was vorgefallen war, würden ihre Wachhunde sie jetzt natürlich ganz besonders scharf im Auge behalten.

30

Rolf Runkel hatte den halben Samstag und den kompletten, trostlos verregneten Sonntag damit zugebracht, dem weißen Mini nachzuspüren, berichtete er mir am Montagmorgen frustriert. Über Nacht hatte der Regen aufgehört, eine dünne Wolkenschicht bedeckte den Himmel. Der Neckar führte Hochwasser, das immer weiter anstieg. In den nächsten Stunden würde sich entscheiden, ob die Bundesstraße, die an seinem südlichen Ufer entlangführte, gesperrt werden musste.

»Alle Halter hab ich natürlich nicht erreicht. Aber die meisten schon. Viele haben ein ordentliches Alibi. Keiner ist irgendwie nervös geworden, wie ich ihn gefragt hab, was er am dreizehnten März abends gemacht hat.«

»Sie wissen, dass der Fahrer Raucher ist?«

Runkel sah übernächtigt aus. Aber er war zufrieden mit sich. »Fünfzehn haben gesagt, sie rauchen, aber nur drei tun's auch im Auto. Zwei Frauen und ein Mann. Der Mann wiegt hundertvierzig Kilo und hat geflucht, er bräucht demnächst ein größeres Auto, weil er in seinen Mini nicht mehr reinpasst.«

Auch Runkel wusste von Kowalskis Behauptung, er sei von einer Frau angeschossen worden. Kowalski war auf dem Wege der Besserung, hatte ich am Morgen erfahren, und man hatte ihn schon am Samstag auf eine normale Station verlegt.

»Ist Ihnen wieder eingefallen, woher Sie diesen Knolle kennen?« Ich hob das Foto hoch, um klarzumachen, von wem ich sprach.

Runkel schüttelte betrübt den schweren Kopf, nahm mir das Bild aber aus der Hand, um es noch einmal zu betrachten.

»Wenn wir's mit der Täterdatei vom BKA abgleichen könnten …«

»Dummerweise haben wir keine Fingerabdrücke und keine DNA von dem Mann. Und mit einem Foto allein – das wäre schon ein arg großer Zufall …«

Runkels Miene veränderte sich, während ich sprach. »BKA«, hörte ich ihn murmeln. »Ja klar, Mensch! BKA! Wieso bin ich denn …«

»Sie erinnern sich?«

Jetzt sah er mich an, als hätte jemand in seinem Kopf einen Kronleuchter angeknipst. »Beim BKA ist der, ich bin mir sicher! Irgendwas Höheres!«

Ich zog meinen Laptop heran und tippte »www.bka.de«. Runkel umrundete mit verblüffender Schnelligkeit meinen Schreibtisch, um mir über die Schulter zu sehen. »Besuch der Staatssekretärin Frau Dr. Hengstenberg beim Bundeskriminalamt«, lasen wir gemeinsam die Überschrift der Startseite. Darunter das Foto einer lächelnden, weißlockigen Dame im grauen Businesskostüm zwischen zwei würdevoll schmunzelnden Herren jenseits der fünfzig.

Ich klickte verschiedene Links an, aber nirgendwo waren weitere Fotos von Mitarbeitern des großen Amts zu finden. Das BKA beschäftigte fünfeinhalbtausend Mitarbeiterinnen und Mitarbeiter an drei Standorten in Wiesbaden, Berlin und Meckenheim bei Bonn und verbuchte, glaubte man den Pressemitteilungen, einen Erfolg nach dem anderen. Auch das umfangreiche Organigramm zeigte nur Namen, keine Köpfe.

»Gehen Sie noch mal auf ›Presse‹«, sagte Runkel mit vor Aufregung matter Stimme.

»Wann war das ungefähr?«, fragte ich.

»Letztes Jahr, denk ich. Im Frühjahr. Oder im Spätjahr davor.«

»In welchem Zusammenhang wissen Sie nicht mehr?«

»Nein. Doch. Um irgendeine Eröffnung ist es gegangen. Sie haben wieder mal erfolgreich ein paar Millionen von unseren Steuergeldern verbraten, und so was muss natürlich groß gefeiert werden.«

Ich klickte auf »Archiv«.

Öffnete einen Beitrag nach dem anderen.

Und dann, ungefähr beim dreißigsten Versuch kam es: »Neueröffnung Drogenlabor«.

Ich hörte, wie Runkel hinter mir der Atem stockte.

»Nach umfangreichen Umbau- und Modernisierungsmaßnahmen wurde im Beisein des Bundesministers des Inneren, Dr. Thomas de Maizière …«

»Der da.« Runkel deutete mit dickem Finger auf ein schmales, bartloses Männergesicht. »Der ist es.«

Auch dieses Foto zeigte bedeutende Damen und Herren, die beglückt in die Kamera lächelten und gute Laune heuchelten.

Die Ähnlichkeit war bestechend.

»Bingo«, hörte ich mich flüstern und nahm die Brille ab, um die Bildunterschrift entziffern zu können. »Kriminaldirektor Knoll«, las ich halblaut vor. »Ich glaube, mit dem habe ich sogar schon mal telefoniert. Er ist eine große Nummer in der Abteilung SO.«

»Schwere und Organisierte Kriminalität«, murmelte Runkel, als wollte er es auswendig lernen.

»Das wird ein lustiges Gespräch.« Ich lehnte mich zurück. »Hoffentlich zettelt der Herr Kriminaldirektor hinterher keinen Krieg gegen mich an.«

»Das ist der, der immer am Samstag bei ihr gewesen ist?«

»Nein. An den Samstagen war meistens Blödi bei ihr.«

»Der Kinderficker aus Darmstadt?«

»Er hat möglicherweise Fotos von Kindern gemacht«, korrigierte ich meinen Mitarbeiter scharf. Man darf solche Ausdrucksweisen gar nicht erst einreißen lassen. »Nach allem, was wir bisher wissen, ist er nie tätlich geworden.«

Runkel saß inzwischen wieder auf seinem Stuhl und sah mich finster an. »Ich weiß schon, Chef, Sie wollen so was nicht hören. Aber trotzdem – ich finde, so einer gehört aufgehängt.«

Ich verzichtete ausnahmsweise auf die fällige Belehrung und sah mir stattdessen das Foto auf dem Bildschirm noch einmal genau an. Knoll war etwa in meinem Alter. Er war kräftig, aber schlank, hatte ein schmales Gesicht, kurz geschnittene dunkle Haare. Und eine Nase, bei der manche Krankenkasse vielleicht die Kosten einer Schönheitsoperation übernommen hätte. In meinen Fingern begann es zu kribbeln. Die Telefonnummer des Kriminaldirektors herauszufinden kostete mich Sekunden.

Ich wählte und räusperte mich.

»Knoll?«, meldete sich eine sehr männlich und selbstsicher klingende Stimme.

»Gerlach, Kripo Heidelberg.«

»Herr Gerlach! Wir hatten schon mal miteinander zu tun, richtig?«

Er hatte eine ruhige, angenehme Art zu sprechen. Und er schien gerade ein wenig unter Zeitdruck zu stehen. Oder vielleicht auch unter einer anderen Art von Druck. Möglicherweise wartete er seit Wochen auf einen Anruf aus Heidelberg.

»Das ist richtig, ja …«

»Vergangenes Frühjahr. Es ging um bulgarische und russische Mafia, richtig?«

»Ihr Gedächtnis möchte ich haben!«

»Und was verschafft mir heute die Ehre?«

»Heute geht es um etwas eher Privates.«

»Etwas … Privates?«

Seine Stimme hatte sich verändert. Die joviale Heiterkeit hatte sich so schnell verflüchtigt wie das bisschen Morgensonne beim Frühstück. Irgendwo in einem Büro in Wiesbaden herrschte jetzt Alarmstufe Rot.

»Sie waren in den vergangenen Monaten hin und wieder in Heidelberg.«

»In Heidelberg?« Knoll lachte verkrampft. »Wozu sollte ich? Nein, ganz gewiss nicht. Wie kommen Sie darauf?«

Zu viele Sätze für ein einfaches »Nein«.

»Soweit ich es überblicke, immer am Freitagabend.«

»Freitagabends? Wie kommen Sie nur auf so einen … Unsinn?«

»Herr Knoll, ich habe hier ein Foto vor mir liegen, das Sie in einer eindeutigen Situation zeigt. Muss ich noch deutlicher werden?«

Für Sekunden blieb es am anderen Ende still. Dann fragte er tonlos: »Fotos? Aber … was denn … wie denn?«

»Es geht nicht um Erpressung, keine Angst. Was Sie an Ihren Abenden tun und lassen, interessiert mich nicht. Mir geht es um das Mädchen, Valentina. Sie kennen sie vermutlich als Tina. Sie ist verschwunden, und ich würde mich gerne mit Ihnen über sie unterhalten. Rein privat. Es wird nichts in irgendwelche Akten kommen.«

»Akten? Welche Akten denn?«

Der Schreck hatte dem Mann offenbar das Gehirn vernebelt. »Im Zusammenhang mit Tina hat es hier inzwischen zwei Tote gegeben und einen Schwerverletzten. Können wir uns treffen? Wenn möglich heute noch.«

»Ich wohne in Alzey. Das liegt knapp fünfzig Kilometer süd…«

»Ich weiß, wo Alzey liegt. Wann und wo?«

»Heute, sagen Sie? Um sieben? Nein, lieber acht. Meine Frau … Ach herrje. Aber nun … Es gibt da eine Weinstube in der Altstadt. Am Roßplatz. Finden Sie leicht. Und könnten wir künftig vielleicht … per Handy? Sie verstehen?«

Und wie ich verstand. Erleichtert diktierte mir der Mann, den Valentina Knolle genannt hatte, seine Handynummer und wiederholte sie zweimal, damit ich sie auch ganz bestimmt richtig notiert hatte.

Erst als ich auflegte, bemerkte ich, dass Balke offenbar schon seit einiger Zeit in der offenen Tür stand. Seine Miene verriet auch ohne Worte, dass neuer Ärger drohte.

»Schuhmann!«, stieß er hervor. »Jetzt ist er weg! Ich hab's ja gleich gesagt.«

»Was ist passiert?«

»Die Presse hat übers Wochenende Wind von der Sache bekommen. BILD grillt ihn in der heutigen Ausgabe auf Seite eins.«

Offenbar hatte wieder einmal jemand die Klappe nicht halten können. Hoffentlich nicht bei uns.

»Seit wann ist Blödi denn verschwunden?«

»Irgendwann heute Vormittag, sagen die Nachbarn. Normalerweise fährt er erst gegen Mittag weg. Nach Heidelberg zur Arbeit.«

»Nach Heidelberg?«

»Er arbeitet im Schloss oben als Museumswärter. Hatte er uns doch gesagt.«

»Vom Schloss war ...«

In diesem Augenblick begann mein Telefon zu schrillen. Manchmal bilde ich mir ein, schon am Klingelton zu hören, dass ich den Hörer besser nicht anfassen sollte.

»Wir brauchen Sie hier!«, keuchte eine atemlose Stimme. »Dringend.« Der Anrufer war ein Kollege, dessen Streifenwagen zurzeit vor dem Tor zum Heidelberger Schloss stand. »Auf dem Krautturm steht ein Verrückter und will runterspringen, wenn Sie nicht kommen.«

»Heißt er Schuhmann?«

»Keine Ahnung, wie der heißt. Man kann sich ja nur durch Schreien mit ihm verständigen.«

»Was will er von mir?«

»Nur mit Ihnen reden, angeblich. Er droht, auf jeden zu schießen, der ihm zu nahe kommt. Nur auf Sie nicht. Anscheinend ist es ein Angestellter von der Schlossverwaltung.«

»Er hat eine Waffe?«, fragte ich, während ich aufsprang und auf dem Schreibtisch nach meiner Brille suchte.

»Hat schon zweimal in die Luft geschossen. Und er hampelt damit rum, dass einem angst werden kann nur vom Zugucken.«

»Sagen Sie ihm, er soll keinen Quatsch machen. Sagen Sie ihm, ich komme, so schnell ich kann.«

Runkel stand ebenfalls schon auf den Beinen. Balke hielt uns die Tür auf.

Zehn Minuten später stellte Runkel unseren Wagen mit quietschenden Reifen vor dem Tor des berühmten Heidelberger Schlosses ab. Vor dem Tor, durch das Jahr für Jahr Millionen Besucher aus aller Welt den Schlosshof betraten, um deutsche Romantik zu schnuppern, und wo sich inzwischen eine entsprechend große Menschenmenge angesammelt hatte. Viele davon mit asiatischen Gesichtern. In den Mienen wechselten Angst und Neugierde sich ab. Kollegen hatten die Zugänge zum Schloss gesperrt und sorgten im Moment dafür, dass alle Touristen den Gefahrenbereich verließen. Ich hielt meinen Dienstausweis über den Kopf und drängelte mich durchs aufgeregt schnatternde Gewühl. Überall klickten Kameras oder blitzten Handys. Im Durchgang zum Schlosshof erwartete mich der Schutzpolizist, mit dem ich gesprochen hatte.

»Wie sieht's aus?«, fragte ich atemlos.

»Seit wir telefoniert haben, ist er friedlich.«

»Bringen Sie mich hin.«

»Sie wollen echt auf den Turm zu dem Geisteskranken?«

»Ich kenne ihn. Ich weiß, wie ich ihn nehmen muss.«

»Haben Sie Ihre Waffe dabei?«

»Nein.«

»Wollen Sie meine?«

»Er will mit mir reden. Er will sich nicht mit mir duellieren.«

Während wir sprachen, erreichten wir im Laufschritt den verwinkelten, gepflasterten Schlosshof und bogen rechts ab. Es ging eine Treppe hinauf, dann betraten wir den sogenannten Ökonomiebau, wo sich früher die Versorgungseinrichtungen des Schlosses befunden hatten wie Bäckerei und Küche. Eine letzte, schreckensbleiche Gruppe von jungen Amerikanern kam uns entgegengestolpert, um sich vor einer Gefahr in Sicherheit zu bringen, von der sie vermutlich wenig wussten. Wieder ging es Treppen hinauf.

»Haben Sie keine Angst, dass er durchdreht? Dass er Sie als Geisel nimmt oder so?«

»Was denken Sie denn?«

»Hab gar nicht gewusst, dass man auf den Krautturm rauf kann«, keuchte Runkel dicht hinter mir. »Hab gedacht, der ist bloß noch eine Ruine.«

»Fürs Publikum ist er gesperrt«, wusste der Kollege. »Aber der Typ hat einen Generalschlüssel. Der kommt überall rein.«

Es ging durch einige karge Räume, eine weitere Treppe hinauf, und schließlich standen wir vor der letzten Tür.

»Kann er mich von oben sehen?«

»Erst wenn Sie auf der letzten Treppe sind«, erwiderte der Kollege, der sich hier offenbar gut auskannte.

Balke hatte schon während der Fahrt ständig telefoniert. Jetzt steckte er das Handy ein.

»Seit gestern lungern Fotografen vor seinem Haus in Darmstadt herum. Haben ihn aber wohl nicht vor die Linse gekriegt. Heute Morgen hat BILD dann ein Foto von seinem Haus gebracht. ›Kinderschänder im Reihenhausidyll?‹ war die Überschrift. Und dummerweise hat Schuhmann das Blatt abonniert ...«

Vorsichtig öffnete ich die schwere, mit eckigen Eisennägeln beschlagene Holztür. Die Scharniere knarrten sorgenvoll. Ich trat in die Kälte des mächtigen Krautturms hinaus. Die Tür fiel hinter mir mit einem kräftigen Rums ins Schloss. Ab jetzt war ich allein. Und ich stand praktisch im Freien. Vor mir verhinderte nur ein eisernes Geländer, dass ich in den Abgrund stürzte, da das südliche Drittel des Turms in irgendeinem Krieg weggesprengt worden war. Die Wände des ehemaligen Pulverturms waren über sechs Meter dick. Über mir befand sich ein mächtiges Sandsteingewölbe. In der Mitte des vor der Zerstörung kreisrunden Raumes stand eine kolossale Säule. Links von mir führte eine robuste Holztreppe zur nächsten Ebene hinauf. Dort würde ich immer noch in Sicherheit sein, so viel wusste ich, denn Schuhmann befand sich eine Treppe höher auf dem Plateau des Turms.

Was mir gar nicht gefiel: Jenseits des Burggrabens, in dem die weggesprengten Titanentrümmer lagen, sammelten sich jetzt mehr und mehr Schaulustige. Viele der Touristen, die das Schlossgelände hatten verlassen müssen, schienen inzwischen zu wissen, wo sich der Anlass ihrer Vertreibung befand, und hofften nun, ein paar spektakuläre Fotos oder Videos mit nach Hause zu bringen.

»Hallo?«, rief ich mit nicht ganz sicherer Stimme, als ich den Aufstieg begann.

»Wer ist da?«, scholl es von oben.

»Gerlach. Ich komme jetzt rauf.«

»Wird auch langsam Zeit!«

»Sie machen keinen Unsinn? Ich bin unbewaffnet.«

»Werden wir sehen.«

Ich hielt mich nah an der Wand, um von Schuhmann nicht früher als unbedingt nötig gesehen zu werden. Die Etage, die ich jetzt erreichte, sah exakt so aus wie die darunter. Wieder eine Säule, wieder ein hohes Gewölbe, wieder eine Treppe. Die Schaulustigen jenseits des Burggrabens waren mehr geworden. Ständig blitzte es dort. Ich würde die zweifelhafte Ehre haben, in Hunderten digitalen Fotosammlungen verewigt zu sein. Nun kam die zweite Treppe. Vor der letzten Biegung machte ich halt, um zu Atem zu kommen und zu horchen.

»Herr Schuhmann?«

»Jetzt kommen Sie endlich! Haben Sie etwa Angst vor mir?«

»Natürlich habe ich Angst. Sie haben eine Waffe, ich nicht.«

»Quatschen Sie nicht. Kommen Sie endlich rauf. Mir ist saukalt.«

Ich atmete tief ein, biss die Zähne zusammen, stieg die letzten Stufen empor. Jetzt war Tageslicht über mir. Noch wenige Stufen, dann würde mein Kopf für Schuhmann sichtbar werden. Meine Hände waren feucht und nicht nur wegen der Lufttemperatur kalt. Und mein Herz wummerte nicht nur vom Treppensteigen.

»Ich komme!«, rief ich sicherheitshalber. Nicht, dass er sich erschreckte und in seiner begreiflichen Nervosität aus Versehen abdrückte.

Schuhmann antwortete mit einem bösen Brummen. Ich versuchte mich zu beruhigen. Er wollte mich sprechen. Er wollte mich nicht töten. Er war ein Pädophiler und kein Killer, hämmerte ich mir wieder und wieder ein. Er wollte mich nicht töten. Er wollte nur reden.

Noch einmal füllte ich meine Lungen mit Luft. Schuhmann wollte nur reden. Nur reden. Ich streckte den Kopf hinaus.

Dort stand er. Seine Hände waren leer.

Entschlossen stieg ich die allerletzten Stufen hinauf und reckte mich.

»Ganz schön zugig hier oben.« Ich versuchte ein Lächeln.

Schuhmanns Kindergesicht verzog sich zu einer Grimasse, die unter besseren Umständen ein Grinsen hätte werden können. Er steckte die Hände in die Taschen seiner dunkelbraunen, unförmigen Cordjacke und kam langsam näher.

»Was treiben Sie denn hier oben?«

»Das fragen ausgerechnet Sie? Sie haben mir die ganze Scheiße doch eingebrockt!«

»Wir werden herausfinden, wer der Presse den Tipp gegeben hat, und derjenige wird bestraft werden.«

»Das glauben Sie doch selber nicht.«

»Sie wollen reden, hat man mir gesagt.«

»Das stimmt.«

»Wollen Sie ein Geständnis ablegen? Sie werden merken, es tut gut, wenn man reinen Tisch macht.«

Seine Miene verfinsterte sich wieder. Sein Blick irrte ab. »Hab nichts zu gestehen.«

Er sah über die aus rötlichem Sandstein gemauerte Brüstung hinunter auf den Hortus Palatinus, ein ehemaliges Weltwunder der Gartenbaukunst, wo zurzeit noch nicht viel grünte, und den Menschenauflauf jenseits des Burggrabens. Eine eisige, wolkenverschleierte Sonne beschien die Szene. Der feuchte Westwind war wirklich verteufelt kalt.

»Ja, ich will mit Ihnen reden«, sagte Schuhmann in verändertem Ton. Sein feistes Gesicht war in ständiger Unruhe. Der Blick glasig und starr.

»Dazu hätten Sie nicht hier raufklettern müssen«, versetzte ich und versuchte, die Hände zu wärmen, indem ich sie an meinem viel zu dünnen Trenchcoat rieb.

»Sie haben am Freitag gesagt, Tina hätte mich erpresst.«

»Und?«

»Das stimmt nicht.«

»Und?«

»Aber was stimmt: Wie ich zum letzten Mal bei ihr gewesen bin, da wollt sie wissen, was ich mit den ganzen Fotos mach. Und mit den Videos. Ob die nur für mich sind.«

»Gefilmt haben Sie auch?«

»Manchmal. Aber mit dem Material hat man nicht viel anfangen können. Das Licht war nicht gut genug, und meine Kamera taugt nichts. Tina hat gefragt – wie Sie ja auch gedacht haben –, ob ich das Zeug verkaufe. Ich hab gesagt, die Bilder sind nur für mich. Damit ich mich an sie erinnern kann, wenn sie nicht bei mir ist. Ich bin … ich war total verrückt nach ihr. Das ist wie eine … eine Sucht. Wie eine Krankheit ist das, ja. Ich hab nicht so viel Geld, wie Sie denken. Auf dem Haus sind Hypotheken. Ich hab gespart und gespart, bis ich wieder dreihundert Euro zusammengehabt hab, dass ich zu ihr fahren konnt. Manchmal musst ich auch nur zweihundertfünfzig zahlen. Sogar einen zweiten Job hab ich mir zugelegt. Bei einer Getränkehandlung. Kisten schleppen. Obwohl das gar nicht gut für mich ist. Meine Knie sind auch nicht mehr die besten.«

»Wie hat sie reagiert?«

»Ob man mit solchen Bildern Geld verdienen kann, wollt sie wissen. Wenn man die verkauft, im Internet. Wie Sie ja auch gedacht haben.«

»Und, kann man?«

»Woher soll ich das wissen? Ich hab nie irgendwas verkauft, nie! Ich hab's mal probiert, zugegeben. Aber es hat nicht funktioniert. Dieses ganze Internetzeug ist nichts für mich, und Pornos gibt's da an jeder Ecke. Da ist sie auf einmal ganz ernst geworden und kalt und hat gesagt, sie will alle Bilder haben. Alle. Auch die Videos. Sonst darf ich nicht mehr kommen. Ganz kalt ist sie auf einmal gewesen. Gar nicht mehr so lieb wie sonst. Und ich hab doch gedacht, verstehen Sie, ich hab doch gedacht, sie …«

»Sie haben gedacht, sie liebt Sie.«

Der große, schwere Mann nickte kleinlaut. »Ein bisschen wenigstens, hab ich gedacht. Hab ich gehofft. Sonst mag mich doch keine. Aber Tina …«

Der Wind schien eine Pause einzulegen. Die Sonne brach durch eine Lücke zwischen den zerrupften Schleierwolken und wärmte ein wenig mein kaltes Gesicht.

»Und da kommt sie Ihnen auf einmal mit so was … Denken Sie, sie hat geplant, die Bilder selbst zu Geld zu machen?«

Wieder nickte Schuhmann.

»Sie haben gedacht, sie liebt Sie, und in Wirklichkeit waren Sie für Tina nichts weiter als eine praktische Geldquelle.«

Jetzt starrte er durch mich hindurch. Kaute verstört auf der Backe.

»Das hat Sie wütend gemacht.«

»Wütend nicht. Traurig. Traurig bin ich gewesen. Hab gesagt, dann geh ich jetzt, Tina, und komm nie mehr zu dir. Aber das ist ihr dann auch wieder nicht recht gewesen. Da ist sie auf einmal wieder ganz weich und schmusig gewesen. Hat gesagt, war doch alles nur Spaß, mein Schatz, und ich kann meine Fotos behalten. Aber …«

»Aber?«

»Weiß nicht. Es ist nicht mehr gewesen wie vorher. Es … Weiß nicht. Irgendwas war kaputt. Ganz kaputt auf einmal.«

Noch ein enttäuschter Liebhaber.

»Sie sind gegangen?«

»Ja. Und geheult hab ich. Denken Sie von mir, was Sie wollen. Ich hab geheult wie ein Schlosshund. Ich weiß, ich bin verrückt. Aber man kann nichts dagegen machen. Es ist eine Krankheit. Schon am nächsten Tag hab ich sie wieder angerufen. Aber da ist sie wieder so komisch kalt gewesen. Hat gesagt, wenn ich was von ihr will, dann soll ich einen Termin machen und Geld mitbringen. Aber bald ist sowieso Schluss damit. Bald muss sie das sowieso nicht mehr machen, hat sie gesagt.«

Die Sonne verschleierte sich wieder, und ich konnte es ihr nicht verdenken. Wie viele Männer hatten wohl schon geglaubt, in einer Prostituierten die Liebe ihres Lebens gefunden zu haben? Die Liebe macht verrückte Dinge mit uns. Und nicht selten Verrückte aus uns.

»Ich hab mich dann gezwungen, nicht mehr anzurufen. Bin zu einer anderen gegangen. Hab gehofft, das hilft. Aber es hat nicht geholfen. Es hat nicht funktioniert. Anderthalb Wochen hab ich durchgehalten. Dann hab ich doch wieder angerufen. Aber da war ihr Handy aus. Es ist immer noch aus. Ich weiß nicht, was los ist.«

»Sie ist immer noch verschwunden.«

Schuhmann sah mich unsicher, misstrauisch an. Fragte

sich vermutlich, ob das eine gute oder eine schlechte Nachricht war. Kam zum Schluss, dass es beides zugleich war.

»Irgendwas ist an dem Abend passiert, als Sie das letzte Mal bei ihr waren. Vielleicht haben Ihre Fotos sie auf eine Idee gebracht. Vielleicht war es etwas ganz anderes. Irgendwas ist in der Nacht gewesen, was sie in Aufruhr versetzt hat. Wenn die Fotos es nicht waren, was könnte es sonst sein?«

Erschöpft, gedemütigt, mutlos hob Schuhmann die schweren Schultern. Sah mich dumm an. Schwieg lange. Der verfluchte Wind orgelte leise um die Mauerkanten.

Schließlich öffnete er den Mund und sagte: »Jetzt ist alles kaputt. Alles. Alles ist kaputt.«

»Wenn Sie die Fotos nicht verkauft haben, haben Sie nichts zu befürchten. Und selbst wenn Sie sie verkauft hätten – Tina ist volljährig. Und ich glaube kaum, dass sie Sie anzeigen wird.«

»Es ist kein Verbrechen, wenn man Kinder mag. Ein Verbrechen ist es, wenn man ihnen was antut.«

»So ist es. Und deshalb …«

»Ich hab nie ein Kind angerührt. Nie. Glauben Sie mir das?«

»Ja, das glaube ich Ihnen. Und deshalb …«

»Ich geb ja zu, ich hab viel zu viel Geld dafür gezahlt, dass ich mir für ein paar Stunden einbilden konnt, ich hätt eins im Arm. Aber sich was einzubilden, ist doch auch kein Verbrechen, oder?«

»Natürlich nicht. Ich glaube Ihnen, dass Sie unschuldig sind. Sie haben nichts zu befürchten. Und diese Sache hier vergessen wir einfach, okay? Sie geben mir jetzt Ihre Waffe, und dann gehen wir runter, und in zwei, drei Wochen wird sich niemand mehr daran erinnern, dass da mal was war.«

Jetzt erst bemerkte ich, dass Schuhmann einen kurzläufigen Revolver in der Hand hielt. Mit plötzlicher Entschlossenheit richtete er ihn auf mich. Ich hörte überdeutlich das Klicken des Sicherungshebels.

»Gehen Sie jetzt«, sagte er rau. »Hauen Sie ab!«

»Machen Sie keinen Unsinn!«, sagte ich, während ich mich mit vorsichtigen Schritten rückwärts bewegte. »Noch ist nichts passiert.«

»Doch, viel ist passiert. Viel zu viel ist passiert.« Der Lauf des Revolvers, der erst auf meinen Bauch gerichtet war, zielte jetzt zwischen meine Augen. »Jetzt gehen Sie endlich! Weg! Weg!«

Schritt für Schritt ging ich weiter rückwärts. Tastete mit dem Fuß nach der ersten Stufe, mit der linken Hand nach dem rauen Holzgeländer. Die Mündung von Schuhmanns Waffe zielte immer noch auf meinen Kopf. Zitterte kaum. Er war jetzt sehr ruhig. Zu ruhig. Mein rechter Fuß trat ins Leere, fand Halt auf der obersten Stufe, der linke Fuß, die zweite Stufe. Die Mündung wanderte mit, als ich langsam in der Tiefe verschwand. Dann konnte ich Schuhmann nicht mehr sehen und seine Waffe auch nicht. Eilig machte ich kehrt, lief, rannte abwärts. Wartete auf den Knall. Der nicht kam.

Dafür draußen plötzlich aufgeregte Stimmen.

Ein vielstimmiger Schrei.

Dann atemlose Stille.

Wie viele Kameras hatten wohl geklickt in den vergangenen Sekunden?

»Es war ein Spielzeug«, berichtete Sven Balke, als wir eine Stunde später wieder in meinem Büro saßen. »Ein uralter Schreckschussrevolver, den Sie nicht als solchen erkennen konnten.« Auch er war immer noch blass. »Schuhmann war sofort tot. Vom Turm geht es auf der Südseite zwanzig Meter abwärts.«

»Er wollte, dass alle es sehen. Dass alle es mit ansehen müssen.«

»Und Sie sehen ziemlich fertig aus, Chef, wenn ich das sagen darf.«

»Sie auch.«

»Sie wollen trotzdem heute nach Alzey fahren?«

»Ich will endlich wissen, was in dieser Nacht passiert ist.«

»Knolle war nicht am Samstag bei ihr, sondern am Tag davor.«

»Das ist mir auch klar.« Ich rieb mir die brennenden Augen. »Vielleicht weiß er trotzdem etwas. Ich muss mit ihm reden. Ich muss einfach.«

Balke berichtete mir noch die wesentlichsten Neuigkeiten vom Mord am Ginsterweg. »Die Munition ist tatsächlich dieselbe wie bei Dierksen und Kowalski. Die Pistole ist wahrscheinlich eine Beretta. Vom Täter haben wir Hautschuppen und möglicherweise ein, zwei Haare. Die Auswertung läuft. Aber das dauert natürlich.«

»Augenzeugen?«

»Negativ. Ein paar Nachbarn haben den Wagen gehört, mit dem der Täter weggefahren ist. Gesehen hat niemand was.«

»Es war noch nicht mal elf!«

Balke zuckte die Schultern. »Ist eine ruhige Gegend da oben. Da ist nachts nichts los auf den Straßen.«

»Frau Swanseas Handy? Ich warte auf die Nummern, die sie zuletzt angerufen hat.«

Balke zog eine unbehagliche Grimasse. »Ist eine komische Geschichte. Sie hat am Donnerstag nur mit Ihnen telefoniert, Chef. Einmal am Nachmittag und einmal am späten Abend, als sie erschossen wurde.«

»Sie muss mit jemandem gesprochen haben!« Ich hörte ja noch ihre Worte: Ich habe mich ein bisschen umgehört.

»Telefoniert hat sie nicht.« Balke hob die Hände, als müsste er sich verteidigen. »Sie hat auch keine SMS geschrieben, nichts auf WhatsApp. Ich habe mir das Teil selbst angesehen. Vielleicht per Mail? Aber das wird schwierig …«

31

Kriminaldirektor Christoph Knoll war zugleich wütend und zutiefst verunsichert, als er mir am Abend die Hand drückte. Auch er hatte einen unruhigen Nachmittag hinter sich. Als ich die gemütliche und gut besuchte Weinstube betrat, war es schon zwanzig nach acht. Knoll hatte auf mich warten müssen. Ich hatte die Entfernung unterschätzt und dann nicht gleich einen Parkplatz gefunden.

Mein schlechtes Gewissen hielt sich jedoch in Grenzen, als ich mich ihm gegenüber an den kleinen Tisch gleich neben der Tür zu den Toiletten setzte. Er hatte ein stilles Wasser vor sich stehen. Ich entschied mich für eine Rieslingschorle. Der stämmige Kellner mit roten Backen und Vollbart zog enttäuscht ab, weil wir nichts essen wollten.

»Es ist …«, begann Knoll mit unruhigem Blick. »Na ja, es ist alles etwas heikel, wie Sie sich denken können. Ich bin verheiratet, ich bin Beamter, ich habe …«

Er brach ab.

»Tina ist neunzehn«, sagte ich. »Mindestens.«

Er atmete tief ein und aus. Sah mir in die Augen.

»Weshalb sagen Sie das?«

»Für den Fall, dass Sie sich Sorgen wegen ihres Alters machen.«

»Nein.« Er senkte den Blick, schüttelte langsam den Kopf. »Deshalb mache ich mir keine Sorgen. Sie sieht sehr jung aus, das ist richtig. Aber das war nicht der Grund, weshalb ich bei ihr war. Ihr ›just sixteen‹ habe ich keine Sekunde geglaubt.«

In dem Lokal war es warm, laut und unangenehm fröhlich. Ständig wurde irgendwo gelacht und geschrien. An den holzverkleideten Wänden hingen Bilder, die alle irgendwie mit Wein und Trauben zu tun hatten.

Knoll schluckte. »Sie können sich … mein Tag war … Ich

habe meine Familie schon im Elend gesehen. Christoph Knoll, private Ermittlungen ...« Er lachte grimmig auf, brach sofort wieder ab. Schüttelte den Kopf, als müsste er sich über sich selbst wundern. »Ich weiß, das ist alles maßlos übertrieben ...«

Er stand regelrecht unter Schock. Der Kellner brachte meine Schorle, stellte das beschlagene Glas wortlos vor mich hin. Aus unsichtbaren Lautsprechern quäkten deutsche Gute-Laune-Schlager gegen den Lärm an. Jürgen Drews erkannte ich, »Ein Bett im Kornfeld«. Ein Witz aus längst vergangenen Zeiten fiel mir ein und brachte mich trotz meiner Erschöpfung zum Schmunzeln: »Hast du schon gehört? Jürgen Drews ist vom Mähdrescher überfahren worden!«

»Worum geht es denn nun eigentlich?«, fragte Knoll mit nun wieder fester Stimme. »Wie kommt es, dass Sie ein Foto von mir haben? Hat das Luderchen vorgehabt, mich zu erpressen?«

»Ich denke nicht. Aber ausschließen kann ich es auch nicht. Es ist alles noch sehr unklar. Momentan brauchen Sie sich keine Sorgen zu machen. Zurzeit ist sie verschwunden.«

»Was bedeutet das?«

»Das bedeutet, dass sie verschwunden ist. Seit über einer Woche.«

»Denken Sie, es ist ihr etwas ... zugestoßen?«

Ich hob die Schultern. Trank einen Schluck. »Ich hoffe, nicht.«

»Noch mal die Frage: Wie kommen Sie an ein Foto von mir?«

Ich berichtete dem verstörten Kriminaldirektor von Kowalskis Videosammlung und beruhigte ihn, als er schon wieder blass wurde. »Es ist alles unter Verschluss, keine Sorge. Niemand kann mehr irgendwelchen Unfug damit anstellen.«

»Und auf diesen Videos bin ich also ... voll bei der Sache ...?«

»Was auf meinem Schreibtisch liegt, ist nur ein Portrait von Ihnen. Der Rest interessiert mich nicht.«

»Und das bleibt alles unter Verschluss? Ich kann mich auf Sie verlassen?«

»Sie können.«

»Wie viele außer Ihnen haben das Zeug gesehen?«

»Herr Knoll, ich weiß ja nicht, wie das bei Ihnen läuft. Aber meine Leute sind absolut vertrauenswürdig. Für jeden, der es gesehen hat, lege ich meine Hand ins Feuer. Nichts davon wird an die Öffentlichkeit kommen oder im Internet auftauchen.«

Nur halb beruhigt, leerte er sein Glas, bestellte per Zuruf ein Viertel vom Weißburgunder aus dem Rheingau, und ich erzählte die ganze elende Geschichte. Vom Mord an Andreas Dierksen über mein ebenso kurzes wie ungemütliches Gespräch mit Valentina – den Part mit den Handschellen ließ ich auch dieses Mal aus – bis zu Leonoras Tod.

»Was wissen Sie über Valentina?«, fragte ich, als ich mit meinem Bericht zu Ende war. »Das ist nämlich ihr wirklicher Name: Valentina.«

»Ich weiß.« Knoll sah in sein Weinglas und begann nun seinerseits mit ruhiger Stimme zu sprechen.

»Ja, was weiß ich von ihr? Sie stammt aus dem Osten. Moldawien. Den Namen der Stadt habe ich vergessen, oder sie hat ihn mir nicht genannt. Ich interessiere mich normalerweise nicht sehr für das Privatleben der ... Damen, die ich manchmal besuche.«

»Valentina haben Sie ziemlich regelmäßig besucht. Praktisch jede Woche. Immer am Freitagabend.«

»Rotarier«, murmelte Knoll leise, während eine aufgetakelte Blondine im Dirndl an unserem Tisch vorbei zur Toilette strebte. »Freitagabend ist unser Rotariertreffen.«

»Denkt Ihre Frau.«

Er nickte. »Bevor ich Tina gefunden habe, war ich ziemlich regelmäßig dort. Bei den Rotariern, meine ich.«

»Mir hat sie erzählt, sie stammt aus Odessa.«

»Ihr Vater ist tot. Selbstmord wegen irgendeiner geschäftlichen Pleite.«

»Selbstmord?«

»So hat sie es mir gesagt. Er hat sich erschossen. Weshalb fragen Sie?«

»Weil das jetzt schon die dritte oder vierte Version der Geschichte ist. Aber reden Sie weiter. Wie haben Sie sie kennengelernt?«

»Im Internet entdeckt. So läuft das heute üblicherweise ...«

Knoll nahm einen herzhaften Schluck, als hätte er plötzlich den Entschluss gefasst, sich heute gründlich zu betrinken. Leckte sich die breiten Lippen. Sah mir fest in die Augen.

»Ich stehe auf junge Frauen. Zu jung auch wieder nicht. Ein bisschen was sollte schon dran sein. Ich stehe auf straffe Körper. Und ich mag harten Sex. Versauten Sex, der manchmal auch ein bisschen wehtun darf. Meine Frau mag das alles überhaupt nicht. Zwischen Tina und mir ... ich weiß, es klingt albern ... es gab so etwas wie eine Seelenverwandtschaft zwischen uns.« Jetzt versenkte er seinen Blick wieder im Weinglas. »Sie mag es auch auf die harte Tour. Und wir haben eine Menge Spaß gehabt zusammen. Zusammen. Nicht nur ich.«

»Und nebenher hat sie Ihnen ihre Lebensgeschichte erzählt.«

Er nahm noch zwei Schlucke, dann war sein Glas schon fast leer. »Ja, wir haben auch geredet. Sie ist ... Tina ist was ganz Besonderes, müssen Sie wissen. Frech. Lustig. Geistreich. Na ja, geistreich auf ihre Art. Ihre Scherze waren manchmal ziemlich weit unter der Gürtellinie. Aber auch das mag ich. Sie war sehr offen. Sehr direkt. In allem. Und Reden ist mir nun mal wichtig. Auch bei den Huren. Dieses kalte Rein-Raus ist nicht mein Ding. Es muss ... Es muss auch passen, verstehen Sie? Und mit Tina hat es gepasst. Sehr gut gepasst, sogar. Sie war … genau mein Typ war sie eben. Und auch umgekehrt. Sie hat mir immer das Gefühl gegeben, ich wäre der Einzige für sie.«

»Das tun Huren üblicherweise.«

»Ich weiß. Aber trotzdem war es … Sie werden das … Sie können das nicht verstehen. Niemand kann das verstehen, der es nicht selbst erlebt hat. Wenn Sie es denn partout hören wollen: Ich habe mich gleich beim ersten Mal in sie verknallt, ich alter Narr. Das ist mir noch nie passiert. Ist sonst wirklich nicht meine Art. Sie war … Tina ist manchmal so … schutzbedürftig. Und dann plötzlich wieder rotzfrech. Wie Teenager eben so sind.«

Schutzbedürftig. Ja, das war sie wohl. Obwohl sie sich offensichtlich zu wehren wusste, wenn jemand ihr zu nahe kam. Mindestens ein Mensch hatte das schon mit dem Leben bezahlt. Ich lehnte mich zurück, sah an dem im Moment wieder ziemlich kleinlauten Mann vorbei an die Wand. »In vino veritas«, las ich in schnörkeliger Schrift auf einem gerahmten Stich. Knoll hatte selbst Kinder, hatte ich durch einen Anruf beim Alzeyer Einwohnermeldeamt in Erfahrung gebracht. Zwei Söhne, vierzehn und siebzehn Jahre alt.

»Machen Sie so was öfter?«

Plötzlich war Knolls Blick kalt. Er hatte seinen Schrecken verdaut und war wieder bei klarem Verstand. Und sein Weinglas war leer. Er bestellte per Handzeichen Nachschub.

»Das dürfte wohl meine Privatangelegenheit sein, oder nicht?«

»Selbstverständlich. Entschuldigen Sie.«

Ich riss mich zusammen, setzte mich wieder gerade hin, und Knoll erzählte weiter.

»Sie wollte Sängerin werden. Wie ihre Mutter.«

»Ihre Mutter war …?«

»Sängerin, ja. In Moldawien wohl recht bekannt. Aber das

war natürlich wieder eine typische Tina-Idee. Sie kommt nach Deutschland, vögelt sich mal eben nach oben und wird ratzfatz reich und berühmt. Kinderträume. Vielleicht ist sie ja tief innen drinnen noch ein Kind, auch wenn sie von mir aus volljährig ist. Irgendwo ist Tina immer noch ein Kind.«

In Knolls Version war Valentina als verwöhntes Einzelkind aufgewachsen. Oft allein, da die berühmte Mutter wochenlang auf Tournee war. In diesen Zeiten wurde die kleine Tina von einer unsympathischen Nachbarin versorgt, die selbst acht Kinder hatte und grauenhaft kochte.

Valentina schien jedem Menschen, den sie traf, eine andere Geschichte zu erzählen. Wie Leonora gemeint hatte: Immer die Geschichte, die der andere gerne hören wollte. Irgendwann nannte Knoll mir Valentinas Familiennamen: Tscherepanin. Valentina Tscherepanin. Falls es die Wahrheit war.

»Von einer Sängerin dieses Namens habe ich allerdings nichts gefunden. Ich habe spaßeshalber mal nach dieser Olga Tscherepanin gegoogelt. Aber man findet nichts.«

»Sie hat in den paar Monaten, die sie in Deutschland war, recht passabel Deutsch gelernt.«

»Sie ist ein aufgewecktes Mädchen. Sie könnte es zu etwas bringen. Sie hätte das nicht nötig.«

»Haben Sie ihr das gesagt?«

»Mehrfach. Ich habe ihr sogar angeboten, sie zu unterstützen. Finanziell. Und auch sonst. Sie hätte eine Lehre machen können, später vielleicht studieren. Zweiter Bildungsweg. Heutzutage ist so vieles möglich. Sie hätte sich nur legal machen müssen. Auch dabei hätte ich ihr helfen können …«

»Wie hat sie reagiert?«

»Sie hat mich ausgelacht und abgeküsst. Von oben bis … na ja …«

»Dann wäre sie von Ihnen abhängig gewesen, und Sie hätten sie ganz für sich allein gehabt.«

Knoll nickte in sein inzwischen wieder volles Glas. »›Das

Wichtigste ist doch, dass wir beide uns haben, mein Schatz‹, hat sie gesagt. ›Alles andere bedeutet nichts. Wenn du bei mir bist, dann ist alles gut.‹«

»Ist Ihrer Frau nicht aufgefallen, dass Sie jeden Monat zwölfhundert Euro zusätzlich ausgegeben haben?«

»Erstens habe ich auch früher schon hin und wieder Geld für … solche Dinge ausgegeben. Außerdem bin ich nicht gerade arm. Es gibt ein kleines Konto, auf das nur ich Zugriff habe. Unsere Ehe ist … Gott, ja. Meine Frau ist auch berufstätig. Hat ihren eigenen Freundeskreis. Ihre eigenen Interessen. Kirchen und Kirchenmusik, je älter, je lieber. Die Kinder … zwei Jungs … der Jüngste, Benjamin, er wird nächsten Monat fünfzehn.«

»Es geht um den achtundzwanzigsten Februar. Sie waren an diesem Abend bei ihr.«

»An Freitagen ist meine Frau immer mit ihren kulturell interessierten Freundinnen unterwegs. Mädelsabend, nennen sie das. Sie kommt meist ziemlich angesäuselt nach Hause. Wenn sie überhaupt nach Hause kommt.«

»Wie es scheint, hat Valentina am nächsten Tag etwas erfahren, was sie aus dem Gleichgewicht gebracht hat.«

»Und?«

»Wissen Sie etwas darüber?«

»Wie sollte ich?«

»Sie waren in der Woche darauf wieder verabredet. Am siebten März.«

»Stimmt. Wir haben vorher immer eine kurze SMS ausgetauscht, ob alles okay ist. Aber sie hat nicht geantwortet. Deshalb bin ich nicht hingefahren.«

»Wenige Stunden vor Ihrem geplanten Treffen mit Tina ist ihr Freund erschossen worden.«

»Ich habe versucht, sie anzurufen, aber sie hat nicht abgenommen. Später war dann ihr Handy aus.«

»Wie Sie das letzte Mal bei ihr waren, Ende Februar, war sie da irgendwie verändert?«

Knoll dachte nach. Schüttelte schließlich den schmalen Kopf. »Nein. Sie war eigentlich wie immer.«

»Eigentlich?«

Er schluckte. »Sie war wie immer.«

Mehr war aus dem inzwischen wieder ziemlich selbstbewussten Toppolizisten nicht herauszubringen.

»Falls Ihnen doch noch was einfällt …«, sagte ich, als wir uns später vor dem Lokal die Hände reichten.

Er steckte sich eine Zigarette an und lachte heiser. »Werde ich Sie selbstredend unverzüglich anrufen. Wie viele von diesen kompromittierenden Porträts haben Sie noch? Von anderen Männern, meine ich? Falls Sie nicht weiterkommen – wir haben seit Neuestem ein paar technische Möglichkeiten, über die ich nicht reden möchte, aber …«

»Sechs.«

»Schicken Sie mir die. Ich kann Ihnen nichts versprechen, aber einen Versuch ist es wert.«

»Sie kriegen gleich morgen früh eine Mail aus Heidelberg.«

»Bin ich der Einzige, den Sie bisher identifizieren konnten?«

»Der vierte.«

»Was ist mit dem, der am ersten März bei ihr war? Der müsste Ihnen doch sagen können, was los war an dem Abend?«

»Der ist seit sechs Stunden tot. Selbstmord.«

»Großer Gott!«

Natürlich wollte er auch diese Geschichte hören, und so standen wir noch ein Weilchen in der feuchten Kälte vor dem schönen Fachwerkhaus, in dessen Erdgeschoss inzwischen die alkoholselige Stimmung tobte.

Als Knoll schließlich ging, mit ruhigen, ausgreifenden Schritten die gepflasterte Gasse hinunter, in der Rechten immer noch die Zigarette, hatte er keine Ähnlichkeit mehr mit dem zusammengesunkenen Mann, den ich vor einer guten Stunde angetroffen hatte. Und er entsprach perfekt den spärlichen Beschreibungen, die ich von dem Fahrer des weißen Mini Cooper hatte. Aber Balke hatte in Knolls Umfeld keinen Wagen dieses Typs gefunden. In ganz Alzey gab es überhaupt nur drei Mini Cooper, keiner davon war weiß, und keiner der Halter ließ sich mit Knoll in Verbindung bringen.

Was nicht bedeutete, dass er nicht doch der Mann war, der auf Dierksen und Kowalski und Leonora geschossen hatte. Nur ein Motiv wollte mir beim besten Willen nicht einfallen. Nach diesem Gespräch weniger als zuvor.

32

Am Dienstagmorgen herrschte Katerstimmung. Wir waren keinen Schritt weitergekommen. Schuhmanns spektakulärer Selbstmord machte natürlich Furore. In den Medien wurde ausführlich die Vermutung diskutiert, er könne durch eine drohende Anklage wegen Pädophilie in den Tod getrieben worden sein. Was für eine herrliche Mischung – auf der einen Seite die kaltherzigen Ermittlungsbehörden, allen voran der Leiter der Kriminalpolizei, der den Selbstmörder wenige Minuten vor seinem Tod noch von Angesicht zu Angesicht gesprochen und wahrscheinlich unter Druck gesetzt hatte. Auf der anderen Seite diese durch die staatliche Übermacht in eine ausweglose Enge getriebene arme und zugleich verachtenswerte Person, der man alles Mögliche und Unmögliche andichten konnte. Unsere Pressestelle hatte Anweisung, sich so bedeckt zu halten, wie es nur ging. Dass ich kurz vor Schuhmanns Todessprung noch mit ihm gesprochen hatte, ließ sich nicht leugnen. Es gab genug Fotos und verwackelte Handyfilmchen, auf denen ich zu erkennen war. Über das Thema des Gesprächs würde jedoch nichts an die Öffentlichkeit dringen.

Knoll rief an diesem trüben Vormittag nicht an. Ich hatte Balke gleich am Morgen gebeten, die Fotos der noch nicht identifizierten Männer nach Wiesbaden zu mailen. Außerdem hatte ich eine winzige Hoffnung gehabt, Knoll könnte über Nacht doch noch etwas eingefallen sein, das Valentinas Aufregung am Tag nach seinem Besuch erklärte.

Kurz vor Mittag kam dann endlich doch eine Antwort. Einen der Männer, die wir noch nicht kannten, hatten die Spezialisten in Wiesbaden mithilfe ihrer neuen Software identifizieren können. Es war »Purcel«, ein kugelbäuchiges Männchen mit Mondgesicht, das Valentina nur alle zwei, drei Wochen jeweils am Mittwoch besucht hatte. Balke fand heraus, dass »Purcel« Rumänisch war und »Ferkel« bedeutete.

Nur, um nichts zu versäumen, bat ich ihn, das Ferkel diskret unter die Lupe zu nehmen. Eine Stunde später traf ich Balke in der Kantine. Er kam kurz nach mir und setzte sich an meinen Tisch.

»Der war easy«, erklärte er fröhlich kauend. »Das Ferkel heißt Martin Schulze und ist Diplomingenieur bei einer Firma in Freiburg. Sie machen irgendwas mit Solarenergie. Er ist nicht verheiratet und auf Facebook …«

Er stockte mitten im Satz. Ließ die Gabel sinken, starrte mich an. »Hat Dierksen nicht sein Geld in einer Solarfirma in Freiburg versenkt?«

Könnte das eine Spur sein? Sollte es da einen Zusammenhang geben? Wir beratschlagten eine Weile, kamen jedoch zu keinem Ergebnis.

»Schicken Sie sicherheitshalber eine Anfrage nach Freiburg«, entschied ich am Ende. »Die sollen sich den Mann mal unauffällig ansehen.«

Balke wandte sich wieder seiner Bratwurst zu.

»Soll ich mal checken, ob er sich auch sonst für jüngere Frauen interessiert?«

»Sie meinen, für zu junge Frauen?«

Balke kaute und nickte.

»Wie würden Sie das anstellen?«

»Ihn per Facebook anpingen, zum Beispiel. Ich lege mir das Profil einer niedlichen Zwölfjährigen zu, klaue irgendwo ein hübsches Foto …«

»Das lassen Sie mal lieber bleiben«, seufzte ich. »Das ist alles auch so schon eklig genug.«

Die Spaghetti mit Tomatensoße schmeckten mir, während Balke mit seiner Bratwurst sichtlich unzufrieden war.

»Und wie geht's jetzt weiter?«, fragte er.

»Haben Sie nicht eine gute Idee?«

Er hob die muskulösen Schultern und schnitt ein kleines

Stück von seiner Wurst ab, konnte sich jedoch nicht entschließen, es in den Mund zu schieben. »Hoffen wir also wieder mal auf den Kollegen Zufall.«

Ich legte das Besteck auf das hellgraue Kunststofftablett. »Das Elend ist, dass wir nicht an die Öffentlichkeit gehen können.«

»Und dieser Knoll hat sich tatsächlich auch in sie verknallt?«

»Sie scheint Weltmeisterin zu sein darin, Männer um den Finger zu wickeln.«

»Und ihnen Hand…« Balke verstummte mitten im Wort.

Und ihnen Handschellen anzulegen, hatte er sagen wollen. Er wusste Bescheid. Und das hieß vermutlich: Alle wussten Bescheid. Aber das war nun auch schon egal. Balke nahm die Kurve elegant und ohne eine Miene zu verziehen: »Jung, zart, Kulleraugen. Das weckt Beschützerinstinkte. Vor allem bei älteren Männern.«

War auch ich einer dieser älteren Herren, die Valentina beschützen wollten? Vielleicht. Wahrscheinlich.

»Dierksen war auch total verschossen in sie«, versetzte ich mürrischer als beabsichtigt. »Und der war nicht wesentlich älter als sie.«

»Stimmt auch wieder.« Balke hatte die Bratwurst aufgegeben und stach die Gabel in den Pommesberg auf seinem Teller.

»Sie hat ein unglaubliches Gespür dafür, welche Rolle von ihr erwartet wird. Für Berger hat sie das romantische Schmusekätzchen gemimt, für Schuhmann das Kind, für Knoll die rotzfreche, sexhungrige Göre.«

»Und für Dierksen war sie die arme kleine Tina, die von bösen Männern bedroht wird.«

»Vielleicht hat Schuhmann ihr an diesem Samstagabend einen Heiratsantrag gemacht?«, fiel mir ein. »Und hinterher hat er sich so geschämt, dass er sich nicht getraut hat, es uns zu erzählen?«

Balke kratzte sich am Handgelenk. »Oder sie hat im Lotto gewonnen? Immerhin war Samstag.« Er fand die Vorstellung zum Lachen und verschluckte sich fast an seinen Kartoffelstäbchen.

»Wahrscheinlich sind wir völlig auf dem Holzweg, und ihre plötzliche Aufregung hat überhaupt nichts zu bedeuten.«

Balke legte die Gabel auf den Teller. »Ich habe mir noch mal den WhatsApp-Chat angetan. Vor diesem Samstag war alles Liebe, Freude, Honigkuchen. Danach klingt es auf einmal sehr viel frostiger. Vor allem von ihrer Seite. Sie hat sich bemüht, ihm weiter Honig in den nicht vorhandenen Bart zu schmieren, aber die richtige Begeisterung hat sie nicht mehr heucheln können.«

»Wie hat er reagiert?«

»Ziemlich angepisst.«

»War er eifersüchtig?«

»Dass sie die ganze Zeit mit anderen Kerlen in die Kiste gehüpft ist, hat ihm zu schaffen gemacht, das liest man zwischen den Zeilen. Aber darum ist es nicht gegangen. Für mich klingt es, als hätte er auf einmal Angst gehabt, sie könnte ihn sitzen lassen.«

»Hat er ihr das geschrieben?«

»Nur angedeutet. Sie hat geantwortet, er soll sich nicht so viele Gedanken machen, und hat ihn ›ihren süßen Abendstern‹ genannt.«

»Irgendwann werden wir erfahren, was da los war«, seufzte ich und stand auf. »Hoffen wir, dass sie dann noch lebt.«

Als ich das Tablett auf das Fließband zur Spülmaschine stellte und artig mein Besteck ins blaue Kunststoffkörbchen warf, kam mir ein Gedanke. Ich ging noch einmal an den Tisch zurück, wo Balke inzwischen eine launige Unterhaltung mit einer hübschen Kollegin vom Kriminaldauerdienst begonnen hatte. Ich unterbrach das Geturtel mit einer dienstlichen Anweisung:

»Überprüfen Sie sicherheitshalber mal, ob auf eine der Personen, die mit Valentina zu tun hatten, ein weißer Mini Cooper zugelassen ist. Oder auf jemanden im engeren Umfeld.«

»Schweden? Wieso denn ausgerechnet Schweden?«

Theresa lachte vergnügt. »Wieso denn nicht? Soll sehr schön sein, da oben. Und vor allem sehr ruhig.«

»Aber doch nicht im März, Theresa! Da liegt bestimmt noch Schnee!«

Sie kuschelte sich an mich, als wäre ihr bei der Vorstellung kalt geworden. »Im Süden nicht. Ich habe ein hübsches rotes Häuschen an der Ostküste Schonens gefunden, an der Hanöbucht, ganz nah am Meer und mit offenem Kamin und überhaupt nicht teuer. Das ist auf der Höhe von Kopenhagen und Malmö.«

»Und ich vereinsame hier und verfalle dem Alkohol ...«

»Langeweile ist gut für meine Kreativität, habe ich festgestellt. Ich habe sogar darauf geachtet, dass es keinen Fernseher gibt.«

»Aber gleich vier Wochen?«

»Ich habe eine Option auf zwei Wochen Verlängerung.«

»Und wann geht es los?«

»Nächste Woche. Montagabend geht die Fähre von Travemünde nach Trelleborg.«

»Und das hättest du mir nicht ein bisschen früher sagen können?« Ich hatte keine Mühe, den gekränkten Liebhaber zu spielen.

»Ich weiß es doch selbst erst seit gestern.« Wieder lachte sie und küsste mich tröstend auf den Mund. »Du kannst mich ja hin und wieder besuchen kommen. Übers Wochenende. In Malmö gibt's einen Flughafen. Ich hole dich ab. Und dann genießen wir zusammen die nordische Winterruhe.«

»Ist es um diese Jahreszeit in Skandinavien nicht den ganzen Tag dunkel?«

»Nur im hohen Norden. In Schonen gibt es übrigens auch keine wilden Bären mehr oder frei lebende Wölfe, falls dich das beruhigt.«

»Und ganz bestimmt auch keinen Wein.«

»Ich packe eine Kiste Sekt ein, wenn du versprichst zu kommen.«

Nach Schweden?

Vom gerade beginnenden Frühling zurück in den Winter?

Andererseits – Sex auf einem Eisbärenfell am knisternden Kaminfeuer ... Und dazu selbst gebrauten Punsch oder was ein Schwede so trank, wenn er über die Stränge schlug ...

»Hat dein Haus eine Sauna?«

»Habe ich vergessen zu fragen. Aber wir werden es auch ohne Sauna nett haben. Wir können im Meer nackt baden. Da ist um diese Jahreszeit keine Menschenseele, hat mir die Besitzerin am Telefon gesagt.«

»Und uns vom Packeis zerquetschen lassen. Oder von Pinguinen anknabbern ...«

»Baden in kaltem Wasser soll sehr gesund sein. Die Schweden haben eine hohe Lebenserwartung, habe ich gelesen.«

»Falls sie sich nicht in jungen Jahren das Leben nehmen. Schweden hat nämlich auch eine hohe Selbstmordrate. Das habe *ich* gelesen.«

»Nur Männer. Bei Frauen ist sie kaum höher als bei uns.«

Doch, Sex auf einem Eisbärenfell stellte ich mir eigentlich ganz interessant vor.

»Und du nimmst wirklich Sekt mit?«

Sie hob die Hand zum Schwur und sprach: »So wahr mir der Gott der Liebe ...«

Ich wälzte mich auf sie und erstickte ihr verlogenes Pathos mit Küssen. »Genug gequatscht, Frau Schriftstellerin. Ich verhafte Sie wegen böswilligen Verlassens Ihres Geliebten und Seelentrösters.«

Sie leistete keinerlei Widerstand.

Wieder einmal war Valentina gesehen worden, erfuhr ich, als ich am Mittwochmorgen mein Vorzimmer betrat.

»Im Frankfurter Bahnhofsviertel«, berichtete Sönnchen auffallend gut gelaunt. »Im Regensburger Hafen auf dem Straßenstrich. In Lübeck in einem Obdachlosenasyl.« Offenbar hatte sie eine vergnügliche Nacht hinter sich.

Missmutig hängte ich meinen feuchten Mantel an die Garderobe. »Überall Fehlalarm wie üblich?«

»Immerhin waren es heute nur noch drei. Wir haben Tage gehabt, vor allem letzte Woche, da waren's über zehn.«

Balke erschien um kurz vor neun in meinem Büro. Er sah nicht gut aus. Offenbar setzte auch ihm der zähe Stillstand zu, der sich im Fall Valentina Tscherepanin schon wieder breitgemacht hatte.

»Ich soll Sie von Klara grüßen«, sagte er und setzte sich. »Ihre Oma liegt immer noch im Sterben. Wenn die alte Dame es bis Ende der Woche nicht überstanden hat, kommt Klara zurück.« Er nahm wieder einmal sein Smartphone zur Hand. Blätterte kurz. »Kein weißer Mini weit und breit«, begann er dann. »Das Ferkel fährt einen uralten Mercedes 220S. Ein echter Oldtimer, das Teil, Baujahr dreiundsiebzig. Schuhmann hatte einen noch ziemlich neuen Opel Astra. Knoll fährt einen Citroën C5, Berger einen Jaguar XJ.«

»Was ist mit den Ehefrauen?«

»Knolls Frau fährt einen 911er-Porsche. Ansonsten gibt's kaum Umfeld. Ferkel war zeitlebens Single. Berger ist geschieden und Blödi ... Sie wissen ja. Die ganze Aktion war ein Griff ins Klo, Chef. Wieder mal.«

»Sie sind frustriert.«

»Sie nicht?« Mein Mitarbeiter stieß einen schweren Seufzer aus und warf sein teures Handy auf meinen Schreibtisch, als würde er sich plötzlich davor ekeln. »Ich hab vorgestern zugeguckt, wie sich einer vom Turm geschmissen hat. Einer, mit dem ich Tage vorher noch gesprochen habe. Und zu dem ich nicht besonders nett war.«

»Sie können nichts dafür. Wir machen unseren Job. Und Sie haben sich korrekt verhalten.«

Balke sah mich ernst an. »Ihnen macht diese Geschichte doch auch zu schaffen. Ich seh's Ihnen an.«

Ich wich seinem Blick aus. Faltete die Hände auf dem Tisch. »Wäre es nicht schlimm, wenn es anders wäre?«

»Fragen Sie sich auch manchmal, warum wir uns diese Scheiße immer wieder antun?«

»Weil es nicht immer so ausgeht wie bei Schuhmann. Weil es einem hin und wieder auch ein gutes Gefühl gibt.«

»Gibt es *Ihnen* ein gutes Gefühl, wenn wir mal wieder irgendeine arme Sau hinter Gitter gebracht haben, die aus irgendwelchen idiotischen Gründen Dummheiten gemacht hat? Wann gehen wir denn mal, bitte schön, den *großen* Säuen an den Kragen? Nicht denen, die im Supermarkt für fünf Euro geklaut haben, weil sie nichts zu fressen haben, sondern denen, die der Gesellschaft fünfzig Millionen geklaut haben, weil sie den Hals nicht vollkriegen? Durch all diese ganz legalen, grenzüberschreitenden Tricks, die erst funktionieren, wenn man siebenstellige Summen zur Verfügung hat? Wenn ein Hartzi bei der Angabe seiner Vermögensverhältnisse mal ein bisschen schummelt, dann ist das Geschrei immer groß. Aber wenn sie einem Vorstandsvorsitzenden …«

»Wie viele, die in der Schweiz Schwarzgeld liegen hatten, sind in den letzten Jahren öffentlich an den Pranger gestellt worden?«, unterbrach ich sein Lamento. »Manche sitzen jetzt sogar im Gefängnis.«

»Und hat einer von denen jemals wirklich ein schlechtes Gewissen gehabt?« Balke machte eine wegwerfende Handbewegung. »Man ärgert sich, weil man erwischt worden ist, zahlt die paar läppischen Hunderttausend an Steuern nach und noch ein bisschen Strafporto obendrauf, und das war's dann. Die Kleinen fängt man, die Großen lässt man laufen, wie alt ist dieser Spruch? Tausend Jahre? Zehntausend? Und genau so ist es doch bis heute. Und so habe ich mir den Job eigentlich nicht vorgestellt, Chef, sorry. So nicht.«

»Sie kündigen?«

Balke betrachtete seine Fingernägel. »Es gibt Tage, da habe ich verdammt große Lust dazu.«

»Und dann?«

Er sah zur Decke. »Keine Ahnung«, murmelte er nach kurzem Schweigen. »Das ist ja das Problem.«

»Wir können die Ungerechtigkeit nicht aus der Welt schaffen. Wir können nur dafür sorgen, dass sie nicht allzu sehr überhandnimmt. Aber das ist doch auch schon was, finden Sie nicht?«

Als Sven Balke mir zwei Stunden später wieder gegenüberstand, war er nicht wiederzuerkennen. Seine Frustration war verflogen wie die grauen Wolken, die um neun Uhr noch die Sonne verdeckt hatten.

»Halten Sie sich fest«, stieß er noch im Stehen hervor.

Auf Adrian Bergers Tochter war ein weißer Mini zugelassen. Ein Cabrio.

»Silja Berger. Sie studiert irgendwas in Köln. Mehr hab ich auf die Schnelle noch nicht rausfinden können.«

Die Tochter? Wieso die Tochter?

Ich erinnerte mich, wie nervös und verzweifelt Berger gewesen war wegen Valentinas Verschwinden. Wie erschrocken er war, als er von der Schießerei erfuhr. Sollte seine Sorge nicht nur die eines liebeskranken Mannes gewesen sein? Hatte er schon vor einer Woche geahnt, wer da im Hintergrund sein Unwesen trieb?

Dennoch – was sollte ausgerechnet die erwachsene Tochter für ein Motiv haben?

»Wo steht dieser Mini zurzeit?«

»Keine Ahnung. Die Meldung ist ganz frisch. Soll ich die Kölner Kollegen alarmieren?«

»Erst mal lieber nicht.« Ich schüttelte langsam den Kopf.

»Ich will nicht gleich den nächsten Skandal am Hals haben. Nein, das machen wir anders.«

»Sie denken, er war es selbst?«

»Die Täterbeschreibung könnte mit ein wenig Phantasie auf Berger passen. Er ist dunkelhaarig, er ist mittelgroß, er hat für einen Mann ungewöhnlich schmale Hände …«

»Könnte man ihn wirklich für eine Frau halten?«

»Kowalski ist der Einzige, der behauptet, der Täter sei eine Frau. Und ich kann beim besten Willen nicht beurteilen, wie glaubwürdig diese Aussage ist. Er hat ja kaum ein verständliches Wort herausgebracht. Ich bin mir nicht mal sicher, ob er bei klarem Verstand war. Ob er meine Frage überhaupt richtig begriffen hat.«

»Wenn er es war – wieso …?«

»Berger ist völlig vernarrt in seine kleine Tina«, überlegte ich mit fast geschlossenen Augen. »Er hat sich vielleicht Hoffnungen gemacht, sie ganz für sich zu gewinnen.«

»Aber sie beißt nicht an. Sie vertröstet ihn, hält ihn hin …«

»Und an einem bestimmten Punkt ist ihm klar geworden, dass sie ihn schamlos anlügt mit ihren poetischen Liebesschwüren.«

Balke setzte sich endlich. »Dass sie doch nur eine kleine, geldgeile Nutte ist …«

Ich nahm die Brille ab, warf sie auf den Tisch. »Berger fängt an, Tina zu beobachten. Findet heraus, wo sie wohnt. Er sieht sie oben am Fenster, kurz nachdem sie das Haus betreten hat. Aber anstelle seiner geliebten Tina öffnet ihm Andreas Dierksen die Tür …« Ich setzte die Brille wieder auf. »Warum erschießt er ihn?«

»Weil er eifersüchtig ist?«, schlug Balke vor. »Er hat wahrscheinlich nicht gewusst, dass Tina einen Freund hatte. Er war geschockt …«

Berger hatte überrascht getan, als ich Dierksen erwähnte. War er ein so guter Schauspieler? Oder waren wir wieder einmal auf der falschen Fährte?

»Oder Dierksen wird frech«, überlegte Balke weiter. »Will ihn rauswerfen. Macht sich über ihn lustig. Berger dreht durch und drückt ab.«

Sollte der Kunsthändler sich also nicht aus Liebe so sehr für Valentinas Schicksal interessiert haben, sondern weil er wissen wollte, was wir wussten? Nicht wenige Täter hatten aus genau diesem Grund irgendwann den Kontakt zur Polizei gesucht. Menschen, die sich auffallend für einen Fall interessieren, gelten in unseren Kreisen immer als verdächtig.

Das war alles noch nicht ganz überzeugend. Aber es begann sich zu fügen. Auch in Balkes Augen glimmte jetzt wieder das Jagdfieber. Vielleicht war es das, was uns an unserer Aufgabe nicht verzweifeln ließ – dieser eine, große Moment: Man hat das Wild genau im Visier. Das Licht stimmt. Der Wind kommt aus der richtigen Richtung. Das Tier ahnt noch nicht, was gleich geschehen wird, dass es in höchster Gefahr schwebt. Man ist ganz ruhig, völlig konzentriert. Man muss nur noch abdrücken.

Ich schob meinen schweren Schreibtischsessel zurück und stemmte mich hoch. »Wir reden mit ihm.«

»Jetzt?« Auch Balke war schon auf den Füßen. »Wir fahren nach Frankfurt und rücken ihm auf den Pelz?«

Zögernd setzte ich mich wieder. Nein, ich wollte nicht noch eine Blamage erleben in dieser Woche. »Erst zeigen wir sein Foto unseren Augenzeugen«, entschied ich. »Sicher ist sicher.«

»Der Typ mit der Bulldogge und …?«

»Die Professorenwitwe mit dem Bernhardiner. Sie besuchen die Witwe. Sigmund wird sich freuen. Mit Kevin Groß soll Runkel reden.«

»Und Kowalski?«

»Den übernehme ich.«

Als wir kurz vor Mittag zum dritten Mal an diesem Tag zusammensaßen, hatte unsere Euphorie sich schon ein wenig gelegt. Die Ärzte hatten mich schon am Telefon abgewiesen. Leon Kowalski ging es zwar besser, aber er war nach wie vor nicht vernehmungsfähig. Die Aufregung während des kurzen Gesprächs mit mir hatte ihm sehr zugesetzt, erklärte mir ein brummiger und völlig unkooperativer Arzt. Ihn noch einmal einem solchen Stress auszusetzen war nicht zu verantworten.

Die beiden anderen Augenzeugen hatten sich ohne Zögern entschieden. Frau Prof. Wesolek war überzeugt gewesen, in Adrian Berger den Mann zu erkennen, den sie nachts rauchend in dem weißen Kleinwagen gesehen hatte. Kevin Groß war ebenso überzeugt, dass er es nicht war.

»Raucht Berger überhaupt?«, fragte ich mich selbst.

Mit einer Zigarette in der Hand hat ich ihn nicht gesehen. Aber ich konnte mir einbilden, er hätte nach Rauch gerochen.

»Wieso mit dem Auto der Tochter?«, fragte sich Balke.

Weil sein Jaguar zu sehr auffallen würde? Weil er mit dem Mini leichter einen Parkplatz fand? Eilig überflog ich meinen Terminkalender.

»Um eins muss ich zum Chef. Dafür muss ich noch ein bisschen was vorbereiten. Die nächsten zwei Stunden kann ich freiräumen. Sie kümmern sich um den Wagen?«

»Mit Freuden. Wir kommen unangemeldet, nehme ich an?«

»Ich will sein Gesicht sehen, wenn wir auf einmal vor ihm stehen.«

Er rieb sich die Hände. »Ich hab noch ein nigelnagelneues Paar Handschellen im Schreibtisch liegen. Heute ist der Tag, sie einzuweihen.«

33

»Berger Modern Arts« residierte in einem geschmackvoll renovierten Jugendstilgebäude nahe der Frankfurter Hauptwache. Als wir aus dem Wagen stiegen, war es halb drei am Nachmittag, und mein Magen signalisierte lebhaft, dass er das Mittagessen vermisste. Wir überquerten die belebte Straße, mussten einen giftgrünen Reisebus voller schläfriger Teenager vorbeilassen, und betraten die Galerie, die schon von außen den Eindruck erweckte, dass Menschen wie wir hier nichts verloren hatten. Empfangen wurden wir von einer hageren, graublonden Dame in einem farbenfrohen Seidenkleid, dessen Ausschnitt für meinen Geschmack etwas zu tief war.

»Ja?« Ihre Miene verriet, dass sie uns auf den ersten Blick richtig eingeschätzt hatte. Dennoch bemühte sie sich um die gebotene sachliche Freundlichkeit. »Sie wünschen, bitte?«

Ich wedelte mit meinem Dienstausweis. »Ich würde gerne mit Ihrem Chef sprechen.«

»Haben Sie einen Termin?«

»Nein. Aber es ist wichtig. Sehr wichtig sogar.«

»Wichtig für Sie oder für Herrn Dr. Berger?«

Balke konnte vor Anspannung kaum noch ruhig stehen. Und auch mich hatte das Fieber jetzt endgültig gepackt.

Die bunte Dame hielt meinem Blick tapfer und ein wenig aufmüpfig stand. »Herr Dr. Berger ist vor zwei Stunden essen gegangen. Ich weiß nicht, wann er zurück sein wird.«

»Wo speist er denn für gewöhnlich?«

»Das hängt davon ab.« Ihr Blick irrte ab. »Normalerweise bevorzugt er die französische Küche.«

»Dann rufen Sie ihn bitte an.«

»Sein Mobiltelefon benutzt er nur zu geschäftlichen Zwecken. Im Moment liegt es auf seinem Schreibtisch im Nebenraum.« Mit einer vagen Bewegung ihrer mit mehreren Ringen und blutrotem Nagellack verzierten Rechten wies sie auf eine schmale Tür im Hintergrund.

Ich atmete einmal tief durch. Wir waren nicht wie die Verrückten nach Frankfurt gerast, um uns hier in langwierige Diskussionen verstricken zu lassen.

»Ich muss Sie wirklich dringend bitten ...«

In meinem Rücken flog die Tür auf. Begleitet von einem Schwall kalter Luft trat ein junges Paar ein, das in dieses Ambiente ungefähr so gut passte wie eine Rotte Wildschweine in einen Blumenladen. Die weißblonde Frau – ich schätzte sie auf höchstens zwanzig Jahre – trug eine schwarze Jeans, in der Löcher von einer Größe klafften, dass ich mich fragte, welchem Zweck dieses Kleidungsstück eigentlich dienen sollte. Ihre mageren Mädchenbeine wärmte es sicherlich nicht. Der Mann – vielleicht fünf Jahre älter als seine Begleiterin – steckte in einem ausgebeulten Nadelstreifenanzug und stellte eine äußerst selbstsichere Miene zur Schau. Auf ein Hemd hatte er verzichtet. Stattdessen lugte ein weißes Feinripp-Unterhemd aus dem Revers seines Jacketts. Die pinkfarbene Krawatte hatte er sich lose um den Hals gebunden. Ohren und Gesicht waren über und über mit Metall garniert. Das üppige, dunkle Haar trug er im Out-of-bed-Look. Rasiert hatte er sich vor einer Woche zum letzten Mal.

»Hi, Sally«, sagte er zu meiner Gesprächspartnerin und deutete ein Lächeln an, das mehr Verachtung als Höflichkeit ausdrückte. Meine Erwartung, die beiden würden umgehend an die frische Luft zurückbefördert, erfüllte sich nicht. Das Gegenteil geschah: Die Dame des Hauses lächelte warm. »Hallo, Sissi, hallo, Knut! Adrian ist noch beim Essen. Ihr könnt es euch in seinem Büro bequem machen. Es ist auch noch Kaffee da.«

»Gestern war er nicht da, heute ist er nicht da«, versetzte der junge Mann gereizt, bei dem es sich vermutlich um einen Künstler handelte. Vielleicht um den Schöpfer der riesigen knallbunten Leinwände, die absichtlich schief und stilvoll beleuchtet an den mattweißen Wänden der Galerie hingen.

»Er hat viel Stress zurzeit. Setzt euch einfach nach hinten und nehmt euch einen Kaffee. Ihr seht ja …«

Das Pärchen musterte uns mit Blicken, als wollten sie unsere Zahlungsfähigkeit abschätzen. Ob es sich lohnte, sich näher mit uns zu befassen. Die Entscheidung fiel zu unseren Ungunsten aus. Die beiden Paradiesvögel verschwanden durch die Tür zu Dr. Bergers Büro. Augenblicke später hörte ich fröhliches Gelächter. Vermutlich riss man Witze über die Frau, die der Künstler Sally genannt hatte. Und natürlich auch über die beiden bürgerlich gekleideten Normalos, die garantiert nicht die Bohne von moderner Kunst verstanden.

Die Frau, die manche Menschen Sally nannten, kniff die schmalen Lippen zusammen. Um ihren Mund herum bildete sich ein Strahlenkranz von Fältchen.

»Herr Berger ist hoffentlich nicht krank?«, fragte ich.

»Bitte«, erwiderte sie mit Leidensmiene. »Es steht mir nicht zu, als Angestellte über private Angelegenheiten meines Chefs Auskünfte zu geben. Auch gegenüber der Polizei nicht.«

Aus dem Büro war jetzt unterdrücktes Kichern und Rascheln zu hören. Sally schien dieselben Gedanken zu haben wie ich. Sie verdrehte stumm die Augen und biss die Zähne zusammen.

»Wir müssen Herrn Berger wirklich dringend sprechen«, sagte ich eindringlich. »Es ist in seinem Interesse. Und wenn Sie uns unterstützen …«

»Sie können mir nicht einmal einen kleinen Anhalt geben …?«

»Es ist eine sehr persönliche Angelegenheit.«

»Hat es damit zu tun, dass er in letzter Zeit öfter nach Heidelberg musste?«

Ich schwieg demonstrativ.

Sie schluckte. Senkte den Blick der mit etwas zu viel Kajal betonten Augen. »Versuchen Sie es bei Chez Pierre im Westend. Da ist er in letzter Zeit öfter«, murmelte sie schließlich unglücklich.

Balke hielt schon das Handy in der Hand, suchte, fand die Nummer, nahm es ans Ohr. Sprach leise, hörte zu, schüttelte den Kopf. »Er hat das Lokal vor einer guten Stunde verlassen.«

»Seine Privatnummer?«, fragte ich Bergers leidende Angestellte. »Er steht nicht im Telefonbuch.«

»Ich darf nicht ... Es tut mir wirklich leid, bitte glauben Sie mir.«

»Es wird Ihnen noch viel mehr leidtun, wenn Herrn Berger etwas zustößt, Frau ...«

»Salisa Homann.« Sie reichte mir ihre staubtrockene Rechte. Balke bekam keinen Händedruck. »Wenn es denn unbedingt sein muss ...«

Mit schmalen Lippen diktierte sie Balke eine achtstellige Frankfurter Nummer, und mit zunehmender Nervosität sah ich ihm ein zweites Mal beim Telefonieren zu. Aus Bergers Büro drang inzwischen ein Stöhnen, das keine Zweifel mehr an der Ursache zuließ. Balke versuchte, nicht allzu auffällig zu grinsen, während er auf die Verbindung wartete. Frau Homann sah mit eisiger Miene durch die großen Fenster auf die belebte Straße hinaus.

Berger nahm auch nach dem zehnten Tuten nicht ab. In seinem Büro stand man jetzt offenbar kurz vor dem Höhepunkt des preiswerten Nachmittagsvergnügens.

»Die Adresse!«, fuhr ich Frau Homann an.

»Am Grüneburgpark«, antwortete sie plötzlich bereitwillig. »August-Siebert-Straße. Sie fürchten doch nicht etwa ...?«

»Doch, ich fürchte.«

Was genau, wusste ich auch nicht. Aber ein verzweifelter Mensch mit einer Waffe ist immer ein Grund zum Fürchten.

»Nobel, nobel«, brummte Balke, als er unseren Audi am Rand der ruhigen Straße unter hohen Bäumen abstellte. Schon während der Fahrt ins Frankfurter Westend hatten wir auffallend viele Porsches gesehen und sogar einen veritablen Rolls-Royce, der vor einer gar nicht so nobel aussehenden Eckkneipe im absoluten Halteverbot stand. Die Straße, an der Adrian Bergers überraschend bescheidene Doppelhaushälfte lag, war eine Sackgasse, die im Westen an einen Park grenzte. Um uns herum erstreckte sich wohlhabende Villengediegenheit auf überschaubaren Grundstücken. Vermutlich musste man hier selbst für ein bescheidenes Anwesen Millionen hinblättern.

Kamerabewachte Haustüren sah ich, fast überall schwere Gitter vor den Fenstern, die obligatorische Alarmleuchte fehlte nirgendwo. Auch hier stand in den Parkbuchten der eine oder andere gut gepflegte Porsche oder Ferrari. Obwohl der Himmel heute trüb war, hatten die Vögel in den Bäumen gute Laune. Die Luft war mild. Es roch nach Fruchtbarkeit und Wachstumsschub.

Neben Bergers Haus führte eine knapp zehn Meter lange Kiesauffahrt zu einer Doppelgarage mit ziegelgedecktem Walmdach, die etwas nach hinten versetzt angebaut war. Dr. Adrian Berger, stand ganz offiziell über dem messingglänzenden Klingelknopf. Balke drückte mit spitzem Finger, als hätte er Angst, sich mit irgendeinem Virus zu infizieren. Nichts geschah. Nicht weit entfernt, aber für uns nicht sichtbar schien sich ein Spielplatz zu befinden. Kinder kreischten. Mütter lachten und lobten. Aus der Ferne hörte ich das Ploppplopp eines Tennisplatzes.

Balke sah mich missmutig an: »Wieder mal Gefahr im Verzug?«

Ich zögerte. Hatte er recht? Bestand wirklich Gefahr für Berger oder jemand anders, wenn wir nicht schleunigst handelten? Bisher wusste ich nicht mehr, als dass seine Tochter einen weißen Mini besaß und er sich heillos in eine gewisse Valentina verliebt hatte. War das schon Grund genug, großes Geschütz aufzufahren?

Eine junge Brünette in Jeans und weißem Pulli kam zügig die stille Straße heruntergeradelt. Auf dem Gepäckträger ihres klapprigen Fahrrads klemmte eine blaue Sporttasche. Im Vorbeifahren musterte sie uns interessiert, wurde dann mit quietschenden Bremsen langsamer, steuerte ein wenig schlingernd auf die Einfahrt des Nachbargrundstücks zu, warf einen neugierigen Blick zurück. Auf dem unsichtbaren Spielplatz hatte sich jemand wehgetan. Ein Kind kreischte voller Zorn. Aufgeregte Mütter debattierten.

»Hallo!«, rief ich und hob die Hand.

Die sportliche Frau stoppte so schnell, als hätte sie nur auf mein Signal gewartet, und sah mir aufmerksam entgegen.

»Sie wollen zu Adi?«, fragte sie, als ich näher kam. »Da werden Sie kein Glück haben. Um die Zeit ist der für gewöhnlich in seinem Bilderladen.«

Sie sprach mit leichtem hessischem Akzent und drückte sich aus, als wäre ihr Bildungsgrad der feinen Gegend nicht ganz angemessen.

»Da waren wir schon. Sie kennen ihn?«

»Wie man seine Nachbarn so kennt.« Amüsiert zuckte sie die schmalen, aber kräftigen Schultern. Ihre kleinen Brüste hüpften lustig dazu. Offenbar trug sie keinen Sport-BH unter ihrem fein gestrickten Pullover. »Man lädt sich zum Grillen ein. Man redet über den Zaun. Hier kennt jeder jeden, wissen Sie?«

»Wo könnte Herr Berger sonst stecken?«

»Wenn er daheim wär, dann tät sein Jaguar vor dem Haus stehen. Den fährt er immer erst abends in die Garage. Er hat ihn erst seit ein paar Wochen, den Jaguar, und guckt ihn so furchtbar gern an.«

»Kann es sein, dass er in letzter Zeit noch ein anderes Auto hatte?«

»Adi lebt allein. Was soll er mit einem zweiten Auto?«

»Ein weißes Mini-Cabrio?«

»Die Goldsteins in Nummer elf, die haben einen Mini. Für die Zugehfrau. Aber der … Oh!« Ihre Augen wurden groß. Sie sah an meinem linken Ohr vorbei. »Wenn man vom Teufel spricht …«

»Herr Gerlach!«, rief Adrian Berger halblaut, als wir uns Sekunden später gegenüberstanden. Sein Händedruck war schlaff und müde. »Sie bringen Neuigkeiten von Tina? Gute Neuigkeiten, hoffe ich?«

Das Tor zur Garagenzufahrt hatte sich ferngesteuert geöffnet, als der meergrüne Jaguar sich näherte. Berger hatte mich natürlich sofort erkannt, jedoch eher erfreut als erschrocken gewirkt. Wir waren seinem Wagen einfach gefolgt. Hinter uns hatte das schwere Tor sich zügig wieder geschlossen und mit sattem »Klong« verriegelt.

Er sah wirklich elend aus. Erschöpft. In der einen Woche seit unserem ersten Treffen schien er abgenommen zu haben. Aber jetzt schimmerte plötzlich wieder Hoffnung in seinen Augen.

»Es geht um einen weißen Mini, der auf Ihre Tochter zugelassen ist.«

»Sissi? Ist sie wieder mal zu schnell gefahren?«

»Sissi?«

»Eigentlich Silja. Aber seit sie fünfzehn war, besteht sie darauf, Sissi genannt zu werden, die kleine Prinzessin.«

»Kann es sein, dass ich Ihre Tochter vorhin in Ihrer Galerie gesehen habe?«

»Wenn ein abgerissener Chaot mit jeder Menge Eisen im Gesicht bei ihr war …«

»Der Freund Ihrer Tochter ist Künstler?«

Noch immer standen wir neben Bergers stolz glänzendem Jaguar. Allmählich wurde mir kühl, da Wind aufgekommen war. Wieder einmal roch es nach Regen.

Berger lachte bitter. »Wer ist heutzutage kein Künstler?

Knut sieht sich als Musiker. Und ungefähr zehn Millionen Verrückte scheinen derselben Ansicht zu sein. Jedenfalls ist er äußerst erfolgreich mit seinem merkwürdigen Radau und den obszönen Texten.«

Nun mischte Balke sich ein. »Knut Herzog etwa?«

»Sie kennen ihn auch?« Berger sah meinen Mitarbeiter misstrauisch an. Dann wieder mich. »Der Mini war ein Geschenk für Sissi zum Abitur. Vor drei Jahren. Was ist damit?«

»Der Wagen Ihrer Tochter ist in letzter Zeit mehrfach in Heidelberg gesehen worden. In Zusammenhang mit …«

»In Heidelberg? In letzter Zeit? Das kann unmöglich sein!«

»Was macht Sie so sicher?«

»Weil Sissi in den vergangenen acht Wochen mit ihrem Chaoten zusammen in den Staaten drüben war. Erste große USA-Tournee. Die erste Auslandstournee überhaupt, wenn ich richtig verstanden habe. Und ein Riesenerfolg außerdem. Sie sind erst seit vorgestern zurück.«

Bergers Miene veränderte sich beim Sprechen. Sein Blick wurde erst irritiert, dann unsicher, schließlich alarmiert.

»Sie … Sie müssen wissen, Sissi wohnt normalerweise nicht bei mir, wenn sie in Frankfurt ist. Unser Verhältnis ist nicht besonders, seit …«

»Sondern wo?«

»Sie studiert in Köln. Wenn sie in Frankfurt ist, dann steigt sie bei meiner Frau ab. Bei meiner Exfrau.«

»Rauchen Sie, Herr Berger?«

»Ich habe vor siebzehn Jahren damit aufgehört. Hatte eine schlimme Grippe damals, die sich zu einer halben Lungenentzündung ausgewachsen hat.« Während er sprach, zog ein Gewitter widersprüchlicher Gefühle über das Gesicht des Kunsthändlers.

»Raucht Ihre Tochter?«

»Das weiß ich nicht. Sissi ändert ihre Gewohnheiten und Überzeugungen zurzeit im Zweiwochentakt. Aber Inga. Meine Frau. Meine Exfrau. Sie raucht. Wie ein Schlot.«

Auch in meinem Kopf hatten die Gedanken zu rotieren begonnen.

»Könnte es sein, dass Ihre Frau den Wagen Ihrer Tochter benutzt hat, während sie in den USA war?«

»Davon weiß ich nichts. Aber möglich ist es. Ich nehme an, der Mini steht zurzeit in Kleinostheim. Da wohnt Inga nämlich.«

»Ihre Frau hat wahrscheinlich ein Handy.«

»Sissi hat ihr ein altes vermacht. Aber es ist die meiste Zeit ausgeschaltet. Es geht Inga nicht ... besonders gut in letzter Zeit.«

»Hat sie keinen eigenen Wagen?«

»Doch, natürlich. Einen fünfzehn Jahre alten Triumph Spider, der die meiste Zeit in der Werkstatt steht.«

»Wo finden wir sie?«

»Im ...« Berger griff sich an den grau melierten Kopf. Sah an mir vorbei zur Straße, als wollte er sich vergewissern, dass dort niemand stand und horchte. »Sie wohnt wieder in ihrem Elternhaus, seit ... Und ich ...«

»Wo, Herr Berger? Wo genau?«

»Kleinostheim, Mühlstraße. Die Hausnummer weiß ich nicht. Aber Sie finden es leicht. Es liegt direkt am Mainufer und ist das schäbigste Haus in der Reihe. Der Garten ist völlig verwahrlost.«

»Wie heißt sie?«

»Inga. Das sagte ich doch schon.«

»Der Nachname? Sie sind geschieden, soweit ich weiß.«

»Berger. Nein, wir sind noch nicht geschieden. Die Scheidung ist beantragt. Aber wir leben seit Langem getrennt. Ich habe sie vor fast dreißig Jahren als Künstlerin kennengelernt. Inga war damals die allererste Malerin, die ich ausgestellt habe in meiner gerade erst eröffneten Galerie. Und es war eine gute Ehe, wirklich, eine gute Ehe, bis ...«

»Sie glauben ihm?« Balke war enttäuscht, dass seine neuen Handschellen nun doch nicht zum Einsatz kamen.

»Berger hat nicht geschossen, da bin ich sicher.« Balke schloss unseren Wagen auf. Wir stiegen ein. Vom Spielplatz hörte man jetzt nichts mehr. Ein feiner Regen hing in der Luft, der nicht fallen wollte. »Er hat nicht die Kraft und nicht die Entschlossenheit dazu und schon gar nicht die Wut. Und er hätte völlig anders reagiert, wenn er es gewesen wäre.« Ich schnallte mich an.

»Wenn ich zweieinhalb Menschen abgeknallt hätte, dann wäre ich auch deprimiert. Er hat natürlich damit gerechnet, dass wir früher oder später hier aufkreuzen. Dumm ist er nicht.«

Während Balke mit finsterer Miene unser neues Ziel in sein Smartphone tippte, rief ich in Heidelberg an und bat Sönnchen, auch die restlichen Termine des Tages abzusagen.

Obwohl die Entfernung nur etwas mehr als vierzig Kilometer betrug, hatten wir eine Dreiviertelstunde gebraucht, bis wir vor Inga Bergers Haus standen. Kleinostheim war ein wenig attraktives Örtchen einige Kilometer westlich von Aschaffenburg. Bergers Beschreibung des Anwesens passte perfekt: Das Haus war ungepflegt, um nicht zu sagen, heruntergekommen, der Garten eine öde Wildnis. Dafür war die Aussicht auf den schmalen Fluss, der hier friedlich in Richtung Nordwesten strömte, umso schöner. Ein rostiges Frachtschiff mit belgischer Flagge brummte den Main hinauf. Ein kleines Ausflugsschiff mit dem stolzen Namen »Johann Wolfgang von Goethe« kam ihm entgegen. Am anderen Ufer schwang sich eine Hochspannungsleitung in die Ferne.

Dieses Mal war ich es, der den Klingelknopf drückte. Und wieder einmal geschah nichts. Der Westwind war durch den nahen Fluss feucht und viel kühler als in der großen Stadt. Der Regen war hier noch nicht angekommen. Irgendwo in der Nähe bellte aufgeregt ein kleiner Hund. In der Ferne gaben andere Antwort. Das Blechtor der an das Haus angrenzenden Fertiggarage stand offen. Auf dem Dach des Betonwürfels befand sich eine kleine Terrasse, auf der außer drei Kübeln mit verkümmerten Pflanzen nichts zu sehen war. Das Geländer war rostig, die taubenblaue Farbe an vielen Stellen abgeblättert. Weder in der Garage noch am Straßenrand stand ein weißer Mini Cooper. Ich drückte erneut den Knopf. Hörte wieder die altertümliche Klingel im Inneren des Hauses.

»Licht sehe ich nirgends«, sagte Balke leise neben mir. »Oben links ist ein Fenster gekippt.«

»Vielleicht ist sie einkaufen?«

»Kann man Ihnen helfen?«, fragte ein brüchiges Stimmchen in unserem Rücken. »Wenn Sie zur Frau Berger wollen – die ist wahrscheinlich wieder in Frankfurt.« Wir wandten uns um. Ein uralter, kleiner Mann mit schlabbernden Hosenbeinen strahlte verschmitzt grinsend zu uns herauf.

»Sie sind ein Nachbar?«

»Goldrichtig!«, erwiderte der Greis stolz. »Seit über achtzig Jahren schon. Also von dem Haus, nicht von den Bergers. Die wohnen erst seit siebenundzwanzig Jahren hier. Und die Frau Berger, die wohnt erst seit fünf Jahren wieder in Kleinostheim.

»Wissen Sie auch, wann sie zurück sein wird?«

»Normal ist sie erst am Abend wieder daheim.«

»Was macht sie denn in Frankfurt?«

»Ins Museum geht sie. Die Frau Berger interessiert sich sehr für die Kunst. Sie malt ja auch selber. Und gar nicht mal schlecht, soweit ich was davon verstehe. Vorige Weihnachten hat sie eine Ausstellung im Bürgerhaus gehabt. Richtig schöne Bilder sind das gewesen. Wie echt haben die ausgesehen, die Bilder, wie echt!«

Während der alte Mann munter weiterplapperte, überlegte ich, wie ich vorgehen sollte. Hier bis zum Abend auf

Frau Berger zu warten war sinnlos. Einfach wieder abzuziehen undenkbar. Früher oder später würde sie von unserem Besuch erfahren und natürlich ihre Schlüsse ziehen. Sollte sie wirklich die Täterin sein, dann war sie im Besitz einer Schusswaffe. Und sie war möglicherweise verzweifelt genug, allen möglichen Unsinn damit anzustellen. Um sie von den lokalen Kollegen einfach festnehmen zu lassen, fehlten mir belastbare Gründe.

Der vorwitzige Nachbar sah mir abwartend ins ratlose Gesicht.

»Sie sind von der Polizei, gell?«

»Wie kommen Sie darauf?«

Er schien ein wenig größer zu werden. »Bin früher selber bei der Truppe gewesen. In Seligenstadt drüben. Da kriegt man ein Auge für Kollegen.«

»Sie könnten uns helfen«, sagte ich, nun etwas freundlicher. »Wenn Frau Berger auftaucht, würden Sie mich anrufen? Ohne dass sie es merkt, wenn möglich?«

Ich überreichte dem alten Kollegen eine meiner Visitenkarten, und er freute sich sehr über die unverhoffte Abwechslung in seinem vermutlich nicht sehr aufregenden Pensionistendasein.

Schon seit wir in Frankfurt aufgebrochen waren, knurrte mein Magen.

»Was hat sie denn angestellt?«, wollte der alte Mann natürlich wissen. »Die Frau Berger ist sonst so eine ruhige, freundliche Frau, und jetzt kommt auf einmal die Heidelberger Kripo? Gut, ein bisschen in sich gekehrt ist sie. Ist ja kein Wunder, nach allem, was sie hat erleben müssen.«

»Was hat sie denn Schlimmes erlebt?«

»Na ja, erst das mit ihrer Tochter, die gestorben ist. Und jetzt die Scheidung …«

»Wir möchten sie nur als Zeugin sprechen«, log ich und sah dabei Balke an. »Und wir suchen uns jetzt ein Lokal in der Nähe, wo wir noch was zu essen kriegen.«

34

Wir fuhren die Hauptstraße entlang, die sich durch den schmucklosen Ort zog, und fanden nichts Passendes.

Das augenscheinlich beste Haus am Ort, das Weiße Ross, hatte um diese Uhrzeit geschlossen. Der Italiener hatte Ruhetag. Balke entdeckte ein Fast-Food-Lokal, kurz vor dem Ortsende, aber ich hatte keine Lust auf Hamburger. Er dagegen hatte keine Lust auf Griechisch. »Hatte ich gestern Abend erst, sorry.«

Ein Wegweiser zeigte nach rechts, wo sich in einer Seitenstraße noch ein französisches Restaurant zu verstecken schien.

»Fleur de Sel. Ist wohl eher was für Galeristen«, meinte Balke, setzte aber dennoch den Blinker, weil er merkte, dass mir die Sucherei allmählich auf die Nerven ging.

»Muss nicht so teuer sein, wie es klingt«, meinte ich. Mein Magen knurrte zustimmend.

Balke war schon halb abgebogen, als er plötzlich das Lenkrad herumriss.

»Da!«, stieß er hervor. »Das war sie!«

Ich hatte gerade auf mein Handy gesehen, »Ein entgangener Anruf«, stand auf dem Display. Darunter eine Nummer mit Wiesbadener Vorwahl. Vermutlich hatte Knoll versucht, mich zu erreichen, mich jedoch in einem Funkloch erwischt. Ich beschloss, ihn später zurückzurufen, und sah wieder auf die Straße.

»Sind Sie sicher?«

»Eben ist sie an uns vorbei! Kölner Kennzeichen, sie war es!« Balke wendete in einem strafwürdigen Manöver. Ein entgegenkommender Baustellen-Lkw musste unseretwegen scharf bremsen und hupte dröhnend. Und dann sah auch ich das weiße Cabriolet, das etwa hundert Meter vor uns herfuhr.

»Und nun?«, fragte Balke mit angriffslustigem Blick. »Soll ich überholen?«

»Lassen wir sie erst mal an der langen Leine. Wir warten, bis sie zu Hause ist. Am Main unten sind weniger Menschen, und es ist übersichtlicher.«

Balke fügte sich ohne Murren. So ging es wieder zurück ins Ortszentrum, der Kleinwagen mit Kölner Kennzeichen bog links ab in die schmale Mühlstraße, die anfangs nicht mehr als eine Gasse war, scharfe Kurve nach rechts, und bald kam wieder Frau Bergers bescheidenes Elternhaus ins Sicht. Hier war es natürlich unmöglich, nicht von ihr bemerkt zu werden. Aber das schadete nichts. Meine Sorge war nicht, dass sie uns entwischen könnte, sondern dass sie in Panik geriet und gegen den nächstbesten Baum raste. Oder um sich zu schießen begann.

Der Mini fuhr jetzt im Schritttempo und nur noch wenige Meter vor uns her. Unseren eisengrauen Audi mit Heidelberger Kennzeichen musste die Fahrerin längst im Rückspiegel gesehen haben. Jetzt war sie auf Höhe ihres Hauses. Sie kam fast zum Stehen, dann wendete sie plötzlich, geriet mit dem rechten Vorderrad auf die Wiese, fuhr an uns vorbei, ohne uns anzusehen, beschleunigte wieder.

»Ups!«, sagte Balke. »Was wird das denn?«

»Folgen Sie ihr weiter«, sagte ich ruhig. »Aber jetzt bleiben Sie bitte dichter dran.«

Kurze Zeit später waren wir wieder auf der Bundesstraße, in derselben Richtung unterwegs wie zuvor.

»Was hat sie vor?«, fragte sich Balke mit Blick aufs Handy, um herauszufinden, wohin wir fuhren.

»Das weiß sie vermutlich selbst nicht. Lassen Sie ihr lieber doch ein bisschen mehr Luft, damit sie nicht die Nerven verliert.«

Gehorsam ging Balke vom Gas, ließ zwei Wagen überholen, reihte sich dann wieder in den zum Glück spärlichen Verkehr ein. Der Ort lag nun schon ein Stück hinter uns.

Um uns herum wechselten sich weite Felder mit kleinen Wäldchen ab. Nach einigen Kilometern bog der Mini in einem Kreisverkehr rechts ab, bald darauf fuhren wir unter einer Autobahn hindurch. Längst hatte ich die Orientierung verloren. Vor uns türmte sich ein bewaldeter Gebirgsrücken. Der Spessart, so viel wusste ich immerhin noch aus dem Geografieunterricht meiner Töchter.

Die Sonne hatte sich jetzt endgültig hinter einer dichten, betongrauen Wolkendecke verzogen. Es nieselte ein wenig. Die Landschaft wurde hügelig, die Straße kurvig. Es ging durch eine Ortschaft, dann über viele und enge Serpentinen bergaufwärts. Immer längere Strecken legten wir in dichtem Wald zurück. Balke warf hin und wieder einen Blick auf sein Handy, das uns als Navigationsgerät diente.

»Das ist also der berühmte Spessart«, stellte er fest. »Komme ich da endlich auch mal hin. Wir sind in Richtung Nordosten unterwegs. Jetzt kommen für längere Zeit nur noch kleine Käffer.«

Ich griff zum Hörer des Polizeifunks und wählte mich zur Polizeidirektion Aschaffenburg durch.

»Das letzte Dorf, wo wir waren, heißt Hörstein«, wusste Balke. »Da ist sie rechts abgebogen.«

»Ich brauche eine Straßensperre«, sagte ich ins Funkgerät. »Es geht um eine Mordverdächtige, wahrscheinlich bewaffnet.«

Balke, der jetzt häufiger auf sein Handy blickte als auf die kurvige und schmale Straße, half mir, die Strecken zu nennen, die zu blockieren waren. Es waren nicht viele, denn der Spessart ist dünn besiedelt. Als ich auflegte, war sichergestellt, dass Inga Berger maximal noch zehn bis fünfzehn Kilometer weiterfahren konnte. Dann würde ihr Ausflug ins Grüne zu Ende sein.

»Warum fährt sie so langsam?«, wunderte sich Balke. »Was soll das Theater?«

»Sie weiß nicht, was sie machen soll. Bleiben Sie weiter

auf Abstand. Wir wollen sie nicht hetzen. Wir sind nur ihr schlechtes Gewissen auf vier Rädern.«

Balke brummte etwas Unverständliches, war mit meiner Vorgehensweise nicht recht einverstanden, widersprach jedoch nicht. Immer wieder sah er mit immer unruhigerem Blick zu mir herüber. Ich überprüfte hin und wieder mein Handy, wollte Knoll zurückrufen. Aber die Anzeige der Signalstärke schwankte zwischen einem Balken und null. Frau Berger fuhr weiterhin mit geringer Geschwindigkeit, meist zwischen vierzig und sechzig Stundenkilometern. Hin und wieder wurden wir von eiligen Einheimischen in teilweise kriminellen Manövern überholt. Manchmal, wenn es um eine Kurve ging, war der Mini für Sekunden außer Sicht. Die Straße machte jetzt viele Kurven. Es ging auf und ab. Hinauf auf zugige Höhen, hinunter in dunkle, ewig feuchte Täler. Ich konnte mir lebhaft vorstellen, dass diese Landschaft vor Jahrhunderten ein ideales Revier für Räuberbanden gewesen war.

»Wo ist eigentlich das berühmte Wirtshaus?«, fragte Balke knurrig. »Vielleicht kriegen wir da was zu essen, wenn dieser Quatsch hier vorbei ist?«

Auch mein Magen rebellierte jetzt wieder, nachdem er sich in den letzten Minuten still verhalten hatte.

Plötzlich, wir näherten uns gerade wieder einer Höhe, verringerte das weiße Cabrio vor uns die Geschwindigkeit noch weiter. Der rechte Blinker blitzte auf, ein Halteplatz kam in Sicht. Frau Berger, die die Strecke zu kennen schien, rumpelte über den unbefestigten Parkplatz, kam ganz in der Nähe der Bruchsteinmauer zum Stehen, die die Aussichtsstelle vom Abgrund trennte. Balke hielt ebenfalls an. Zwischen unserem Audi und dem Heck des Mini Cooper lagen vielleicht fünfzehn Meter. Balke schaltete den Motor aus.

Außer uns war weit und breit niemand. Wind orgelte um die Kanten der Karosserie. Eine kleine Ewigkeit lang geschah nichts. Dann öffnete sich vorne die Fahrertür, Frau Berger stieg aus, und zum ersten Mal sah ich sie. Auf uns zu kam eine große, knochige Frau mit ernstem Gesicht und einem Kurzhaarschnitt, der ihr gut stand. Sie trug einen unansehnlichen, schlammgrauen Wollmantel zu einer cremeweißen Tuchhose und flachen Schuhen. Zögernd, mit unsicheren Schritten kam sie näher.

»Sie bleiben sitzen«, sagte ich leise zu Balke und stieg ebenfalls aus. Wir trafen uns wenige Schritte vor der Kühlerhaube unseres Dienstwagens. Frau Berger reichte mir ihre schmale Rechte. Ihr Händedruck war schwach, kühl, aber nicht ängstlich.

Ich nannte ruhig meinen Namen. »Ich komme aus Heidelberg.«

»Ich weiß«, erwiderte sie tonlos. »Ich weiß, weshalb Sie hinter mir herfahren. Wollen wir vielleicht ... ein paar Schritte ...?«

Wir gingen an ihrem Wagen vorbei, dessen linke Tür immer noch offen stand. Ich hörte leise Streichermusik. Vielleicht Brahms. Erst am Ende des Parkplatzes blieb Inga Berger unmittelbar vor der Bruchsteinmauer stehen. Für lange Sekunden sahen wir schweigend in die wilde Landschaft hinaus, in die Schlucht, die hinter der Mauer lag, auf die Höhen in der Ferne, über denen große Vögel ihre bedächtigen Kreise zogen. Der Wind zauste meine Haare. Der Nieselregen hatte wieder aufgehört. Schließlich begann die Frau neben mir zu sprechen, ohne dass ich eine einzige Frage gestellt hätte.

»Ich kann das Schöne nicht mehr sehen«, sagte sie in den Wind. »Dabei habe ich die Kunst so sehr geliebt. Ich sehe sie nicht mehr, seit ich ... es getan habe. Ich war oft in Museen. Frankfurt hat so vieles zu bieten in dieser Hinsicht. In manchen Wochen war ich jeden Tag dort, habe mir Inspirationen geholt, war fast glücklich, einfach vom Hinsehen. Dann habe ich wieder tage- und nächtelang gemalt. Aber jetzt – es geht nicht mehr. Ich sehe nichts mehr als bunte Kleckse. Ich kann auch nicht mehr malen. Ich kann es nicht mehr.«

»Das tut mir leid«, sagte ich lahm, da sie eine Reaktion von mir zu erwarten schien.

»Sie wissen alles, nicht wahr?«

»Alles nicht. Aber vieles.«

»Wissen Sie auch, dass wir eine Tochter haben, Adrian und ich? Hat er Ihnen von Sissi erzählt?«

»Ich habe Sissi sogar gesehen. Vor zwei Stunden erst. Eine sehr hübsche und lebhafte junge Frau.«

»Wir hatten noch eine zweite Tochter, Ronja.«

Diese Tochter hatte Berger bei unserem ersten Treffen erwähnt, ohne ihren Namen zu nennen. Es musste die sein, deren Tod seine Ehe zerstört hatte.

»Ronja war drei Jahre jünger als Sissi. Sie war zwölf, als sie starb. Fast noch ein Kind. Sie war immer so traurig. Schon als Kind hatte sie diese Phasen, in denen sie tagelang kein Wort sprach. Aber dann konnte sie wieder so fröhlich sein. So glücklich, so gelöst. Sie hat sich vergiftet. Mit meinen Schlaftabletten. Ich hatte sie immer im Badezimmerschränkchen liegen. Natürlich habe ich nie gedacht ... Sonst hätte ich natürlich ... Ronja hat nichts hinterlassen. Keinen Brief, keinen Zettel, nichts. Sie hat die Tabletten geschluckt und ist gestorben. Ganz still. So entsetzlich still. Das war das Schlimmste: dass wir nichts wussten. Dass wir den Grund nicht kannten.«

Es gibt nicht für alles einen Grund, wollte ich sagen. Aber ich schwieg.

»Weshalb kommen Sie erst jetzt?«, fragte Inga Berger nach langen Sekunden, in denen ich nur den Wind gehört hatte. »Ich warte seit Tagen auf Sie.«

»Es war nicht leicht, Sie zu finden. Lange wussten wir nur, dass ein weißer Mini im Spiel war.«

»Mein alter Triumph hat schon wieder einen Motorschaden. Es ist schwierig, ein bestimmtes Ersatzteil aus England zu besorgen. Da war es praktisch, dass Sissis Wagen ...«

»Sie lieben Ihren Mann immer noch?«

»Jetzt nicht mehr.« Ernst schüttelte sie den Kopf. »Nein, jetzt zum Glück nicht mehr.«

»Aber Sie wollten ihm wehtun, indem Sie das zerstörten, was ihm am meisten bedeutet hat.«

Sie nickte erst schwach, dann plötzlich entschlossen. »Als Ronja tot war, wurde unser Zusammenleben unerträglich. Sissi hat sich bald von uns entfernt. Sie hat die Trauer nicht ertragen, diese ewige Spannung. Die nie ausgesprochenen Vorwürfe. Schon mit sechzehn ist sie ausgezogen, hat dann in Köln bei einer von Adrians Schwestern gewohnt und auch dort Abitur gemacht. Adrian und ich hatten weiterhin ein ... gutes Verhältnis. Nicht mehr wie Mann und Frau, natürlich. Ich wusste, dass er zu Huren ging. Es war in Ordnung für mich. Er ist ein Mann. Er hat seine Bedürfnisse.«

»Aber im Winter war es plötzlich anders.«

Frau Berger blickte mit ausdrucksloser Miene ins Nirgendwo. »Er hat sich in dieses Flittchen verliebt. Und auf einmal wollte er die Scheidung. Wegen einer Hure wollte er mich im Stich lassen. Wegen einer billigen kleinen Hure!«

Das letzte Wort hatte sie mit unerwarteter Leidenschaft hervorgestoßen. Als sie weitersprach, klang ihre Stimme jedoch wieder so ton- und emotionslos wie zuvor: »Von da an hat sich mein Leben aufgelöst. Ich bin ... es war ... Auf einmal war alles unerträglich. Alles. Ich war schon vor einiger Zeit wieder in mein Elternhaus gezogen, das Sie ja gesehen haben. Vor zwei Jahren starb meine Mutter. Seither lebe ich allein dort. Aber wir haben uns immer noch gut vertragen, Adrian und ich. Erst als dieses kleine Luder in sein Leben trat, hat sich alles verändert.«

»Und da haben Sie beschlossen, seine Geliebte zu töten.«

Sie nickte, als sprächen wir über irgendeine Belanglosigkeit. »Wie ich im Radio hörte, dass ich auch beim dritten Mal nicht diese ... Frau erwischt habe, sondern eine andere, da ... ich weiß nicht, wie ich es ...«

»Hat Sie der Mut verlassen?«

»Ich bin nur noch ein Geist seither. Eine Untote. Mein Plan war, sie zu töten und anschließend mich. Aber selbst dazu fehlte mir die Kraft. Die Pistole liegt im Handschuhfach. Es war ein Abenteuer, sie zu beschaffen. Aber rund um den Frankfurter Hauptbahnhof bekommt man ja zum Glück alles, wenn man nur genug Mut und Geld mitbringt.«

Sie verstummte. Der Wind schien kälter geworden zu sein in den letzten Minuten. Aus dem weißen Mini wehte immer noch Musik herüber.

»Es ist nicht so leicht, sich zu töten, wie man sich das vorstellt. Dabei ist der Tod Teil unserer Familie. Teil meines Lebens. Einige Monate nach meinem achtzehnten Geburtstag hat mein Vater sich das Leben genommen. Er war mutiger als ich. Kräftiger. Er hat es gekonnt.«

»Ihnen ist klar, dass ich Sie später nicht nach Hause fahren lassen kann?«

»Gerechtigkeit muss sein. Auch wenn sie nicht immer gerecht ist. Ich wollte ja nur das Flittchen ... Die anderen, das wollte ich alles nicht. Sie müssen wissen, ich bin kein praktisch veranlagter Mensch. Ich bin Künstlerin. Für das normale Leben tauge ich nicht ... Ständig passieren mir solche ... Dinge. Beim ersten Mal, das war wohl ihr Freund, ihr Zuhälter oder wie man das nennt. Ich war so aufgeregt, so unfassbar aufgeregt. Mein Herz hat gerumpelt, dass ich kaum etwas hören und sehen konnte. Dazu kam, ich war außer Atem von den vielen Treppen. Ich sah nur, da steht jemand vor mir, im Gegenlicht, und habe abgedrückt. Ich hatte geübt. Hier, im Spessart, gibt es endlose Wälder. Hier kann man schießen, ohne dass jemand etwas bemerkt. Fünfzig Patronen habe ich gekauft. Ungefähr dreißig habe ich gebraucht, bis ich halbwegs treffen konnte.«

»Andreas Dierksen haben Sie gut getroffen.«

»So hieß er? Andreas?«

»Er war Wissenschaftler. Kein Zuhälter.«

»Stört es Sie, wenn ich rauche?«

»Natürlich nicht. Sie heißt übrigens Valentina.«

Inga Berger schien mich nicht gehört zu haben. Mit fliegenden Fingern steckte sie sich eine Zigarette zwischen die Lippen. Wegen des Winds dauerte es eine Weile, bis sie brannte.

»Dabei hatte ich doch gesehen, wie sie ins Haus ging, die kleine Hure mit dem roten Tuch um den Hals. Das Rot ihrer Haare und das Rot des Tuchs haben zusammen ganz abscheulich ausgesehen. Sie hatte überhaupt keinen Geschmack.« Inga Berger schwieg eine Weile mit leerem Blick. »Mein Gott, dachte ich, sie hätte unsere Tochter sein können! Kurz darauf habe ich gesehen, wie sie oben ein Fenster öffnete. Dann habe ich gewartet. Zwanzig Minuten. Eine halbe Stunde. Eine Ewigkeit. Fast wäre ich wieder gefahren. Aber am Ende habe ich mich gezwungen. Gezwungen auszusteigen. Gezwungen zu läuten. Gezwungen, diese elenden Treppen hinaufzusteigen. Ich wollte nicht sterben, solange sie lebte. Aber sie war gar nicht da.«

»Sie war eine Treppe tiefer. Oben gab es kein Wasser. Sie war in der Wohnung darunter, um zu duschen.«

»Beim zweiten Mal habe ich vor dem Haus gewartet, wo Adrian sie immer ge…troffen hat.«

»Sie sind ihm nach Heidelberg gefolgt?«

»Zum ersten Mal im Februar. Ich musste wissen, wer es ist. Wer diese Frau ist, die ihn mir wegnimmt.« Inga Berger saugte gierig an ihrer Zigarette. »Wochenlang bin ich immer wieder hingefahren. Ich … Es war … eine Sucht. Eine regelrechte Sucht war es.«

Eine Sucht. Hatte dasselbe Wort nicht auch ihr Mann gebraucht?

»Ich konnte nichts dagegen tun. Ich habe keinerlei Vorsicht … Ich … Mir war alles gleichgültig geworden. Alles. Es war fast, als wollte ich mir selbst wehtun. Wie diese armen Mädchen, die sich selbst verletzen, immer wieder, immer wieder. Gegen jede Vernunft. Man muss es einfach tun. Man muss.«

»Und nachdem Sie beim ersten Mal keinen Erfolg hatten, haben Sie nächtelang vor dem Hochhaus in der Rastatter Straße gewartet.«

»Ich dachte, es wird noch andere Männer geben wie Adrian. Sie ist eine Hure und wird mehr als einen Kunden haben. Sie ist aber nicht mehr gekommen. Ich weiß nicht, weshalb. Sie ist nicht mehr gekommen.«

»Sie hat sich versteckt. Sie hatte gute Gründe dafür.«

»Ich kann mich nicht mehr erinnern, wie viele Nächte ich vor diesem schrecklichen grauen Haus gestanden habe. Irgendwann war spätabends plötzlich Licht in ihrer Wohnung. Da dachte ich, sie ist da. Jetzt ist sie endlich da. Auf welcher Etage die Wohnung war, wusste ich. Ich war früher schon oben gewesen. An der Tür. Während Adrian bei ihr war. Ich habe ihr Stöhnen gehört und ihr gurrendes Lachen. Ihre obszöne Fröhlichkeit. Damals dachte ich, ich läute einfach und töte sie beide. Ich habe aber nicht geläutet. Ich dachte …«

Sie brach ab. Beobachtete stumm die kreisenden Raubvögel in der Ferne.

»Was dachten Sie?«

»Es ist besser, wenn er lebt. Wenn er tot ist, fühlt er keinen Schmerz mehr.«

»Sie haben also oben Licht gesehen …«

»Ins Haus zu kommen war ganz leicht. Da gehen ständig Leute ein und aus. Ein Mann hat mir sogar die Tür aufgehalten und mich freundlich angelächelt. Ich bin nach oben gefahren, mit dem Lift, als wollte ich einen Besuch machen, habe wieder vor der Tür gestanden. Habe überlegt, ob ich dieses Mal läuten soll. Oder einfach warten, bis …«

»Hatten Sie denn keine Angst, dass jemand Sie sieht? Dass jemand die Polizei ruft?«

»Wovor sollte ich noch Angst haben? Zu diesem Zeitpunkt war ich ja schon tot. Ich hatte keine Gefühle mehr.«

Der Wind spielte mit ihrem kurz geschnittenen, dunklen Haar wie ein zärtlicher Liebhaber.

»Da stand ich wie blöde vor dieser schäbigen Tür. Mit meiner albernen Pistole in der Hand. Von innen war dieses Mal nichts zu hören. Nichts. Dann ging das Flurlicht aus, und ich stand im Dunkeln, und da erst habe ich bemerkt, dass die Tür nicht ganz geschlossen war.«

Mit fahrigen Bewegungen steckte sie sich eine neue Zigarette zwischen die ungeschminkten Lippen und zündete sie an.

»Sie haben die Tür aufgestoßen.«

»Erst habe ich niemanden gesehen. Ich bin vorsichtig zwei, drei Schritte ... Und da stand plötzlich dieser Mann. Er hielt ein kleines Werkzeug in der Hand, ich dachte, vielleicht der Hausmeister, und er war mindestens so erschrocken wie ich. Ich dachte, vielleicht der Hausmeister, der etwas reparieren muss ...«

In der Nähe schrie ein kleiner Vogel klagend. Der feuchte Westwind ließ mich trotz Mantel frösteln. Über den Höhen weit im Westen riss die Bewölkung auf. Vielleicht würde morgen endlich wieder ein schöner Tag werden.

Inga Berger saugte an ihrer Zigarette, als hinge ihr Leben davon ab.

»Was ist weiter passiert?«, fragte ich vorsichtig.

»Er hat die Pistole in meiner Hand gesehen, ist ganz blass geworden. Langsam zurückgewichen. Da erst habe ich verstanden, er hat Angst vor mir. Das fand ich merkwürdig, dass jemand Angst vor mir hatte. Ein Mann dazu, der größer war als ich und so viel stärker. Ich habe dagestanden wie Lots Frau, zur Salzsäule erstarrt, und ... Da war dieser ekelhafte Geruch. Nach billigem Parfüm und Puder und Schweiß und ... Es war ganz still. Ich habe seinen Atem gehört. Er konnte dann nicht weiter zurück, weil da das Bett war. Er hat etwas gemurmelt wie: ›Nicht! Bitte! Nein! Wieso?‹ Es war eine vollkommen absurde Situation. Ich wusste nicht, was ich tun sollte, er wusste nicht, wie er sich retten könnte. Dann hat er plötzlich sein Werkzeug fallen lassen und ist auf mich zugesprungen. Hat meine Hand gepackt. Wollte vielleicht … Ich weiß nicht … Der Schuss hat sich ganz von alleine gelöst. Ich wollte das nicht. Glauben Sie mir?«

»Ja. Aber Ihre rothaarige Feindin war wieder nicht da.«

»Danach wollte ich Schluss machen. Aufgeben. Schlafen. Für immer. Aber es ging nicht. Ich bin zu feige. Ich weiß nicht, wie ich nach Hause gekommen bin, in der Nacht. Wie oft ich dachte, ich wende einfach auf der Autobahn und … Am nächsten Tag dachte ich wieder, warum soll ich sterben, solange sie lebt? Es war ein ewiges Karussell. Ein kreisender Irrsinn in meinem Kopf.«

»Wie haben Sie das Apartment am Ginsterweg gefunden?«

»Das in diesem schicken Terrassenhaus? Ich war ihr schon früher dorthin gefolgt. Alle zwei, drei Tage ist sie hingefahren, in einem kleinen, hellblauen Honda.«

Dierksens Wagen. Den inzwischen die Spurensicherung auseinandergenommen hatte, ohne mehr darin zu finden als einige Haare von Valentinas roter Perücke und ihre Fingerabdrücke. Und die des Besitzers und diverser anderer Personen.

»In der Wohnung am Ginsterweg war sie immer nur kurz. Eine Viertelstunde höchstens. Manchmal habe ich sie auf der Terrasse gesehen. Da hat sie die Pflanzen gegossen.«

»Das Apartment gehört einer Freundin, die in Urlaub war.«

Inga Berger ließ die fast bis auf den Filter abgebrannte Zigarette achtlos fallen und steckte sich sofort die nächste an.

»Einige Tage habe ich das Haus nicht mehr verlassen. Keine Nachrichten gehört. Das Telefon nicht abgenommen.

Und gewartet, dass jemand kommt und mich verhaftet. Es ist aber niemand gekommen. Ich konnte es nicht fassen. Immer, immer hatte ich diese schrecklichen Bilder im Kopf, die ich nie gesehen habe: Adrian und seine Hure. Er, ein Mann jenseits der besten Jahre, und sie, fast noch ein Kind. Und dann habe ich plötzlich doch wieder vor einem Haus im Wagen gesessen und gewartet und geraucht. Es hat viele Tage gedauert, bis ich mir sicher war, dass sie sich dort versteckt hielt. Sie war sehr vorsichtig. Hat sich nie am Fenster gezeigt oder auf der Terrasse. Ich bin immer wieder dort gewesen, habe stundenlang im Dunkeln im kalten Auto gesessen. Die Rollläden waren heruntergelassen. Aber manchmal habe ich durch die Ritzen Licht gesehen. Manchmal einen Schatten, der sich bewegte. Da wusste ich, sie ist da, und sie fürchtet sich vor mir. Das tat mir gut. Dass sie Angst hatte vor mir. Das war ein großer Erfolg für mich.«

Auch die drei Männer im Mercedes hatte sie gesehen. Sie konnte sich allerdings keinen Reim auf diesen Teil der traurigen Geschichte machen.

»Und immer, immer habe ich mich gewundert, warum Sie nicht kommen. Dass man einfach Menschen töten kann, und es hat keine Konsequenzen. Es war ... ganz surreal. Als lebte ich plötzlich in einem anderen Universum. In einem Universum, in dem ich tun durfte, was ich wollte. Böses oder Gutes. Ich weiß nicht mehr, ob ich sie damals noch töten wollte. Ich habe überlegt, wovon sie wohl lebt, da oben. Ob sie manchmal einkaufen geht. Tagsüber, wenn ich zu Hause war und wie eine Tote schlief.«

Inga Berger verstummte für eine Weile, war jetzt tief in ihren Erinnerungen versunken.

»Manchmal habe ich Nachrichten gehört«, fuhr sie dann fort. »Dabei habe ich erfahren, dass es in Heidelberg wieder eine Schießerei gegeben hatte und die Polizei vor einem Rätsel stand. Das mussten die Männer aus dem Mercedes sein. Offenbar hatte sie noch mehr Feinde als mich. Von einer toten Frau wurde allerdings nichts berichtet. Sie ist eine Hexe, dachte ich. Sie hat neun Leben. Sagt man das nicht von Hexen? Dass sie neun Leben haben?«

»Ich dachte, das gilt für Katzen?«

Sie schien mich nicht gehört zu haben. »Einige Tage hab ich mich wieder in meinem Haus verkrochen. Ich war restlos erschöpft. Habe die meiste Zeit geschlafen. Tag und Nacht habe ich geschlafen. Kaum gegessen. Aber dann, am Ende, bin ich … musste ich doch wieder. An diesem Punkt wollte ich sie nicht mehr töten. Ich wollte sie nur noch einmal sehen. Dachte, wenn ich sie sehe, dann hört vielleicht das irrwitzige Karussell in meinem Kopf auf, sich zu drehen. Vielleicht muss ich mir dann nicht mehr ständig vorstellen, wie Adrian zärtlich ist zu ihr. Wie er ihr an ihre Mädchenbrüste greift und zwischen die Beine. Wie er sie küsst und …«

Wieder war eine Zigarette zu Ende geraucht und wurde einfach fallen gelassen. Inga Berger stand lange reglos da und starrte in die dunstige Hügellandschaft hinaus, wo der Wind Nebelfetzen durch die Täler trieb. Der helle Streifen im Westen schien allmählich breiter zu werden.

»Aber dieses Mal war alles anders. Oben war Licht. Ich habe sie sogar am Fenster gesehen. Die roten Haare haben geleuchtet wie Feuer. Wieder habe ich lange im Wagen gesessen wie hypnotisiert. Wollte nach Hause fahren. Dem Wahnsinn ein Ende machen, endlich. Aber meine Phantasie ist … es hat mir einfach keine Ruhe gelassen. Das Karussell hat sich wieder schneller gedreht. Und schneller. Und schneller. Ich hätte schreien können. Und dann … Es war kein Entschluss, verstehen Sie? Es kam ganz von selbst über mich. Ich habe mir nicht die geringste Mühe gegeben, nicht gesehen zu werden. Sogar die Tür des Wagens habe ich offen gelassen und den Schlüssel stecken lassen, als wäre er zu verschenken. Als bräuchte ich ihn nun nicht mehr. Wieder war alles so einfach. So … banal. Ich habe geläutet, der Türöffner hat gesummt. Ich war nur noch ein Körper ohne Willen, ohne Gedanken, eine Untote, die wieder eine Treppe hinaufstieg, wieder stand die Tür halb offen. Ich habe ihre Stimme gehört. Sie hat telefoniert. Und dann stand sie endlich vor mir, mit ihren roten Locken, das Telefon in der Hand. Sie war größer, als ich sie in Erinnerung hatte, älter. Hat mich mit offenem Mund angestarrt. Vielleicht hatte sie jemand anderes erwartet. Ich habe abgedrückt und bin gegangen und nach Hause gefahren. Und das Karussell in meinem Kopf war zum Stillstand gekommen. Verstehen Sie?« Zum ersten Mal seit Minuten sah sie mich an, mit ungläubigem, fassungslosem Blick. »Ich war frei! Ich war wieder ich selbst. Weil sie tot war, war ich wieder ich.«

Die Zigarettenpackung kam erneut zum Vorschein. Ein allerletzter Glimmstängel steckte noch drin. Sie knüllte die Packung zusammen, warf sie über die Mauer in den Abgrund. Aus dem offen stehenden Mini hörte ich jetzt klassische Klaviermusik. Etwas Dramatisches. Vielleicht Beethoven. Weit entfernt brummte ein Hubschrauber. Vermutlich im Zusammenhang mit den Straßensperren, die nun nicht mehr gebraucht wurden.

»Aber es stimmt nicht«, sagte sie, als die Zigarette brannte. »Das habe ich erst in den Tagen darauf festgestellt: Es hatte sich doch etwas verändert. Ich hatte mich verändert. Ich kann nicht mehr malen. Bilder und Farben sagen mir nichts mehr. Ich sehe und bin zugleich blind.«

Bis zu dieser Sekunde hatte Inga Berger nicht gewusst, dass sie zum dritten Mal auf den falschen Menschen geschossen hatte. Dass ihre Feindin immer noch lebte. Hoffentlich.

»Sie haben Valentinas Freundin getötet. Und sie hat mit mir telefoniert, als Sie kamen.«

»Heißt das …?«

»Ich habe gehört, wie Sie geschossen haben. Ich habe Ihre Schritte gehört.«

Sie nickte nachdenklich, als müsste sie überlegen, was dieses Detail bedeuten mochte. »Es soll wohl so sein. Sie ist stärker als ich. Und nun sind Sie hier. Und nun tun Sie, was getan werden muss. Werden Sie mir Handschellen anlegen müssen?«

»Das wird nicht nötig sein. Ihren Wagen lassen wir erst einmal hier stehen. Den lasse ich später abholen. Die Pistole?«

Lag im Handschuhfach, richtig.

»Sie funktioniert nicht richtig«, erfuhr ich. »Man kann immer nur einmal abdrücken. Dann verklemmt sich dieses goldene Ding ...«

»Die Patronenhülse.«

»Sie verklemmt sich, und man muss von Hand durchladen.«

Deshalb hatten wir nie eine Hülse gefunden, obwohl sie eine Pistole benutzte.

»Nur beim letzten Mal, da hat sie einmal richtig funktioniert.«

Weshalb sie bei Leonora zweimal abdrücken konnte und wir später doch nur eine Hülse fanden.

Ich beugte mich in das kleine weiße Auto, das unerträglich nach altem Zigarettenrauch stank, nahm die kleine Pistole an mich, zog den Schlüssel ab. Die Musik erstarb mit einem unschönen Knacken. Ich warf die Tür zu, brauchte einen Augenblick, um auf dem elektronischen Schlüssel den richtigen Knopf zu finden. Schließlich knackten die Schlösser, die Blinker blitzten auf.

»Jetzt wird alles gut«, sagte die hagere Frau leise und nickte dazu, als wäre es das letzte Mal.

35

Balke hatte sich während meines Gesprächs mit Inga Berger ein wenig die Füße vertreten. Nun setzte er sich wieder hinter das Lenkrad. Ich bugsierte die unglückliche Mörderin auf den Rücksitz unseres Dienstwagens. Die Frau, die zwei Menschen erschossen hatte und einen dritten lebensgefährlich verletzt, wirkte jetzt wie ein eifriges Kind, das alles richtig machen will, um gelobt zu werden. Ich selbst nahm wieder auf dem Beifahrersitz Platz. All das geschah schweigend und ganz und gar selbstverständlich. Als wäre es das einzig logische Ende des Gesprächs in der Spätwinterkühle.

Balke sah mich fragend an. Ich nickte kaum merklich. Er stieß einen erleichterten Seufzer aus und gab Gas. Ich war völlig durchgefroren, bemerkte ich erst jetzt. Die Aufhebung der Straßensperrungen hatte Balke schon veranlasst, teilte er mir mit gemurmelten Worten mit.

Als wir etwa zwanzig Minuten später die Autobahn erreichten, meldete sich mein Handy wieder. Inzwischen war es schon nach vier Uhr am Nachmittag. Mein Magen knurrte häufiger und lauter denn je, und mir war ein wenig übel, als hätte ich mich körperlich überanstrengt.

Es war Knoll: »Sie sind ja schwerer zu erreichen als der Innenminister. Können Sie sprechen?«

»Im Moment nicht so gut.«

»Rufen Sie mich bitte zurück?« Er klang überraschend kleinlaut. Als hätte er Grund, ein schlechtes Gewissen zu haben. »Es ist wichtig.«

Ich versprach, mich zu melden, und steckte das Handy ein. Hin und wieder sah ich nach hinten, um mich zu vergewissern, dass es Inga Berger gut ging. Soweit es einem Menschen in ihrer Lage überhaupt gut gehen konnte. Sie saß kerzengrade und mit starrem Blick auf dem Rücksitz.

»Ich werde ein wenig schlafen«, sagte sie irgendwann.

»Tun Sie das. Es wird Ihnen bestimmt guttun.«

Als ich mich kurz vor dem Frankfurter Kreuz wieder einmal umwandte, hatte Frau Berger die Augen geschlossen. Bald darauf hing der Kopf schief, ihr Atem ging flach und regelmäßig. Sie schlief ruhig wie ein Kind.

Als wir bei Darmstadt auf die Autobahn A5 wechselten, schien sie kaum noch zu atmen. Das Gesicht war unnatürlich blass. Der Mund mit den schmalen, ungeschminkten Lippen stand einen Spalt offen.

»Frau Berger?«, sagte ich.

Sie reagierte nicht.

»Frau Berger!«, sagte ich lauter, griff nach hinten und berührte ihr Knie, ihre Hand. Sie war eiskalt.

Inga Berger musste die Schlaftabletten schon geschluckt haben, während wir noch im Spessart hinter ihr herfuhren. Von der Autobahn waren wir mit Blaulicht und Vollgas zum nächstgelegenen Krankenhaus gerast, dem Darmstädter Klinikum, das wir dank Balkes Smartphone ohne Umwege fanden. Dort wurden wir schon erwartet. Man pumpte ihr den Magen aus, flößte ihr intravenös Flüssigkeiten und Medikamente ein, die hoffentlich ihren Blutdruck stabilisierten. Balke und ich saßen mit schlechtem Gewissen in einer Warteecke zwischen großen Blattpflanzen, bis ein junger und braun gebrannter Oberarzt kam und das Urteil verkündete.

»Sie ist jetzt stabil«, sagte er mit viel zu lauter Stimme. »Aber die Nacht über möchte ich sie gerne noch hierbehalten.«

»Ich denke nicht, dass Fluchtgefahr besteht«, sagte ich und stemmte mich hoch. »Aber ich lasse trotzdem jemanden vor ihre Tür stellen.«

Am Donnerstagvormittag erreichte mich eine traurige Nachricht, die mich dennoch erleichterte: Bei der Toten in Mannheim handelte es sich nicht um Valentinas Freundin

Sonya, sondern um Dana Mirskis, eine Studentin aus Riga, die erst seit einem halben Jahr in Mannheim lebte. Zusammen mit einer Freundin – die ebenfalls aus Lettland stammte und studierte – hatte sie in einer kleinen Wohnung in Mannheim-Käfertal gewohnt und nach Aussage dieser Freundin häufig wechselnde Männerbekanntschaften gehabt. Zwei Nächte bevor man ihre Leiche fand, waren die beiden jungen Frauen zusammen in einer Diskothek unweit ihrer Wohnung gewesen. Dana war gegen Mitternacht zusammen mit zwei großen, blonden Männern aufgebrochen, um in deren Wohnung weiterzufeiern. Danach verlor sich ihre Spur. Der Kollege, mit dem ich sprach, vermutete, dass Dana bei solchen Gelegenheiten Geld genommen hatte. Dass ihr Studium vielleicht nicht der Hauptzweck ihres Aufenthalts in Deutschland war. Weder von Tina noch von ihrer Freundin Sonya gab es irgendwelche Neuigkeiten.

Inga Berger wurde im Lauf des Vormittags in einem Krankenwagen ins Heidelberger St. Josefskrankenhaus verlegt, dort weiter ärztlich versorgt und noch ein wenig beobachtet. Gegen Abend musste sie das helle Krankenzimmer dann gegen eine sehr viel dunklere Zelle mit hoch liegendem Fenster eintauschen. Da nach wie vor Suizidgefahr bestand, ordnete ich an, ihr alles abzunehmen, womit sie sich Schaden zufügen könnte. Sie ließ alles willenlos mit sich geschehen und machte mir nicht einmal Vorwürfe, als ich sie nach Dienstschluss besuchte. Ich weiß nicht, weshalb ich sie noch einmal sehen wollte. Vielleicht, weil man sich verantwortlich fühlt für jemanden, dem man nicht erlaubt hat, diese Welt zu verlassen. Wir sprachen wenig. Aber es tat mir gut, sie zu sehen. Und ihr tat es vielleicht gut, dass ich da war.

Was zu sagen war, war gesagt. Irgendwann würde sie ihr langes Geständnis zu Protokoll geben und unterschreiben müssen. Und dann konnte sie vielleicht sogar wieder in ihr

Haus am Main zurückkehren, um dort auf den Beginn ihres Prozesses zu warten.

Ihr Blick dagegen sprach Bände in dieser stillen halben Stunde. Dieses Mal hast du mich nicht gehen lassen, sagte ihr trauriger Blick. Aber du wirst nicht immer auf mich achtgeben können.

Später versuchte ich, mir einen amerikanischen Actionfilm mit Steve McQueen anzusehen, der im Wesentlichen aus einer schier endlosen Verfolgungsjagd durch San Francisco bestand. Aber es gelang mir nicht, mich auf die einfach gestrickte Handlung zu konzentrieren. Mutter war wieder einmal unterwegs, um Bekannte zu treffen oder neue Freundinnen zu gewinnen. Sarah war bei ihrem Richy. Am Wochenende würde sie zum ersten Mal dort übernachten dürfen. Die Eltern ihrer ersten großen Liebe bewohnten ein Einfamilienhaus in Leimen, und er hatte eine Einliegerwohnung im Souterrain ganz für sich allein. Dieses Mal schien es wirklich ernst zu sein. Ein seltsames Gefühl, zusehen zu dürfen, wie die Kinder flügge werden. Und irgendwann vielleicht selbst Eltern sein werden.

Wo Louise steckte, wusste ich wieder einmal nicht. In den letzten Tagen hatte ich den Eindruck gehabt, dass sie ein wenig eifersüchtig war auf ihre eine halbe Stunde ältere Schwester. Ich nahm mir vor, mich künftig mehr um sie zu kümmern.

Ich schrieb Theresa eine lange SMS, erhielt jedoch keine Antwort.

Ich fühlte mich verlassen und als hoffnungsloser Versager und ging bald schlafen.

Am Freitagmorgen meldete sich mein Telefon, kurz nachdem ich an meinem Schreibtisch Platz genommen hatte, um wenigstens den wichtigsten Teil der zahllosen Lästigkeiten zu erledigen, die sich in den vergangenen Tagen schon wieder angehäuft hatten. Ausnahmsweise freute ich mich darauf, langweilige Dinge, harmlose Dinge erledigen zu dürfen. Dinge, die nicht in Katastrophen endeten.

»Knoll hier«, sagte der Wiesbadener Kriminaldirektor vorwurfsvoll. »Wollten Sie mich nicht zurückrufen?«

Ich bat den BKA-Beamten um Verzeihung und berichtete, was geschehen war. Daraufhin war er wieder freundlicher zu mir.

»Mir ist noch was eingefallen. Das heißt, eigentlich ist es mir gar nicht eingefallen, sondern ... Nun ja, es ist mir ein wenig peinlich. Und ich hoffe wirklich sehr, ich kann mich auf Ihre Diskretion verlassen, lieber Herr Gerlach. Ich habe gegen meine dienstliche Schweigepflicht verstoßen, und ... nun ja ...«

»Solange Sie keinen Mord gestehen, werde ich schweigen wie ein Grab.«

»An dem Abend, bevor Valentina so aufgeregt war ...«

»Am achtundzwanzigsten Februar.«

»Genau. Wir haben geredet. Wie üblich. Sie wollte immer alles von mir wissen und hat auch oft von sich erzählt. Sie hat sich wirklich für das interessiert, was man sagt, und einen nicht nur irgendwas gefragt, damit man was zu reden hat. Das war vielleicht das Besondere an ihr: Sie hat sich wirklich auf einen eingelassen.«

Im Gegensatz zu seiner Frau vermutlich. »Und weiter?«

»An dem Abend hat sie mir ihren Namen verraten. Ihren Nachnamen. Sie war ungewöhnlich entspannt und gut gelaunt. Hat sogar Witze gemacht, über die ich lachen musste. Ja, sie hatte richtig gute Laune, und da habe ich sie gefragt, wie sie denn nun wirklich heißt und wo sie eigentlich herkommt. Valentina Tscherepanin, hat sie spontan geantwortet. ›Aber sag bitte weiter Tina zu mir, mein Schatz. Für dich möchte ich immer Tina sein.‹ Das hat mich irgendwie berührt. Sie werden das nicht verstehen. Es war auf einmal, als ... als wäre sie plötzlich ganz nackt, obwohl sie schon vorher nichts angehabt hat.«

»Ein besonderer Vertrauensbeweis, sozusagen.«

»Ich war jedenfalls ganz gerührt. Sie hat mir ein bisschen von ihrem Leben erzählt. Ihrem früheren Leben. Von der ewigen Armut. Von ihrer angeblich berühmten Mutter. Dem toten Vater. Und dann ist was ganz Eigenartiges passiert, und deshalb rufe ich Sie an. Ich habe sie gefragt, ob Tscherepanin in Moldawien ein häufiger Name ist. Sie hat gesagt, nein, eigentlich nicht. Es sei ein rumänischer Name, aber er sei weder selten noch besonders häufig, und wieso ich das wissen will. Da habe ich ihr erzählt, dass ich den Namen schon mal gehört habe. Und deshalb habe ich jetzt ein schlechtes Gewissen. Ich hätte das nicht sagen dürfen, denn es war ein dienstlicher Anlass, bei dem ich den Namen schon mal gehört habe. Aber an dem Abend, es war so ... wir waren so vertraut miteinander.«

»Jetzt lassen Sie die Katze endlich aus dem Sack, Herr Knoll!«

»Dieser Anlass liegt ungefähr ein halbes Jahr zurück, es ging damals um eine große, hoch professionell agierende Schlepperbande. Sie haben Hunderte von Flüchtlingen aus Syrien über die Türkei und Bulgarien hereingebracht. Die Sache hat später in den Medien einigen Wirbel verursacht und auf politischer Ebene ein paar – sagen wir mal – leichtere Turbulenzen. Und da ist Tina auf einmal sehr aufmerksam gewesen. Sie hat sich fest an mich geschmiegt und hat ganz still zugehört. Ein Schmusekätzchen kann sie nämlich auch sein, die kleine Tinavalentina. Das war es, was sie von anderen Huren unterschieden hat, dass sie sich so ganz und gar hergegeben hat.«

»Herr Knoll, gleich fange ich an zu schreien. Wenn Sie jetzt nicht endlich zur Sache kommen, lege ich auf.«

»Mir ist es erst gar nicht aufgefallen. Ich habe einfach weitererzählt von meinem Job. Von meinem Haus, von meinen Söhnen, von einem Nachbarn, der regelmäßig seine Frau schlägt. Und auf einmal merke ich, Tina bewegt sich gar nicht mehr. Ich habe sie gefragt, was los ist, und da wollte sie wissen, was das genau war mit diesem Herrn Tscherepanin. Ich habe gesagt, ich weiß es nicht mehr, da muss ich mich erst aufschlauen. Aber ich war mir sicher, dass ich den Namen schon gehört hatte, eben im Zusammenhang mit der Schlepperbande. Sie hat gebettelt, ich soll bitte unbedingt nachschauen, woher ich den Namen kenne. Und das habe ich dann am nächsten Tag getan. Am Samstag musste ich sowieso ins Büro. Es gab noch einiges vorzubereiten für irgendeinen Wichtigtuerbesuch aus Paris am Montag.«

Inzwischen saß ich nicht mehr so entspannt in meinem Sessel wie zu Beginn.

»Wer war denn nun dieser Herr Tscherepanin?«

»Ein Spediteur aus Erlangen. Ein Rumäne, der eine Deutsche geheiratet und später die Staatsbürgerschaft gewechselt hat. Seine Lkws fahren die Ostrouten, Bulgarien, Rumänien, Ukraine, Weißrussland. War aber alles sauber bei ihm, wir haben nichts gefunden. Stabile Ehe, ordentlich geführte Firma, drei propere Kinder. Wir hatten ihn nur vorübergehend im Visier, dachten, er transportiert vielleicht hin und wieder auch Menschen in seinen Lkws. War aber nicht. Alles blitzsauber und legal bei Herrn Tscherepanin in Erlangen.«

»Und das haben Sie Tina mitgeteilt.«

»Den Tag über habe ich sie nicht erreicht, und später habe ich es vergessen. Erst am Abend ist es mir wieder eingefallen, beim Fernsehen. Und wie ich mal aufs Klo musste, das muss kurz vor elf gewesen sein, da habe ich ihr schnell eine SMS geschickt. Mit der Adresse in Erlangen und dem vollen Namen: Maksim Tscherepanin. Und das hätte ich natürlich nicht tun dürfen, ich weiß. Und ich hoffe wirklich sehr …«

»Hat sie geantwortet?«

»Nein.«

»Haben Sie sie später wiedergesehen?«

»Nein. In der folgenden Woche habe ich sie nicht mehr erreicht, das habe ich Ihnen schon erzählt.«

Ich konnte mir die Frage nicht verkneifen: »Waren Sie enttäuscht?«

»Na logisch war ich enttäuscht!« Knoll räusperte sich unbehaglich. »Sie fehlt mir, verdammt noch mal! Wie sehr, weiß ich erst, seit sie verschwunden ist. Wissen Sie denn inzwischen, was aus ihr geworden ist? Geht's ihr gut?«

»Ich habe so eine leise Ahnung«, erwiderte ich vorsichtig. »Vielleicht, wenn wir beide viel Glück haben, geht es ihr sogar sehr gut.«

36

Der nächste Tag war ein Samstag, der 29. März. Ich brach gegen neun Uhr auf, denn ich hatte eine längere Fahrt vor mir. Die Wolken hingen tief und zogen schnell, aber es schien trocken bleiben zu wollen. Bis zum Walldorfer Kreuz lief der Verkehr flüssig. Dort bog ich ab in Richtung Heilbronn und Nürnberg, und wenige Kilometer später stand ich im Stau. Lkw-Unfall bei Sinsheim Süd, berichtete der Verkehrsfunk, Gefahrguttransporter, Vollsperrung der A 6 in beiden Richtungen. Das konnte dauern.

Ich hörte Musik im Radio und versuchte, entspannt zu bleiben. Dachte an Knoll und Schuhmann und Adrian Berger und natürlich an seine Frau, die auch nach vielen Jahren der Trennung nicht damit leben konnte, dass ihr Mann eine andere liebte. Erst anderthalb Stunden später ging es langsam weiter. Den Rest der Strecke lief der Verkehr wieder flüssig, und so war es kurz vor dreizehn Uhr, als ich bei Erlangen die Autobahn A 73 verließ.

Die Adresse fand ich auch ohne Smartphone leicht. Maksim Tscherepanin bewohnte ein gepflegtes, jedoch nicht besonders repräsentatives Einfamilienhaus mit weitläufigem, sympathisch verwildertem Garten gleich neben seiner Spedition. Das Grundstück war mit einem Jägerzäunchen umgeben, das schon bessere Zeiten gesehen hatte. Offensichtlich gehörten Kinder zum Haushalt, denn auf dem kurzen Weg zwischen Haustür und Gartentörchen lag buntes Spielzeug herum.

»MakSped« hieß die Spedition, wo auch heute die Räder nicht stillstanden. Ständig kamen Lkws von der Autobahn, und andere fuhren ab. Zur Firma gehörte ein großes Lagerhaus mit ungefähr zwanzig Dockingstationen, wo die Sattelschlepper entladen und mit neuer Fracht bestückt wurden. Der Laden brummte. Menschen sah ich – abgesehen von den Fahrern, die kettenrauchend in Gruppen herumstanden – nur wenige.

Eine Weile saß ich in meinem Wagen, den ich am Straßenrand gegenüber dem Tscherepaninschen Gartentörchen geparkt hatte, sah dem Treiben der Spedition zu und fragte mich, was ich nun tun sollte. Einfach klingeln und den Inhaber der Firma fragen, ob eine gewisse Valentina seine Tochter war? Warum er in Deutschland geheiratet hatte, obwohl er in Moldawien – wenn man Valentina Glauben schenkte – noch eine andere Ehefrau sitzen hatte?

Im Radio dudelte leise Musik aus den Achtzigern. Es hatte wieder einmal zu regnen begonnen. Ein Konvoi von drei fünfachsigen Sattelschleppern kurvte schwer beladen auf die Straße und machte sich dröhnend auf den weiten Weg in Richtung Osten. Vielleicht in Valentinas Heimat. Die Kennzeichen stammten aus Rumänien.

Ich stand kurz davor, auszusteigen und wirklich bei Herrn Tscherepanin zu läuten, als die Haustür von innen geöffnet wurde. Heraus trat Valentina, heute ohne Perücke, in einem dunkelblauen kurzen Mäntelchen und wieder mit dem unverzichtbaren roten Tuch um den Hals. Dieses Mal trug sie nicht hohe schwarze, sondern kurze rote Lackstiefel. Das Rot dominierte die schmale Erscheinung. Ich bin's, Valentina, sagte ihr Aufzug. Pass auf, an mir kannst du dir die Finger verbrennen! Sie hob ein Paar Rollerblades auf, die im Weg lagen, stellte sie neben die überdachte Haustür ins Trockene, bestieg ein Fahrrad, das an einem kleinen Kirschbaum lehnte, der schon erste Knospen trug, kurvte um anderes herumliegendes Spielzeug herum, erreichte die Straße, trat kräftig in die Pedale und radelte zügig und mit strikt nach vorne gerichtetem Blick an mir vorbei. Ich ließ ihr einige Sekunden Vorsprung, dann folgte ich ihr mit großem Abstand. In ihrem auffälligen Aufzug konnte ich sie kaum verlieren. Kam ich ihr zu nah, hielt ich an, tat, als würde ich meinen Autoatlas studieren, fuhr wieder ein

Stück weiter. So ging das etwa zwanzig Minuten lang. Der Regen wurde stärker, was Valentina jedoch nicht zu stören schien.

Die Verfolgung war wirklich ein Kinderspiel. Den größten Teil der Strecke fuhren wir eine ewig lange Straße entlang, die ins Stadtzentrum führte. Irgendwann bog sie plötzlich rechts ab, ich trat ein wenig aufs Gas, um näher heranzukommen, sah gerade noch, wie sie vor einem hässlichen, einstöckigen Bürogebäude ihr Rad abschloss und – mit Blick aufs Handy – eilig durch die Eingangstür verschwand. Ich stellte den Wagen ab, lief mit großen Schritten durch den Regen.

Neben der verglasten und alles andere als einladenden Tür pappte ein einfaches weißes Kunststoffschild mit schwarzer Schrift: »Sprachschule Astrid Fuchs – preiswert, flexibel, kompetent«. Daneben ein schlecht befestigter und ein wenig schief hängender Halter mit Faltprospekten. Ich nahm einen heraus und sah zu, dass ich zu meinem Peugeot zurückkam, da der Regen immer noch weiter zunahm. Fünf nach zwei, zeigte die Uhr neben meinem Tacho. Vermutlich hatte der Unterricht schon begonnen.

Ich wendete und machte mich auf den Heimweg. An der nächsten roten Ampel klappte ich den zweifach gefalteten und etwas bunt geratenen Prospekt auf. Englisch konnte man bei Frau Fuchs lernen, Französisch und Spanisch. Aber auch Russisch und demnächst sogar Chinesisch und Japanisch. Die kleine Firma schien sich dynamisch zu entwickeln. Mit staatlicher Prüfung konnte man sogar einen international anerkannten Bachelorabschluss erreichen. Aber vermutlich war Valentinas erstes Ziel, perfekt Deutsch zu lernen. Und sie würde auch dies schaffen, daran hatte ich nicht die geringsten Zweifel.

Ich selbst erreichte bald darauf die Autobahn, reihte mich in den lebhaften Verkehr ein und drehte das Radio laut, weil

Bayern 3 gerade »Hotel California« spielte, einen meiner Alltime-Lieblingstitel.

Nach Sekunden wurde mir bewusst, dass ich leise mitsummte, und am Ende sang ich sogar: »Relax, said the night man, we are programmed to receive. You can check-out any time you like, but you can never leave.«

Nein, dachte ich, als der letzte Akkord verklang, hier irrten die Eagles. Manche schafften es gegen alle Widerstände und gegen jegliche Wahrscheinlichkeit davonzukommen, auszubrechen. Manche fanden den Weg aus dem größten Schlamassel hinaus in ein normales, am Ende vielleicht sogar glückliches Leben.

Auf die Musik folgte ein aufgeregter Korrespondentenbericht aus China. Es ging um den überraschenden Tod des Gouverneursehepaars einer chinesischen Provinz mit Namen Gansu. Der Gouverneur und seine Frau waren aufgrund ihrer selbstherrlichen und selbst für dortige Verhältnisse ungewöhnlich korrupten Amtsführung bei der Bevölkerung – vorsichtig ausgedrückt – unbeliebt. Die beiden hatten vor vier Tagen, nach einem Abendessen mit einigen engen Freunden, plötzlich über heftige Leibschmerzen geklagt, waren wenige Stunden später in das Universitätsklinikum der Provinzhauptstadt Lanzhou eingeliefert worden und bereits im Lauf des übernächsten Tages unter schwersten Krämpfen gestorben. Noch hatten die Ärzte keine Erklärung, was ihren Tod verursacht haben könnte. Eine Vergiftung konnte nach Meinung der äußerst engagierten Journalistin jedoch ausgeschlossen werden. Alles, was bei diesem Abendessen auf den Tisch gekommen war, hatte die Polizei bereits gründlichst untersucht.

Wie hatte Max Indlkofer gesagt, der oberbayerische Doktorand? Eine Vergiftung durch Polonium ist sehr schwer nachzuweisen, wenn man nicht weiß, wonach man suchen muss.

Der Regen hörte urplötzlich auf. Aber im Westen türmten sich schon wieder dunkle Wolken.

Erster Tag – Montag, 4. Mai

1

Ich hatte wirklich schon bessere Tage erlebt. Der erste Mai war in diesem Jahr auf einen Freitag gefallen und hatte endlich Sonnenschein gebracht, nach dem nicht enden wollenden Aprilregen. Wie hatte ich mich auf ein ruhiges, extralanges Wochenende gefreut! Und nun? Nun hatte ich Streit mit Theresa, Stress mit meinen Töchtern, immer neuen Ärger mit meiner Mutter – und das bittere Sahnehäubchen bildete mein geliebter, siebzehn Jahre alter Peugeot Kombi, der soeben mit Pauken und Trompeten durch die TÜV-Prüfung gefallen war. Eigentlich wäre die Untersuchung schon im April fällig gewesen, aber irgendwie hatte ich es nicht früher geschafft.

Heute aber, pünktlich um acht, hatten ich und mein braves Auto hoffnungsfroh vor den Toren gestanden, waren auch fast sofort drangekommen, der Prüfingenieur schien ein umgänglicher, besonnener Mann zu sein, lächelte wohlwollend und verlor sogar ein paar nette Worte über mein altes Auto. Das Lächeln war ihm im Verlauf der Untersuchung leider rasch vergangen: leckende Servolenkung, Ölverlust am Motor, angerostete Bremsleitungen und noch etwas höchst unschön und teuer Klingendes mit der Vorderachse. Der Prüfer war kein Unmensch. Er meinte es gut mit uns und gab mir den Rat mit auf den Weg, ich solle mich doch besser nach einem neuen Auto umsehen.

»Ihr Oldie da, das lohnt sich nie und nimmer«, hatte er gemeint, als er mir tröstend die Hand drückte. »Das ist ein Fass ohne Boden.« Er überreichte mir das Prüfprotokoll wie eine Sterbeurkunde und winkte sogar zum Abschied.

Allmählich zerrte auch die trockene Hitze, die Westeuropa seit Tagen in ihren glühenden Krallen hielt, an meinem Nervenkostüm. Dieser viel zu frühe, knisternde Hochsommer, der die Menschen nervös machte, aggressiv und unleidlich. Schon jetzt, um kurz nach halb neun, zeigte das Thermometer an der Czerny-Apotheke siebenundzwanzig Grad. Spätestens um zehn, halb elf würden wir wieder die Dreißig-Grad-Marke reißen. Da mein Auto nicht über so moderne Einrichtungen wie eine Klimaanlage verfügte, wurde mir schon während der Fahrt zur Polizeidirektion heiß und heißer, und ich verspürte nicht die geringste Lust auf Arbeit und Ärger im Büro. Louise und Sarah waren heute Morgen verachtungsvoll schweigend in Richtung Schule abgezogen, und seit meine Mutter nicht mehr bei uns lebte, war es plötzlich ungewohnt still geworden in unserer Wohnung. Beim Frühstück hatte ich mich regelrecht einsam gefühlt, nachdem ich zuvor wochenlang gehofft hatte, sie würde endlich eine eigene Bleibe finden und uns wieder in Ruhe lassen.

Im Radio erklärte ein vermutlich selbst ernannter und widerlich gut gelaunter Meteorologe, die Ursache der ungewöhnlichen Wetterlage seien wüstentrockene Winde aus Nordafrika.

Durch die heruntergekurbelten Fenster hörte ich, dass wenigstens einige Vögel sich über die Sonne freuten. Der Duft von Flieder und frühem Sommer wehte herein. Und der von Dieselabgasen. Vor mir tuckerte ein uralter Traktor mit Germersheimer Kennzeichen in Richtung Innenstadt und behinderte qualmend und knatternd den Berufsverkehr.

Ich versuchte, mich zu entspannen, nicht mehr an den TÜV zu denken und vor allem nicht an Theresa. Ich versuchte, meine Gedanken auf etwas Positives zu lenken, etwas, worauf ich mich freuen konnte. Aber das Einzige, was mir einfiel, war Lorenzo. Morgen Abend würde ich ihn endlich wieder einmal besuchen. Er würde für uns beide kochen, vielleicht spielten wir anschließend ein wenig Schach, wobei ich üblicherweise verlor, was mir aber nicht das Geringste ausmachte. Wir würden auf seiner Terrasse sitzen mit Blick auf die Heidelberger Altstadt, das berühmte Schloss, den im Abendlicht träge schimmernden Neckar.

Was die Arbeit betraf, bestand Hoffnung auf eine ruhige Woche. Der eine oder andere war schon in Urlaub, und die Hitze hatte aus Sicht der Kriminalpolizei immerhin den Vorteil, auch die Bösewichte unserer Gesellschaft kraft- und fantasielos zu machen.

Was ich in diesen Minuten allerdings nicht bedachte: Nicht jeder Verbrecher ist ein Bösewicht. Nicht jedes Verbrechen geschieht aus Berechnung, nach einem genau kalkulierten Plan. Zu diesem Zeitpunkt hatte Alfred Leonhard, einer der reichsten, angesehensten und meistgehassten Männer der Kurpfalz, noch zwei Tage und sechs Stunden zu leben. Oft ist es ein Segen, dass wir unsere Zukunft nicht kennen.

Ein erster kleiner Lichtblick dieses Montags, der so niederschmetternd begonnen hatte, war die morgendliche Routinebesprechung. Das lange Wochenende sei weitgehend friedlich verlaufen, berichtete die Erste Kriminalhauptkommissarin Klara Vangelis. Auch sie schien heute nicht die Fitteste zu sein. Offenbar setzten selbst ihr, obwohl griechischer Abstammung, die hohen Temperaturen zu. Nachts konnte man nicht mehr richtig schlafen, und nach der morgendlichen Dusche war man schon wieder erschöpft.

»Das Übliche im Hochsommer«, begann sie ihren Bericht. »Betrunkene in der Altstadt, Betrunkene auf den Neckarwiesen, der erste Badeunfall des Jahres, die traditionellen Samstagabendprügeleien und ein paar ungewöhnlich freche Taschendiebstähle bei der Maikundgebung des DGB am Freitag …«

Trotz der Wetterkapriolen war sie auch heute untadelig gekleidet zum Dienst erschienen. Nur das Grau ihres Kostüms und die Farbe ihrer Strümpfe schienen eine Nuance heller zu sein als sonst. Auch von den anderen Fronten – handgreifliche Familienkonflikte, Brände mit unklarer Ursache, Menschen, die keines natürlichen Todes gestorben waren – gab es erfreulich wenig zu berichten.

»Die einzigen Leichen, die wir hatten, waren Schnapsleichen«, sagte sie abschließend und klappte ihr in braunes Leder gebundene Notizbüchlein zu. »Davon aber reichlich.«

Die Komasäufer schienen immer jünger zu werden und ihr Zustand, wenn sie in den Notaufnahmen der Kliniken abgeliefert wurden, immer beklagenswerter.

»Wenigstens ist bei Schnapsleichen die Täterermittlung nicht so kompliziert«, meinte Sven Balke grinsend, der neben ihr saß, seine durchtrainierten Beine von sich streckte und sich mit einigen Papieren lässig Luft ins Gesicht wedelte. Obwohl er schon einige Jahre hier im Süden Deutschlands lebte, hörte man deutlich, dass er aus dem Norden stammte. Im Gegensatz zu mir machte er einen mit der Welt und seinem Leben zufriedenen Eindruck. Er steckte in den unvermeidlichen Jeans und trug dazu ein eng sitzendes T-Shirt, das die Rundungen seines muskulösen Oberkörpers nicht verheimlichte. Nirgendwo an seinem Körper schien es ein Gramm Fett zu geben. Am linken Ohr glitzerten Piercings im Morgenlicht. Balke war der heimliche oder in manchen Fällen nicht ganz so heimliche Schwarm mancher jungen Kollegin. Bis vor wenigen Monaten hatte er mit Evalina Krauss Büro und Frühstück geteilt. Dann war jedoch irgendetwas vorgefallen, was dazu führte, dass die junge Oberkommissarin sich krank meldete und wenig später um ihre Versetzung in eine andere Dienststelle ersuchte. Seit Anfang April war sie nun in der Polizeidirektion Heilbronn tätig und ließ nichts mehr von sich hören.

»Zum Abschluss was Lustiges«, übernahm Balke mit selbstzufriedener Miene. »Irgendein Knallkopf hat vergangene Nacht einen Porsche im Neckar versenkt. Einen fast neuen Neunhundertelfer mit Mannheimer Nummer.«

»Wie geht das denn?« Es gelang mir, ein Gähnen zu unterdrücken. Meine beiden Mitarbeiter hatten das Wochenende über Dienst gehabt, während ich auf der faulen Haut gelegen und mich mit meinen Töchtern und diversen anderen Damen herumgeärgert hatte. Da konnte ich als Vorgesetzter nicht mit dem Gähnen anfangen. »An der Bundesstraße sind doch überall Leitplanken, oder irre ich mich?«

»Das geht nur mit voller Absicht«, erklärte er fröhlich. Sollte er etwa schon wieder eine feste Freundin haben? »Er ist gar nicht auf der Bundesstraße unterwegs gewesen, sondern von der Uferstraße sozusagen falsch abgebogen.«

»Da ist doch eine Böschung. Und eine Hecke. Da gehen Treppen runter auf die Neckarwiesen ...«

»Die Treppen, genau.« Immer noch grinsend faltete er seine Papiere zusammen. »Ich bin vorhin selbst draußen gewesen und habe mir das Elend angesehen. Der Typ ist volle Kanne die Treppe runter, hat dabei den Auspuff abgerissen, ist über die Wiesen gebrettert und mit Karacho ins Wasser.«

»Was ist mit dem Fahrer?«

»Verschwunden. Die Fahrertür war offen, als die Feuerwehr die Karre rausgezogen hat. Seine Leiche ist aber bisher nirgendwo angeschwemmt worden. Vermute, er ist ausgestiegen und an Land geschwommen.«

»Merkwürdiges Hobby. Hoffentlich wird das nicht Mode.«

»Car diving.« Balke grinste immer noch, und ich beneidete ihn um seine gute Laune. »Jedenfalls war das definitiv kein Unfall, sondern Absicht. Nehme an, es war nicht seine Karre.«

Erneut übermannte mich um ein Haar eine Gähnattacke.

»Irgendwelche Zeugen?«, fragte ich, weil man als Chef der Kriminalpolizei solche Sachen fragt, um Interesse an der Arbeit seiner Mitarbeiter zu zeigen.

»Fehlanzeige.« Balke schüttelte kraftvoll den Kopf. Wo nahm der Mann nur seine Energie her? »Das Ganze muss morgens zwischen drei und vier Uhr passiert sein. Die paar Leutchen, die um die Zeit noch auf den Neckarwiesen herumgelegen haben, waren alle zu besoffen oder bekifft, um noch irgendwas zu checken.«

»Ist der Porsche als gestohlen gemeldet?«

Die Ringe in Balkes linkem Ohr blitzten und funkelten. »Rübe versucht gerade, den Halter zu erreichen.«

Rübe war Balkes Spitzname für Rolf Runkel, einen älteren Kollegen, dem wir allzu komplizierte Fälle nicht mehr zumuten mochten.

»Geht aber nicht ans Telefon, der Herr Porschebesitzer, und die Handynummer, die wir von ihm haben, ist nicht mehr aktuell. Lars Scheffler heißt der Typ, übrigens ein Stammkunde von uns. Hat schon dreimal vor Gericht gestanden. Zweimal Verdacht auf Drogenhandel, jedes Mal Freispruch zweiter Klasse mangels Beweisen. Beim dritten Anlauf hat er dann immerhin ein halbes Jahr auf Bewährung gekriegt wegen schwerer Körperverletzung in Tateinheit mit Nötigung.«

»Vielleicht ein Racheakt der Konkurrenz?«, spekulierte ich lustlos, obwohl es in der Heidelberger Drogenszene zurzeit erfreulich ruhig war.

Balke nickte und gähnte gleichzeitig. Nun konnte auch ich mich nicht mehr zurückhalten, und selbst Klara Vangelis musste heftig die Zähne zusammenbeißen, um sich keine Blöße zu geben.

»Dass dieser Scheffler seine Angeberkarre selbst versenkt hat, halte ich jedenfalls für ziemlich unwahrscheinlich«, sagte Balke.

Versicherungsbetrug, wollte ich schon vorschlagen. Aber

so dämlich war wohl keine Versicherung, dass sie das bezahlte.

Durch die offenen Fenster hörte ich das Rauschen des Verkehrs auf dem Römerkreis. Eine Straßenbahn bimmelte empört. Eine Frau lachte hell. Eine andere schimpfte über die Radfahrer. Eine einsame Amsel sang tapfer gegen die unbarmherzige Sonne an, klang jedoch mehr nach Pflichterfüllung als nach Liebeswerben und Lebensfreude.

»Spricht was dagegen, dass Rübe das weiter bearbeitet?«, fragte Balke in die Stille hinein. Dagegen sprach aus meiner Sicht überhaupt nichts, und damit war unsere Besprechung zum Wochenstart auch schon zu Ende. Die beiden erhoben sich und verschwanden durchs verwaiste Vorzimmer.

Sönnchen, meine unersetzliche Sekretärin, hatte mich in meinem Elend im Stich gelassen, um zusammen mit ihrem Verlobten und demnächst Ehemann zwei Wochen Urlaub zu machen. Irgendwo im Süden trieben die beiden nicht mehr ganz taufrischen Turteltäubchen sich herum, am Meer, wo es wahrscheinlich kühler und auf jeden Fall sehr viel angenehmer war als hier.

So musste ich mir meinen ersten Büro-Cappuccino des Tages notgedrungen selbst machen. Als der duftende Becher vor mir stand, nahm ich mein Handy und wählte die Nummer des guten Herrn May. Herr May betrieb in Wieblingen eine kleine KFZ-Werkstatt und hatte meinen Peugeot schon einmal vor dem Schrottplatz gerettet, nachdem andere, größere Werkstätten nur noch mitleidig lächelnd abgewinkt hatten. Herr May nahm jedoch nicht ab, und ich beschloss, es später noch einmal zu versuchen.

Dann machte ich mich an den Papierkram, dessen Erledigung leider zu den Aufgaben eines Kripochefs zählt, und versuchte, weder an Theresa noch den TÜV zu denken. Einen ordentlichen Gebrauchtwagen hätte ich mir zur Not leisten können. Aber der Peugeot war mir über die Jahre ans Herz gewachsen, und seine Verschrottung wäre mir vorgekommen wie die Ermordung eines lange gehegten Haustiers.

Sollte Theresa hoffen, dass ich anrief, um mich zu entschuldigen, dann konnte sie alt und zittrig werden in ihrem inzwischen so geliebten Schweden. Von wegen Schweden! Nicht in das Land hatte sie sich ja verliebt, sondern …

Schluss!

Aus!

Auch ich hatte meinen Stolz, verflucht noch mal! Ich zwang mich zu Disziplin und Konzentration, quälte mich von Unterschrift zu Unterschrift. Vernehmungsprotokolle, Urlaubsanträge, sogar ein Verbesserungsvorschlag lag auf dem rasch niedriger werdenden Stapel. Trotz Cappuccino wurden meine Augenlider schwer. Das bisschen Luft, das durch das offene Fenster hereinwehte, wurde von Minute zu Minute heißer. Ich erhob mich, um das Fenster zu schließen und die Rollläden herunterzulassen. Viel würde auch das nicht helfen, denn mein Büro lag im obersten Stockwerk der Heidelberger Polizeidirektion. Über mir befand sich nur noch ein sparsam isoliertes Flachdach, das demnächst zu glühen beginnen würde.

2

Um siebzehn Minuten nach neun schreckte mich das Telefon aus meiner Aktenschläfrigkeit. Um ein Haar hätte ich den Kaffeebecher umgeworfen, als ich nach dem Hörer griff.

»Bewaffnete Geiselnahme in Leimen«, berichtete eine Kollegin aus der Notrufzentrale in einem Ton, als hätten wir solche Fälle dreimal am Tag.

»Schlimm?«

»Bisher weiß ich nur von einer Frau mit Schussverletzung. Die Meldung ist erst ein paar Sekunden alt.«

»Wer ist die Geisel?«

»Keine Ahnung.«

»Die Verletzte?«

»Keine Ahnung. Wollen Sie vielleicht mal zu mir runterkommen, Herr Gerlach?«

»Wo genau in Leimen?«

»In irgendeinem Industriegebiet. Ich suche gerade noch die Adresse auf dem Stadtplan.«

Ich ließ meinen Papierkram liegen, wie er lag, stürzte den letzten Schluck lauwarmen Kaffee hinunter und machte mich auf den Weg zur Einsatzleitzentrale ein Stockwerk tiefer.

Dort gab es inzwischen neue Informationen. »Die Verletzte ist Chefsekretärin einer Immobilienfirma«, sagte die Kollegin, mit der ich eben telefoniert hatte. Sie war einige Jahre jünger als ich, Anfang vierzig vielleicht, hatte ruhige, dunkle Augen und offenbar keine Neigung zu Panikattacken. Schon wieder summte ihr Telefon. Sie trug ein Headset, drückte einen hektisch blinkenden Knopf auf der breiten Konsole, an der sie saß, hörte kurz zu, sagte: »Danke, okay«, drückte einen anderen Knopf. »Sie ist jetzt auf dem Weg ins Krankenhaus.«

Rolf Runkel platzte herein, in der Rechten einen farbenfrohen, noch fast vollen Kaffeebecher, und baute sich schnaufend neben mir auf. Kurz darauf erschien auch Sven Balke. Er hatte es nicht ganz so eilig und hielt eine beschlagene Coladose in der Hand.

»Schwer verletzt?«, fragte ich.

»Nicht lebensgefährlich, sagen sie.«

Mein Handy schlug Alarm. Es war meine Mutter. Ich nahm das Gespräch an und sagte: »Nicht jetzt, Mama.«

Während meines kurzen Telefonats hatte die Kollegin ihre Computermaus hin und her geschoben. Auf dem linken ihrer beiden großen Flachbildschirme war ein Stadtplan von Leimen zu sehen, einem Städtchen wenige Kilometer südlich von Heidelberg.

»Moment mal«, murmelte die Kollegin verwirrt. »Irgendwie ...«

Der Mauszeiger wanderte nach oben, zuckte hin und her. Markierte schließlich einen Punkt in einem Industriegebiet am nördlichen Stadtrand. Ein roter Kreis erschien.

»Da«, sagte sie. »Leonhard Immobilien. Liegt aber gar nicht in Leimen. Das Industriegebiet gehört noch zu uns, sehe ich gerade. Rohrbach Süd.«

Da war wohl wieder einmal in irgendeinem Kopf etwas durcheinandergeraten. So ist es oft in solchen Fällen. In der ersten Hektik hagelt es falsche oder nur halb richtige Informationen, und es fällt schwer, sich einen Überblick zu verschaffen.

»Wissen wir schon irgendwas über die Geisel?«

»Vielleicht der Chef von der Firma selber? Die Chefsekretärin sitzt ja normalerweise vorm Chefbüro. Ob noch mehr Personen in der Gewalt des Täters sind, ist unklar. Zurzeit räumen sie das Gebäude. Acht Stockwerke voller Büros. Wird ein bisschen dauern.«

»Und was ist mit dem Täter?«

Die Kollegin hob die nackten Schultern. Sie steckte in einem hellen und luftigen Kleid mit schmalen Trägern und duftete nach einem angenehm frischen Parfüm. Ich bat sie, das Sondereinsatzkommando in Göppingen vorzuwarnen. »Sie sollen schon mal die Triebwerke ihrer Hubschrauber warmlaufen lassen.«

Dann sah ich Balke an.

Balke sah mich an.

Er zerdrückte die Coladose in der Hand und warf sie in den nächsten Papierkorb.

Ein Schuss hallt durch die Räume …

*Cover- und Preisänderungen vorbehalten

Wolfgang Burger

Drei Tage im Mai

Ein Fall für Alexander Gerlach

Piper Taschenbuch, 400 Seiten

€ 9,99 [D], € 10,30 [A]*

ISBN 978-3-492-30993-6

Eine hochsommerliche Hitze liegt über Heidelberg, als Kripochef Alexander Gerlach zu einer Geiselnahme gerufen wird. Ein bewaffneter Mann hat den Chef einer Immobilienfirma in seine Gewalt gebracht. Streit war zu hören, ein Schuss, seitdem nichts mehr. Der Tag verstreicht, ohne dass der Geiselnehmer Forderungen stellt. Am nächsten Morgen gibt Gerlach den Befehl zur Stürmung. Doch von den beiden Männern fehlt plötzlich jede Spur …

Leseproben, E-Books und mehr unter **www.piper.de**